詩詞格律述要

張學淵 著

巴蜀書社

圖書在版編目（CIP）數據

詩詞格律述要／張學淵著. —成都：巴蜀書社.
2023.8
　　ISBN 978-7-5531-2058-4

Ⅰ．①詩… Ⅱ．①張… Ⅲ．①詩詞格律–基本知識–中國 Ⅳ．①I207.21

中國國家版本館 CIP 數據核字（2023）第 146511 號

SHICI GELV SHUYAO

詩詞格律述要

張學淵　著

責任編輯	王　雷
責任印製	田東洋　谷雨婷
封面設計	李中果
出　　版	巴蜀書社
	成都市錦江區三色路 238 號新華之星 A 座 36 層
	郵編：610023
	總編室電話：（028）86361843
網　　址	www.bsbook.com
發　　行	巴蜀書社
	發行科電話：（028）86361856
經　　銷	新華書店
照　　排	成都編悅文化傳播有限公司
印　　刷	四川省東和印務有限責任公司
版　　次	2024 年 11 月第 1 版
印　　次	2024 年 11 月第 1 次印刷
成品尺寸	170mm×240mm
印　　張	17.5
字　　數	400 千字
書　　號	ISBN 978-7-5531-2058-4
定　　價	88.00 圓

本書若有印裝質量問題，請與工廠調換

漢語言文學源遠流長，名篇佳作浩如煙海。竊以爲，在有文字記録之先，已有詩歌創作。今所能見到之中國最早詩集，即經孔子刪定之《詩經》，據説原有詩三千餘篇，經刪後僅存三百五篇。太史公以爲"《詩》三百篇，大氏賢聖發憤之所爲作也"。
　　本書關於詩詞格律僅述其要，以供後來之俊彦參考，與海内之先進批評。

目 錄

序 ………………… 何崝	1	漁父 ………………………	79
序 ………………… 胡曉明	3	南歌子 ……………………	79
前言 ……………………………	1	漁歌子 ……………………	80
		憶江南 ……………………	80
上編　詩律述要 …………	1	搗練子 ……………………	80
一、音韻 …………………	3	陽關曲 ……………………	81
二、平仄 …………………	10	浪淘沙 ……………………	81
三、對仗 …………………	19	楊柳枝 ……………………	82
四、句式 …………………	33	憶王孫 ……………………	82
		江城子 ……………………	83
中編　詞律述要 …………	39	長相思 ……………………	83
一、詞源 …………………	41	醉太平 ……………………	84
二、詞名 …………………	43	春光好 ……………………	84
三、詞調 …………………	45	玉蝴蝶 ……………………	84
四、聲律 …………………	54	浣溪沙 ……………………	85
五、詞韻 …………………	57	采桑子 ……………………	85
		訴衷情令 …………………	86
下編　詞譜選錄 …………	75	好時光 ……………………	86
凡例 ………………………	77	相思引 ……………………	86
第一類　平韻 ……………	78	烏夜啼 ……………………	87
竹枝 ………………………	78	阮郎歸 ……………………	87
歸字謠 ……………………	78	畫堂春 ……………………	88
漁父引 ……………………	79	三字令 ……………………	88

朝中措	88	醉思仙	103
人月圓	88	八六子	103
武陵春	89	夏雲峰	104
眼兒媚	89	意難忘	104
柳梢青	90	東風齊著力	105
太常引	90	雪梅香	105
少年遊	90	水調歌頭	105
金錯刀	91	滿庭芳	107
江月晃重山	91	漢宮春	107
一七令	92	八聲甘州	108
望遠行	92	鳳凰臺上憶吹簫	110
鷓鴣天	92	雨中花慢	110
瑞鷓鴣	93	萬年歡	111
家山好	94	燕春臺	112
臨江仙	94	揚州慢	113
小重山	95	聲聲慢	113
一剪梅	96	金菊對芙蓉	114
唐多令	97	蜀溪春	114
破陣子	97	新雁過妝樓	115
攤破南鄉子	97	高陽臺	115
黃鍾樂	98	鳳歸雲	116
行香子	98	木蘭花慢	116
看花回	99	錦堂春慢	117
風入松	99	壽樓春	118
長生樂	99	慶宮春	118
婆羅門引	100	憶舊遊	118
一叢花	100	晝錦堂	119
金人捧露盤	100	湘春夜月	120
新荷葉	101	長相思慢	120
南州春色	102	瀟湘逢故人慢	121
促拍滿路花	102	送入我門來	121

目錄

春從天上來	122	憶秦娥	136
夜飛鵲慢	122	賀聖朝	136
望海潮	122	秋蕊香	137
飛雪滿群山	123	胡搗練	137
一萼紅	124	桃源憶故人	138
過秦樓	124	燭影搖紅	138
高山流水	125	應天長	139
五綵結同心	125	滴滴金	139
沁園春	125	留春令	140
多麗	127	鹽角兒	140
		梁州令	141
第二類　仄韻	129	歸田樂	141
梧桐影	129	探春令	142
晴偏好	129	越江吟	142
如夢令	129	雨中花令	143
天仙子	130	迎春樂	143
風流子	130	醉花陰	143
歸自謠	131	望江東	144
望梅花	131	品令	144
長命女	131	傾杯令	145
生查子	131	杏花天	145
醉花間	132	木蘭花	145
點絳唇	132	夜行船	146
歸國遙	132	玉樓春	147
霜天曉角	133	鵲橋仙	147
卜算子	133	一斛珠	148
後庭花	134	踏莎行	148
一落索	134	蝶戀花	149
謁金門	135	錦帳春	150
好事近	135	漁家傲	150
憶少年	136	蘇幕遮	151

淡黃柳	151	法曲獻仙音	167
解佩令	152	滿江紅	167
垂絲釣	152	淒涼犯	169
謝池春	153	四犯翦梅花	170
青玉案	153	玉漏遲	170
感皇恩	154	尾犯	171
兩同心	154	六幺令	171
千秋歲	155	一枝春	172
粉蝶兒	155	掃地遊	172
隔浦蓮近拍	156	徵招	173
傳言玉女	156	金浮圖	173
剔銀燈	157	黃鶯兒	174
訴衷情近	157	天香	174
下水船	158	倦尋芳	175
撲蝴蝶	158	劍器近	175
千年調	158	塞垣春	175
荔枝香	159	醉蓬萊	176
御街行	160	暗香	176
祝英臺近	160	夢芙蓉	177
側犯	161	長亭怨慢	177
離亭宴	162	逍遙樂	178
陽關引	162	雙雙燕	178
安公子	162	孤鸞	178
驀山溪	163	陌上花	179
千秋歲引	163	福壽千春	179
洞仙歌	163	三部樂	179
鶴沖天	164	月下笛	180
華胥引	165	玲瓏四犯	180
惜紅衣	165	瑣窗寒	181
魚遊春水	166	大有	182
探芳信	166	燕山亭	182

秋宵吟	……	182	二郎神 ……	198
三姝媚	……	183	傾杯樂 ……	199
念奴嬌	……	183	拜星月慢 ……	200
解語花	……	185	花心動 ……	200
繞佛閣	……	185	向湖邊 ……	201
大椿	……	186	索酒 ……	201
絳都春	……	186	綺羅香 ……	201
東風第一枝	……	186	西湖月 ……	202
桂枝香	……	187	尉遲杯 ……	202
翦牡丹	……	187	花發沁園春 ……	203
真珠簾	……	188	南浦 ……	203
曲江秋	……	188	西河 ……	204
翠樓吟	……	188	西吳曲 ……	204
霓裳中序第一	……	189	秋霽 ……	205
西平樂	……	189	清風八詠樓 ……	205
水龍吟	……	190	解連環 ……	205
鬥百草	……	191	惜黃花慢 ……	206
石州慢	……	192	奪錦標 ……	206
宴清都	……	192	八寶妝 ……	207
花犯	……	192	疏影 ……	207
倒犯	……	193	選冠子 ……	208
瑞鶴仙	……	193	霜葉飛 ……	209
齊天樂	……	194	丹鳳吟 ……	209
氐州第一	……	195	八歸 ……	209
瑤華	……	195	摸魚兒 ……	210
曲遊春	……	196	賀新郎 ……	211
雨霖鈴	……	196	子夜歌 ……	212
探春慢	……	197	弔嚴陵 ……	213
龍山會	……	197	金明池 ……	213
歸朝歡	……	197	白苧 ……	213
永遇樂	……	198	十二時慢 ……	214

蘭陵王	214	甘露歌	233
大酺	215		
破陣樂	216	**第四類　平仄韻通叶**	234
瑞龍吟	216	梧葉兒	234
浪淘沙慢	217	壽陽曲	234
歌頭	218	天净沙	234
六醜	218	乾荷葉	235
夜半樂	219	喜春來	235
寶鼎現	219	金字經	235
三臺	220	平湖樂	235
鶯啼序	220	殿前歡	236
		西江月	236
第三類　平仄韻轉換	223	折桂令	237
南鄉子	223	江城梅花引	237
蕃女怨	223	采桑子慢	238
古調笑	224	醉翁操	239
醉公子	224	熙州慢	239
昭君怨	225	渡江雲	239
菩薩蠻	225	采綠吟	240
減字木蘭花	227	長壽仙	240
清平樂	227	曲玉管	241
更漏子	228	六州歌頭	241
喜遷鶯	228	解紅慢	242
憶餘杭	229	穆護砂	243
河瀆神	229	哨遍	243
偷聲木蘭花	230	戚氏	245
思越人	230		
河傳	231	**第五類　平仄韻錯叶**	246
虞美人	232	荷葉杯	246
梅花引	232	訴衷情	246
玉堂春	233	定西番	246

相見歡	……………	247	玉蝴蝶 ……………………	252
風光好	……………	247	**仄韻換仄韻類** …………	253
上行杯	……………	248	擷芳詞 ……………………	253
酒泉子	……………	248	**仄韻雜仄韻類** …………	254
添聲楊柳枝	………	248	木笪 ………………………	254
中興樂	……………	249	**仄韻換仄韻再換平韻類** ………	254
醉垂鞭	……………	249	西溪子 ……………………	254
柳含煙	……………	249	**三類換四類類** …………	255
芳草渡	……………	249	夢仙郎 ……………………	255
定風波	……………	250	**四類換三類類** …………	255
最高樓	……………	250	樓上曲 ……………………	255
平韻換平韻類	………	252		
長相思	……………	252	**跋** ……………………………	256
于飛樂	……………	252		
平韻雜平韻類	………	252	**參考書要目** …………………	259

序

昔孟子云："離婁之明，公輸子之巧，不以規矩，不能成方員；師曠之聰，不以六律，不能正五音。"欲爲吾國詩詞，而不明其格律，吾未見其可也。格律，詩詞之規矩，作者之圭臬，豈可棄而不講乎！又如人之儀範，物之形制，不可或缺，缺之，則非其人，非其物矣。

學淵先生，吾蜀篤學士也，早歲從賴高翔、周重能、鍾佛操諸先生遊，得其薰染，遂通文史之學，而於辭章格律，尤所究心焉。邇來詩詞忽大行於世，世之好事者以登高能賦、對酒能歌相矜尚，而於前賢丰韻，僅有淺嘗，尤於格律，茫然於胸，聲韻淆亂，反謂創新，詭辭異説，殊可駭怪。學淵先生久懲詩風之不振，以爲振之之道，首當正格律；格律既正，辭指乃順；辭指既順，則詩義自顯。遂歷寒暑，發憤而爲是編。

其書分《詩律述要》《詞律述要》《詞譜選錄》三編。其《詩律述要》論律詩格律，分音韻、平仄、對仗、句式四目。其叙音韻，首叙源流；源流既明，繼闡古詩與近體詩用韻之不同。古詩用韻，各隨時代；近體詩則用韻甚嚴，必恪遵《平水韻》以爲準則。作者以今人多不辨入聲字，故列出常用入聲字若干，以便讀者。其論平仄，則力戒孤平之不可犯，力排"一三五不論"口訣之謬。其於拗句，於其類型一一釐清，於拗救之法，條分縷析，略無疑滯。其論對仗，先略論其源流，以明對仗之由來。次列對仗之種類，律詩之首、頷、頸、尾四聯皆可對仗，然以頷、頸聯爲正格。復論工對與寬對，以明對仗之寬嚴。復論對仗之變體，如自對、借對、流水對、扇對、錯綜對、顛倒錯亂對、半對半不對、反對、正對之類，凡此種種，可令對仗變化出奇，以袪陳腐，亦不可不細爲講求者也。復論詩之句式，謂依節奏，五言有三種句式，七言有七種句式，與其他學者頗有異同。然如王力所言："……意義上的節奏，多數祇是可能的分析，不是必然的分析。"（《漢語詩律學》第 233 頁，上海教育出版社，1982 年）故於句式，各有會心，何必强求一律。然論執簡御繁，則當以學淵先生爲優矣。

其《詞律述要》論詞律，分詞源、詞名、詞調、聲律、詞韻五目。其論詞源，溯自《詩》《騷》，然詞體之成型，當在中唐，持論甚爲平允。其論詞名，略謂詞之別名，隨手裒輯，已得三十五種之多。詞之有衆多別名，實自不同側面展現詞之性質。故欲瞭解詞之本質，於其別名求之，則思過半矣。其論詞調，於七音十二律之說皆有闡發，而論詞調來源，則謂有七徑可尋。且於詞調之聲情，尤多發明。蓋詞調之有聲情，來自樂曲，樂曲分屬各宮調，而各宮調俱有聲情故也。故填詞不僅視詞調之長短，且須審其聲情。若但據詞調之名而望文生義，則難免毫釐千里之謬矣。其論聲律，則謂架構於近體詩之上，較近體詩之規則尤嚴、尤細、尤繁，與樂曲之關係密不可分，今日音理雖失傳，而字格俱在，故應字字恪遵。此論可謂金針度人，初學者尤宜持之不墜。其論詞韻，尤推吳梅之說，其引吳氏云："夫詞中叶韻，惟上去通用，平入二聲，絕不相混。有必用平韻者，有必用入韻者。"以見詞韻之嚴。其論唐宋小令之押韻方式，謂全用平聲韻可有六類押韻方式，全用入聲韻亦有六類押韻方式。而詞中往往有轉韻，較簡轉韻者有六類方式，較複雜轉韻者有八類方式，皆一一釐清無誤。其論長調之結構與聲韻安排，尤重選調、選韻與佈局，細論之則有全體用平韻，中叶一仄韻例；全體用平韻，上下片各夾叶兩仄韻例；全首用同部韻平仄遞叶例；平仄互叶，各有固定韻味例；前片叶平，結句轉仄，逗引下片全仄例。其論詞韻，細緻入微，類皆如此，不一一縷述。

其下編所列詞牌調式，凡三百四十七種，較《欽定詞譜》之八百二十種，不及其半，然常用詞牌，多已囊括。每一詞牌，皆標明句、讀、韻，且說明來歷及所屬宮調，且強調拗句之平仄一定不可移易，以保持其本色。故諸詞牌皆確鑿有據，允爲詞家之圭臬。每一詞牌皆標明正格，以使典範有所遵循。

詩詞格律，今人每苦其幽邃難測，若能執此一編，則格律之難，渙然可解。爲詩詞者通曉格律，則詩詞吟詠，自可躋登新境，繁榮詩詞創作，此則學淵先生著此書之良苦用心也。

何崝
壬寅三月書於十二梅花吟館

序

　　我的啓蒙老師賴高翔先生説：蜀學真是"明敏豪華"。比我更早、更長久受業於賴先生的大師兄張學淵（字無爲）（二師兄是鄧小軍教授），真可以當得起"明敏豪華"這四個字。"明敏"，即是聰明過人，細緻淵靜，析理入微，俗語説"眼睛尖"，能見及細小的字縫，探入學問的幽深。但是，這又并不會讓他們陷入井蛙式的心地，做出吳學末流那種過於瑣細碎屑的牛角尖式的學問。吳學的佼佼者非常厲害，如錢鍾書那樣的學人古今罕有，精巧而不失爲博通宏大；而吳學末流往往巧而碎亂，玩文喪意，祇見樹木，不見森林。記得1983年秋，我到安徽去讀書，賴先生給我寫信，告誡我不要做吳學那樣的學問，不要忘了蜀學的傳統。所以，"豪華"正是蜀學的另外一個長處，它有兩層含義，一是能寫文章，文采斐然，正如蒙文通在《議蜀學》裏宣導的那樣："夫伊洛當道喪學絕之後，猶能明洙泗之道，紹孟學之統，以詔天下。蜀人尚持其文章雜漫之學以與朔洛并驅。""文章雜漫之學"即是從司馬相如、揚雄到三蘇開創的學統（甚至可及郭沫若、巴金的文脈）。"豪華"的第二義，是能見其大，能觸及大問題，至少意存高遠的視域。無論是能作文，還是能見其大，學淵兄無疑就是這樣的傳統中人。他的很多文章我都讀過。他對家國大義、歷史長程瞭然於心，有其通盤的見識，對儒道釋的根本大義都能加以貫通，左右逢源，遠超一般大學教授及所謂文史專家，這正是蜀學有通人之學的特點。遠的且不説，近代如廖平、王闓運、宋育仁、吳之英、劉光第、劉咸炘、李源澄、蒙文通、姜亮夫等，都有這樣的特點。據我所知，在學院體制外面，這樣的人并不多見。而20世紀學院式學科的專業化發展，自有其專精深入的好處，但也造成了相當多完全没有學術思想、没有問題意識的所謂"學術民工"和"學術作業"，這些"學術民工"善於利用某種現存的套套進行課題生産，輾轉重複，把"學術作業"抄來抄去，了無發明。另外一個問題是學院體制内的人大都"不能文"——無暇作文或不屑於爲文，無論是古典中文，還是現代文，他們都寫不來了。他們祇會八股式的論文與課題作文，從自由精神這個意義上，他們首先在文體上就不自由。所以我想到學淵兄，就想到這些學術的困境。有人危言將來一定有一個新的"焚書運動"，我在圖書館工作，當然不能贊成這個説法，但我心裏知道，其實有太多的書，真是可有可無的。

可惜學淵兄生不逢時。他品學兼優，中學畢業後本來已經内定保送，但是由於"文革"而未果。1977年恢復高考，他考了温江地區語文第一名，却兩度被人冒名頂替，致使上大學無望。學淵懂得儒家的義命論，祇做自己該做、能做的事情。儘管祇讀了一個中師，但在長期的自學過程中，他發憤用功，以其天縱英才與後天勤奮，在詩詞、繪畫、書法、楹聯、古籍整理、佛學、鄉邦文獻甚至中醫等領域，都能够充分發揮他的能力與所長，如行雲流水般揮灑，像他的鄉賢蘇東坡，表現出很高的悟性和創造力。最令人感動的是他花了大量時間與精力，整理賴高翔先生及其朋友圈的若干文獻，成爲高翔師的第一功臣，深受學界的好評。這回他畢生積學的著作《詩詞格律述要》，終於即將在他做出過重要貢獻的巴蜀書社出版，這當然不僅是巴蜀學界對他的一個學術肯定與貢獻的回報，更表明了巴蜀書社有識人的眼光、文化的誠意與做人做事的有情有義。

詞學我完全不懂，就詩學而論，這部書根據極爲充實，分析深思熟慮，辨訂細緻入微，超過了很多同類著作，并糾正了一些流行的錯誤，遠超過一些大學裏的專家。我期待著學淵兄除了他這本著作之外，還有其他作品，也能够讓更多的蜀人及鄉邦之外的人瞭解。學淵兄讓我講幾句話，我首先就想到了賴先生關於蜀學的大判斷。蜀學其實在現代有些隱而不彰，真心希望有更多的蜀學人物被世人知曉。同時我也借此機會，向正在每天與病魔做鬥争的師兄及嫂夫人，遥祈一切順遂，早日恢復健康。

弟曉明敬上

壬寅夏五月廿八日

前　言

　　中華號稱詩國。自《詩經》以來，詩之歷史已歷三千餘年。其間，唐詩宋詞雙峰并峙，彪炳史册，光耀九州，照臨世界。近世以來，國民多所不知，即或知之者，亦多一知半解。三十年前，不才發願要寫一部書，從浩如煙海的唐詩宋詞中選擇精要，使國人不僅知其然，且要知其所以然。以此之故，1997年，我已寫成《詩律述要》。以人世多故，廿年之後，方提筆寫《詞律述要》。直到2021年夏，選定詞譜，完成跋語，終於告成。如今，我又在病中，思維寫字皆不易，祇好簡叙如次。

　　《詩詞格律述要》分上中下三編：上編爲《詩律述要》，中編爲《詞律述要》，下編爲《詞譜選録》。上編既講古風，又講近體詩，重點講律詩。各章節分別簡述歷史源流，重點在律詩之規則。律詩主要爲五律、七律，絶句主要爲五絶、七絶。又從音韻、平仄、對仗、句式四方面，分別列舉唐人（少及宋人）的大量名作，以證明其規則，既講正格，也講變格。五言律詩，每句五字，八句四十字；七言律詩，每句七字，八句五十六字。五律以偶句押韻爲正格，七律以首句押韻、偶句入韻爲正格。絶句爲律詩之半，每句平仄、何處押韻均有定則。律詩中間四句講究對仗，押韻要選用同部平聲韻字，不能出韻。因此，押韻、平仄、對仗，爲五、七言律詩必備之三要素。律詩、絶句皆有嚴格規則，絶句偶有押仄韻者。該編内容深入淺出，令初學者或半通者有所遵循，而研究者得以印證。同時，該編校正了歷史上與當今一些詩學觀念上的錯誤，并認爲學律詩者應以唐代名作爲標準，尤其應學盛唐氣象。

　　中編爲《詞律述要》。該編從詞源、詞名、詞調、聲律、詞韻五方面，系統論述了作詞之各種嚴格要求與規則。詞爲律詩的整齊句式發展變化之長短句式，便於入譜歌唱。詞句由律詩之律句演變而來。詞爲依譜填寫之文學樣式，比律詩要求更嚴格。律詩祇講求平仄。而爲了字正腔圓，詞更要講求陰平、陽平、上、去、入五聲。有些詞祇能押入聲韻，有些詞平、上、去通押。詞可以描繪人間萬物。詞以聲情不同而選用不同詞調。詞分婉約、豪放、格律等諸多流派。詩韻分一百零六部，詞韻祇有十九部，較詩韻爲寬，但却有聲情之別。詞的篇幅有小令、犯、近、慢之區分，如《竹枝》僅十四字，而《鶯啼序》竟有二百四十字。詞有單調、雙調、三段、四段者。總之，這些區別都是爲歌唱而設置，各自都有嚴格之規則。詞源於隋、唐，發展於五代，鼎盛於兩宋，及於金、元，衰於明代，中興於清代，延及近現代，綿延不絕。

　　下編爲《詞譜選錄》。上編、中編不易，此編更難。其選錄準則見《凡例》，不須重述。其所選作譜之詞，既要有唐、五代、金、元名家名作，更要突出兩宋諸多風格之名家名作；對於其詞牌及創作情況，於詞譜前要有所交代；對作譜之詞必須標示聲調及詞韻，還須確定其於各家選本中之正確無誤者，或加說明。因而筆者三易寒暑，選定之詞譜凡三百四十六調，加之"又一體"，總數爲六百七十二首。其分類基本按龍榆生先賢之以韻分類法。而其所分之五類已不能包含全部，故又分七類。數量少者，各選取一二首作譜，以爲示範。完成跋語之後，本書即算大功告成。

　　本書校正了包括《詞律》《欽定詞譜》《詞綜》《全宋詞》諸名著中的少許舛誤，所謂千慮一得也。該書可作爲初學及半通詩詞者之工具書，作爲詩詞研究者之重要參考資料，也可作爲大學專科及本科教材。總之，其能有益當世，利益將來，本人之心願足矣。其中舛謬難免，方家其正之。

　　壬寅陬月無爲先生張學淵謹叙，癸卯正月初八重抄於無爲書屋。

上編

詩律述要

今所稱之近體詩，即人們所熟知之五、七言律詩（含五、七言律絕與排律），由於歷史的誤會，而今大多數中國大陸學人知之甚少；更有一知半解者，即充行家裏手，令海內外知之者啼笑皆非。近體詩，唐人稱爲今體詩，乃梁陳初創，唐代定型而爲後世師法之一種格律詩。王夫之以爲："近體，梁陳已有，至杜審言而始叶於度。"近體詩，乃相對於古體詩而言，且有別於古體詩之一種格律詩。五律，每句五字，限八句四十字；七律，每句七字，限八句五十六字；超越八句者爲長律即排律。絕句又分律絕與古絕：古絕常爲五言二十字；律絕中，五絕限四句二十字，七絕限四句二十八字。此就字、句數規定而言。

　　古體詩，爲一種詩歌體裁，二千五百年前已有之。可就其每句字數多少分爲四、五、七言與雜言詩，即詩篇內常雜以字數不等之長短句者。五言古體詩稱爲五古，七言古體詩稱七古，三、五、七言兼用者亦常歸入七古之中。《詩經》以四言爲主，《楚辭》以六言爲主，漢魏六朝詩以五言爲主，而唐代以後之古體詩，則以七言盛行。此種體裁，可不限平仄，也可不限長短句式；句數多少，亦無定則；可一韻到底，亦可多次轉韻；轉韻古詩，常平韻、仄韻交替使用，甚至可押相鄰詩韻，通稱之爲古風。

　　近體詩，即常見之五律、七律（含五、七言律絕，排律），既要講平仄，又要講詩韻；祇講平仄，或祇講詩韻，均非律詩。此兩條，爲判別是否律詩之主要標準。若要講平仄，即須知漢語語音。語音與人之發音部位、聲帶振動頻率、聲音清濁高下密切相關。古代以發音之清濁高下，分爲宮、商、角、徵、羽五音，更加變宮、變徵而爲七音。樂器以之爲準則，字音則分平、上、去、入四聲。平聲包含陰平、陽平，仄聲則兼容上、去、入三聲。

一、音韻

　　字音之研究，自魏晉以還，漸爲學者關注。流傳至今尚完存者，惟《廣韻》一書最古。此前可考者，當以魏時李登《聲類》爲首；晉代呂靜《韻集》，已開聲韻研究之先河，爲韻書之祖。漢末曹魏時孫炎作《爾雅音義》，已創立反切注音。此前難字訓釋，但曰音某，或云讀若某，自有令人無所適從者。反切注音，至《唐韻》而大備。反切之義，爲反復切摩以成音，略如今之現代漢語拼音中聲母、韻母拼讀注音之法。古未創拼音字母時，惟以二字切讀之法注音，即上一字祇取其發聲（聲母），下一字祇取其收韻（韻母）。如"工農"二字，前者讀音自"姑翁"切而得，後者自"奴彤"切成。古漢語之文字、音韻學，稱爲小學，有《中國古音學》《中國聲韻學概要》《漢語音韻》《反切概說》諸專著可供探究。

　　宋齊之後，加之佛經轉讀之風氣，爲使單奇之漢語適合重複之梵音，即用二字反切之學，使聲音之辨析日趨精密。今人陳寅恪先生云："借轉讀佛經之聲調，應用於中國之美化文。此四聲之說所由成立，及其所以適爲四聲，而不爲其他數聲之故也。""南齊武帝永明七年二月二十日，竟陵王子良大集善聲沙門于京邸，造經唄新聲。實爲當時考文審音之一大事。""此四聲說之成立所以適值南齊永明之世，而周顒、沈約之徒又適爲此新學說代表人之故也。"《唐音癸籤》云："《南史》略云，初汝南周顒善識聲韻。永明中，吳興沈約、陳郡謝朓、琅琊王融，以氣類相推轂，爲文皆用宮商，不可增減。顒著《四聲切韻》，約撰《四聲譜》，又以雙聲疊韻分辨作詩八病。""八病，一曰平頭，二曰上尾，三曰蜂腰，四曰鶴膝，五曰大韻，六曰小韻，七曰旁紐，八曰正紐。"因之而有"永明體"。後世言四聲者，大都推沈約《四聲譜》與周顒《四聲切韻》。

　　隋代，潘徽著《韻纂》三十卷；陸法言則以四聲分爲二百六韻，每韻之字，又以反切分其聲之清濁，而以類相從，作《切韻》一書。唐天寶末，孫愐著《唐韻》五卷，至此，切韻始大備矣。宋真宗時，陳彭年等奉旨校定之《大宋重修廣韻》五卷，與丁度等撰《韻略》，同時頒行天下，皆因之。宋仁宗時刊修丁書，更名爲《禮部韻略》；又敕撰《集韻》十卷，韻目二百零六部，仍依《廣韻》之舊。

　　唐末，沙門依梵文之法，創爲三十六字母，而反切皆以字母爲綱紐。

四聲七音，可縱橫列表以定其等，宋代因有《等韻》。司馬光《切韻指掌圖》、鄭樵《七音略》皆爲此類，於韻書內別爲一格。

字音既有南北之差異，又有古今之變遷。南宋吳棫爲《韻補》，始言古音。其後明之楊慎、陳第，清之顧炎武、江永等，言古音者凡數十家，而韻書尤繁。如宋之《禮部韻略》、明之《洪武正韻》、清之《佩文詩韻》，皆爲賦詩押韻之程式，稱爲官韻，通稱詩韻。

宋以前韻書，均依《切韻》分爲二百六部。宋理宗淳祐年間，江北平水劉淵，增修《禮部韻略》，始盡并同用、通用之韻爲一百零七部，名曰《壬子新刊禮部韻略》，後世稱爲《平水韻》。元代，陰時夫著《韻府群玉》，又并爲一百零六部，沿用至今，凡平聲三十部（分上、下各十五部），上聲廿九部，去聲三十部，入聲十七部。今之韻書稱爲劉淵所并，而其書已不傳；世所通行詩韻，實錄自陰時夫所著《韻府群玉》。

金韓道昭著《五音集韻》十五卷，分韻目爲一百六十部。元黃公紹作《古今韻會》二十卷，而韻目一依《平水韻》。明、清以後，大都遵用《韻府群玉》。明初《洪武正韻》，雖并韻目爲七十六，而文人所用，仍多沿用一百六之韻目。清之《佩文韻府》，亦遵陰時夫韻目。茲列一百六詩韻韻目如次：

平聲	上聲	去聲	入聲
一東	一董	一送	一屋
二冬	二腫	二宋	二沃
三江	三講	三絳	三覺
四支	四紙	四寘	
五微	五尾	五未	
六魚	六語	六御	
七虞	七麌	七遇	
八齊	八薺	八霽	
		九泰	
九佳	九蟹	十卦	

續表

十灰	十賄	十一隊	
十一真	十一軫	十二震	四質
十二文	十二吻	十三問	五物
十三元	十三阮	十四願	六月
十四寒	十四旱	十五翰	七曷
十五刪	十五潸	十六諫	八黠

以上上平聲韻目。

平聲	上聲	去聲	入聲
一先	十六銑	十七霰	九屑
二蕭	十七篠	十八嘯	
三肴	十八巧	十九效	
四豪	十九皓	二十號	
五歌	二十哿	廿一箇	
六麻	廿一馬	廿二禡	
七陽	廿二養	廿三漾	十藥
八庚	廿三梗	廿四敬	十一陌
九青	廿四迥	廿五徑	十二錫
十蒸			十三職
十一尤	廿五有	廿六宥	
十二侵	廿六寢	廿七沁	十四緝
十三覃	廿七感	廿八勘	十五合
十四鹽	廿八琰	廿九豔	十六葉
十五咸	廿九豏	三十陷	十七洽

以上下平聲韻目。

以上爲一百六部韻目。至於何字歸入何韻目，可選常用簡明韻書分爲一百六部韻目者查閱。

在中國數千年文學史中，有韻之文與無韻之文，是詩歌同散文（指韻文以外之其他文學樣式）之最顯著區別，自《詩經》《尚書》以迄近現代之古、近體詩文，概莫能外。詩歌之用韻，或稱押韻，亦稱韻腳，是指詩歌之韻位，即於詩句句末用同韻之字或鄰韻之字相押。除首句用韻者外，大都用韻於偶句句末。南北朝之前，七言詩句句用韻，曹丕《燕歌行》爲典型例證。漢高祖《大風歌》云："大風起兮雲飛揚，威加海內兮歸故鄉，安得猛士兮守四方。"相傳，漢元封三年，武帝於柏梁臺與群臣賦七言詩，人各一句，句句用韻。後世仿之，稱爲"柏梁體"。唐景龍四年，中宗於大明殿與群臣仿"柏梁體"聯句。此皆詩壇一時之盛事。然則於偶句用韻者，爲古、近體詩歌用韻之常。南朝陳徐陵輯《玉臺新詠》十卷，爲繼《詩經》《楚辭》後古體詩最早選集，數年前有上海書店據世界書局舊版影印本。清代沈德潛《古詩源》十四卷，爲自上古迄隋代詩選，流傳甚廣。清末學者王闓運《八代詩選》，爲漢魏六朝詩之選集，亦可覽概。

古體詩系列，有樂府詩。樂府，本爲官署名稱，後世將其所采集詩歌稱爲樂府，或樂府詩。據《史記·樂書》《漢書·禮樂志》，樂府之設置，最近不晚於惠帝二年（前193），而搜集民歌俗曲之任務，則始於漢武帝時。《漢書·禮樂志》云："至武帝定郊祀之禮……乃立樂府，采詩夜誦，有趙、代、秦、楚之謳。以李延年爲協律都尉……"采詩之制，直延至東漢末年。《漢書·藝文志》著錄當時各地民歌俗曲百三十八章，而未錄其辭。《宋書·樂志》則保存部分自兩漢傳流之樂府民歌。宋代郭茂倩《樂府詩集》搜羅最富。該書將漢代至唐五代之樂府詩，分爲《郊廟歌辭》十二卷，《燕射歌辭》三卷，《鼓吹曲辭》五卷，《橫吹曲辭》五卷，《相和歌辭》十八卷，《清商曲辭》八卷，《舞曲歌辭》五卷，《琴曲歌辭》四卷，《雜曲歌辭》十八卷，《近代曲辭》四卷，《雜歌謠辭》七卷，《新樂府辭》十一卷，計一百卷，有中華書局點校本。其中，郊廟爲朝廷舉行祭祀大典時使用者；燕射爲朝廷舉行宴會射禮時使用者，與《詩經》之雅、頌性質相似；鼓吹初爲軍樂，後曾與俗樂結合，用於朝會、田獵、道路、遊行，漢以後復入雅樂，今存鐃歌十八篇，中有民歌；橫吹亦爲軍樂，來自西域，保存部分北方民歌；相和、雜曲，多爲俗樂，與《詩經》中十五國風相似；清商爲南朝入樂歌曲；舞曲爲配合舞蹈所用者；琴曲爲琴奏歌辭；近代爲隋唐文人所作者；雜謠爲歷代謠諺、短歌；新樂府爲唐代詩人所作歌行體樂府詩，已同音樂分離。樂府詩多數屬古體詩，少數屬近體詩。

漢魏六朝詩用韻，上承詩騷，下開近體。四言、五言，多爲偶句用韻。五言詩首句不用韻爲常見，首句用韻爲變例；以不換韻爲常見，以換韻爲變例。七言詩句句用韻者稱爲"柏梁體"，已如前述；隔句用韻（偶句用韻）自鮑照《擬行路難》始，此後增多，漸成風氣。而雜言樂府詩，用韻較爲自由，仍以隔句用韻、句句用韻爲主，不避重韻（即一首詩中用相同韻字者），而文人詩常避重韻。漢魏古體詩，所用韻部與先秦韻部近；晉代以後，所用韻部與隋唐韻部近。唐代以後古風、樂府詩用韻與漢魏六朝相同，唯偶句用韻常見，句句用韻者漸少。

近體詩用韻，要求極嚴格，韻位固定，即偶句用韻；而首句用韻，七言爲常，五言爲變。一韻到底，即祗能在本韻部選字，不能在相鄰韻部選字；祗有首句用韻者，可以借用鄰韻之字。否則即認爲是出韻，而出韻爲近體詩大忌之一。近體詩以用平聲韻爲常，用仄聲韻爲少見，尤以七言爲罕見。《平水韻》爲唐宋詩人近體詩用韻準則之總結，後世作近體詩世代遵守，奉爲圭臬。不守《平水韻》準則之詩，即使平仄無誤，亦非近體。

用鄰韻，祗限於五、七言律詩（含排律）、絕句首句用韻者，可於相關、相鄰韻部，借用鄰韻之字，如東、冬韻部，真、文韻部，文、元韻部，元、寒韻部，寒、刪韻部，刪、先韻部，蕭、肴韻部，庚、青韻部；而江、陽、豪、蒸、侵諸韻部，祗能獨用，一韻到底，不得借用鄰韻之字。盛唐詩人王、孟、李、杜諸名家詩作，極少用鄰韻現象。王維《送楊少府貶郴州》首聯云："明到衡山與洞庭，若爲秋月聽猿聲。"（庭，青韻字，用鄰韻；聲，庚韻字。）李白《訪戴天山道士不遇》首聯云："犬吠水聲中，桃花帶露濃。"（中，東韻字，用鄰韻；濃，冬韻字。）中、晚唐人近體詩用鄰韻亦不多見。李商隱《井絡》首聯云："井絡天彭一掌中，漫誇天設劍爲鋒。"（中，東韻字，用鄰韻；鋒，冬韻字。）鄭谷《少華甘露寺》首聯云："石門蘿徑與天鄰，雨檜風篁遠近聞"。（鄰，真韻字，用鄰韻；聞，文韻字。）韋莊《柳谷道中作却寄》首聯云："馬前紅葉正紛紛，馬上離情欲斷魂"。（紛，文韻字，用鄰韻；魂，元韻字。）宋人近體詩用鄰韻漸成風氣。蘇軾《題西林壁》首聯云："橫看成嶺側成峰，遠近高低各不同"。（峰，冬韻字，用鄰韻；同，東韻字。）《六月二十七日望湖樓醉書》首聯云："黑雲翻墨未遮山，白雨跳珠亂入船"。（山，刪韻字，用鄰韻；船，先韻字。）《臺頭寺步月得人字》首聯云："風吹河漢掃微雲，步屧中庭月趁人"。（雲，文韻字，用鄰韻；人，真韻字。）《和孔密州五絕》其三《東欄梨花》首聯云："梨花淡白柳深青，柳絮飛時花滿城"。（青，青韻字，用鄰韻；城，庚韻字。）陳與義《度嶺》首聯云："年律將窮天地溫，兩州風氣此橫分"。（溫，元韻字，用鄰韻；分，文韻字。）陸游《東陽道中》首聯云："風欹烏帽送輕寒，雨點春衫作碎斑"。（寒，寒韻字，用鄰韻；斑，刪韻字。）楊萬里《秋雨歎十解》首聯云："晝落無聲夜有聲，祇堪醉聽不堪醒"。（聲，庚韻字，用鄰韻；醒，青韻字。）以上例證，可見一斑。然近體詩首句借用鄰韻，終非正則。初學者尤當以一韻到底爲宜。

　　平仄與用韻，爲判別是否近體詩之兩要素。用韻已如前述，平仄亦已涉及。《康熙字典》內有分四聲法歌訣，即明釋真空《玉鑰匙歌訣》："平聲平道莫低昂，上聲高呼猛烈強。去聲分明哀遠道，入聲短促急收藏。"初學者宜於此中仔細體味，或有收益。陰平、陽平爲平聲，上、去、入三聲爲仄聲，前已述及。而現代漢語拼音已將入聲字分別歸入陰平、陽平、上聲、去聲之中，使得北方語系區域內多數初學者難分平仄，未得此門而入。河北、山西、內蒙古以及長江流域以南諸區域方言中，至今仍保留入聲，容易區分平仄。其餘地區，若能自現代漢語陰平、陽平中找出入聲字，問題便可迎刃而解。

　　現將《辭源》《辭海》中陰平、陽平內入聲常用字選出，使初學者能從中尋覓些許規律，熟悉之後，便可得心應手，運用自如。漢語拼音中：bā：八；bá：全部；bái：白；bāo：剥；báo：薄；bī：凡有畐旁字；bí：全部；biē：全部；bié：全部；bō：凡有發旁字，番、趵、鉢、剥；bó：全部；bú：菐旁字；

cā：全部；chā：臿旁字；chá 察、茬；chāi：拆；chī：吃、哧；chū：出；chuō：全部；cuō：撮；

dā：全部；dá：全部；dé：全部；de：全部；dí：全部；diē：跌；dié：全部；duō：叕旁字，咄；dú：全部；duó：全部；

é：額；

fā：全部；fá：全部；fó：全部；fú：伏旁、弗旁、畐旁、龙旁、業旁字；

gā：呷、嘎；gá：全部；gē：乞旁、各旁字，割；gé：全部；gǔ：骨；guā：舌旁、咼旁字；guō：全部；guó：全部；

hé：曷旁、合旁、乞旁、亥旁、盍旁、鬲旁、白旁字，涸；hēi：全部；hū：忽旁字；hú：斗旁、殳旁、鳥旁字，囫，搢；huá：華旁字外全部；huō：全部；huó：和字外全部；

jī：責旁、亦旁、乞旁、及旁、敫旁字，唧，擊，緝；jí：全部；jiā：夾旁字；jiá：全部；jiē：吉旁、姜旁、曷旁字；jié：全部；jū：匊旁、局旁字；jú：全部；jiē：嗟字外全部；jué：全部；

kē：盍旁、合旁字；ké：全部；kū：古旁字外全部；

lā：全部；lá：全部；

miē：全部；mō：全部；

niē：全部；nié：全部；

pāi：全部；piē：全部；pū：全部；pú：業（卜）旁字；

qī：戚旁、七旁、桼旁、咠旁字；qiā：全部；qiē：全部；qiè：緝；qū：曲旁、匊旁、出旁字；quē：全部；

shā：殺旁字，煞；sháo：杓、勺；shī：失、濕、虱；shí：石旁、十旁、食旁字，實、識、拾；shóu：熟；shū：叔旁字、倏；shú：全部；shuā：全部；shuō：說；sú：俗；suō：縮、嗍；

tā：及旁、昜旁字，踏；tiē：全部；tū：全部；tuō：它旁、乇旁外全部；tuó：橐；

xī：析旁、息旁、夕旁、及旁、昔旁、悉旁、易旁字，膝；xí：全部；xiā：叚旁、牙旁字外全部；xiá：叚旁字、斜外全部；xiē：些外全部；xié：圭旁、皆旁、奚旁字，擷、邪、斜外全部；xū：戌；xuē：靴外全部；xué：全部；

yā：甲旁、犬旁字（含壓）；yē：椰外全部；yé：邪旁字，爺、斜外全部；yī：一、壹；yí：扌旁字，一、壹；yōu：全部；yuē：全部；zā：全部；zá：全部；zé：全部；zéi：賊；zhā：咋、吒、紮（劄）；zhá：全部；zhāi：商旁字；zhái：全部；zhē：遮外全部；zhé：全部；zhī：汁、隻、織、擲；zhí：全部；zhōu：粥；zhóu：全部；zhú：全部；zhuō：全部；zhuó：全部；zú：全部；zuō：全部；zuó：全部。

　　自以上所選，已不難看出陰平、陽平中入聲字之聲母，特別是韻母分布之範圍與規律。至於上、去聲中入聲字之分布，同以上情況大體一致。如此尚不能準確判斷者，可尋購簡明韻書分爲一百六部者核對；久之，必能瞭然於心，準確判斷入聲字。倘如此，則平仄問題已遊刃有餘矣。

二、平仄

　　近體詩講求平仄，乃爲尋求聲韻之鏗鏘；平仄交互使用，即能獲聲律之美感。此種形式，漢魏已有，并非自覺；沈、周諸子，有意倡導。至唐代近體形成，其交互使用之規則始固定，一直沿用至今，不可移易。

　　謹將近體詩五律、七律、五絶、七絶格式分列如下。爲書寫簡便，以〇代表平聲，●代表仄聲；◐代表某字可平可仄，平爲正格；◑代表可仄、可平，仄爲正格；△代表用韻。

　　五律句型祇有四種：

　　1. ●●●〇〇　　2. 〇〇●●〇

　　3. ●●〇〇●　　4. 〇〇〇●●

由此四句錯綜變化，即構成五律之四種平仄格式。

　　由仄聲起句者，分爲兩種格式：

首句不入韻者：

◑●●〇●，〇〇◐●〇。◐〇◐●●[①]，◐●●〇〇。◐●◐〇●，〇〇◐●〇。◐〇◐●●，◐●●〇〇。

如杜審言《登襄陽城》：

旅客三秋至，層城四望開。楚山橫地出，漢水接天回。冠蓋非新

---

① 此句若第三字用仄，第一字必須用平，下仿此。

里，章華即舊臺。習池風景異，歸路滿塵埃。

首句入韻者：

◐●○○●，○○◐●○。◐○○●●，◐●●○○。◐●○○●，○○◐●○。◐○○●●，◐●●○○。

如王維《終南山》：

太乙近天都，連山接海隅。白雲回望合，青靄入看無。分野中峰變，陰晴衆壑殊。欲投人處宿，隔水問樵夫。

由平聲起句者，亦分爲兩種格式：

首句不入韻者：

◐○◐●●，◐●●○○。◐●○○●，○○◐●○。◐○○●●，◐●●○○。◐●○○●，○○◐●○。

如李白《送友人》：

青山橫北郭，白水繞東城。此地一爲別，孤蓬萬里征。浮雲遊子意，落日故人情。揮手自茲去，蕭蕭班馬鳴。

首句入韻者：

○○●●○，◐●●○○。◐●○○●，○○◐●○。◐○○●●，◐●●○○。◐●○○●，○○◐●○。

如杜甫《重題鄭氏東亭》：

華亭入翠微，秋日亂清暉。崩石欹山樹，晴漣曳水衣。紫鱗沖岸躍，蒼隼護巢歸。向晚尋征路，殘雲傍馬飛。

五律以首句不用韻者爲正格，首句用韻者爲變格；以仄起式爲常見，而平起式、首句入韻者少見。

知道五律之平仄、用韻，則七律便已容易。七律句式亦四種，即於五律句式前加二字，仄起句前加平平，平起句前加仄仄便成矣。

七律句型亦僅四種：

1. ○○●●●○○   2. ●●○○●●○
3. ○○●●○○●   4. ●●○○○●●

由此四句錯綜變化，亦構成七律之四種平仄格式。由平聲起句者，分爲兩種格式：

首句入韻者：

◐○◑●◐○，◑●○○◐●○。◐●○○○●●①，◐○◑●●○○。
◐○◑●◐○，◑●○○◐●○。◐●○○○●●，◐○◑●●○○。

如白居易《錢塘湖春行》：

孤山寺北賈亭西，水面初平雲脚低。幾處早鶯爭暖樹，誰家新燕啄春泥？亂花漸欲迷人眼，淺草纔能没馬蹄。最愛湖東行不足，綠楊陰裏白沙堤。

首句不入韻者：

◐○◑●◐○●，◑●○○◐●○。◐●○○○●●，◐○◑●●○○。
◐○◑●◐○●，◑●○○◐●○。

如劉禹錫《酬樂天揚州初逢席上見贈》：

巴山楚水淒凉地，二十三年棄置身。懷舊空吟聞笛賦，到鄉翻似爛柯人。沉舟側畔千帆過，病樹前頭萬木春。今日聽君歌一曲，暫憑杯酒長精神。

由仄聲起句者，亦分爲兩種格式：

首句入韻者

●●○○◐●○，○◑●●●○○。◑○◐●○○●，◐●○○●●○。
●●○○◐●○，◑●○○○●●。◐○◑●●○○。

如杜甫《登樓》：

花近高樓傷客心，萬方多難此登臨。錦江春色來天地，玉壘浮雲變古今。北極朝廷終不改，西山寇盜莫相侵②。可憐後主還祠廟，日暮聊爲梁甫吟。

首句不入韻者

◐●○○○●●，◐○◑●●○○。◑○◐●○○●，◐●○○●●○。

如杜甫《聞官軍收河南河北》：

---

① 此句若第五字用仄，第三字必須用平，下仿此。
② 侵，平聲，侵韻字。

劍外忽傳收薊北，初聞涕淚滿衣裳。却看①妻子愁何在，漫捲詩書喜欲狂。白日放歌須縱酒，青春作伴好還鄉。即從巴峽穿巫峽②，便下襄陽向洛陽。

七律以首句用韻者爲正格，首句不用韻者爲變格；以平起式爲常見，仄起式爲少見。

絶句爲律詩之半，容後叙述。

五律、七律，均爲八句，每兩句爲一聯，共四聯：頭兩句曰首聯，三四句曰頷聯，五六句曰頸聯，末兩句曰尾聯。每聯之前句曰出句，後句曰對句。

律詩講究"黏對"。黏者，上聯之對句與下聯之出句平仄必須同類：上聯對句爲第 1 種，則下聯出句爲第 3 種；上聯對句爲第 2 種，下聯出句爲第 4 種。即上聯對句爲平起句，下聯出句必須也爲平起句，平仄一致，將兩聯黏結起來。對者，每聯之出句與對句必須句型相反：出句爲第 1 種，對句必爲第 2 種；出句爲第 3 種，對句必爲第 4 種，平仄完全對立。以上所録五律、七律，皆合黏對規則。若不合黏之規則，謂失黏；凡不合對之規則，謂失對。初唐之時，格律未嚴，黏之規則，尚未確定，失黏之忌，時有違犯，直至盛唐，李杜巨匠，未能全免。李白《登金陵鳳凰臺》之頷聯與首聯間，《别中都明府兄》之頷聯與首聯間、頸聯與頷聯間；杜甫《詠懷古迹五首》之二頷聯與首聯間，皆爲失黏。對之規則，確定較早，唐人近體，失對極少。宋代之後，失黏、失對爲近體大忌，已無人違犯。

律詩尚須忌孤平，究拗救。

孤平僅就第 2 種句型而言，其五律該句型第一字、七律第三字必須爲平聲，否則即爲犯孤平，爲近體大忌。唐人律詩，罕見孤平。

拗句，即不依常規平仄之句。補救拗句，即謂拗救。一律句中，該平處用仄聲，即在本句或對句之適當位置，改爲該用仄聲處用平聲，以便補救，合之則謂拗救。凡律詩中多用拗句，便成爲古風式律詩。常見拗救格

---

① 看：此處爲陰平，亦讀去聲於别處。
② 峽：入聲。

式有三：

1. 第1種句型拗救：五律將○○○●●變爲○○●○●句型。如陳子昂《春日登金華觀》之"山川亂雲日"，沈佺期《隴頭水》之"西流入羌郡"，宋之問《登禪定寺閣》之"開襟坐霄漢"，王維《歸嵩山作》之"清川帶長薄"、《過香積寺》之"泉聲咽危石"，孟浩然《過故人莊》之"開軒面場圃"，李白《贈孟浩然》之"紅顏棄軒冕"、《夜泊牛渚懷古》之"登舟望秋月"，杜甫《春日憶李白》之"清新庾開府"、《月夜》之"遙憐小兒女"，李商隱《陳後宮》之"還依水光殿"，溫庭筠《送人東遊》之"高風漢陽渡"，皆爲此類。七律將●●○○○●●變爲●●○○●○●句型。如沈佺期《龍池篇》之"爲報寰中百川水"，王維《送方尊師歸嵩山》之"山壓天中半天上"，高適《夜別韋司士》之"莫怨他鄉暫離別"，李白《鸚鵡洲》之"鸚鵡西飛隴山去"，杜甫《詠懷古迹五首》其一之"庾信平生最蕭瑟"、其三之"千載琵琶作胡語"、《九日》之"竹葉於人既無分"，劉禹錫《荊州道懷古》之"徒使詞臣庾開府"，白居易《尋郭道士不遇》之"欲問參同契中事"、《西湖留別》之"處處回頭盡堪戀"，杜牧《九日齊山登高》之"古往今來祇如此"，李商隱《茂陵》之"誰料蘇卿老歸國"，溫庭筠《贈蜀府將》之"今日逢君倍惆悵"，亦皆此類。此類句型，五律之第三字拗，第四字救；七律之第五字拗，第六字救，較常用於尾聯之出句。此類拗救，謂本句自拗自救，極常見於唐宋人律詩中。或以爲非拗句，乃一特定平仄格式。此類句型，五言第一字、七言第三字必須平聲。

2. 第2種句型拗救：五律將○○●●○變爲●○○●○句型。如劉眘虛《闕題》之"遠隨流水香"，王維《歸嵩山作》之"暮禽相與還"，孟浩然《與諸子登峴山》之"往來成古今"，岑參《送杜佐下第歸陸渾別業》之"陸渾花未開"，杜甫《搗衣》之"況經長別心"、《移居公安山館》之"北風天正寒"，張籍《夜到漁家》之"主人猶未歸"，李商隱《落花》之"小園花亂飛"，皆爲此類。七律將●●○○●●○變爲●●●○○●○句型。如杜甫《城西陂泛舟》之"橫笛短簫悲遠天"、《九日》之"抱病起登江上臺"，元稹《寄樂天二首》其一之"兩地各傷何限神"，許渾《咸陽城東樓》之"山雨欲來風滿樓"，亦皆此類。此類句型，五律第一字、七律第三字必須用平聲，却改用仄聲，故須於五律第三

上編　詩律述要　　　　　　　　　　　　　　15

字、七律第五字補償一平聲，以免犯孤平。此亦自救。

　　3. 第 3 種句型拗救：五律出句將●●○○●變爲●●●○●，即將其對句○○●●○變爲○○○●○，予以補救。如王維《終南別業》之頷聯"行到水窮處，坐看雲起時"（看，陰平聲）、《登裴秀才迪小臺》之頷聯"落日鳥邊下，秋原人外閑"，孟浩然《早寒有懷》之首聯"木落雁南度，北風江上寒"，常建《破山寺後禪院》之尾聯"萬籟此皆寂，惟聞鐘磬音"，李白《秋思》之頷聯"海上碧雲斷，單于秋色來"、《送友人》之尾聯"揮手自茲去，蕭蕭班馬鳴"，杜甫《江上》之首聯"江上日多雨，蕭蕭荊楚秋"、《孤雁》之頸聯"望盡似猶見，哀多如更聞"，韓愈《祖席（秋字）》之頷聯"況與故人別，那堪羈宦愁"，李商隱《蟬》之頸聯"薄宦梗猶泛，故園蕪已平"，皆爲此類。七律出句將○○●●○○●變爲○○●●●○●，即將其對句●●○○●●○變爲●●○○○●○，予以補救。如崔顥《黃鶴樓》之頸聯"晴川歷歷漢陽樹，芳草萋萋鸚鵡洲"，杜甫《白帝城最高樓》之尾聯"杖藜歎世者誰子，泣血迸空回白頭"，李商隱《二月二日》之頷聯"花鬚柳眼各無賴，紫蝶黃蜂俱有情"，亦皆此類。此種拗救常與第 2 種拗救合用。上列王維詩聯"行到水窮處，坐看雲起時"，句中"水"爲第 3 種句型之拗，"坐"爲第 4 種句型之拗，"雲"字既救出句，又自救對句，稱爲兩救。又上列杜甫詩聯"杖藜歎世者誰子，泣血迸空回白頭"，"者""迸"皆拗，"回"字既救出句，又自救對句。此種拗救，七律極少見，而五律較常見。第 3 種出句之拗，亦可不救。如陳子昂《春夜別友人二首》其一頸聯"明月隱高樹，長河沒曉天"，王維《送張判官赴河西》尾聯"慷慨倚長劍，高歌一送君"，孟浩然《題大禹寺義公禪房》頷聯"戶外一峰秀，階前衆壑深"，李白《秋登宣城謝朓北樓》頷聯"兩水夾明鏡，雙橋落彩虹"、《太原早秋》首聯"歲落衆芳歇，時當大火流"，柳宗元《八月十五日夜玩月》頷聯"暑退九霄净，秋澄萬景清"，賈島《宿山寺》首聯"衆岫聳寒色，精廬向此分"，杜荀鶴《送人遊吴》頸聯"夜市賣菱藕，春船載綺羅"，皆爲第三種句型拗而不救者。此類句型尚有兩種特殊句式，可救可不救。如孟浩然《送友東歸》首聯"士有不得志，栖栖吴楚間"，岑參《初授官題高冠草堂》首聯"三十始一命，宦情多欲闌"，杜甫《送遠》頸聯"草木歲月晚，關河霜雪清"、《蕃劍》首聯"致此自僻遠，又非珠玉裝"、《孤雁》首聯"孤雁不飲啄，飛鳴聲念群"，李商隱《落花》首聯"高閣客竟去，小園花亂飛"，馬戴《落日悵望》尾聯"臨水不敢照，恐驚平昔顏"，于武陵《東門路》頷聯"白日若不落，紅塵應更深"（應，陰平聲），周樸《董嶺水》頷聯"禹力不到處，河聲流向西"，許棠《野步》首聯"閑賞步易遠，野吟聲自高"，崔塗《除夜有懷》頸聯"漸與骨肉遠，轉于童僕親"，皆爲一類。此類出句爲五仄或四仄，即第3種句型拗救出句第四字亦變爲仄聲者，其對句則予以補救。亦有不補救者，如齊己《早梅》之首聯"萬木凍欲折，孤根暖獨回"，即是例證。以上爲一類。另一類出句爲●●○●●，對句補救者爲○○○●○。如岑參《陝州月城樓送辛判官入奏》之首聯"送客飛鳥外，城頭樓最高"，白居易《賦得古原草送別》頷聯"野火燒不盡，春風吹又生"，即爲對句補救者；李白《過崔八丈水亭》首聯"高閣橫秀氣，清幽并在君"，張籍《薊北旅思》頸聯"失意還獨語，多愁祇自知"，即爲對句不補救者。至於七律補救者，宋人陸游《夜泊水村》"一身報國有萬死，雙鬢向人無再青"可爲例證，唐、宋人七律詩罕見之，不足法。

此外，唐人律詩中尚有一種出句爲○○●●●（五律），●●○○●●●（七律）。如韋應物《淮上喜會梁州故人》頷聯"浮雲一別後，流水十年間"，張循之《送泉州李使君之任》頷聯"雲山百越路，市井十洲人"，李商隱《少將》頷聯"煙波別墅醉，花月後門歸"，趙嘏《東歸道中二首》其二頸聯"星星一鏡髮，草草百年身"，杜甫《送韓十四江東覲省》尾聯"此別應須各努力，故鄉猶恐未同歸"、《詠懷古迹五首》其二頷聯"悵望千秋一灑淚，蕭條異代不同時"，皆爲此類，視爲律句。

唐人律詩中偶見對句下三字皆爲平聲者，稱爲三平調，爲律詩大忌之一，不能視爲律句，而在古風中却爲常見句型之一。如張蠙《登單于臺》首聯"邊兵春盡回，獨上單于臺"，杜甫《崔氏東山草堂》頷聯"有時自發鐘磬響，落日更見漁樵人"，便爲例證。

五、七言律詩句型法則已如上述。而學人中嘗流傳一種口訣，稱爲"一三五不論，二四六分明"。其意爲律詩每句中第一、三、五字之平仄可不講求，可平可仄，而第二、四、六字之平仄則應該講求，不可移易。此就七言律句而論。以第七字之平仄在出句與對句中已定，依此，五言律句即應"一三不論，二四分明"。此口訣尤不宜在初學者中提出，以免謬誤難正。對於仄聲收尾之兩句型即第3、4種，一、三、五字可以不論；而對於平聲收尾之兩種句型即第1、2種，則已如上述，必須講求：第2種句型，五律第一字，七律第三字，必須平聲，否則便是犯孤平，爲律詩大忌之一；第1種句型，五律第三字，七律第五字，必須仄聲，否則其句末三字皆平聲，稱爲三平調，亦爲律詩大忌之一。由此可知，以上口訣，不能不究，不然，將長久貽害後來之學人。

若知上述五律、七律之句型、格式與法則，則長律與律絕亦悉知矣。長律雖句數超八，亦僅爲律詩之延續，即便數十百韻，而其平仄、黏對、拗救諸法則，一如五律、七律。律絕分五絕、七絕，其句型一如五律、七律，各爲四種，黏對規則亦相同；祇有句數、字數不同，各少一半，已如前述。五絕以仄起式、首句不入韻爲最常見，而以平起式、首句入韻者爲少見。七絕則以平起式、首句入韻者爲常見，而以仄起式、首句不入韻爲少見。長律以五言、仄起式、首句不入韻爲最常見，而以七言、平起式、首句入韻者爲極少見。

古體詩之平仄，漢魏六朝極其自由，無規則可言。唐代以後，以受近體律詩影響，漸有法則可尋。然亦分二體：一爲純古風，一爲入律古風。

純古風之平仄相當自由，無所拘束。唐以後詩人，有意不用律句，以區別於律詩。而其句型，亦有則可尋。三平調爲古風專用句型，即句末三字皆平聲者；句末三字爲平仄平，亦較常見；句末三字爲三仄聲或仄平仄，較少見。全句平仄，亦非交替，而是交疊。用韻可平可仄，或一韻到底，或鄰韻互用，或平韻、仄韻交替，均較自由。或純五言，或純七言，或雜言，甚或有杜甫《短歌行贈王郎司直》"王郎酒酣拔劍斫地歌莫哀，我能拔爾抑塞磊落之奇才"如此之長句。此等長句，亦可視之爲四字句與七字句之組合句。句數多少，亦極自由，少則四句，多則如杜甫《北征》，長達百四十句。

入律古風，爲盡可能多用律句，然與律詩不同：句數不定，可長可短；平、仄韻交替使用；常四句一換韻。如李白《關山月》："明月出天山，蒼茫雲海間。長風幾萬里，吹度玉門關。漢下白登道，胡窺青海灣。由來征戰地，不見有人還。戍客望邊邑，思歸多苦顏。高樓當此夜，歎息未應閒。"全詩十二句，八句律句，四句拗救，黏對合格，用平韻，一韻

（十五刪）到底，然全詩僅有"漢下"一聯對仗，不合排律對仗規矩，祇能以入律古風視之。王勃《滕王閣》："滕王高閣臨江渚，佩玉鳴鸞罷歌舞。畫棟朝飛南浦雲，珠簾暮捲西山雨。閑雲潭影日悠悠，物換星移幾度秋。閣中帝子今何在？檻外長江空自流。"此詩八句，七句爲律句，一句自救拗句；四句一轉韻；平仄韻交替；六、七句失黏，爲初唐詩所常見。或本係兩首絕句，且係律絕：前四句爲一首七言仄韻律絕，後四句爲一首七言平韻律絕，後人合爲一首入律古風，亦未可知也。

　　元和年間，白居易作《長恨歌》《琵琶行》，元微之作《連昌宮詞》，爲七言入律古風，世稱"元和體"。今以《長恨歌》爲例，或可知其概焉。《長恨歌》爲純七言古風，全詩百二十句，其中律句、自救拗句八十七句，拗句未救者十句，可稱爲盡可能用律句者也。其換韻情況：首尾各八句計十六句；二句即換韻者，仄韻一處二句，平韻三處計六句，平韻換仄韻一處計四句，合之則爲十二句；其餘九十二句爲四句一換韻者，此中平韻換平韻者二處計十六句，仄韻換仄韻者一處計八句，仄韻換仄韻再換仄韻者一處計十二句，合之則爲三十六句；其餘五十六句爲平韻、仄韻交替者。由此可知，四句一換韻者占全詩四分之三，而平韻、仄韻交替者尚未及半。其用韻情況依次爲：十三職（國、得、識、側、色）；四支（池、脂、時）；二蕭（搖、宵、朝）；廿二禡（暇、夜）；十一真（人、身、春）；七麌（土、戶〈六語〉、女）；十二文（雲、聞）；二沃（竹〈一屋〉、足、曲）；八庚（生、行）；四紙（止、里、死）；十一尤（收、頭、流）；十一藥（索、閣、薄）；八庚（青〈九青〉、情、聲）；六御（馭、去、處）；五微（衣、歸）；廿五有（舊、柳）；四支（眉、垂、時）；十九皓（草、掃、老）；一先（然、眠、天）；二腫（重、共〈二宋〉、夢〈一送〉）；十一陌（客、魄〈十二錫〉、覓）；十七霰（電、遍、見）；十四刪（山、間）；四紙（起、子、是）；八庚（扃〈九青〉、成、驚）；十灰（徊、開、來）；七麌（舉〈六語〉、舞、雨）；七陽（王、茫、長）；六御（處、霧、去）；十七霰（扇、鈿、見）；四支（詞、知、時、枝、期）。由此可知，全詩換韻三十次，所謂急管繁弦，音韻鏗鏘者也；涉及詩韻廿八部（重複不計）；共用韻字九十二字，其中五字重出，不避重字；六韻重用，其中支韻、庚韻各用三次，麌韻、紙韻、御韻、霰韻各用二次，不避重韻；可視爲用鄰韻者四部，出韻者三部，其中腫韻、宋韻、送韻上、去三部相押，不避出韻。此乃《長恨歌》用律句、換韻、用韻部、韻字之概況，亦即"元和體"之概況也。

以上爲唐人近體詩、古體詩用韻、平仄、句型、格式規則之概觀也。

三、對仗

對仗，爲唐人及唐以後近體詩又一重要規定。對仗，爲承襲六朝駢文之駢偶句式，有如儀仗隊形、成雙成對排列之律詩聯句規則。律詩如駢文之"駢散兼行"，常將首尾二聯散行，不必講對仗；頷、頸兩聯則規定，必須講對仗。而初唐之時，律詩尚未定型，頷聯是否要對仗，還較自由；直至盛唐，尚有頷聯不講對仗者；中唐以後，已屬罕見，不講對仗，即非律詩。初唐時，如王勃《送杜少府之任蜀州》"與君離別意，同是宦遊人"，陳子昂《送別崔著作東征》"王師非樂戰，之子慎佳兵"，宋之問《題大庾嶺北驛》"我行殊未已，何日復歸來"；盛唐時，如張九齡《折楊柳》"一枝何足貴，憐是故園春"，王維《同崔興宗送瑗公》"獨向池陽去，白雲留故山"，孟浩然《與諸子登峴山》"江山留勝迹，我輩復登臨"，李白《塞下曲六首》其一"笛中聞折柳，春色未曾看"（看，陰平聲），杜甫《月夜》"遙憐小兒女，未解憶長安"；中唐以後，如劉禹錫《歲夜詠懷》"念昔同遊者，而今有幾多"：以上所列，皆爲頷聯不講對仗之例證。

除頷、頸二聯必須對仗外，首聯亦講對仗，此種情況，在律詩中較爲常見。唐人五律首聯對仗者比比焉，以五律首句不入韻爲常宜於對仗故。如王勃《秋日別薛升華》"送送多窮路，遑遑獨問津"，沈佺期《被試出塞》"十年通大漠，萬里出長平"，王維《漢江臨泛》"楚塞三湘接，荊門九派通"，孟浩然《梅道士水亭》"傲吏非凡吏，名流即道流"，岑參《寄左省杜拾遺》"聯步趨丹陛，分曹限紫微"，李白《宮中行樂詞八首》其七"寒雪梅中盡，春風柳上歸"，杜甫《春望》"國破山河在，城春草木深"，白居易《宴散》"小宴追涼散，平橋步月回"，李商隱《過姚孝子廬偶書》"拱木臨周道，荒廬積古苔"，以上爲五律首句不入韻而首聯對仗者例證。七律首句不入韻而首聯對仗者較少見。如王維《奉和聖製從蓬萊向興慶閣道中留春雨中春望之作應製》"渭水自縈秦塞曲，黃山舊繞漢宮斜"，杜甫《野望》"西山白雪三城戍，南浦清江萬里橋"、《冬至》"年年至日長爲客，忽忽窮愁泥殺人"，劉禹錫《尋郭道士不遇》"郡中乞假來相訪，洞裏朝元去不逢"、《送王十八歸山，寄題仙遊寺》"曾于太白峰前住，數到仙遊寺裏來"，以上爲七律首句不入韻而首聯對仗者例證。五律首句入韻而首聯對仗者亦少見。如王勃《送杜少府之任蜀州》"城闕輔三秦，風煙望五津"，陳子昂《春夜別友人二首》其一"銀燭吐青煙，金樽對綺筵"，宋之問《登禪定寺閣》"梵宇出三天，登臨望八川"，王維《終南山》"太乙近天都，連山接海隅"，杜甫《公安縣懷古》"野曠呂蒙營，江深劉備城"，李商隱《細雨》"蕭灑傍回汀，依微過短亭"，爲此類例證。七律首句入韻而首聯對仗者亦少見。如沈佺期《興慶池侍宴應制》"碧水澄潭映遠空，紫雲香駕御微風"，岑參《奉和中書舍人賈至早朝大明宮》"雞鳴紫陌曙光寒，鶯囀皇州春色闌"，劉禹錫《赴蘇州酬別樂天》"吳郡魚書下紫宸，長安廄吏送朱輪"，李商隱《南朝》"玄武湖中玉漏催，雞鳴埭口繡襦回"、《淚》"永巷長年怨綺羅，離情終日思風波"，許渾《金陵懷古》"玉樹歌殘王氣終，景陽兵合戍樓空"，爲此類例證。

尾聯對仗者，在唐人五、七言律詩中尤爲少見。沈佺期《送金城公主適西番應製》"西戎非我匹，明主至公存"，張說《還至端州驛前與高六別處》"往來皆此路，生死不同歸"，王維《登裴秀才迪小臺》"好客多乘月，應門莫上關"、《秋夜獨坐》"欲知除老病，唯有學無生"，岑參《奉送李太保兼御史大夫充渭北節度使》"弟兄皆許國，天地荷成功"，祖詠《泊揚子岸》"客衣今日薄，寒氣近來饒"，杜甫《刈稻了詠懷》"無家問消息，作客信乾坤"，于鵠《題鄰居》"雖然在城市，還得似樵漁"，溫庭筠《太子西池二首》其二"薄暮香塵起，長楊落照明"，以上爲五律尾聯對仗例證。李頎《題璿公山池》"此外俗塵都不染，惟余玄度得相尋"、《宿瑩公禪房聞梵》"始覺浮生無住著，頓令心地欲皈依"，岑參《奉和杜相公發益昌》"暫到蜀城應計日，須知明主待持衡"，杜甫《聞官軍收河南河北》"即從巴峽穿巫峽，便下襄陽向洛陽"、《將赴成都草堂，途中有作，先寄嚴鄭公五首》其五"共說總戎雲鳥陣，不妨遊子芰荷衣"、《宿府》"已忍伶俜十年事，強移栖息一枝安"、《秋興八首》其七"關塞極天惟鳥道，江湖滿地一漁翁"、《九日五首》其一"弟妹蕭條各何在？干戈衰謝兩相催"，以上爲七律尾聯對仗例證。

全首對仗者，唐人五、七言律詩雖極少，然亦有之。如李商隱《陳後宮》（"茂苑城如畫，閶門瓦欲流。還依水光殿，更起月華樓。侵夜鶯開鏡，迎冬雉獻裘。從臣皆半醉，天子正無愁。"），許棠《野步》（"閑賞步易遠，野吟聲自高。路無人到迹，林有鶴遺毛。物外趣多別，塵中心枉勞。沿溪收墮果，坐石喚饞猱。"），李嶠《奉和初春幸太平公主南莊應製》（"主家山第接雲開，天子春遊動地來。羽騎參差花外轉，霓旌搖曳日邊回。還將石溜調琴曲，更取峰霞入酒杯。鑾輅已辭烏鵲渚，簫聲猶繞鳳凰臺。"），宗楚客《奉和幸安樂公主山莊應制》（"玉樓銀榜枕巖城，翠蓋紅旂列禁營。日映層岩圖畫色，風搖雜樹管弦聲。水邊重閣含飛動，雲裏孤峰類削成。幸睹八龍遊閬苑，無勞萬里訪蓬瀛。"），杜甫《登高》（"風急天高猿嘯哀，渚清沙白鳥飛回。無邊落木蕭蕭下，不盡長江滾滾來。萬里悲秋常作客，百年多病獨登臺。艱難苦恨繁霜鬢，潦倒新停濁酒杯。"）、《冬至》（"年年至日長爲客，忽忽窮愁泥殺人。江上形容吾獨老，天涯風俗自相親。杖藜雪後臨丹壑，鳴玉朝來散紫宸。心折此時無一寸，路迷何處見三秦？"），爲此類例證。

五、七言律詩，以頷、頸兩聯皆對仗者爲正格，以頷聯不對仗、首聯對仗、尾聯對仗及全首四聯均對仗者爲變格。至於李白《夜泊牛渚懷古》、釋皎然《尋陸鴻漸不遇》一類既合平仄，又講詩韻，而全首却無一聯對仗者，竊以爲歸入入律古風爲好，以免後來者混淆不清或刻意仿製，而不知律詩正格之本來面目者也。

長律之對仗，與五、七言律詩相同，首聯可對仗，亦可不對仗。前者爲變格，後者爲正格。如盧照鄰《西使兼送孟學士南遊》"地道巴陵北，天山弱水東"，杜審言《贈蘇味道》"北地寒應苦，南庭戍未歸"，杜甫《春歸》"苔徑臨江竹，茅檐覆地花"，李商隱《賦得月照冰池》"皓月方離海，堅冰正滿池"，均爲五言長律首聯講對仗之例證。此類較爲少見。五言長律首聯不對仗者爲常見，不必舉例。全首俱對仗者亦爲變格，極少見，兹舉一例爲證。王維《曉行巴峽》："際曉投巴峽，餘春憶帝京。晴江一女浣，朝日衆雞鳴。水國舟中市，山橋樹杪行。登高萬井出，眺迥二流明。人作殊方語，鶯爲故國聲。賴多山水趣，稍解別離情。"尾聯不對仗者最常見，對仗者罕見，兹不俱舉。至於七言長律，作者很少，其對仗規則與五言長律相同。兹舉一例爲證。白居易《泛太湖書事，寄微之》："煙渚雲帆處處通，飄然舟似入虛空。玉杯淺酌巡初匝，金管徐吹曲未終。黃夾纈林寒有葉，碧琉璃水净無風。避旗飛鷺翩翻白，驚鼓跳（跳，陽平聲）魚撥剌紅。澗雪壓多松偃蹇，岩泉滴久石玲瓏。書爲故事留湖上，吟作新詩寄浙東。軍府威容從道盛，江山氣色定知同。報君一事君應羨，五宿澄波皓月中。"此詩首尾兩聯均未對仗。

　　律絕，一名絕句，又名截句，乃截取律詩之半而成者。若截取律詩首尾二聯，則全首無對仗；若截取頷頸二聯，則全首皆對仗；若截取首頷二聯，則後聯爲對仗；若截取頸尾二聯，則前聯爲對仗。第一種爲常見，第四種較常見，第二、三種少見。王維《山中送別》："山中相送罷，日暮掩柴扉。春草明年綠，王孫歸不歸？"李商隱《登樂遊原》："向晚意不適，驅車登古原。夕陽無限好，祇是近黃昏。"李白《白帝下江陵》："朝辭白帝彩雲間，千里江陵一日還。兩岸猿聲啼不住，輕舟已過萬重山。"杜牧《山行》："遠上寒山石徑斜，白雲生處有人家。停車坐愛楓林晚，霜葉紅於二月花。"以上爲第一種例證。王之渙《登鸛雀樓》："白日依山盡，黃河入海流。欲窮千里目，更上一層樓。"令狐楚《相各歌辭·從軍行五首》其四："胡風千里驚，漢月五更明。縱有還家夢，猶聞出塞聲。"杜甫《絕句四首》其三："兩個黃鸝鳴翠柳，一行白鷺上青天。窗含西嶺千秋雪，門泊東吳萬里船。"柳淡《征人怨》："歲歲金河復玉關，朝朝馬策與刀環。三春白雪歸青塚，萬里黃河繞黑山。"以上爲第二種例證。孟浩然《宿建德江》："移舟泊煙渚，日暮客愁新。野曠天低樹，江清月近人。"祖詠《終南望餘雪》："終南陰嶺秀，積雪浮雲端。林表明霽色，城中增暮寒。"杜審言《贈蘇綰書記》："知君書記本翩翩，爲許從戎赴朔邊。紅粉樓中應計日，燕支山下莫經年。"李白《上皇西巡南京歌十首》其四："誰道君王行路難，六龍西幸萬人歡。地轉錦江成渭水，天回玉壘作長安。"以上爲第三種例證。王維《鳥鳴澗》："人閑桂花落，夜靜春山空。月出驚山鳥，時鳴春澗中。"杜甫《八陣圖》："功蓋三分國，名成八陣圖。江流石不轉，遺恨失吞吳。"李白《宣城見杜鵑花》："蜀國曾聞子規鳥，宣城還見杜鵑花。一叫一回腸一斷，三春三月憶三巴。"白居易《種荔枝》："紅顆珍珠誠可愛，白鬚太守亦何癡。十年結子知誰在，自向庭中種荔枝。"以上爲第四種例證。

　　律絕中，尚有一種仄韻絕句。王維《竹裏館》："獨坐幽篁裏，彈琴復長嘯。深林人不知，明月來相照。"此詩用去聲十八嘯韻。其平仄格式爲：

●●○○●，○○●●○。○○●●○，●●○○●。仄起式如上例平仄、黏對均合規則者罕見。仄起式如下例失黏對者亦不多見。賈島《尋隱者不遇》："松下問童子，言師采藥去。祇在此山中，雲深不知處。"此詩用去聲六御韻。其二、三句間失黏，一、二句間失對。李白《玉階怨》："玉階生白露，夜久侵羅襪。却下水精簾，玲瓏望秋月。"此詩用入聲六月韻。其平仄格式爲：●○○●●，●●○○●。●●●○○，○○●●●。平起式如上例平仄、黏對均合規則者尚有之。劉長卿《送靈澈上人》："蒼蒼竹林寺，杳杳鐘聲晚。荷笠帶斜陽，青山獨歸遠。"此詩用上聲十三阮韻。此外，尚有首句入韻者。王維《孟城坳》："新家孟城口，古木餘衰柳。來者復爲誰？空悲昔人有。"此詩用上聲二十五有韻。其平仄格式爲：○○●●●，●●●○●。○○○●●，○○●●●。首句入韻如該詩平仄、黏對均合規則者亦罕見。首句不入韻者尚有一格。王涯《閨人贈遠四首》其四："鶯啼綠樹深，燕語雕梁晚。不省出門行，沙場知近遠。"此詩用上聲十三阮韻。其平仄格式爲：○○●●○，●●○○●。●●●○○，○○●●●。平起式失黏、失對者較常見。王維《鹿砦》："空山不見人，但聞人語響。返景入深林，復照青苔上。"柳宗元《江雪》："千山鳥飛絕，萬徑人踪滅。孤舟蓑笠翁，獨釣寒江雪。"前者失對，後者失黏。由此觀之，仄韻五言律絕，仄起式少見，平起式常見。仄韻七言詩絕句，常見者亦有平起式、仄起式，且前者爲常見，後者少見。而入律者尚未見，所見者若非平仄不合律句，便是黏對錯失。高適《營州歌》："營州少年厭原野，狐裘蒙茸獵城下。虜酒千鍾不醉人，胡兒十歲能騎馬。"此詩用上聲二十一馬韻。其平仄格式爲：○○●●●○●，○○○○●●●。●○○●●，○○●●○○●。該詩前兩句失對。岑參《酒泉太守席上醉後作》："酒泉太守能劍舞，高堂置酒夜擊鼓。胡笳一曲斷人腸，座上相看淚如雨。"此詩用上聲七麌韻。其平仄格式爲：●○●●○●●，○○●○●●●。○○●●●○○，●●○○●○●。前兩句仍失對。另有無名氏《胡笳曲》："月明星稀霜滿野，氈車夜宿陰山下。漢家自失李將軍，單于公然來牧馬。"此詩用上聲二十一馬韻。其平仄格式爲：●○○○●●

●，○○●○○。●○●●○○，○○○○●●。該詩首尾兩句均非律句，既失對，又失黏。以上爲平起式情狀。仄起式，僅舉一例，可窺其概。李洞《繡嶺宮詞》："春日遲遲春草綠，野棠開盡飄香玉。繡嶺宮前鶴髮翁，猶唱開元太平曲。"此詩用入聲二沃韻（玉，讀如浴）。其平仄格式爲：○●○○●●，●○○●●○●。●○○●○○●，○●○○●○●。該詩二、三句失黏。若按初唐規則，可視爲一首仄韻七言律絕。其餘歸入仄韻七言古絕爲宜。

五、七言絕句外，尚有六言絕句。以其少見，附錄於後，以備一格。王維《田園樂七首》其三："采菱渡頭風急，策杖林西日斜。杏樹壇邊漁父，桃花源裏人家"。此詩用下平聲六麻韻。其平仄格式爲：●○●○○●，●●○○●○。●●○○○●，○○○●○○。之五："山下孤煙遠村，天邊獨樹高原。一瓢顔回陋巷，五柳先生對門。"此詩用上平聲十三元韻。其平仄格式爲：○●○○●●，○○●●○○。●○○●●，●●○○●○。其六："桃紅復含宿雨，柳綠更帶朝煙。花落家僮未掃，鳥啼山客猶眠"。此詩用下平聲一先韻。其平仄格式爲：○○●○●●，●●●○○。○●○○●●，●○○●○○。由此觀之，三絕句用韻皆嚴格，黏對規則亦嚴守，前後聯均對仗，惟句型與五、七言律句不同。

近體詩對仗，以句法結構相同者爲正格。而詩人們每講求字面相對，不甚講求句法結構相同。所謂字面相對，即講求詞類相同者互爲對仗。詞類又大體分爲十類：1. 名詞，2. 動詞，3. 形容詞，4. 代詞，5. 方位詞，6. 數量詞，7. 顏色詞，8. 聯綿詞，9. 副詞，10. 虛詞。其中，5、6、7 三類各自獨立，難與別類爲對仗；8 類絕不與其他類相對仗，本類中詞性不同者亦不相爲對仗。總而言之，各詞類自爲對仗，惟不及物動詞可與形容詞相對仗。

依照慣例，名詞類尚可細分爲十五小類：1. 天文類，2. 地理類，3. 時序類，4. 建築類，5. 文具類，6. 文史類，7. 音樂類，8. 器械類，9. 衣飾類，10. 人倫類，11. 人事類，12. 形貌類，13. 餐飲類，14. 動物類，15. 植物類。

凡屬同類，且詞性相同者對仗稱爲工對，而方位、數量、顏色三類各類自相對仗者亦稱工對；凡屬相近、相關類，且詞性相同者互爲對仗稱爲寬對。七言詩聯有四、五字，五言詩聯有四字對仗工穩者，稱爲工對；五、七言詩聯少於四字對仗工穩者，稱爲寬對。

凡出句與對句全同義或基本同義之律詩對仗，稱爲合掌，乃詩家大忌之一。

近體詩對仗，上下聯應避免同字相對。凡五、七言律詩頷、頸兩聯對仗，其出句與對句之平仄必須相反；而首聯對仗首句用韻者，其出句與對句之平仄則不完全相反。

近體詩對仗之類型較多，諸如自對、借對、流水對、扇對、錯綜對、顛倒錯亂對、半對半不對、反對、正對之類，名目繁多，僅舉其要，分述於後。

所謂自對，又稱就句對，或謂當句有對，指五、七言近體詩出句內自對，復與對句相對仗者。王維《送邢桂州》頷聯"赭圻將赤岸，擊汰復揚舲"，《被出濟州》頷聯"執政方持法，明君無此心"；孟浩然《梅道士水亭》首聯"傲吏非凡吏，名流即道流"，《秋日陪李侍御渡松滋江》首聯"南紀西江闊，皇華御史雄"；劉長卿《送張繼司直適越》頷聯"萬里三江去，孤舟百戰心"；顧況《洛陽早春》頷聯"一家千里外，百舌五更頭"；沈佺期《興慶池侍宴應製》首聯"碧水澄潭映遠空，紫雲香氣御微風"；宗楚客《奉和幸安樂公主山莊應製》首聯"玉樓銀榜枕嚴城，翠蓋紅旂列禁營"；杜甫《城西陂泛舟》首聯"青蛾皓齒在樓船，橫笛短簫悲遠天"，《登高》首聯"風急天高猿嘯哀，渚清沙白鳥飛回"，《返照》頷聯"返照入江翻石壁，歸雲擁樹失山村"，《喜聞盜賊蕃寇總退口號五首》之一首聯"蕭關隴水入官軍，青海黃河卷塞雲"；劉長卿《送耿拾遺歸上都》頸聯"長安萬里傳雙淚，建德千峰寄一身"；韓翃《送冷朝陽還上元》頷聯"落日澄江烏榜外，秋風疏柳白門前"；盧綸《酬暢當嵩山尋麻道士見寄》頷聯"開雲種玉嫌山淺，渡海傳書怪鶴遲"；劉禹錫《哭呂衡州，時予方謫居》頷聯"空懷濟世安人略，不見男婚女嫁時"；李商隱《杜工部蜀中離席》頸聯"座中醉客延醒客，江上晴雲雜雨雲"，《二月二日》頷聯"花鬚柳眼各無賴，紫蝶黃蜂俱有情"；李群玉《九子坂聞鷓鴣》頷聯"正穿屈曲崎嶇路，更聽鉤輈格磔聲"；李山甫《寒食二首》其

一頷聯 "有時三點兩點雨，到處十枝五枝花"，《隋堤柳》頷聯 "但經春色還秋色，不覺楊家是李家"；蘇頲《奉和聖製途次舊居應製》長律第二聯 "出潛離隱際，小往大來初"，王維《奉和聖製幸玉真公主山莊因題石壁十韻之作應製》長律第八聯 "御羹和石髓，香飯進胡麻"；柳淡《征人怨》七絕 "歲歲金河復玉關，朝朝馬策與刀環。三春白雪歸青塚，萬里黃河繞黑山"：以上所舉，皆爲此類例證。

所謂借對，又名真假對，可分兩類：一是借義，二是借音。茲分述如下。當一詞具兩義以上時，律聯中用該詞之甲義，並借用其乙義或丙義與另一詞相對仗者，稱爲借義對。如蘇味道《正月十五夜》頸聯："遊妓皆穠李，行歌盡《落梅》"；陳子昂《送別崔著作東征》首聯 "金天方肅殺，白露始專征"；沈佺期《送金城公主適西番應製》頷聯 "那堪將鳳女，還以嫁烏孫"；高適《醉後贈張九旭》頸聯 "白髮老閒事，青雲在目前"；李白《秋登宣城謝朓北樓》頷聯 "兩水夾明鏡，雙橋落彩虹"；杜甫《對雪》頸聯 "瓢棄尊無綠，爐存火似紅"，《九日五首》其一頷聯 "竹葉於人既無分，菊花從此不須開"，《曲江二首》其二頷聯 "酒債尋常行處有，人生七十古來稀"；劉長卿《送柳使君赴袁州》頷聯 "五柳閉門高士去，三苗按節遠人歸"。例一，"穠李" 本喻妓之脂粉豔色，借其名與落梅歌曲之名相對；例二，"金" 非黃金，乃借其金黃之色代指秋景，與 "白" 字相對；例三，"鳳女" 借指公主，以鳳喻帝后，則鳳女即爲帝女亦即公主，"烏孫" 亦非烏鳥之孫，本指烏孫國，借代其國君，此聯以比喻義對借代義；例四 "白髮" 代指老翁，"青雲" 以喻 "青雲之志" 即凌雲志，此聯以指代義對比喻義；例五 "明鏡" 喻澄澈之水流，"彩虹" 喻水中之橋影，借其喻義相對；例六，"綠" 喻美酒，借其顏色義爲對；例七，"竹葉" 爲酒名，借其植物名爲對；例八，"尋常" 今義爲 "平常"，古義則有八尺爲尋，倍尋之謂常，借其數目義爲對；例九，"五柳" 特指五柳先生陶淵明，"三苗" 特指苗族古國名，借其數量與植物名相對。

近體詩聯中，借一同音之字與另一字相對仗者，稱爲借音對。如劉長卿《海鹽官舍早春》首聯 "小邑滄洲吏，新年白首翁"；岑參《和賈至舍人早朝大明宮之作》首聯 "雞鳴紫陌曙光寒，鶯囀皇州春色闌"；白居易

《西湖留別》頷聯"翠黛不須留五馬,皇恩祇許住三年";沈佺期《和韋舍人早朝》長律第二聯"玉珂龍影度,珠履雁行來";杜甫《贈特進汝陽王二十韻》第十九聯"鴻寶寧全秘,丹梯庶可凌"。例一借"滄"爲"蒼",例二、例三借"皇"爲"黃",例四借"珠"爲"朱",例五借"鴻"爲"紅"。由此觀之,借音者多爲借色之對。

所謂流水對,凡對偶句上下兩句意思相連貫、一脈相承或互爲因果者,稱爲流水對。然其句意不能相互倒置。宋之問《途中寒食》頷聯"可憐江浦望,不見洛橋人";劉眘虛《闕題》頷聯"時有落花至,遠隨流水香";常建《破山寺後禪院》頷聯"曲徑通幽處,禪房花木深";賈至《南州有贈》頸聯"忽與朝中舊,同爲澤畔吟";殷遙《送友人下第歸省》頷聯"莫將和氏淚,滴著老萊衣";杜甫《收京三首》其二頷聯"忽聞哀痛詔,又下聖明朝";司空曙《送鄭明府貶嶺南》頷聯"共對一尊酒,相看萬里人";劉方平《新春》頸聯"眠罷梳雲髻,妝成上錦車";張籍《夜到漁家》首聯"漁家在江口,潮水入柴扉";周賀《長安送人》頷聯"空將未歸意,説向欲行人";馬戴《送人遊蜀》頷聯"若聽清猿後,應多白髮生";許棠《野步》尾聯"沿溪收墮果,坐石喚饞猱";崔塗《除夜有感》頸聯"漸與骨肉遠,轉于僮僕親";崔顥《黃鶴樓》頷聯"黃鶴一去不復返,白雲千載空悠悠";杜甫《聞官軍收河南河北》尾聯"即從巴峽穿巫峽,便下襄陽向洛陽",《詠懷古迹五首》其二頷聯"悵望千秋一灑淚,蕭條異代不同時";薛逢《開元後樂》頸聯"一自犬戎生薊北,便從征戰老汾陽";秦韜玉《春雪》頷聯"片纔著地輕輕陷,力不禁風旋旋銷":以上所列,皆爲此類例證。

扇對,又名扇面對,又謂之隔句對。律詩兩聯之間,出句與出句相對仗,對句與對句相對仗者,稱爲扇對或扇面對。此種對仗,惟對句之末字與出句之末字平仄相同,與其他對仗者相異外,餘無不同。歷代爲此者極罕見,僅舉五、七律各一例爲證。白居易《夜聞箏中彈瀟湘送神曲感舊》:"縹緲巫山女,歸來七八年。殷勤湘水曲,留在十三弦。苦調吟還出,深情咽不傳。萬重雲水思,今夜月明看。"(思,名詞,去聲;看,陰平聲)鄭谷《將之瀘郡旅次遂州遇裴晤員外謫居於此話舊悽涼因寄二首》之二:"昔年共照松溪影,松折溪荒僧已無。今日重(一作同)思錦城事,雪銷花謝夢何殊。亂離未定身俱老,騷雅全休道甚孤。我拜師門更南去,荔枝春熟向渝瀘。"以上二例,一、三句相對仗,二、四句相對仗。

錯綜對,指相對仗之字詞,有時錯位,而非於相應位置兩兩成對者。儲光羲《題虯上人房》首聯"禪宮分兩地,釋子一爲心";劉長卿《江州留別薛六柳八二員外》首聯"江海相逢少,東南別處長",《宿北山禪寺蘭若》首聯"上方鳴夕磬,林下一僧還";劉禹錫《始聞秋風》首聯"昔看黃菊與君別,今聽玄蟬我却回";李群玉《同鄭相並歌姬小飲戲贈》首聯"裙拖六幅湘江水,鬢聳巫山一段(一作一朵)雲",皆爲此類例證。

顛倒錯亂對,指律聯中有意顛倒、錯亂詞語結構順序或邏輯思維順序,並在相應位置兩兩成對之對仗形式。孟浩然《與諸子登峴山》首聯"人事有代謝,往來成古今";祖詠《蘇氏別業》頸聯"竹覆經冬雪,庭昏未夕陰";岑參《高冠谷口招鄭鄠》頷聯"澗花然暮雨,潭樹暖春雲",《丘中春臥寄王子》頸聯"竹深喧暮鳥,花缺露春山";李頎《望秦川》頸聯"秋聲萬戶竹,寒色五陵松";李白《宮中行樂詞八首》其一頷聯"山花插寶髻,石竹繡羅衣",《塞下曲六首》其五頸聯"邊月隨弓影,胡霜拂劍花";杜甫《晚出左掖》頸聯"樓雪融城濕,宮雲去殿低",《秋興八首》其八頷聯"香稻啄餘鸚鵡粒,碧梧棲老鳳凰枝";劉長卿《長沙過賈誼宅》頷聯"秋草獨尋人去後,寒林空見日斜時";劉禹錫《荊門道懷古》頷聯"馬嘶古道行人歇,麥秀空城野雉飛";白居易《送王十八歸山,寄題仙遊寺》頸聯"林間暖酒燒紅葉,石上題詩掃綠苔";張泌《洞庭阻風》頷聯"青草浪高三月渡,綠楊花撲一溪煙";李商隱《少將》頷聯"煙波別墅醉,花月後門歸";溫庭筠《商山早行》頷聯"雞聲茅店月,人迹板橋霜";杜牧《題青雲館》頸聯"雲連帳影蘿陰合,枕繞泉聲客夢涼";許渾《臥病(時在京都)》頷聯"清露已凋秦塞柳,白雲空長越山薇";趙嘏《長安晚秋》頷聯"殘星幾點雁橫塞,長笛一聲人倚樓";譚用之《秋宿湘江遇雨》頷聯"秋風萬里芙蓉國,暮雨千家薜荔村";馬戴《送人遊蜀》頸聯"虹霓侵棧道,風雨雜江聲";李遠《送人入蜀》頷聯"碧藏雲外樹,紅露驛邊樓";紀唐夫《送友人歸宜春》頸聯"墅橋喧碓水,山郭入樓雲";韋莊《延興門外作》頷聯"綠奔穿內水,紅落過牆花":以上列舉,皆爲此類例證。

半對半不對，律聯中上下兩句半數字詞對仗工穩，另一半字詞不對仗者即是。王勃《送杜少府之任蜀州》頷聯"與君離別意，同是宦遊人"；王維《送梓州李使君》首聯"萬壑樹參天，千山響杜鵑"；孟浩然《早寒有懷》頷聯"我家襄水曲，遥隔楚雲端"；李白《宮中行樂詞八首》其四"玉樹春歸日，金宮樂事多"；杜甫《有感五首》其一頷聯"至今勞聖主，何以報皇天"；韋應物《送別覃孝廉》頷聯"家住青山下，門前芳草多"；杜甫《返照》首聯"楚王宮北正黃昏，白帝城西過雨痕"；劉禹錫《酬樂天揚州初逢席上見贈》首聯"巴山楚水淒涼地，二十三年棄置身"；白居易《香爐峰下新卜山居，草堂初成，偶題東壁》首聯"五架三間新草堂，石階桂柱竹編牆"；薛逢《送靈州田尚書》首聯"陰風颯颯滿旗竿，白草飀飀劍戟攢"：以上列舉，皆爲此類例證。

個別不對，律聯中僅有個別字詞不對仗者即是。駱賓王《在獄詠蟬》頷聯"那堪玄鬢影，來對白頭吟"；沈佺期《遊少林寺》首聯"長歌遊寶地，徙倚對珠林"；張説《和魏仆射還鄉》頷聯"秋風樹不静，君子歎何深"；王維《秋夜獨坐》首聯"獨坐悲雙鬢，空堂欲二更"；孟浩然《尋天台山》頷聯"欲尋華頂去，不憚惡溪名"；李白《塞下曲六首》其五首聯"塞虜乘秋下，天兵出漢家"；杜甫《月夜憶舍弟》頸聯"有弟皆分散，無家問死生"；劉長卿《送王端公入奏上都》頷聯"途經百戰後，客過二陵稀"；杜甫《宿府》尾聯"已忍伶俜十年事，强移栖息一枝安"；盧綸《晚次鄂州》頸聯"三湘愁鬢逢秋色，萬里歸心對月明"；温庭筠《經五丈原》頷聯"天清殺氣屯關右，夜半妖星照渭濱"；雍陶《塞路初晴》頸聯"胡人羊馬休南牧，漢將旌旗在北門"；羅隱《牡丹》頷聯"公子醉歸燈下見，美人朝插鏡中看"：以上所舉，皆爲此類例證。

正對、反對，並非指律聯平仄之正、反，而是指其詞義之正、反者也。所謂正對，係指詞義以相關、相近爲對仗者；反對，係指詞義以相反、相遠爲對仗者。此兩類對仗，亦爲律聯常見形式。上、下聯全同義或基本同義者，稱爲合掌，乃詩家大忌，已如前述。王績《野望》頷聯"樹樹皆秋色，山山唯落暉"；王維《山居秋暝》頸聯"明月松間照，清泉石上流";岑參《登總持閣》頸聯"檻外低秦嶺,窗中小渭川";李白《送友人》頸聯"浮雲遊子意,落日故人情";杜甫《蜀相》頸聯"三顧頻煩天下計,兩朝開濟老臣心";李商隱《淚》頷聯"湘江竹上痕無限,峴首碑前灑幾多":以上所舉,皆爲正對例證。蘇味道《正月十五夜》頷聯"暗塵隨馬去,明月逐人來";孟浩然《題大禹寺義公禪房》頷聯"户外一峰秀,階前衆壑深";杜甫《天河》頷聯"縱被微雲掩,終能永夜清";鄭錫《送客之江西》頷聯"九派春潮滿,孤帆暮雨低";白居易《賦得古原草送別》頷聯"野火燒不盡,春風吹又生";韓愈《祖席》頸聯"榮華今異路,風雨昔同憂";李白《別中都明府兄》頷聯"東樓喜奉連枝會,南陌愁爲落葉分";杜甫《將赴成都草堂,途中有作,先寄嚴鄭公五首》其四頷聯"新松恨不高千尺,惡竹應須斬萬竿":以上所舉,皆爲反對例證。

總而言之,近體律詩之對仗,應與平仄、用韻等同要求,祇是對仗之形式多樣,可供選擇之餘地較大,較爲靈活,絕非可有可無。善用對仗者,其詩之藝術價值便愈高,如此方能傳流久遠,所謂"言之無文,行而不遠"者也。

綜上可知,平仄、用韻、對仗,爲近體律詩之三要素,不可或缺。即便千百年後,亦應以此三要素已否同時具備,作爲判別是否近體律詩之準繩。

此外,近體詩尚須做到避重字、避重韻、避題字。

所謂避重字,是指在一首近體詩中,應避免重復使用相同字。然重疊詞、雖字同而詞性或詞義不同者、疊用詞、分頂修辭格,則不可誤認爲是重字。蘇頲《扈從鄠杜間,奉呈刑部尚書舅、崔黃門、馬常侍》頷聯"雲山一一看皆美,竹樹蕭蕭畫不成";杜甫《登高》頷聯"無邊落木蕭蕭下,不盡長江滾滾來";韋應物《寄李儋元錫》頷聯"世事茫茫難自料,春愁黯黯独成眠",各聯中加圈詞爲重疊詞。竇叔向《夏夜宿表兄話舊》首聯"夜合花開香滿庭,夜深微雨醉初醒"(醒,陰平聲),該聯出句中"夜合花"爲一植物名,其夜字爲該名詞之詞素,而對句中夜爲一表時間概念之名詞。此爲第二種類型例證。李商隱《馬嵬二首》其二首聯對句"他生未卜此生休";《無題》首聯出句"相見時難別亦難";《杜工部蜀中離席》頸聯"座中醉客延醒客，江上晴雲雜雨雲"，爲疊用詞例證，其中一、三例爲自對句式。李白《登金陵鳳凰臺》首聯"鳳凰臺上鳳凰遊，鳳去臺空江自流"；杜甫《吹笛》首、頷兩聯"吹笛秋山風月清，誰家巧作斷腸聲。風飄律呂相和切，月傍關山幾處明。"前例出句爲疊用詞，對句爲分頂；後例爲分頂正格例證。以上各例，皆非重字。王維《輞川閑居》首聯"一從歸白社，不復到青門"，其頸聯"青菰臨水映，白鳥向山翻"；白居易《聞楊十二新拜省郎，遙以詩賀》首聯出句"文昌新入有光輝"，尾聯出句"官職聲名俱入手"。以上兩例，加圈點字，即爲重字例證。唐人近體詩之重字現象鮮見，唐以後歷代俱如此。

所謂避重韻，是指在一首近體律、絶中，應避免重復使用相同韻字。此種情況，唐人近體詩作未嘗見重韻者，唐以後歷代亦未見。

所謂避題字，主要是指近體詠物律、絶以不用所詠之物名爲好。如李商隱《淚》，詩中無淚字，却處處詠淚事；羅隱《牡丹》，詩中無牡丹二字，亦皆詠牡丹之事。此爲正格。不避題字者爲變格。

此外，有關對仗之聯綿詞應補叙如下。

由兩個音節連綴成義而不能分割之單純詞，稱爲聯綿詞。此種詞義又可分爲雙聲，疊（迭）韻，無雙聲、疊韻關係，同音相重等四類，分述如次：

雙聲，指兩個字之聲部相同或謂兩個音節之聲母相同之單純詞，如：參差、躊躇、惆悵、丁當、顛倒、仿佛、尷尬、豪華、恍惚、慷慨、伶俐、玲瓏、流離、彌漫、琵琶、秋千、消息、唏噓、鴛鴦、崎嶇、踴躍、猶豫、孤高、躑躅、蜘蛛、輾轉、倜儻。

疊韻，指兩個字之韻部相同或謂兩個音節之韻母相同之單純詞，如：窈窕、繽紛、斑斕、燦爛、蒼茫、蹉跎、從容、嬋娟、崔嵬、徜徉、睥睨、丁伶、翡翠、鼓舞、荒唐、菡萏、經營、齟齬、連綿、爛漫、離奇、闌干、澈灩、落拓、彷徨、朦朧、窈窕、縹緲、徘徊、婆娑、娉婷、蹁躚、蹣跚、霹靂、蜻蜓、綢繆、栖遲、商量、呻吟、芍藥、堂皇、汪洋、逶迤、宛轉、逍遥、殷勤、依稀、旖旎、輾轉、崆峒、倥傯、蜿蜒、薜荔、桄榔、崢嶸。

有既非雙聲又非疊韻關係之聯綿詞，如：玻璃、閶闔、玳瑁、杜鵑、芙蓉、鳳凰、蝴蝶、琥珀、牡丹、葡萄、憔悴、麒麟、珊瑚、蜈蚣、頡頏、邂逅、閶閤、胭脂、鸚鵡、櫻桃、妯娌、鶺鴒、舴艋、鷓鴣。

有同音相重復複，如：忽忽、蒼蒼、處處、紛紛、皎皎、滾滾、漠漠、茫茫、渺渺、森森、獵獵、淒淒、歲歲、蕭蕭、依依、悠悠、年年。

善用雙聲、疊韻等聯綿詞於對仗中，便可增加近體詩之文采與音樂美，其藝術性便愈高，以致動人心魄，傳流久遠。

字之聲調變化，關乎詞性。茲簡述於下：

有聲調變而詞性不變者，如過、教、聽、歎、望、看、慷、應、漫、醒、籠、患、諄、泯、憑、售、撓、瑩、間、撞、鈿、崽、瀰、凝、蹂、揉、敲、噴、峨、瞭、翰等字，平仄兩聲，詞性不變。

有聲調變而詞性亦隨之變者，如王：平聲，名詞；仄聲，動詞。論：平聲，動詞；仄聲，名詞。衣：平聲，名詞；仄聲，動詞。中：平聲，方位詞；仄聲，動詞。和：平聲，連詞、名詞；仄聲，動詞。吹：平聲，動詞；仄聲，名詞。思：平聲，動詞；仄聲，名詞。治：平聲，動詞；仄聲，名詞。難：平聲，形容詞；仄聲，名詞。操：平聲，動詞；仄聲，名詞。號：平聲，動詞；仄聲，名詞。荷：平聲，名詞；仄聲，動詞。磨：平聲，動詞；仄聲，名詞。頗：平聲，形容詞；仄聲，副詞。將：平聲，副詞、介詞、動詞；仄聲，名詞。量：平聲，動詞；仄聲，名詞。正：平聲，名詞；仄聲，形容詞。令：平聲，動詞；仄聲，名詞。興：平聲，動詞；仄聲，形容詞。供：平聲，動詞；仄聲，名詞。爲：平聲，名詞、動詞；仄聲，介詞。分：平聲，動詞；仄聲，名詞。燒：平聲，動詞；仄聲，名詞。旋：平聲，動詞；仄聲，副詞。創：平聲，名詞；仄聲，動詞。更：平聲，名詞、動詞；仄聲，副詞。擔：平聲，動詞；仄聲，名詞。菲：平聲，名詞；仄聲，形容詞。喪：平聲，名詞；仄聲，動詞。妻：平聲，名詞；仄聲，動詞。譽：平聲，動詞；仄聲，名詞。幾：平聲，名詞、副詞；仄聲，數詞、疑問詞。觀：平聲，動詞；仄聲，名詞。監：平聲，動詞、名詞；仄聲，專用名詞。漸：平聲，動詞；仄聲，副詞。燕：平聲，古國名；仄聲，名詞。間：平聲，助詞、名詞；仄聲，動詞。冠：平聲，名詞；仄聲，動詞。相：平聲，副詞；仄聲，名詞。行：平聲，動詞；仄聲，名詞。茹：平聲，名詞；仄聲，動詞。污：平聲，名詞；仄聲，動詞。鋪：平聲，動詞；仄聲，名詞。塞：平聲，動詞；仄聲，名詞。汗：平聲，專用名詞；仄聲，名詞。卷：平聲，形容詞；仄聲，名詞。禪：平聲，名詞；仄聲，動詞。炮：平聲，動詞；仄聲，名詞。疏：平聲，形容詞；仄聲，動詞。夭：平聲，形容詞；仄聲，動詞。稱：平聲，動詞；仄聲，形容詞。要：平聲，動詞；仄聲，形容詞。釘：平聲，名詞；仄聲，動詞。泥：平聲，名詞；仄聲，形容詞。聞：平聲，動詞；仄聲，名詞。橫：平聲，名詞；仄聲，形容詞。乘：平聲，動詞；仄聲，名詞。華：平聲，名詞；仄聲，姓。三：平聲，數詞；仄聲，副詞。占：平聲，占卜；仄聲，佔據。任：平聲，負荷；仄聲，信任。禁：平聲，力所勝任；仄聲，禁令。鮮：平聲，新鮮；仄聲，少也。以上所舉，即聲調變而詞性或詞義亦隨之變異者之例證。

此外，尚有詞性變而讀音、聲調亦變者，如騎：動詞，音奇，平聲；名詞，音寄，仄聲。長：形容詞，音場，平聲；動詞，音掌，仄聲。藏：動詞，音場，平聲；名詞，音仗，仄聲。盛：動詞，音成，平聲；形容詞，音勝，仄聲。傳：動詞，音船，平聲；名詞，音囀，仄聲。彈：動詞，音談，平聲；名詞，音旦，仄聲。重：動詞，音蟲，平聲；形容詞，音仲，仄聲。徵：動詞，音增，平聲；名詞（五音之一），音止，仄聲。

以上所列，僅舉其概，可窺一斑，不得不知也。

四、句式

唐詩之句式（此處主要指其音節與節奏），大體與八代（即漢魏六朝）詩之句式一致。五言詩以二一二、二二一句式為主，而七言則於五言詩前加上兩個音節而成為二二一二、二二二一句式為主。古漢語以單音節詞為主，唐、宋以前，除聯綿詞已如前述外，多係單音節詞，如妻子指妻與子，兄弟指兄與弟；妻子僅指妻，兄弟主指弟乃後來漸演變為雙音節詞之例證。故唐、宋及八代詩中之兩個音節多係詞組，而現代漢語則多係雙音節詞矣。閱讀古、近體詩時，若不知此，便不能正確分析詩句之結構；若為對仗，便不能工穩。近體詩自杜審言而漸成定格。古、近體詩句之句式却大體一致。魏徵《述懷》："中原|還|逐鹿，投筆|事|戎軒"；陳子昂《感遇詩》十五首之五："玄蟬|號|白露，茲歲|已|蹉跎"；張九齡《感遇九首》之一："蘭葉|春|葳蕤，桂華|秋|皎潔"；王維《新晴野望》："郭

門|臨|渡頭，村樹|連|溪口"；孟浩然《夏日南亭懷辛大》："山光|忽|西落，池月|漸|東上"；陶翰《出蕭關懷古》："孤城|當|瀚海，落日|照|祁連"；李白《古風十五首》之一："王風|委|蔓草，戰國|多|荆榛"；杜甫《奉贈韋左丞文二十二韻》："讀書|破|萬卷，下筆|如|有神"：以上所舉，皆爲五言古詩"二一二"句式之例證。虞世南《從軍行》："冀馬|樓蘭|將，燕犀|上谷|兵"；王昌齡《塞上曲二首》之一："從來|幽并|客，皆共|沙塵|老"；儲光羲《釣魚灣》："垂釣|綠灣|春，春深|杏花|亂"；岑參《泮頭送蔣侯》："飲酒|溪雨|過，彈琴|山月|低"；劉長卿《浮石瀨》："石橫|晚瀨|急，水落|寒沙|廣"；韋應物《觀田家》："微雨|衆卉|新，一雷|驚蟄|始"：以上所舉，皆爲五言古詩"二二一"句式之例證。王績《野望》"樹樹|皆|秋色，山山|唯|落暉"；王勃《杜少府之任蜀州》"城闕|輔|三秦，風煙|望|五津"；杜審言《登襄陽城》"冠蓋|非|新里，章華|即|舊臺"；王維《過香積寺》"泉聲|咽|危石，日色|冷|青松"；孟浩然《與諸子登峴山》"人事|有|代謝，往來|成|古今"；岑參《初授官題高冠草堂》"澗水|吞|樵路，山花|醉|藥欄"；李白《塞下曲三首》之一"曉戰|隨|金鼓，宵眠|抱|玉鞍"；杜甫《春望》"烽火|連|三月，家書|抵|萬金"：以上所舉，皆爲五言律詩"二一二"句式之例證。劉長卿《松江獨宿》"明月|天涯|夜，青山|江上|秋"；錢起《送僧歸日本》"浮天|滄海|遠，去世|法舟|輕"；劉禹錫《八月十五夜觀月》"暑退|九霄|净，秋澄|萬景|清"；李商隱《少將》"煙波|別墅|醉，花月|後門|歸"；溫庭筠《商山早行》"雞聲|茅店|月，人迹|板橋|霜"：以上所舉，皆爲五言律詩"二二一"句式之例證。沈佺期《古意》"九月|寒砧|催|木葉，十年|征戍|憶|遼陽"；祖詠《望薊門》"萬里|寒光|生|積雪，三邊|曙色|動|危旌"；王維《積雨輞川莊作》"漠漠|水田|飛|白鷺，陰陰|夏木|囀|黃鸝"；李頎《寄綦母三》"南川|粳稻|花|侵縣，西嶺|雲霞|色|滿堂"；岑參《奉和杜相公發益州》"山花|萬朵|迎|征蓋，川柳|千條|拂|去旌"；李白《登金陵鳳凰臺》"吳宮|花草|埋|幽徑，晉代|衣冠|成|古丘"；杜甫《野望》"長路|關心|悲|劍閣，片雲|何意|傍|琴臺"：以上所舉，皆爲七言律詩"二二一二"句式之例證。陶峴《西塞山下回舟作》"鴉翻|楓葉|夕陽|動，鷺立|蘆花|秋水|明"；劉長卿《登余干古城》"平沙|渺渺|迷人|遠，落日|亭亭|向客|低"；皇甫冉《送李錄事赴饒州》"山從|建業|千峰|出，江至

潯陽|九派|分";盧綸《長安春望》"家在|夢中|何日|到？春來|江上|幾人|還？"劉禹錫《酬樂天揚州初逢席上見贈》"沈舟|側畔|千帆|過，病樹|前頭|萬木|春";白居易《贈楊秘書巨源》"貧家|薙草|時時|入，瘦馬|尋花|處處|行";元稹《和樂天早春見寄》"萱近|北堂|穿土|早，柳偏|東面|受風|多";杜牧《九日齊山登高》"塵世|難逢|開口|笑，菊花|須插|滿頭|歸";李商隱《井絡》"陣圖|東聚|夔江|石，邊柝|西懸|雪嶺|松"：以上所舉，皆爲七言律詩"二二二一"句式之例證。

五言古、近體詩"二三"句式，七言古、近體詩"二二三"句式，合用者較少見，單用者較常見。陳子昂《感遇詩十五首》之八"西馳|丁零塞，北上|單于臺"，又《燕昭王》"南登|碣石館，遥望|黄金臺";李白《古風十五首》之九"白馬|華山君，相逢|平原里";杜甫《彭衙行》"少留|同家窪，欲出|蘆子關"，又《北征》"淒涼|大同殿，寂寞|白獸闥"。以上所舉，皆爲五言古詩"二三"句式合用者之例證。駱賓王《帝京篇》"朱門|無復|張公子，灞亭|誰畏|李將軍？"劉希夷《公子行》"傾國|傾城|漢武帝，爲雲|爲雨|楚襄王";儲光羲《登戲馬臺作》"泗水|南流|桐柏川，沂山|北走|琅琊縣";杜甫《洗兵馬》"關中|既留|蕭丞相，幕下|復用|張子房"，又《丹青引》"學書|初學|衛夫人，但恨|無過|王右軍"。以上所舉，皆爲七言古詩"二二三"句式合用之例證。王維《送張判官赴河西》"見逐|張征虜，今思|霍冠軍"，又《同崔興宗送瑗公》"言從|石菌閣，新下|穆陵關";孟浩然《臨洞庭上張丞相》"氣蒸|雲夢澤，波撼|岳陽城";杜甫《春日憶李白》"清新|庾開府，俊逸|鮑參軍";皇甫冉《巫山高》"雲藏|神女館，雨到|楚王宫";李商隱《陳後宫》"還依|水光殿，更起|月華樓";温庭筠《送人東遊》"高風|漢陽渡，初日|郢門山"。以上所舉，皆爲五言律詩"二三"句式之例證。杜甫《諸將五首》之五"正憶|往時|嚴僕射，共迎|中使|望鄉臺";劉方平《秋夜呈皇甫冉、鄭豐》"長辭|西雍|青門道，久別|東吳|黄鶴磯";劉禹錫《奉送浙西李仆射赴鎮》"郡人|重得|黄丞相，童子|争迎|郭細侯"，又《再授連州，至衡陽酬柳柳州贈別》"重臨|事異|黄丞相，三黜|名慚|柳士師"。以上所舉，皆爲七言律詩"二二三"句式之例證。單用者兹不列舉。

此外，岑參《與獨孤漸道別長句，兼呈嚴八侍御》"魚龍川|北|磐溪|雨，鳥鼠山|西|洮水|雲"，爲七言古詩"三一二一"句式之例證。杜甫

《送韓十四江東覲省》"黃牛峽|静|灘聲|轉,白馬江|寒|樹影|稀";白居易《西湖晚歸,回望孤山寺,贈諸客》"盧橘子|低|山雨|重,棕櫚葉|戰|水風|凉",爲七言律詩"三一二一"句式之例證。此種句式罕見。杜審言《春日京中有懷》"上林苑|裏|花|徒發,細柳營|前|葉|漫新";岑參《首春渭西郊行,呈藍田張二主簿》"秦女峰|頭|雪|未盡,胡公陂|上|日|初低";張謂《別韋郎中》"崢嶸洲|上|飛|黃蝶,灔澦堆|邊|起|白波";杜甫《返照》"楚王宮|北|正|黃昏,白帝城|西|過|雨痕";李商隱《重過聖女祠》"萼綠華|來|無|定所,杜蘭香|去|未|移時":以上所舉,爲七言律詩"三一一二"句式例證。此種句式很少見。李賀《雁門太守行》"報君|黃金臺|上|意,提攜玉龍爲君死"(尾聯)爲七言古詩"二三一一"句式之例證。杜甫《崔氏東山草堂》"盤剥|白鴉谷|口|栗,飯煮|青泥坊|底|芹";白居易《送王十八歸山,寄題仙遊寺》"曾于|太白峰|前|住,數到|仙遊寺|裏|來";李商隱《贈前蔚州契苾使君》"日晚|鸊鵜泉|畔|獵,路人遥識郅都鷹"(尾聯);鄭谷《鷓鴣》"雨昏|青草湖|邊|過,花落|黃陵廟|裏|啼":以上所舉,爲七言律詩(杜者拗體詩句)"二三一一"句式之例證。此種句式亦少見。杜甫《哀江頭》"少陵野老|吞聲|哭,春日潛行曲江曲"(首聯);元稹《連昌宮詞》"飛上九天歌一聲,二十五郎|吹管|逐":以上所舉,爲七言古詩"四二一"句式之例證。白居易《長恨歌》"漁陽鼙鼓動地來,驚破|《霓裳羽衣曲》","風吹仙袂飄飄舉,猶似|《霓裳羽衣舞》"。以上所舉,爲七言古詩"二五"句式之例證。此兩種句式皆罕見。

  唐人五、七言古、近體詩之主要句式已如上述。由此可知:唐人五、七言律詩常以兩個音節組成一個節奏單位,而每個節奏單位則多與一個雙音詞組相當,其詞義單位與音樂節奏基本一致。一個雙音詞組不會跨越兩個節奏單位。不過,如上所述之三音詞組、四音詞組、五音詞組,卻必須跨越兩個以上節奏單位,這些詞組各係一個不可分割之專名,不能以一般詞組之音節視之。而唐人近體詩中,祇有三音詞組,且并不常見。此外,唐人近體詩之末三字或爲二一式,或爲一二式,或爲三音詞組(專名),均可看作三字尾,此爲五、七言律詩最常見之節奏單位,惟"二三一一"句式較爲特殊,宜分別對待。而二字尾、四字尾、五字尾,均非五、七言律詩節奏單位,其中五字尾已如前述,其餘從略。

八代詩與唐以後仿古詩之語法結構，部分與散文一致，而唐人近體詩之語法結構，部分却與散文殊異。其中，有些已在近體詩對仗之諸種類型中，尤以"錯綜對""顛倒錯亂對"中述及。律句中有意顛倒、錯亂詞語之結構順序或邏輯思維順序，以散文之語法分析，則甚難理解；而在近體詩中，既合平仄、音韻，又情味、韻味雋永。至於近體詩句省略主語、謂語、賓語，或省略動詞、介詞、連詞，祇由一些簡單名詞、數量詞類詞組或複句排列於句中，爲極常見之形式。總之，詩歌有其自身適宜形象思維之語言特點與結構形式，焉能以散文之語法結構去比較、分析並規範之？詩之語言尤須精練，前人有所謂煉字、煉句者；亦有所謂詩眼者，即唐人之五言詩，工在一字，謂之詩眼；後人以全詩最精彩或關鍵之詩句，稱爲詩眼。

　　賦詩之前，尤當多讀，杜甫"讀書破萬卷，下筆如有神"，乃經驗之總結也。周重能先生以爲，學詩須學唐詩，而唐詩尤以盛唐爲上，須學盛唐氣象。入手宜先學一體，逐步展開。可先選讀《唐詩三百首》《唐詩別裁集》，而後《十八家詩鈔》《全唐詩》。周先生嘗于戊午仲冬朔日示以《中國文學選讀書目》，其中《詩選類》列有：《玉臺新詠》《八代詩選》《古詩源》《唐詩別裁》《唐詩三百首》《十八家詩鈔》《李太白集》《杜工部集》《李義山集》，並注云："《玉臺》爲徐孝穆選，爲選本詩之最古者。《八代詩選》爲王闓運所選，清末成都有刻本。《十八家詩鈔》，既分家選錄唐宋各家，又以體分類，便於專讀某體，易於入手，易於深入。此書爲曾國藩所選，當不以人廢也。李義山爲唐人學杜詩者，有三家評點，當以紀昀評語爲正。"當彼時也，可謂獨具隻眼。周先生已棄世十五年，謹錄此以爲後世學詩者之門徑也。賴高翔先生亦嘗談及學七言律詩之家數：

　　唐代　杜工部　李義山；宋元　陸放翁　元遺山；

　　明代　陳臥子　李夢陽；清代　王漁洋　吳梅村　錢牧齋。

　　賴先生亦棄世三年，謹錄此以爲後世學七言律詩之法門也。凡賦詩者，首在立意，所謂志當存高遠者也。然後輔之以豐富想象，所謂詩中有畫者也。益之以精妙結構、新奇詞語，久之，或有差強人意之作也。

　　舛謬所難免，方家其正之。

丁丑清和月初二日
新都張學淵初稿於雒城南郊無爲書屋

中編

詞律述要

一、詞源

《诗经》，乃華夏第一部詩歌總集，既爲詩集，亦爲歌曲集。《詩經》分《風》《雅》《頌》三類，共三百五篇。《風》乃民間音樂，爲十五《國風》，計百六十篇。《雅》乃朝廷燕享樂歌，爲《大雅》《小雅》，計百五篇。《頌》乃廟堂樂章，爲《周》《魯》《商頌》，計四十篇。秦火之後，有齊、魯、韓（今文）、毛（古文）四家傳《詩》。而齊、魯二家先後亡於魏與西晉；《韓詩》僅存《外傳》；毛亨所傳晚出，却傳流至今。今所傳《詩經》，乃毛亨所傳者也。以四言爲主之《詩經》，演進爲以六言爲主之《楚辭》，再演進爲以五言爲主之漢魏六朝《樂府》，再演進爲以五、七言律、絕爲主之《唐詩》，再演進爲以唐律爲規則之長短句《宋詞》，再演進爲散、套、分、合之《元曲》，於是韻文之體大備矣。經歷明、清，而詞作中興於清；洎乎近、現代，各體均有作者，代不乏人，迄今已歷近三千年也。而唐、宋以前之音樂，屢罹兵燹，則太半已亡矣。唯新生樂曲，則不斷繼起，不斷演進。故華夏號稱詩國，亦乃音樂之邦。

近代詞曲大家吳梅曰："詞之爲學，意內言外，發始於唐，滋衍於五代，而造極於兩宋。調有定格，字有定音，實爲樂府之遺，故曰詩餘。惟齊梁以來，樂府之音節已亡，而一時君臣，尤喜別翻新調。如梁武帝之《江南弄》，陳後主之《玉樹後庭花》，沈約之《六憶詩》，已爲此事之濫觴。唐人以詩爲樂，七言律絕，皆付樂章。至玄肅之間，詞體始定。"（見《詞學通論》）

今考梁武帝之《江南弄》，在《樂府詩集》卷第五十之首，共七曲，題各殊。錄其第一本題（即《江南弄》）云："衆花雜色滿上林。舒芳耀綠垂輕陰。連手蹀躞舞春心。舞春心，臨歲腴。中人望，獨踟躕。"陳後主之《玉樹後庭花》在《續玉臺新詠》中，詩云："麗宇芳林對高閣，新妝豔質本傾城。映户凝嬌乍不進，出帷含態笑相迎。妖姬臉似花含露，玉樹流光照後庭。"而沈約之《六憶詩》計四首，在《玉臺新詠》卷五中。錄其第一首云："憶來時，灼灼上階墀。勤勤叙別離，慊慊道相思。相看常不足，相見乃忘飢。"從以上所錄三題觀之，確已具詞之雛形。

清人汪森序《詞綜》云："自有詩而長短句即寓焉，《南風》之操、

《五子之歌》是已。周之《頌》三十一篇，長短句居十八；漢《郊祀歌》十九篇，長短句居其五；至《短簫鐃歌》十八篇，篇皆長短句：謂非詞之源乎？迄於六代，《江南》、《采蓮》諸曲，去倚聲不遠，其不即變爲詞者，四聲猶未諧暢也。自古詩變爲近體，而五、七言絶句傳於伶官樂部，長短句無所依，則不得不更爲詞。"

筆者以爲：自沈約之《四聲譜》與周顒之《四聲切韻》流行，近體唐詩與倚聲之宋詞便應運而生。唯學術界以爲：詞源於隋。

亂離之後，國家重新統一，經濟逐漸繁榮。代表雅樂之先秦古樂，早已式微。而散落江左之清樂，爲隋文帝奉爲正聲。宋人郭茂倩《樂府詩集》卷第七十九《序》云："近代曲者，亦雜曲也。以其出於隋、唐之世，故曰近代曲也。自隋開皇初，文帝置七部樂：一曰《西凉伎》，二曰《清商伎》，三曰《高麗伎》，四曰《天竺伎》，五曰《安國伎》，六曰《龜兹伎》，七曰《文康伎》。至大業中，煬帝乃立《清樂》《西凉》《龜兹》《天竺》《康國》《疏勒》《安國》《高麗》《禮畢》，以爲九部。樂器工衣，於是大備。唐武德初，因隋舊制，用九部樂。太宗增《高昌樂》，又造《讌樂》，而去《禮畢曲》。其著令者十部：一曰《讌樂》，二曰《清商》，三曰《西凉》，四曰《天竺》，五曰《高麗》，六曰《龜兹》，七曰《安國》，八曰《疏勒》，九曰《高昌》，十曰《康國》，而總謂之燕樂。聲辭繁雜，不可勝紀。凡燕樂諸曲，始於武德、貞觀，盛於開元、天寶。其著録者十四調二百二十二曲。又有梨園別教院法歌樂十一曲，《雲韶樂》二十曲。蕭、代以降，亦有因造。僖、昭之亂，典章亡缺，其所存者，概可見矣。"

郭茂倩所稱之《近代曲辭》，乃漢族與各少數民族樂曲融合所產生之新音樂，即隋、唐間所稱之《讌樂》，爲"倚聲填詞"由嘗試到形成之關鍵。其所舉之曲調，不僅有樂譜，而且有歌詞。讌樂者，宴樂也。讌、宴相通，義有廣狹。狹義者，宴享之樂，用於朝廷宴會、公私宴集及廣大娛樂塲所，稱爲法曲。法曲源於隋，興於唐，以《清商》、民間樂爲本，融部分道曲、佛曲、外來曲樂，而成之新音樂。廣義者，乃十部樂之總和，即後世稱爲燕樂，當時日本人稱爲唐樂者也。乃以中土"漢樂"爲主，融西域各族之"胡樂"，兼及外國樂而成之新民族音樂。以唐玄宗嗜好音樂，於國立太常寺外，別設俗樂教坊與梨園專習法曲。《霓裳羽衣曲》，即誕於此。時教坊有專業"音樂人"萬人以上，盛況空前。而民間專習燕樂俗曲者，更不可勝紀。上行下效，歌舞升平。有其音樂，便有其歌詞；配音之詞，因之而興。經安史之亂，盛唐雜曲，喪失殆盡。兵戈之餘，獨存左金吾崔令欽之《曲名表》，存曲名三百三十有五。其中，《安公子》《泛龍舟》《穆護子》爲隋曲。而《全宋詞》之集大成者今人唐圭璋等以爲，敦煌曲中，《鬥百草》《水調》《楊柳枝》爲隋之民間曲子。宋人王灼以《河傳》爲隋曲。斯七曲，爲隋之有調名而無歌詞之民間歌曲。

《全唐詩》第十二函第十册詞一序云："唐人樂府，元用律、絕等詩，雜和聲歌之。其并和聲作實字，長短其句，以就曲拍者爲'填詞'。開元、天寶肇其端，元和、太和衍其流，大中、咸通以後，迄於南唐、二蜀，尤家工戶習，以盡其變。凡有五音二十八調，各有分屬，今皆失傳。"

依樂曲而作之歌詞多爲雜言詩長短句。而以唐詩之律、絕與依曲拍而作之長短句爲歌詞者，於唐代則並行於世。以曲拍爲句填詞入曲，即"倚聲填詞"，方爲歌詩至歌詞之質變。如是，詞之體乃正式確立。中唐名詩家張志和、劉禹錫、白居易諸子，爲詞體確立之代表。而依曲拍填詞入曲，應早於隋，前已述及，祇是完全入律之長短句之定型，當在中唐之時。

二、詞名

詞之別名多矣。隨手裒輯，得三十有五：詞、友古詞、歌詞、曲子詞、詩客曲子詞、樂府詞、曲子、今曲子、長短句、詩餘、樂府、新樂府、今樂府、近體樂府、寓聲樂府、樂章、歌曲、曲林、餘音、鼓吹、樵歌、倚聲、欸乃曲、大詞、漁唱、漁譜、笛譜、漁笛譜、遺音、別調、語業、囈語、綺語債、琴譜、琴趣外篇。其中，多與詞之性質、詞之源流相關。略舉數名，以窺其概。

詞　本爲正名，而唐、五代人，多不稱詞。北宋以後，則廣泛稱之。如：宋人晏殊之《珠玉詞》，蘇軾之《東坡居士詞》（又名《東坡樂府》），周邦彥之《片玉詞》（初名《清真集》，又名《清真詞》），李清照之《漱玉詞》，陸游之《放翁詞》，張元幹之《蘆川詞》，張孝祥之《于湖詞》，陳亮之《龍川詞》，辛棄疾之《稼軒詞》（又名《稼軒樂府》《稼軒長短句》），史達祖之《梅溪詞》，姜夔之《白石詞》（又名《白石道人歌曲》），吳文英之《夢窗詞》，周密之《草窗詞》（又名《蘋洲漁笛譜》），蔣捷之《竹山詞》，張炎之《山中白雲詞》，劉辰翁之《須溪詞》，汪元量之《水雲詞》，元代薩都剌之《天錫詞》；明代楊慎之《升庵詞》，陳子龍之《湘真閣詞》；清代陳維崧之《湖海樓詞》（又名《迦陵詞》），納蘭性德之《通志堂詞》（初名《側帽詞》，又名《飲水詞》），朱彝尊之《曝書亭詞》，文廷式之《雲起軒詞》，朱祖謀之《彊村詞》；以及近現代趙熙之《香宋詞》，夏承燾之《瞿髯詞》，龍榆生之《風雨龍吟室詞》，女詞人沈祖棻之《涉江詞》；另有徐大椿輯《唐五代詞》，唐圭璋編《全宋詞》《全金元詞》，張璋等編《全明詞》，程千帆等編《全清詞》者是也。

　　曲子詞　爲詞之本初名。彼示詞之本質，即詞與曲之關係：曲爲樂曲，詞爲配樂曲之文字。如今人張重民所輯《敦煌曲子詞》，及五代蜀人歐陽炯所序《花間集》之"今衛尉少卿字弘基，廣會衆賓，時延佳論，因集近來《詩客曲子詞》五百首"者是也。

　　長短句　此名始於宋代。詞之起源，衆說紛紜。"倚聲說"之一支，以爲源於樂府。詞之長短句與樂府雜言詩相類，因之而有長短句之稱謂。如秦觀之《淮海居士長短句》（又名《淮海詞》），陳師道之《後山長短句》（又名《後山詞》），趙師俠之《坦庵長短句》，張綱之《華陽老人長短句》者是也。

　　樂府　本爲漢武帝時始設之專管民間歌詞入樂之政府俗樂機構。漢魏六朝稱入樂歌詩爲樂府詩，簡稱樂府。樂府詩堪入樂歌唱，詞亦配樂歌唱，故宋、金、元人詞集多以樂府名之。如宋人賀鑄之《東山寓聲樂府》（又名《東山詞》《賀方回詞》），周紫芝之《竹坡居士樂府》（又名《竹坡詞》），徐伸之《青山樂府》，趙長卿之《惜香樂府》，周必大之《近體樂府》，楊萬里之《誠齋樂府》，趙以夫之《虛齋樂府》，王沂孫之《碧山樂府》（又名《花外集》），文天祥之《文山樂府》；金人元好問之《遺山樂府》；元人張翥之《蛻岩樂府》（又名《蛻岩詞》），張可久之《小山樂府》，喬吉之《惺惺道人樂府》，張埜之《古山樂府》者是也。

　　詩餘　斯名起於南宋，爲詞起源之重要學說，而見解殊異。清人嘗開筆戰，或以爲"起於唐人絕句"，遂名之（宋翔鳳之《樂府餘論》）；或以爲"詞之情文節奏，並皆有餘於詩，故曰詩餘"（況周頤之《蕙風詞話》），如張耒之《柯山詩餘》，廖行之之《省齋詩餘》，吳潛之《履齋詩餘》，王炎之《雙溪詩餘》，林淳之《定齋詩餘》者是也。

琴趣外編 北宋已有此名，以爲詞與音樂關係密切，詞皆可被之管弦者也。如歐陽修之《醉翁琴趣外編》（又名《六一居士詞》），黃庭堅之《山谷琴趣外編》（又名《山谷詞》），晁補之之《晁氏琴趣外編》（又名《晁無咎詞》），晁端禮之《閑齋琴趣外編》者是也。

此外，諸如柳永之《樂章集》，王安石之《臨川先生歌曲》，蔡伸之《友古詞》，朱敦儒之《樵歌》（又名《太平樵唱》），程垓之《書舟雅詞》，劉克莊之《後村別調》，楊炎之《西樵語業》，張輯之《東澤綺語債》，高觀國之《竹屋癡語》，陳允平之《日湖漁唱》，林正大之《風雅遺音》，嚴仁之《清江欸乃詞》，黃人傑之《曲林》，徐得之之《西園鼓吹》，方信儒之《好庵游戲》，彭致中之《鳴鶴餘音》，仇遠之《無弦琴譜》之屬，不勝枚舉。或關音樂，或涉詞源，或無所關涉，標新立異，各銜己說。

三、詞調

（一）詞調之概念

詞調，通稱詞牌，即填詞所用曲調之名也。詞之初，乃配樂而歌之。或以詞製調，或依調填詞，已如前述。曲調之名稱即詞牌，常依詞之內容而定。後則依調填詞，曲調與詞之內容無關，詞多不再配樂歌之。故各調名祇作爲文字、音韻之定式。

吳梅云："音者何？宮、商、角、徵、羽、變宮、變徵七音也。律者何？黃鍾、大呂、太簇、夾鍾、姑洗、中呂、蕤賓、林鍾、夷則、南呂、無射、應鍾之十二律也。以七音乘十二律，則得八十四音。此八十四音，不名曰音，別名曰宮調。何謂宮調？以宮音乘十二律，名曰宮，以商、角、徵、羽、變宮、變徵乘十二律，名曰調。故宮有十二，調有七十二。"（見《詞學通論》）

近代著名學者，音韻、訓詁學家夏敬觀云："自隋鄭譯演龜茲人蘇祇婆的琵琶法爲八十四調，而附會以五音二變、十二律，漢、魏以來所用的音樂，日就淘汰。"又云："律是古樂製器的尺寸。陽六爲律：黃鍾、太簇、姑洗、蕤賓、夷則、無射。陰六爲呂：大呂、夾鍾、中呂、林鍾、南吕、應鍾。謂之十二律吕。本不專屬於製樂。《史記·律書》說：'王者制事，立法物，度軌則，壹稟於六律。六律爲萬事根本焉。其於兵械尤所重。'"又云："'七音'者，宮、商、角、徵、羽、變宮、變徵。'八十四調'者，以七音合十二律；律有七音，音立一調；每律七調，十二律合成八十四調。此皆隋鄭譯得龜兹人蘇祇婆的琵琶法後所剏。《隋書·音樂志》載蘇夔駁譯云：'《韓詩外傳》所載樂聲感人。及《月令》所載五音所中，並皆有五，不言變宮、變徵。又《春秋左氏》所云七音六律，以奉五聲。準此而言，每宮應立五調，不聞更加變宮、變徵二調爲七調。'"可證此種附會，當時已有識者。夏氏云："又有五旦之名，旦作七調。以華言譯之，旦者，則謂均也。其聲亦應黃鍾、太簇、林鍾、南吕、姑洗五均。"又云："然考之《新唐書·禮樂志》云，隋文帝分雅俗二部，至唐更曰部當。凡所謂俗樂者，二十八調。是雖有五絃之器，他的燕樂，仍祇二十八調。《遼史·樂志》云，四旦二十八調，不用黍律。以琵琶絃叶之，皆從濁至清，迭更其聲。下益濁，上益清。蓋出九部樂之龜兹部。又云，隋高祖詔求知音者鄭譯，得西域蘇祇婆七旦之聲，求合七音、八十四調之説。由是雅俗之樂皆此聲矣。此種記載，皆足證明古樂至隋代，雅俗並廢。所用的是龜兹樂。且可證雅部是用的鄭譯所演的八十四調的虛名。俗部用的，是蘇祇婆的四旦二十八調。據白居易《立部伎》詩的自注，他説太常選坐部伎絕無性識者，退入雅樂部。又可證明雅部徒有其名而不堪用。其真用於雅部者，亦祇是八十四調中之二十八調。而以所用之歌詞，未能如燕樂製腔之美，遂以無性識之部伎充之。故我謂今之詞體，是龜兹樂所造就成功的。"其中有"均"字，爲古韻字也，見《文選》晉成公子安（綏）肅賦"音均不恒，曲無定制"之注。又有"性識"詞，即思想意識也，見《廣弘明集》二二南朝梁沈約《神不滅論》："其愚者不辨菽麥，悖者則不知愛敬，自斯已上，性識漸弘。"（引文見《詞調溯源》，注文爲筆者所加。以下凡引夏敬觀文，均見此書；凡引吳梅文，均見《詞學通論》，恕不一一注出。）

夏氏《古今譜字表》：

下徵		下羽		變宮	宮	商		角		變徵	正徵		正羽	
黃	大	太	夾	姑	中	蕤	林	夷	南	無	應	黃清	大清	太清	夾清
合	下四	四	下一	一	上	勾	尺	下工	工	下凡	凡	六	下五	五	一五
ム	⊙	ㄲ	⊙	丶	㇗	〈	〈	⑦	ク	⑪	‖	幺	⑤	百	百

"右居中二行，以律呂配龜茲樂、譜字。姜夔《詞集》、張炎《詞源》均載之。其'黃清'以下四字，謂之四宮清聲。張炎云：'今雅俗樂色管色，並用寄四宮清聲煞，與古不同'。按此種配合，當是由鄭譯始。以八十四調圖，非增加譜字，不穀支配知之。《遼史·樂志》云：'大樂聲，各調之中，度曲協音，其聲凡十，曰五、凡、工、尺、上、一、四、六、勾、合，近十二雅律，於律呂各闕其一。'這話可謂直接道破，毫無掩飾。右邊所配宮商等字，係依照清凌廷堪《燕樂考源》所說。按凌氏所據，係明鄭王府世子朱載堉《律呂精義》所說。鄭世子稱倍徵倍羽，凌氏釋之爲下徵下羽。蓋由鄭譯'五聲二變'之支配，推之不合，而增下徵下羽以明之。查鄭圖第六行比對，便可明白其意。此類支配，我們本不必深究，知道有這種傅會便了。"夏氏於書末云："琵琶法的二十八調，到後來又減成六宮十一調。"而吳梅《詞學通論》第四章末亦云："據《詞源》所列，止七宮十二調有曲耳。七宮者，黃鍾宮、仙呂宮、正宮、高宮、南呂宮、中呂宮、道宮也。十二調者，大石調、小石調、般涉調、歇指調、越調、仙呂調、中呂調、正平調、高平調、雙調、黃鍾羽調、商調也。蓋八十四調者，音律之次第也。七宮十二調者，音律之應用也。此意不可不知。"

吳梅《論音律》之八十四宮調次第表後云："各宮調，各有管色。各宮調，各有殺聲。何謂管色？即今西樂中 C、D、E、F、G、A、B 七調，所以限定樂器用調之高下也。何謂殺聲？每牌必隸屬一宮或一調，而此宮調之起聲與結聲，又各有一定。此一定之聲，即所謂殺聲也。即以黃鍾宮論，黃鍾管色用六字，黃鍾宮之各牌起結聲，爲合字或六字，故黃鍾宮下各牌如《待香金童》《傳言玉女》《絳都春》諸詞，皆用六字管色。而以合字或六字爲諸牌之起結聲，八十四宮調，各有管色及殺聲……"

吳梅《古今雅俗樂譜字對照表》：

古雅	黃	大	太	夾	姑	中	蕤	林	夷	南	無	應	黃清	大清	太清	夾清
古俗	△	⼮	ｰ	⊖	一	戊	乚	人	⑦	フ	⑪	∥	久	⑤	ㄎ	ㄐ
今俗	合	下四	四	下一	一	上	勾	尺	下工	工	下凡	凡	六	下五	五	高五

"右表即據《詞源》排次。而舊刻多誤，於夾鍾本律，當以'下一'配之，《詞源》訛作'一上'。下五爲大呂清聲，應加一〇。五字爲太簇清，不當加〇。而《詞源》互訛，高五即ㄐ，當加小畫，以別於五。而《詞源》亦加以〇。於是知音者皆懷疑矣。勾字音義，今人度曲皆不能識。方成培《詞麈》，疑爲高上，亦未合。獨凌廷堪《燕樂考原》引韓邦奇之言，始發明勾即下尺之義，近人皆遵信之，而宋詞譜無窒礙矣。（宋樂俗譜，低音加〇，高音加一。前代樂音皆低，故高音部字少見。）"

考夏敬觀《古今譜字表》與吳梅《古今雅俗樂譜字對照表》，相去不遠，而與姜夔十七譜多有不合。有意者可研討之。

吳梅《中西律音對照表》：

中律名	黃鍾	大呂	太簇	夾鍾	姑洗	中呂	蕤賓	林鍾	夷則	南呂	無射	應鍾
西律名	C	#b CD	D	#b DE	E	F	#b FG	G	#b GA	A	#b AB	B
中音名	宮		商		角	變徵		徵		羽		變宮
普通音名	1		2		3	4		5		6		7
俗音名	上		尺		工	凡		六		五		乙

宮調律呂略述如上。若有興趣者，可參閱夏承燾校訂之《白石詩詞集》附冊《姜白石詞譜的讀譯和校理》。夏先生已於20世紀50年代翻譯成姜白石留與後世之珍貴音樂遺產十七譜，並於《書〈白石詩詞集〉末》附有楊蔭瀏所譯白石譜作今樂譜之《揚州慢詞曲譜》。

（二）詞調之來源

詞調之來源，約有七徑可尋。

1. 由政府音樂機構創製。唐、宋均有官立教坊，其作用爲創製樂曲，教習音樂歌舞以服務宮廷。唐教坊曲有來自民間與胡部者，亦有教坊自創者。北宋徽宗專設定樂律、製樂譜之大晟府。現有詞調多係唐、宋教坊與大晟府創製之樂曲。

2. 由音樂人創製。樂工、歌伎以歌舞演奏爲業，其中便有創調作曲人才。如著名詞調《雨霖鈴》即音樂人張野狐創製。

3. 由詞人自製。詞人而通音律者，兩宋皆不乏其人，多有自度曲，又名自度腔、自製曲、自譜曲。其中最爲著名，兼填詞、作曲於一身者，爲柳永、周邦彥、姜夔三大名家。唯姜夔留下十七譜，成爲國之珍寶。

4. 來自民間。如《竹枝》，本爲民歌。唐劉禹錫於貞元中，收集、整理、創製新詞，功不可沒。後來作爲詞調者，又名《巴渝辭》，本出於樂府《竹枝詞》，爲單調，有十四字、二十八字兩體。

5. 來自大曲、法曲。大曲、法曲皆爲大型歌舞曲，每部或多至數十遍。摘其一遍而成之詞調謂爲"摘遍"，如《水調歌頭》即摘取唐大曲《水調歌》之首段而成者。據《隋唐嘉話》，隋煬帝鑿汴河時作《水調歌》。陳暘《樂書》云："法曲興於唐，其聲始出清商部，比正律差四律，有鐃、鈸、鍾、磬之音。《獻仙音》其一也。"即今存之詞調《法曲獻仙音》。又如《霓裳中序第一》，亦出自唐代著名法曲《霓裳羽衣曲》。

6. 來自古曲。如《蘭陵王》即是。據《碧雞漫志》卷四引《北齊史》及《隋唐嘉話》："齊文襄之子長恭，封蘭陵王。與周師戰，嘗著假面對敵，擊周師金墉城下，勇冠三軍。武士共歌謠之，曰《蘭陵王入陣曲》。今越調《蘭陵王》，凡三段，二十四拍，或曰遺聲也。"

7. 來自域外或少數民族。如《婆羅門》，有《婆羅門引》《婆羅門令》。《婆羅門》本印度樂曲，傳自西涼。《樂苑》曰："《婆羅門》，商調曲。開元中，西涼府節度楊敬述進。"《唐會要》曰："天寶十三載，改《婆羅門》爲《霓裳羽衣》。"又如《贊浦子》，本爲吐蕃樂曲。贊浦，原爲贊普。《新唐書》卷二一六上《吐蕃傳》："其俗謂彊雄曰贊，丈夫曰普，故號君長曰贊普。"此詞調即來自西藏少數民族。

以上爲詞調來源之主要途徑。此外尚有別徑，試舉三端：

8. 來自人物、故事。如《念奴嬌》得名於唐代名倡念奴。元稹《連昌宮詞》自注云："念奴，天寶中名倡，善歌。"又云："玄宗遣高力士大呼於樓上曰：'欲遣念奴唱歌，邠二十五郎吹小管逐，看人能聽否？'未嘗不悄然奉詔。"（見《元氏長慶集》卷二十四）《解佩令》，始見宋人晏幾道《小山樂府》，調名取義於鄭交甫遇漢皋神女解佩故事。《祝英臺近》，既取名，又取故事。民間傳説：東晉穆帝時，會稽梁山伯，與上虞祝英臺同遊學三年。祝歸後，梁往探訪，始知祝爲女子。梁欲求婚，而祝已許字鄮城馬氏。梁後爲鄞令，病卒，葬城西清道原。次年，祝適馬氏，趁舟過梁塚，風濤阻舟不能前。祝登岸臨塚哀慟，地忽裂，遂與梁並埋。宰相謝安聞之，奏封爲義婦塚。（見《寧波府志》三六《逸事》）《鵲橋仙》則取牛郎、織女七夕鵲橋相會神話故事。

9. 取自地名。《新唐書·五行志》云："天寶後……樂曲亦多以邊地爲名，有《伊州》《甘州》《涼州》等。"《詞譜》有《伊州令》《梁州令》（即《涼州令》）《伊州三臺》《八聲甘州》《甘州曲》《甘州子》《甘州遍》《甘州令》《陽關曲》《伊州歌》《涼州歌》諸調。

10. 取自詩句。如《青玉案》，得名於漢張衡《四愁詩》："美人贈我錦繡緞，何以報之青玉案。"另如《點絳唇》《滿庭芳》《蝶戀花》《章臺柳》《暗香》《疏影》皆是此類。

（三）詞調之聲情

有聲情，乃詞調一大特點。如《一翦梅》低抑，《念奴嬌》高亢，《滿江紅》激越，《六州歌頭》悲壯，《釵頭鳳》凄緊，《破陣子》激壯，《金人捧露盤》蒼凉激楚，《八六子》駘蕩生姿，《揚州慢》之《黍離》之悲，《壽樓春》之聲情低抑，《沁園春》之壯闊豪邁，《祝英臺近》之宛轉凄抑，《劍器近》之低徊掩抑，《齊天樂》之凄苦，《雨霖鈴》之哀怨，而《賀新郎》則用入聲韻部韻者較激壯，用去聲韻部韻者較凄鬱。詞調之有聲情，因其大多來自燕樂之各樂曲，而諸樂曲又分屬不同宮調，各宮調俱有聲情故也。

元代周德清《中原音韻》將十七宮調（六宮、十一調）聲情分析如次：仙吕宫清新綿邈，南吕宫感歎傷悲，中吕宫高下閃賺，黄鍾宫富貴纏綿，正宫惆悵雄壯，道宫飄逸清幽，大石風流蘊藉，小石旖旎嫵媚，高平條暢滉瀁，般涉拾掇抗墊，歇指急並虚歇，商角悲傷婉轉，雙調健捷激裊，商調凄愴怨慕，角調嗚咽悠揚，宫調典雅沈重，越調陶寫冷笑。

以上爲《中原音韻》論曲之宫調聲情。而詞之宫調聲情，與曲之十七宫調相類。故填詞不僅看詞調之長短，且須審其聲情。儻望文生義，送別用《南浦》，祝嘏用《壽樓春》，皆毫釐千里之謬，以《南浦》爲歡樂詞，而《壽樓春》乃悼亡詞也。故擇調不可不考其詞之聲情也。

（四）詞調之數目

清初康熙時人萬樹（字紅友、花農）編輯《詞律》二十卷，及其後徐立本輯《詞律拾遺》、杜文瀾輯《詞律補遺》，共收詞調八百七十五調、一千七百二十五體。有光緒二年杜文瀾校刊石印本《新校正詞律全書》附徐、杜輯本，可資閱覽。康熙五十四年，内府刻本《欽定詞譜》，收詞調八百二十六調、二千三百零六體。有20世紀80年代中國書店影印本行世，皇皇四巨册，堪稱大備耳。而歷代遺佚者，或詞調上千，而詞體當有三千之數也。

（五）詞調之分類

若以段（詞稱遍、闋）分類，則有單調、雙調、三疊、四疊計四類。其中雙調最多，單調頗少；三疊者尤少，如《西河》《蘭陵王》《夜半樂》《寶鼎現》《十二時慢》《浪淘沙慢》《瑞龍吟》《三臺》《戚氏》，《欽定詞譜》收錄此九調；而四疊者，《詞譜》衹收《勝州令》《鶯啼序》二調而已。

若以字數分類，則有小令、中調、長調三類。此乃明代顧從敬所創。清初朱彝尊嘗批駁顧氏之三分法。而三分法簡便易行，沿用至今。清初人毛先舒則云："凡填詞，五十八字以內爲小令，自五十九字始至九十字止爲中調，九十一字以外者俱長調也。此古人定例也。"（見《填詞名解》卷一《紅窗迥》）此爲更多人所非議。今人王力則主張二分法，以六十二字爲界，分爲小令與慢詞（見《漢語詩律學》）。然詞學界至今仍流傳三分法。

（六）詞調之演變

詞調由少至多，由簡至繁，不斷演進，不斷完善，最終成爲宋代韻文詩歌之代表，成爲與唐詩並駕同輝之宋詞。

詞調正體外，頗多"又一體"。如唐教坊曲《浪淘沙》，劉禹錫、白居易，並作七言絕句體。若以劉禹錫之名作"日照澄州"爲正體（仄起式），則皇甫松之"蠻歌豆蔻"爲"又一體"（平起式）。而萬樹《詞律》與《欽定詞譜》，均以皇甫松此平起式爲正體。五代時始流行長短句雙調小令，有五十二字、五十三字、五十四字、五十五字各體。宋以後人，則以南唐李後主之"簾外雨潺潺"五十四字體爲正體定格。《樂章集》名

《浪淘沙令》。杜安世之"後約無憑"五十三字者爲"又一體"，柳永之"有箇人人"五十二字者爲"又一體"，宋祁之"少年不管"五十四字仄韻體爲"又一體"，杜安世之"簾外微風"五十五字平韻體與"又是春暮"五十五字仄韻體均爲"又一體"。《樂章集》又有《浪淘沙慢》，入歇指調，一百三十三字，其"夢覺"詞，《詞譜》爲正體。而《清真集》入商調，一百三十三字之"萬葉戰""曉陰重"二詞，均爲"又一體"。陳允平一百三十二字之"暮煙愁"詞，爲"又一體"。詞調之演變，既可產生變體，又可演成新調。

  詞調之演變，大致有疊韻、改韻、偷聲（減字）、添聲（增字）、攤聲（攤破）與犯調數種，分述之。

  1. 疊韻者，乃重疊本調一遍也。如晏幾道之《梁州令》"莫唱陽關曲"，五十字，雙調，爲正體；而晁補之《梁州令疊韻》"田野閒來慣"，一百字，四疊，即重疊《梁州令》一遍而成者。另有調名不變，原爲單調，重疊一遍，成爲雙調者。如牛嶠之《江城子》（一名《江神子》）"鵁鶄飛起"，三十五字，單調；而蘇軾之名篇同調詞"十年生死"，雙調，七十字，即是將單調重疊一遍而成者。

  2. 改韻者常見。如《柳梢青》，四十九字，雙調。秦觀"岸草平沙"詞押平韻。而賀鑄"子規啼血"詞、張元幹"海山浮碧"詞，均用入聲韻，成爲又一體。又如《多麗》，一百三十九字，雙調。晁端禮"晚雲收"詞，用平韻；聶冠卿"想人生"詞，用入聲韻，成爲又一體。又如《滿江紅》，九十三字，雙調。柳永"暮雨初收"詞，用入聲韻；姜夔"仙姥來時"詞，用平聲韻，成爲"又一體"。

  3. "偷聲"與"減字"同義。"偷聲"乃壓縮節奏，"減字"爲減少字數。如唐教坊曲《木蘭花》詞，《花間集》所收毛熙震"掩朱扉"詞，五十二字；魏承班"小芙蓉"詞，五十四字；韋莊"獨上小樓"詞，五十五字，均爲雙調。以韋莊詞爲準，前後段各三仄韻，而後段以不同韻部換韻。《尊前集》所收者，如牛嶠"春入橫塘"詞、歐陽炯"兒家夫婿"詞，均五十六字。北宋人多遵用之。牛嶠詞前後段各三仄韻，而後段以不同韻部換韻，以歐陽炯詞爲定格。以上均入"林鍾商"。其名《木蘭花令》者，如蘇軾"霜餘已失"詞，《樂章集》入"仙呂調"。前後段三仄韻，五十六字。又有名《玉樓春》者，如宋祁名篇"東城漸覺"

詞，《樂章集》入"大石調"，與蘇軾詞平仄句式全同，似又有別。《減字木蘭花》詞，《張子野詞》入"林鍾商"，《樂章集》入"仙呂調"。四十四字，前後段第一、三句各減三字，改爲平仄韻互換格，每段兩仄韻、兩平韻。如秦觀"天涯舊恨"詞，呂渭老"雨簾高卷"詞即是。又有《偷聲木蘭花》，入"仙呂調"，五十字，惟前後段第三句各減三字，平仄韻互換，與《減字木蘭花》相同。如張先"畫樓淺映"詞、馮延巳"落梅著雨"詞即是。宋教坊復演爲《木蘭花慢》，《樂章集》入"南呂調"。一百一字，前段五平韻，後段七平韻。如柳永"拆桐花爛漫"詞，爲正格。柳永"倚危欄佇立"詞，後段第二句不叶韻；吳文英"紫騮嘶凍草"詞、辛棄疾"可憐今夕月"詞、蔣捷"傍池闌倚遍"詞、黃機"正征塵滿野"詞，均爲又一體。由此可見新調產生之一斑。

4. 添聲、攤聲、攤破，均爲添字。如唐教坊曲《浣溪沙》，沙或作紗，或作《浣紗溪》，又名《小庭花》。《金奩集》入"黃鍾宮"，《張子野詞》入"中呂宮"。四十二字，上段三平韻，下段兩平韻，過片二句多用對偶句。《詞譜》以韓偓"宿醉離愁"詞爲正體。如韋莊"惆悵夢餘"詞、晏殊名篇"一曲新詞"詞、蘇軾"麻葉層層"詞、辛棄疾"北隴田高"詞，均是此類。《詞譜》以薛昭蘊"紅蓼渡頭"詞首句不用韻者，李煜"紅日已高"詞全用仄韻者爲又一體。又有《攤破浣溪沙》，又名《山花子》，上、下片各增三字，韻全同，四十八字，如李璟"菡萏香銷"詞即是。而《詞譜》將孫光憲"風撼芳菲"詞，四十四字，後段末三句均爲三字句作結者，顧敻"紅藕香寒"詞，四十六字，前後段末三句均爲三字句者，以攤破句法作爲變體，作《浣溪沙》之又一體。又有《浣溪沙慢》，雙調，九十三字，如周邦彥"水竹舊院落"詞，前段九句五仄韻，後段十句五仄韻者即是。以上亦可見新詞產生之況耳。

5. 犯調，乃用兩個以上宮調，因而產生新調之謂也。如《江月晃重山》，五十四字，前用《西江月》體，後用《小重山》體，故合以爲名。《詞律》卷六詞牌下列陸游"芳草洲前"詞即是。(《全宋詞》作劉秉忠詞)。如《側犯》，七十七字方千里"四山翠合"詞；如《小鎮西犯》，七十一字，柳永"水鄉初禁火"詞；如《淒涼犯》，九十一字，犯又作調，又名《瑞鶴仙影》吳文英"空江浪闊"詞；又九十三字，姜夔"綠楊巷陌"詞；又九十四字，張炎"西風暗翦"詞；又《尾犯》，九十四字，吳文英"翠被落紅妝"詞；又九十五字，又名《碧芙蓉》，蔣捷"夜倚讀書床"詞；如《四犯翦梅花》，九十三字，劉過"水殿風凉"詞；如《玲瓏四犯》，九十九字，周邦彥"穠李夭桃"詞；如《花犯》，一百二字，王沂孫"古嬋娟"詞；如《倒犯》，一百二字，方千里"盡日任梧桐"詞；如《八犯玉交枝》，《詞譜》名《八寶妝》，一百十字，仇遠"滄島雲連"詞：以上諸調，均爲此類。

唐、五代時，詞壇方興，已有詞調二百，多爲令曲，而長調約爲百分之五。洎乎北宋，盛況空前，蔚爲壯觀，詞調已達上千。南渡之後，詞壇依舊繁榮，自度曲外，詞調無甚增添。金、元以降，每況愈下。號爲詞壇中興之清代，除添少許自度曲外，詞調更無進展。衆體悉備之北宋黃金時代，已一去不復返矣。

四、聲律

筆者於《詩律述要》之《音韻》中，已概述南朝齊武帝永明間，周顒、沈約之徒，標舉平、上、去、入"四聲"與作詩"八病"，而以周顒之《四聲切韻》、沈約之《四聲譜》爲聲律之代表。沈約、徐陵諸子作詩，注重聲律，史稱"永明體"。歷經百餘年之成長壯大，終於初唐興起並匯爲近體詩之滾滾洪流，從而鑄成唐代聲律與音樂完美結合之唐詩。

自李唐建國迄今，已渡越千四百餘年。大小劫難，不知經歷幾何哉？其間，凡求取功名者，與夫潛心探究近體詩之中國文化人，莫不熟諳近體詩之聲律、平仄之道，世人悉知。唯四聲略難，陰陽聲尤難。

洎乎20世紀40年代末之後三四十年間，以衆所周知之緣由，致大陸之中國文化人，大多不諳此道。即知者，亦噤若寒蟬。熟諳者，多已耄荒，後先棄世。平仄四聲，幾成絕學。一二威權者，誤導後學，謬種流傳。幸有幾位先覺者，撰留專著，以正視聽，導引後生。

余既有幸從名師問學，道義擔當，詎敢固辭？余不避學殖譾陋，竟於20世紀之末，丁丑（1997）初夏，撰爲《詩律述要》，爾來二十有一年矣。尚未得與海內之方家商榷、求正，以《詞律述要》，延宕歲月，久未動筆故。欲得後者撰成，一並求正方家，以期獲取唐詩、宋詞之不二法門，傳諸來者。余雖不敏，夙志可酬。

近體詩之聲律，已如前述。而詞之聲律，尤倍難於近體詩。

近體詩衹講平仄。陰平、陽平，謂之平，上、去、入三聲均謂之仄。衹要平仄規則不誤，即五、七言律、絕各四種句式之平仄規則講求，便合近體詩之聲律。以近體詩主要用於吟誦，僅少數用於配樂歌唱。

詞則大不相同。"倚聲填詞"，爲歌詩到歌詞之質變。以先有樂曲，爲配合樂曲而後有詞；其長短句式，即爲樂曲節奏之需要而産生。詞之聲律，乃架構於近體詩之上，較近體詩之規則尤嚴、尤細、尤繁，與樂曲之關繫密不可分，方能美聽。一切平仄宜各依本調成式。字音之開、齊、合、撮，別有妙用。詞爲樂曲、爲歌唱而設。詞宜講四聲、五音、清濁，且有輕重之別，較近體詩尤難。不然，非但不協歌喉，抑且不成句讀（音逗）。昔人製腔造譜，八音克諧。如今音理失傳，而字格俱在。學者宜依仿舊作，字字恪遵，庶不失箇中矩矱。凡古人名作，讀之格格不上口，拗澀不順者，皆音律最妙處，不可改易。

前述字音之開齊合撮，即音韻學之四呼。音韻學家分韻母爲開口呼、齊齒呼、合口呼、撮口呼爲四呼。清人潘耒著《類音》，始以唇之形狀爲標準，定爲開口、齊齒、合口、撮口四呼，沿用至今。漢語字音之四種音調謂之四聲，原以平、上、去、入爲四聲。元人周德清著《中原音韻》，乃據北方語系與元曲用韻，將陰平、陽平、上聲、去聲改爲四聲，而將入聲分別歸入陽平、上、去聲之中。今之普通話即屬此語音系統。而令北方語系之人，辨別唐詩、宋詞中之入聲字尤難。五音，一指音樂之宮、商、角、徵、羽，另名五聲。而音韻學則將由喉、舌、齒、唇、牙五部所發之聲定爲五音。喉聲如綱、各，其音濁；舌聲如靈、歷，其音濁（《廣韻》作清）；齒聲如陟、珍，其音清（《廣韻》作濁）；唇聲如並、餠，其音清；牙聲如迦、佉，其音清（《廣韻》作濁）。

凡音清者輕，音濁者重。茲將四聲輕清、重濁者，舉例如次。平聲上，輕清者如：珍、陳、椿、弘、龜、孚、鄰、從、峰、江、降、妃、伊、微、家、施、民、同；重濁者如：之、真、辰、春、洪、諄、朱、殷、倫、風、松、飛、夫、分、其、杭、衣、眉、無、文。平聲下，輕清者如：清、仙、砧、孃、綿、朝、幽、牆、箋、衫、名、輕、傾、翹、晴、羌；重濁者如：青、先、針、眠、昭、酬、川、詳、坊、憂、鉛、三、明、兵、卿、嬌、泉、匡。上聲輕清者如：醜、餅、冢、昶、丈、冢、鄙、邐、敢、梗、皿、起、美、緊、免、杏、氏、旨；重濁者如：

甫、引、鼠、尾、比、謹、汝、卷、晚、雨、耿、幸、猛、始、豈、仿、止、里、姊。去聲輕清者如：魅、快、避、臂、赴、惠、弊、肺、浚、絹、宋、壞、怪、替、至、縣、濟、字、四；重濁者如：味、瑞、志、吏、賦、衛、誓、廢、舜、眷、送、會、態、廟、釧、再、寺、伺。入聲輕清者如：格、角、獄、學、必、穴、薛、籍、悉、一、擲；重濁者如：博、閣、鄂、莫、鶴、訖、出。以上例字，俱自《廣韻》附錄《辨四聲輕清重濁法》中選錄常用之字，以此推見其餘可也。

　　平聲本有陰平、陽平。近體詩無論陰、陽，祇要是平聲即可。詞則不然，時有陰、陽之分別。上、去、入均爲仄聲，近體詩亦不論，祇要是仄聲即行。詞則不然，時常有上、去、入之分別，不可遇仄而概以上、去、入三聲統填。一調之中，統用者十之六、七，不可統用者十之三、四，須斟酌穩愜，方能用字無疵。四聲之說，因此而起。以一調有一調之風度聲響，若上去互易，則調不振起，便有落腔之弊。昔人論曲有"三仄應須分上去，兩平還要辨陰陽"之句，填詞何嘗不然。如《齊天樂》有四處必須用去上聲。姜夔《蟋蟀》詞：哀音似訴、西窗又吹暗雨、幽詩漫與、一聲聲更苦，此四句中，似訴、暗雨、漫與、更苦，不可用他聲，切忌用入韻。又如《夢芙蓉》，有五處必須去上聲。吳文英詞《趙昌芙蓉圖梅津所藏》：西風搖步綺、應紅綃翠冷、霜枕正慵起、仙雲深路杳、城影蘸流水，此五句中，步綺、翠冷、正起、路杳、蘸水，不可用他聲，亦忌用入韻。用去上聲最多者莫如《花犯》，王沂孫《苔梅》詞：蒼鬢素靨、欹紺縷飄零、故山歲晚誰堪寄、琅玕聊自倚、謾記我、孤舟寒浪裏、雲臥穩、半蟾掛曉、幺鳳冷、山中人乍起、又喚取、餘香空翠被，十二句中，素靨、紺縷、歲晚、自倚、記我、浪裏、臥穩、掛曉、鳳冷、乍起、喚取、翠被十二處去上聲，不可用他聲，亦忌用入聲字。此調創自周邦彥《梅花》詞。方千里和之，規矩森嚴，四聲全合；自來作此詞者，不敢易一字之四聲。王沂孫、吳文英，無不如此。於此可見，聲律在詞中之重要，特別是去上聲之運用。以上聲舒徐和軟，其腔低；去聲激厲勁遠，其腔高。相配用之，方能抑揚頓挫。大抵兩上兩去，法所當避；陰、陽間用，最易動聽。方千里和清真詞，於用字去上之間，一守成式，可知古人作詞之嚴。萬樹云：名詞轉折跌宕處，多用去聲。此語深得倚聲三昧。蓋三仄之中，入可作平、上，界平仄之間；去則獨異，且其聲由低而高，最宜緩唱。如姜夔《揚州慢》：過春風十里、自胡馬窺江去後、漸黃昏清角吹寒、凡叶韻後，轉折處皆用去聲。此首最爲明顯。他如《長亭怨慢》《淡黃柳》，其領頭處無一不用去聲，無他，以發調故也。此意吳梅最先提出。

入聲之叶三聲，《中原音韻》《菉斐軒詞林韻釋》既已備列，但入作三聲，僅有七部：支、微、魚、虞、皆、來、蕭、豪、歌、戈、家、麻，尤、侯諸部是也。然此爲曲韻，於詞韻微有不合。吳梅以爲，詞韻當分八部：屋、沃、燭爲一部，覺、藥、鐸爲一部，質、櫛、迄、昔、錫、職、德、緝爲一部，術、物爲一部，陌、麥爲一部，沒、曷、末爲一部，月、黠、鎋（即《錯》）、屑、薛、葉、帖爲一部，合、盍、業、洽、狎、乏爲一部。如此劃分，較戈氏《詞林正韻》爲當。（筆者案，以上入聲各部，乃據《廣韻》分部組合。）其派作三聲處，仍據高安舊例，分隸前列七部之內。則入作三聲，亦一覽而知。惟古人用入聲字，其叶韻處，固不外七部之例。如晏殊《梁州令》"莫唱陽關曲"，曲字作邱雨切，叶魚、虞韻；柳永《女冠子》"樓臺悄似玉"，玉字作於句切；又《黃鶯兒》"暖律潛催幽谷"，谷字作公五切，皆叶魚、虞韻。諸如此類，不可盡數。句中入聲字叶作三聲，實無定法。既可作平，亦可作上、去，但須辨其陰陽而已，惟作平聲宜注意。詞有必須用入之處，不得易用上去聲。如《法曲獻仙音》首二句"虛閣籠寒，小簾通月"，閣、月，宜入聲；又如《淒涼犯》首句"綠楊巷陌"，綠、陌，宜入聲；又如《夜飛鵲》"斜月遠墮餘輝，兔葵燕麥"，月、麥，宜入聲；又如《霜葉飛》換頭，"斷闋經歲慵賦"，《瑞龍吟》"愔愔坊陌（案：《詞譜》作'曲'爲是）人家""侵晨淺約宮黃" "吟箋賦筆"，曲、約、筆，宜入聲；又如《憶舊遊》末句，"千山未必無杜鵑"，必字宜入聲。詞中類此頗多，蓋入聲字重濁而斷；詞中與上、去間用，有止如槁木之致。今南曲中遇入聲字皆重讀而作斷腔，最爲美聽。以詞例曲理本相同，雖譜法亡逸，而程式尚存。故當斷斷，謹守之也。戈氏詞韻，於入聲字分爲五部，雖失之寬，而分派三聲，仍分列各部之下，眉目既晰，而所分平、上、去三聲，亦按圖可索，學者稱便利。且派作三聲者，皆有切音，使人知有限度，不能濫施自便，尤有功於詞學，非淺鮮矣。

五、詞韻

吳梅云："詞之有韻，所以諧節奏，調起畢也。是以多取同音，弗畔宮律，吐字開閉，畛域綦嚴。古昔作者，嚴於律度。尋聲按譜，不逾分刌。其時詞韻，初無專書。而操觚者出入陰陽，動中窾奧。蓋深知韻理，方詣此境，非可望諸後人也。韻書最初莫如朱希真作《應製詞韻》十六條。其後張輯釋之，馮取洽增之。至元陶宗儀，曾譏其混淆，欲爲更定。而其書久佚，無從揚榷矣。紹興間，刻《菉斐軒詞林要韻》一册，樊榭曾見之。其論詞絶句，有'欲呼南渡諸公起，韻本重雕《菉斐軒》'之句，後果爲江都秦氏刻入《詞學全書》中，即今通行之本。詞韻之書，此爲最古矣。"筆者案：《菉斐軒詞林要韻》，後人多疑爲元、明人僞託者。《詞學全書》，應爲《詞學叢書》，清乾隆進士秦恩復編。而清人查培繼所輯者，方爲《詞學全書》。樊榭，爲清康熙舉人厲鶚之號。朱希真，南宋詞人朱敦儒，字希真，有集名《樵歌》傳世。吳梅又云："自是而沈謙之《詞韻略》、趙鑰之《詞韻》、李漁之《詞韻》、胡文焕之《文會堂詞韻》、許昂霄之《詞韻考略》、吳烺之《學宋齋詞韻》，純駁不一，殊難全璧。至戈載《詞林正韻》出，作者始有所依據。雖其中牴牾之處，或未能免，而近世詞家，皆奉爲令典，信而不疑也。夫填詞用韻，大氐平聲獨押，上去通押。故凡作詞韻者，俱總合三聲分部，而中又明分平仄。至於入聲，無與平上去統押之理，故入聲須另立部目，不得如曲韻之例，分配三聲以外，不再專立韻目。如《中原音韻》《中州全韻》諸書也。"

　　吳梅又云："今先論諸韻。收聲字音，不轉收別韻，並不受別韻轉收者，支時、家麻、歌羅是也。轉收別韻，不受別韻轉收者，皆來轉齊微，蕭豪轉魚模，幽尤轉魚模是也。不轉收別韻，但受別韻轉收者，齊微受皆來轉，魚模受蕭豪轉是也。收鼻音者，東同、江陽、庚亭三韻是也。收閉口音者，侵尋、監咸、纖廉三韻是也。收音時舌齶相抵，而略似鼻音，略似閉口者，真文、寒山、先田三韻是也。韻之與音，其關係如此，昔人謂皆來收齊微處，音如衣。蕭豪收魚模處，音如烏。東同收鼻音處，音如翁。江陽、庚亭二韻收鼻音處，又與東大同小異。此説最精，惟所論不備，因詳述如右。次論分韻標目。詞韻與曲韻，須知有不同之處。曲中如寒山、桓歡，分爲兩部。家麻、車遮，亦分爲二。詞則通用，不相分別。且四聲缺入聲，而詞則明明有必須用入之調，故曲韻不可用爲詞韻也。"吳梅標目，參酌戈載《正韻》、沈謙《韻略》二書，用《廣韻》，平上去仍標十四部，而入聲韻則標八部，供研究者探討。筆者仍標十九部，即平上去十四部，入聲韻五部。而《詞林正韻》原書韻目用《集韻》標目，分目繁多。筆者用較通行之《詩韻》標目，便於檢索。

　　第一部　平聲：一東二冬通用；仄聲：上聲，一董二腫，去聲，一送二宋通用。

　　第二部　平聲：三江七陽通用；仄聲：上聲，三講二十二養，去聲，三絳二十三漾通用。

　　第三部　平聲：四支五微八齊十灰（半）通用；仄聲：上聲，四紙五尾八薺十賄（半），去聲，四寘五未八霽九泰（半）十一隊（半）通用。

　　第四部　平聲：六魚七虞通用；仄聲：上聲，六語七麌，去聲六御七遇通用。

　　第五部　平聲：九佳（半）十灰（半）通用；仄聲：上聲九蟹十賄（半），去聲，九泰（半）十卦（半）十隊（半）通用。

　　第六部　平聲：十一真十二文十三元（半）通用；仄聲：上聲，十一軫十二吻十三阮（半），去聲，十二震十三問十四願（半）通用。

　　第七部　平聲：十三元（半）十四寒十五刪一先通用；仄聲：上聲，十三阮（半）十四旱十五潸十六銑，去聲，十四願（半）十五翰十六諫十七霰通用。

　　第八部　平聲：二蕭三肴四豪通用；仄聲：上聲，十七篠十八巧十九皓，去聲，十八嘯十九效二十號通用。

　　第九部　平聲：五歌（獨用）；仄聲：上聲二十哿，去聲二十一箇通用。

　　第十部　平聲：九佳（半）六麻通用；仄聲：上聲二十一馬，去聲，十卦（半）二十二禡通用。

　　第十一部　平聲：八庚九青十蒸通用；仄聲：上聲，二十三梗二十四迥，去聲，二十四敬二十五徑通用。

　　第十二部　平聲：十一尤（獨用）；仄聲：上聲，二十五有，去聲，二十六宥通用。

　　第十三部　平聲：十二侵（獨用）；仄聲：上聲，二十六寢，去聲，二十七沁通用。

　　第十四部　平聲：十三覃十四鹽十五咸通用；仄聲：上聲，二十七感二十八儉二十九豏，去聲，二十八勘二十九豔三十陷通用。

第十五部　　入聲：一屋二沃通用。

第十六部　　入聲：三覺十藥通用。

第十七部　　入聲：四質十一陌十二錫十三職十四緝通用。

第十八部　　入聲：五物六月七曷八黠九屑十六葉通用。

第十九部　　入聲：十五合十七洽通用。

吳梅云："夫詞中叶韻，惟上去通用。平入二聲，絶不相混。有必用平韻者，有必用入韻者，《菉斐》無入，故疑爲曲韻。沈去矜、李笠翁輩，分列入韻，妄以鄉音分析，尤爲不經。且以二字標目，實襲曲韻之舊。夫曲韻之以二字標目，蓋一陰一陽也。今沈韻中之屋、沃，李韻中之支、紙、寘、圍、委、未、奇、起、氣，此何理也？"又云："韻有開口閉口之分。第二部之江、陽，第七部之元、寒，此開口音也。第十三部之侵，第十四部之覃、談，此閉口音也，最爲顯露，作者不致淆亂。所易混者，第六部之真、諄，第十一部之庚、耕，第十三部之侵，即宋詞中亦有牽連混合者。張玉田《山中白雲詞》，至多此病。如《瑣窗寒》之'亂雨敲春'，《摸魚子》之'憑高露飲'，《鳳凰臺上憶吹簫》之'水國浮家'，《滿庭芳》之'晴卷霜花'，《憶舊遊》之'問蓬萊何處'，皆混合不分。於是學者謂名手如玉田，猶不斷斷於此，不妨通融統叶，以寬韻脚。不知此三韻本非窄韻，即就本韻選字，已有餘裕，何必強學古人誤處，且爲之文過飾非也。即以詩論，此三韻亦無通押之理，何況拘守音律之長短句哉！其他第七部與第十四部韻，詞中亦有通假者，此皆不明開閉口之道，而復自以爲是，避難就易也。"吳梅總結云："韻學之弊有四：淺學之士，妄選韻書，重誤古人，貽誤來學，其弊一也。次則蹇於牙吻，囿於偏方，雖稍窺古法，而吐咳不明，音注之間，毫釐千里，其弊二也。又有妄作之徒，不知稽古，孟浪押韻，其弊三也。才劣而口給者，操觚之際，利趁口而畏引繩，故樂就三弊，且爲之張幟，其弊四也。余故嚴別町畦，爲學者導，能不越此韻式，庶可言詞矣。"

劉勰《文心雕龍·聲律》云："異言相从謂之和，同聲相應謂之韻。"前句謂句中之字調，後者謂整篇之韻位。清人孔廣森研究《詩經》三百五篇之韻脚，作爲《詩聲類》與《詩聲分例》二書，詳探《詩經》之聲韻。繼孔而作者，有丁以此之《毛詩正韻》，分析尤詳。韻位之疏密，與所表情感之起伏、輕重、緩急，不可分割。大抵隔句押韻，韻位均勻者，其情感較舒緩，宜於雍容愉悦場景之描寫。句句押韻或不斷轉韻者，其情感較急促，宜於緊迫場景之描寫。自《詩經》《楚辭》，至漢魏六朝樂府，莫不如此。

唐、宋小令之長短句，乃於近體詩確立後，自《詩經·國風》《楚辭·九歌》及漢樂府獲啓迪，又結合當時流行曲調，經民間嘗試、文人創作，因而創立成功。

唐、宋小令之韻位疏密，與本曲調之情感密不可分。其初，則難脱近體詩之樣式，而全用平韻之小令尤如此。約可分爲六類：

隔句叶韻，結句連叶者，如白居易《憶江南》（江南憶）；上片連叶，下片隔叶者，如晏殊《浣溪沙》（一曲新詞酒一杯）；上片首次連叶，三、四隔叶，下片二、三連叶，四、五隔叶者，如晏幾道《鷓鴣天》（彩袖殷勤捧玉鐘）；上、下片皆首尾隔叶，中間連叶者，如蘇軾《臨江仙》（夜飲東坡醒復醉）；上、下片皆前隔叶，後連叶者，如蘇軾《南歌子》（雨暗初疑夜）；上片首次連叶，三、四隔叶，下片一、二、三隔二句叶，四、五隔一句叶，如歐陽修《朝中措》（平山闌檻倚晴空）。上六類，皆隔叶多於連叶，其音節則和諧舒緩，其聲韻組織，則全自近體律、絶化出，蜕變痕迹，顯而易見。

平韻小令，若連叶多於隔叶，則其音節緊迫、急促，宜於表達急迫低抑之情調，約可分爲六類：

上片句句連叶，下片隔三字偶句隔叶，余皆連叶者，如秦觀《阮郎歸》（湘天風雨破寒初）；上、下片皆一、二、三、四連叶，五、六、七隔兩句叶者，如蘇軾《江城子》（十年生死兩茫茫）；上、下片除首、次句隔叶，余並連叶者，如馮延巳《采桑子》（花前失却游春侣）；上、下片除四、五隔叶，余皆連叶者，如李煜《浪淘沙》（往事祇堪哀）；上、下片全部連叶者，如万俟詠《長相思》（短長亭）；上、下片透下全部連叶者，如辛棄疾《南鄉子》（何處望神州）。以上六例，連叶者多，均顯示緊迫情調。逢隔叶或三句一叶處，則語氣略趨舒緩，於整體中起調劑作用。

於整闋使用平聲韻之小令中，亦有夾叶仄聲短韻，自分賓主者。其作用，一在令音節復雜美聽，二在予情感上以調節。約可分爲五類：

上片或下片先叶兩仄語氣透下者，如韋莊《女冠子》（四月十七），李煜《相見歡》（林花謝了春紅）；上、下片連叶平韻，中夾六仄韻者，如蘇軾《定風波》（莫聽穿林打葉聲）；全闋叶平爲主，中夾兩仄相錯者，如韋莊《定西蕃》（挑盡金燈紅燼）；全闋叶平爲主，上、下片錯叶五仄各爲部五者，如韋莊《酒泉子》（月落星沈）；全闋叶平爲主，上、下片換韻中夾多種仄韻交錯相叶者，如薛昭蘊《離別難》（寶馬曉鞴雕鞍），該詞"鞍""難""寒""干"共叶四平，"迷""眉""低""西""淒"換叶五平作爲主韻，"媚""里"，夾叶兩仄，"落""燭""曲"，夾叶三入，"促""綠"夾叶兩入，"別""咽""說"夾叶三入，"立""急"夾叶兩入，可謂復雜之極，於劃分起伏，調節情感，均起極大作用。以主韻之韻位相隔太遠，致賓韻影響整體之幽咽哀怨、若斷若續之愁苦心情，成爲唐、五代令詞中最富聲律變化之傑作。

仄韻小令，音節則較峭勁。上、去同叶，入聲獨用，爲唐、宋詞之一定規則。上、去聲韻適宜表清幽峭拔、沈鬱淒壯之情感；入聲韻則宜表激烈豪爽、決絕瀟灑之情感。而韻位之疏密，亦起調節變化之作用。約可分爲五類：

隔句叶仄韻者，如牛希濟《生查子》（春山煙欲收），與賀鑄《生查子》（西津海鶻舟）；首尾隔叶，腰間連叶者，如晏殊《踏莎行》（小徑紅稀）；上半連叶，下半隔叶者，如晏殊《玉樓春》（池塘水綠風微暖），與蘇軾《木蘭花令》（霜餘已失長淮闊）；前連叶，尾隔叶者，如周邦彥《夜游宮》（葉下斜陽照水），與李清照《醉花陰》（薄霧濃雲愁永晝）；首尾連叶，中腰隔叶，兼作疊韻者，如李清照《如夢令》（昨夜雨疏風驟）。

仄韻小令，音節較緊促者，幾乎句句叶韻；或於起首與腰間用一句平收，酌爲調劑者。約可分爲三類：

起首隔叶，之後連叶者，如姜夔《點絳唇》（燕雁無心），與其《醉吟商小品》（又正是春歸）；首尾连叶，腰間偶隔叶者，如馮延巳《長命女》（春日宴），與歐陽修《蝶戀花》（庭院深深深幾許）；整體連叶者，如馮遷巳《歸自謠》（何處笛），與其《謁金門》（風乍起），及范仲淹《漁家傲》（塞下秋來風景異）。上三類，其上、去韻之韻位過密，亦可顯示緊促之情調，宜表曲折變化、纏綿悱惻之淒惘之情；尤以第三類，句句連叶，旋折而下，一句一轉，以示沈鬱氣氛。其中尤以《謁金門》《漁家傲》及二類之《蝶戀花》，均有叶入聲韻者，則不免化沈鬱爲激厲，情調亦大不相同。

中編　詞律述要

　　短音促節之入聲韻，於唐、宋小令中，最宜表激越矯健、高峭堅決之情感。約可分爲六類：

　　開端連叶，中夾疊韻者，如李白《憶秦娥》（簫聲咽）；整體仄收，隔叶入韻者，如晁補之《憶少年》（無窮官柳）；過片一句平收，餘並仄收，隔叶入韻者，如晁補之《鹽角兒》（開時似雪）；前兩句一句平收，一句仄收，隔叶入韻者，如朱敦儒《好事近》（搖首出紅塵）；整體連叶，結尾平收隔叶者，如牛嶠《望江怨》（東風急）；通體連叶入韻者，如馮延巳《謁金門》（楊柳陌）、《歸自謠》（何處笛）。以上乃龍榆生前賢研究成果。

　　此外，有獨以上聲字叶韻者。上聲特點乃舒徐。獨以上聲入韻者之《清商怨》《魚游春水》，則彰顯清新、綿邈之情致，如姜夔《秋宵吟》（古帘空）。此種歷來極少。

　　另有獨以去聲叶韻者。去聲特點爲勁厲、挺拔，故其詞聲情嘹亮、高吭，如姜夔《翠樓吟》（月冷龍沙）即是。

　　有同一詞牌，以選韻不同，可致聲情迥異者。如《滿江紅》，常用入聲韻者，其聲情激越；若換用平聲韻，則情調亦陡變，如姜夔《滿江紅》（仙姥來時）即是。又如《憶秦娥》，賀鑄用平聲韻者（曉朦朧，前溪百鳥啼忽忽）與用入聲韻之名篇（簫聲咽，秦娥夢斷秦樓月），二者之聲情、風格迥異。關於《菩薩蠻》（平林漠漠煙如織）與《憶秦娥》（簫聲咽，秦娥夢斷秦樓月）兩首詞，相傳爲李白所作，成爲華夏文學史上一椿未決公案。宋人黃升《花庵詞選》稱爲"百代詞曲之祖"。清人陳廷焯《白雨齋詞話》祖黃說，稱二詞"可以是爲詞中鼻祖。尋詞之祖，斷自太白可也"。而明人胡應麟則否定二詞爲太白之作。此後，則聚訟至今。然此二首藝術手法極爲純熟、複雜、多變，藝術境界極高之詞，詎能出現於詞尚稚氣之盛唐？而唐人所編《李白集》中並無此二詞，至北宋後期始提及。宋人於《古風集》中發現《菩薩蠻》（平林漠漠煙如織）署名李白作。此李白究繫誰？而在北宋前，已有兩李白：盛唐一位，南唐一位；而南唐者亦爲翰林學士。而此詞之發現，距盛唐之李白已有三百五十年左右，而距南唐李白僅過百年。盛唐爲律詩之世界，而南唐方爲詞之標識。詞至南唐已成熟。詞風昌盛之南唐，纔能爲《菩薩蠻》（平林漠漠）與《憶秦娥》（簫聲咽）如此氣象恢宏、胸襟壯闊、運斤成風之成熟作品，提供充要之條件與肥沃之土壤。而在詞之童年時代之盛唐，天才亦未有超越時代鶴立之傑作。筆者從許宗元《中國詞史》之説。

以上爲韻位疏密與表情之關繋。以下爲韻位之平仄轉換與表情之關繋。轉韻法則，分簡單與複雜兩種，分述之。

較簡單轉韻者，約可分爲六類：

上片仄韻，下片換平韻者，如韋莊《清平樂》（鶯啼殘月）；單調小令平換仄者，如歐陽炯《南鄉子》（畫舫停橈）；上、下片平仄四換之一者，如李白《菩薩蠻》（平林漠漠煙如織）；上、下片平仄四換之二者，如顧敻《醉公子》（岸柳垂金綫）；上、下片平仄四換之三者，如李煜《虞美人》（春花秋月何時了）；上、下片平仄四換之四者，如韋莊《荷葉杯》（記得那年花下）。

較複雜轉韻者，約可分爲八類：

（1）去、平、入三轉兼兩疊一倒者，如韋應物《調笑令》（河漢河漢）；（2）平仄四轉，下片增一韻位者，如温庭筠《更漏子》（玉鑪香，紅蠟淚）；（3）上、去、入四轉兼兩個三疊者，如陸游《釵頭鳳》（紅酥手，黃縢酒）；（4）平仄四轉兼夾叶者，如李珣《河傳》（去去，何處）；（5）平仄四轉，不兼夾叶者，如温庭筠《河傳》（湖上，閑望）；（6）去、入、平三轉兼夾叶和抛綫者，如孫先憲《酒泉子》（空磧無邊），温庭筠《酒泉子》（花映柳條）；（7）平、仄轉夾叶兼抛綫者，如温庭筠《定西蕃》（漢使昔年離别）；（8）平、仄遞轉，仄多於平者，如温庭筠《蕃女怨》（萬枝香雪開已遍）。以上諸詞，可見韻位之變化與四聲韻部之不同性質，於表不同情感之關繋，佔極重要之地位，亦可見唐、宋小令於藝術性上之豐富多彩。

另有一調中，平、仄韻互叶者，而平、仄均有固定韻位，與南、北曲之四聲通叶不同。如辛棄疾《西江月·夜行黃沙道中》（明月別枝驚鵲），平、仄同部互叶，可增聲情之美。而其兩仄韻，須置諸兩結句，方顯和諧有力。

另有文人故弄特形，稱"福唐獨木橋體"，乃隔句用同字作韻者，如黃庭堅以《阮郎歸》調所寫《茶詞》：

烹茶留客駐雕鞍，月斜窗外山。別郎容易見郎難，有人思遠山。　歸去後，憶前歡，畫屏金博山。一杯春露莫留殘，與郎扶玉山。

如此文字遊戲，於藝術無甚價值。

以上述論者，爲韻位之疏密，平、仄轉換，與表情之關繫。所關涉者，無非令詞也。

以下略述宋詞長調之結構與聲韻之安排，暨適用於入聲韻與上、去聲韻之長調。

唐宋詞長短句，歷來分爲令、引、近、慢四種。其差別，本繫音樂之關繫，而非專指其篇章之短長。《宋史·樂志》惟有急曲、慢曲之分，却未嘗言及慢曲即長調。清康熙二十六年丁卯，萬樹編成《詞律》，其《發凡》云："自《草堂》有小令、中調、長調之目，後人因之，但亦約略云爾。"又云："錢唐毛氏云：'五十八字以内爲小令；五十九字至九十字爲中調；九十一字以外爲長調，古人定例也。'愚謂此亦就草堂所分而拘執之。所謂定例，有何所據？若以少一字爲短，多一字爲長，必無是理。如《七娘子》有五十八字者，有六十字者，將名之曰小令乎，抑中調乎？如《雪獅兒》有八十九字者，有九十二字者，將名之曰中調乎，抑長調乎？"《草堂詩餘》傳爲南宋人編選，署曰武陵逸史。而洪武刊本，並無三分之說。未知萬樹所云，係何版本？筆者以爲，至遲爲明、清之際，常熟毛晉汲古閣本，已有三分之說。毛晉刻書，當有所據；或於明代中葉，已有三分。而錢塘毛先舒氏亦清初人，否則其細分之說，則無所據。萬樹引用，毛說已成。

宋末遺民張炎著《詞源》卷下《音譜》中，將慢曲、引、近，皆稱爲"小唱"，於宋代均爲清唱曲。或出於民間，或出於教坊，或截於大曲、法曲。王灼《碧雞漫志》云："凡大曲，就本宫調製引、序、慢、近、令，蓋度曲者常態。"由是可知，引、序、慢、近、令，均可自大曲中截出，皆爲音樂性質之不同，而與篇章之短長無關，祇是小令較短而已。今所存之唐、宋詞，大多無標識，何爲急曲，何爲慢曲，自曲譜散亡後，難以考查。僅以"奇偶相生""輕重相權"法則，考查宋詞之長調。張炎《詞源》卷下《製曲》云："作慢詞看是甚題目，先擇曲名，然後命意；命意既了，思量頭如何起，尾如何結，方始選韻，而後述曲。最是過片，不要斷了曲意，須要承上接下。如姜白石詞云：'曲曲屏山，夜涼獨自甚情緒？'於過片則云：'西窗又吹暗雨。'此則曲之意脈不斷矣。"以下說如何反復修改："如此改之又改，方成無瑕之玉。"此乃經驗之談。以上所述，即所謂選調、選韻、布局三大問題。選調，即"先擇曲名"，首先考慮該詞牌所表聲情與自己所要表聲情是否相應。選韻，以韻部有關聲情之變化，有適宜表豪壯激烈者，有宜於表哀怨纏綿者。留心選用，方可恰切表達不同聲情。布局，即先當確定主賓陪衬，予以恰當布置，方能運用巧妙藝術手法，引人入勝。此三者，於作慢詞即長調，必須全面考慮。所謂"奇偶相生"，即詞牌之結構。如偶多於奇之詞調，適宜表達雍容寬綽之氣度，或纏綿舒緩之情感。而奇多於偶之詞調，則宜於表達曲折變化之情感，或淒壯蕭颯之場景。前者如蘇軾之《沁園春》（孤館燈青）、辛棄疾之《沁園春》（一水西來）與劉克莊之《沁園春》（何處相逢），其中許多偶句，咸宜鋪張排比，顯示壯闊局面之關鍵所在。有用一領字統帥整齊隊列，有用一單句將偶句疏動，使之異常靈活。如此則便驅使胸中之豪邁氣概，既寬展，又有勁。故豪放派作家，皆常用此詞調，以抒發其壯闊襟抱。而張耒之《風流子》（木葉亭皋下），該詞偶句之多，不亞於《沁園春》詞，却不宜表達豪情壯志。其上闋，有四言偶句八個，五言偶句兩個；其四言偶句，有一去聲領字。而所有偶句，其句末均一平一仄，交錯使用，其形式太整齊，音節太和諧，格局寬展有餘而轉換乏力，既呆滯，又軟弱，祇宜抒發柔情。以上均偶多於奇之例。

　　柳永之《八聲甘州》（對瀟瀟暮雨灑江天）、蘇軾之《八聲甘州》（有情風萬里卷潮來）、辛棄疾之《八聲甘州》（故將軍飲罷夜歸來）與吳文英之《八聲甘州》（渺空煙四遠），以上四例，首二句有出入，當以柳詞爲準。《甘州》，本唐人邊塞曲之一，聲情原激壯。而此"八聲慢"，其詞應曼聲促節兼而有之。而此曲調之激壯聲情，固宜蘇、辛口味。柳詞開端低抑，與《沁園春》發端相仿。其首字即以"對"字領起，逆入有勢，振起下文。又一"漸"字領起下三句，顯示音節之矯健。六、七句上六下五，落脚字一仄一平；八、九句上五下四，落脚字亦一仄一平，音節上異常和諧。而句法上參差錯落，移步換形，極盡變化。下闋過片連用兩仄聲字落脚，而第二句用一去聲"望"字挺接上句，領起其下兩四言句，作一小頓；復用一去聲"歎"字作一轉關，領下一四言、一五言句。第六句改用上三下四之七言句，再用一去聲"誤"字作六、七句之關紐；如是筋搖骨轉，百折千迴，逼出精彩收尾。而第八句亦用上三下四句式，其下四又是上一下三，掩抑有致；結以四字平收，一正一奇，令人撫翫無盡。如是變化多端格局，宜於表達曲折變化、激壯蒼凉之情緒，乃蘇、辛、吳三家所共解。而其發端逆入之妙用，三家均未顧及；"倚闌干處"之上一下三，惟吳之"上琴臺去"，與柳詞相合。於此亦見蘇、辛派詞人，於音律之不够嚴密。

柳永之《玉蝴蝶》（望處雨收雲斷），其曲調組成，亦用"奇偶相生""輕重相權"之法則，稍加變化而成。其上、下片皆有上三下四兩個七言偶句，下片又多兩個四言偶句，構成"奇偶相生"格局。而上、下闋之句脚字，多爲平仄相間，構成和諧音節。惟上片第四、五句，下片第五、六句，連用平收，構成低抑情調。如此曼聲低唱，祇宜表達傷離念遠之柔情。

以上《八聲甘州》，乃奇多於偶；《玉蝴蝶》，則奇偶約略相當。由於格局之不同，故所顯示之聲情亦隨之變化。

奇數句式過多，於長調之構成及其所表達之情感有重要關繫。如《六州歌頭》，本爲極激壯之詞調。宋人程大昌著《演繁露》云："《六州歌頭》，本鼓吹曲也。近世好事者，倚其聲爲弔古詞，音調悲壯，又以古興亡之事實文之。聞其歌，使人慷慨。"其悲壯之音節，與慷慨之聲情，主要源於大量三言短句，構成激越緊張之繁音促節，使情調趨於激壯。此爲急曲類長調，而非慢詞。雖格局相同，而選韻不同，其聲情則大不相同。如《六州歌頭》，賀鑄之作（少年俠氣），張孝祥之作（長淮望斷），劉過之作（中興諸將），辛棄疾之作（晨來問疾）與韓元吉之作（東風著意）。以上五人，同一曲調，而五人性格亦多相類，其作品之聲情却大不同。前三人之作較豪壯，後二人之作則見衰颯。關繫全在選韻。該調全以三、四、五言句式錯落構成，而三言句竟有二十句以上。如此短句，旋折而下，幾無停頓之可能。直至四、五言處，方得舒氣，本宜表豪壯激烈之聲情。賀之作選用洪亮之"東鐘"部韻，且兼叶平、上、去三聲，幾致句句叶韻，將那激昂奮厲之壯懷托出，與該調之聲情最合。張之作選用清勁之"庚青"部韻，以表其愛國傷時之憤慨之情，亦令讀者共鳴。而未兼叶仄韻，於繁音促節上，較賀詞稍遜。劉之作，亦欲表悲壯激烈之情，而用韻太雜，兼叶"庚青""真文""侵尋"三部韻，此亦南宋初所少見者。（以上韻部，乃借周德清《中原音韻》十九部而云。）且部分詞句，未經錘煉，現啞聲，致内容形式不稱，缺陷很大。辛之作選用含混之"魚模"部韻，以表其強作達觀之抑塞聲情。而韓之作選用委靡之"支思"部韻，以表其綢繆宛轉之哀怨聲情。雖有緊張促迫之調，且夾叶多部韻，除"支思"部之"膩、醉"，兼及"先天"部之"面、岸、半、暖、轉"；"魚模"部之"處、霧、步"，"蕭豪"部之"老、好"，其內容形式亦不很相稱。總而言之，選調與選韻，當兼顧並重相待，方得稱心之作。

適用平聲韻之長調，尚有百卅九字之《鴨頭綠》與二百十二字之《戚氏》，其音節皆很美。前者如晁端禮之作（晚雲收），後者如柳永之作（晚秋天）。此類長調，當留意其"奇偶相生"與開闔變化之格局，方能安排妥帖，引人入勝。

宋詞長調中，平仄韻互叶者，亦有各式樣不同聲情。如蘇軾之《醉翁操》（琅然），此乃宋人沈遵所作琴曲，爲描滁州琅琊山中空澗鳴泉。後經廬山玉澗道人崔閑重爲記譜，請蘇填詞，流傳至今。前用四個二言短句，句句叶韻，以示琴曲特點，雍容和雅。三個七言單句，構成特殊音節。以仄聲落脚者，惟"詠""後""怨"三字，且"怨"兼叶仄韻。衆平韻中，夾一仄韻，音節稍振，以悼昔賢，而後復歸雍容和雅。此詞調之中少見。

周邦彥之《渡江雲》（晴嵐低楚甸），全詞無拗句，且四偶句均平仄和諧。句脚字或兩仄一平，或一仄一平，構成抑揚、和婉之音節。全闋主韻八平，惟過片第四句兼叶一仄聲韻"下"，以振起精神。又前片多參差單句，兩對上三下四特殊句法，構成其搖曳多姿。過片由散趨整，二言句下，兩對四言偶句，中夾一仄韻振起，且爲上一下四句式，以顯高低抑揚之美妙音節。"今宵"兩句，同爲七言，形式亦有變化。結以三言、六言各一句，一掩一抑，極婉曲纏綿之致。此調宜表溫婉悲凉情緒。

以上爲全用平韻，中叶一仄韻例。

韓元吉之《水調歌頭》（今日俄重九），該調宜表激壯豪爽之情。韓詞依蘇體（明月幾時有），夾叶四仄韻，如上片之"切"與"陣"叶，下片之"望"與"壯"叶。於整體平韻中，造成緊張氣氛，令人有繁音促節、勁峭有力之感受。而韓之《六州歌頭》（東風著意），亦用此法。

以上爲全體用平韻，上、下片各夾叶兩仄韻例。

賀鑄《水調歌頭》（南國本瀟灑），該詞除原有平聲韻位外，每句均兼押一同部仄韻（衹"訪烏衣"一句未押），於此更加激發本調聲情之美。

而所選"麻"韻，音響高華，情調發越，確爲超越輩流之創作。其《六州歌頭》（少年俠氣），亦同部韻平、仄互叶，手法相類。

以上爲全首用同部韻平仄遞叶例。

蘇軾之《哨遍》（爲米折腰），此爲蘇將陶潛之《歸去來兮辭》套入該曲調歌唱者。其格局亦用"奇偶相生"法則，以顯抑揚頓挫之音節。其四言偶句："舊菊"二句，"雲出"二句，皆平仄和諧；而"翠麓"二句，亦成對偶。全調叶十三仄韻字，九平韻字。仄爲主，平爲賓，賓主各有固定韻位。隨情之輕重緩急，適當調劑，將格局與音響、內容與形式緊密結合，以彰顯此田園詩人之性格與風趣。惟蘇軾得以如斯。柳永之《曲玉管》（隴首雲飛），近乎此類。

以上爲平仄互叶，各有固定韻位例。

史達祖之《換巢鸞鳳》（人若梅嬌），此調之組織形式奇特。"正"字，領下四言、五言兩偶句，平仄和諧，格局過嚴。接下一七言平句，一八言拗句，顯低沈，表黯然魂銷之無聊情趣。緊接仄收三言短句、上三下四之七言單句，以及去聲之"照"字韻，方能振起低沈之情調，使聲情得以調劑。下片連用兩仄韻短句，情調轉急。接以四言平收、五言仄收句，轉入舒緩。再用四言偶句，六言單句，平仄和諧，音節尤舒緩。由追念舊歡，轉爲願望未來，逼出兩七言散句，以未來無限歡娛作結。末三句：三平聲、去平平、入去平上，先是語調放低，然後去聲振起，轉拗音節煞尾。所謂非拗不能相救。此種聲韻組織，最宜表達由悲轉喜之柔情。

以上爲前片叶平，結句轉仄，逗引下片全仄例。

適宜選用仄韻之長調。詞韻三仄，上、去同用，入韻獨用，小令、長調皆如此。清人戈載《詞林正韻》之"發凡"云：詞之用韻，平仄兩途；而有可押平韻，又可押仄韻者，正自不少。其所謂仄，乃入聲也。如越調又有《霜天曉角》《慶春宮》，商調又有《憶秦娥》。其餘則有雙調之《慶佳節》，高平調之《江城子》，中呂宮之《柳梢青》，仙呂宮之《望梅花》《聲聲慢》，大石調之《看花回》《兩同心》，小石調之《南歌子》。用仄韻者，皆宜入聲。《滿江紅》有入南呂宮，有入仙呂宮者。入南呂宮者，即白石所改平韻之體；而要其本用入聲，故可改也。又有用仄韻而必須入聲者，則如越調之《丹鳳吟》《大酺》，越調犯正宮之《蘭陵王》，商調之《鳳凰閣》《三部樂》《霓裳中序第一》《應天長慢》《西湖月》《解連環》，黃鍾宮之《侍香金童》《曲江秋》，黃鍾商之《琵琶幺令》《暗香》《疏影》，仙呂犯商調之《淒涼犯》，正平調近之《淡黃柳》，無射宮之《惜紅衣》，中呂宮之《尾犯》，中呂商之《白苧》，夾中羽之《玉京秋》，林鍾商之《一寸金》，南宮商之《浪淘沙慢》。此皆宜用入聲者，勿概之曰仄而用上、去也。其用上、去之調，自是通叶，而亦稍有差別。如黃鍾商之《秋聲吟》，林鍾商之《清商怨》，無射商之《魚游春水》，宜單押上聲；仙呂調之《玉樓春》，中呂調之《菊花新》，雙調之《翠樓吟》，宜單押去聲。復有一調中必須押上，必須押去之處，有起韻、結韻宜皆押上，宜皆押去之處，不能一一臚列。其實皆以四聲之性質不同，關係於表達情感異常重要。入聲短促，無含蓄之餘地，故宜表激越峭拔之思想感情。上聲舒徐，宜表清新綿邈之情感。去聲勁厲，宜表高亢響亮之感情。而上、去與入聲比較，總要含蓄得多，故上、去互叶，宜表悲壯鬱勃之情趣。姑舉數例：

　　柳永之《雨霖鈴》（寒蟬淒切），此爲唐玄宗於棧道中悼念楊貴妃之曲調。其音節哀怨淒斷。該詞共用入聲韻字十個，三句平聲落脚，其餘全爲仄收，且有上一下三、上一下四特殊句式，及多處仄仄平仄拗句，即構成其拗犯之音節，形成哽咽淒斷之聲，乃受本曲聲情之制約。

　　姜夔之《淒涼犯》（綠楊巷陌秋風起），此爲姜之自度曲。其聲情感傷淒斷。詞之上片無一平收之句，將噴薄之語，以逼仄短促之入聲韻盡情發泄。後片雖用兩平收句，稍調緊促之情，而結尾，再用一連七仄之拗句，以表生硬峭拔之情調。

　　周邦彥之《大酺》（對宿煙收），其上闋，雖用五處對偶，而於字音、詞性上之安排，却各不相同，便全合"奇偶相生""輕重相權"之原則。兼有不少領字之運轉，故未感其偶句過多，流於平滯。其下片開端連叶兩韻，並用上三下五句式，便覺峭勁有力。又用"怎奈向"作爲關紐，領下四言偶句，並以上三下四之七言單句頓住。又一仄收五言句後，接以上三下四之七言句，且十二字中，有四入聲字，構成特殊音節。又以用入聲收煞之六言句，以顯落拓心情，正與字音相稱。而其下四字句平上平去，有拗怒之味；又連用兩韻，作爲收束，尤顯音響之激越，乃與作者欲表之緊促心情完全相應。

　　周邦彥之《浪淘沙慢》（曉陰重），此爲三疊之長調。其聲情哽咽淒斷。其奇偶交錯，及和諧與拗怒音節之巧妙結合，惟精通音樂之柳永與周邦彥，方能運用自如，異常恰切。以健筆寫柔情，乃柳、周之特色。

以上爲宜用入聲韻之長調例。以下爲上、去通叶之長調例。

周邦彥之《齊天樂》（綠蕪彫盡臺城路），其上闋上聲韻"晚""剪""掩""簟"連用四韻，惟收尾用去聲"卷"。而下闋先用去聲"限"，又用上聲"轉"，接一"遠"字上聲，又用一"薦"字去聲，以上聲"斂"字煞尾。而拗句"殊鄉又逢秋晚"第三字必得用去聲；而"露螢清夜照書卷"，則宜去平平去去平去；"荆江留滯最久"，宜平平平去去上；"離思何限"，宜平去平去。而領頭字"歎""正"，必用去聲。連兩仄處，如"静掩""尚有""眺遠""醉倒""照斂"，皆用去上。惟"宛轉"皆爲上聲；將此句與上闋之句對比，本可用"平仄"，因可通融，何妨隨便。

王沂孫之《齊天樂》（一襟餘恨宮魂斷），其上闋先"樹""訴"，連用兩去，於過脈之四言句換"雨"字上，下邊"柱"又是去，"許"字上，更疊用之，顯抑揚頓挫之情。下片"露""度"，連叶兩去，激起情調；"苦""楚""縷"，換叶三上，轉成凄抑，與作者欲表之情，十分相稱。周詞乃一般傷離念遠之情，而王詞却是亡國遺民之深哀沈痛，情緒之起伏變化便各不相同。故雖用同一曲調，而於上、下韻脚之安排各不相同，原因亦便如此。王詞之上、下闋領字"怪""歎""甚"皆去。而"過雨""鏡暗""似洗""去遠""更苦""謾想""萬縷"，七處去上，音更凄美。

周邦彥之《西河》（佳麗地），此宜懷古曲調，音節凄壯沈鬱。有許多平仄拗怒句，如"盛事誰記"，用去去平去；"遥度天際"，用平去平去；"艇子曾繫"，用上上平去；"東望淮水"，用平去平上；"酒旗戲鼓甚處市"，用上平去上去去上；"王謝鄰里"，用"平去平上"；"如說興亡斜陽裏"，用平入平平平平上，皆拗怒音節之所在。衹末句中連用四平，顯低抑凄黯，與其上一下八之長句連綴，更於蒼勁中見沈鬱。而其韻位之安排，則第一疊之"記""起""際"，乃去、上、去交遞用，以顯輕重抑揚之美妙音節；第二疊之"樹""倚""繫""壘""水"，乃去、上、去、上、上；第三疊之"市""里""世""對""裏"，乃上、上、去、去、上，上韻越多，則情調隨之越低抑。此乃悲多於壯之長調，而聲情仍是鬱勃者。

辛棄疾之《摸魚兒》（更能消），此曲調之音節，乃掩抑低徊、淒壯沈鬱者也。開端欲取遙勢，必用上三、下四之七言句式，首字宜去；次句宜用平平平去平去，以成拗犯音節。接一七言句、一六言句，再接一三言句，一上三下七之十言句，以顯掩抑低徊情緒；"怨春"句爲轉筋換氣之關紐，換一去聲之"算"字，領下兩四言平句，一五言拗句（仄仄仄平仄），三句一氣，逼出無限感喟。過片三言短句，下接兩六言句，一平一拗，顯其情之緊促。以下句法、韻位，與上片全同，祇"休去倚危欄"變爲平仄仄平平句式，不合本調組織法則。其韻位安排，上片"雨"（常首句不入韻）、"去""數""住""路""語""絮"，爲上、去、去、去、去、上、去；下片"誤""妒""訴""舞""土""苦""處"爲去、去、去、上、上、上、去，其全部去多上少。如此則增其激壯成分，以顯鬱勃淒壯之失路英雄本色。此曲調爲蘇、辛一派作爲豪傑之詞者所樂用。

汪元量之《鶯啼序》（金陵故都最好），此四疊長調，二百卅六字，乃宋詞中最長調，以《夢窗詞》二百四十字者爲準。詞譜載五體，汪詞居末，吳詞最早，抒寫男女戀情，類多淒黯怨抑之音。汪爲南宋遺民，嘗隨謝太后（道清）見俘入北，改服黃冠（道士服）。放歸江南，滿懷亡國深痛，以此曲調，抒興亡之慨，異常沈鬱淒壯。第一疊之二句上一下四，三句上三下四句式，接一六言拗句（仄仄仄仄平仄），以表激情；以一去聲"更"字，領下兩四言偶句，一五言單句，作一停頓；再以一三言短句，領下兩四言偶句，音節激壯蒼涼。第二疊於兩四言偶句下，接一五言單句；再以一去聲"正"字，領下一四言、一六言句；再換兩上三下四之七言句，觸景生情；再以一三言短句，領下兩四言偶句，融情入景，轉見淒涼怨慕。第三疊起首兩四言偶句，一五言拗句（平仄仄平仄）；接一上三下四七言句，一六言、一四言句；又挺接兩四言句，作一頓挫；以上雙字句多，易流板滯，下即換一七言單句，一上三下五之八言句，以疏動之；接一四言句、兩六言偶句（似對非對之特種偶句）；形式復歸整齊，於錯落中表感今弔古之無限悲情。第四疊之首連用三個四言單句，撫今追昔，引出興亡之慨；接一三、三式之六言句，又一六言平句，仍由"因思"轉出，前慨武備之敗壞，後歎文臣之無能；接一七言單句，作一轉紐；又以一四言、一五言平句，略加疏宕，收束弔古，轉入傷今；下更緊促，連押兩韻，以一七言句，一上一下七之八言句，總結今昔之感；末換一六言、兩四言平句，再以疏宕，以景結情，弦外餘音，無窮悲慨。其韻位安排，第一疊：遞、致、悴、偉，爲去、去、去、上；第二疊：薺、裏、醉、水，爲上、上、去、上；第三疊：市、廢、薑、洗、里、綺、起，爲上、去、上、上、上、上、上；第四疊：底、第、事、此、已、戲、翠，爲上、去、去、上、上、去、去，此與情感之起伏變化，皆息息相關。

以上爲上、去聲韻通叶之長調例。以下爲戈載所謂宜單押去聲韻之《翠樓吟》與單押上聲韻之《秋宵吟》，各舉一例如下。

《秋宵吟》（古簾空）爲姜夔之自度曲，題下署"越調"，其中有些特殊句式，如"因嗟念"三字句下，用一"似"字領下兩四言特種偶句；"幽夢又杳"之平去去上，"今夕何夕恨未了"之平入平入去去上，都是特種拗句。而全調上闋之韻脚"皎、悄、曉、葆、表、草"，下闋之韻脚"老、繞、早、杳、了"，無一不是上聲，以顯其清幽峭折之特殊聲情，乃宋人詞中所少見。

《翠樓吟》（月冷龍沙）此亦姜夔自度曲，題下署"雙調"，而詞譜題下別署"夾鍾商曲"。其上、下闋領字"聽""看""擁""歎""仗"，皆爲重點所在，僅"擁"字爲上聲，或以其下爲"素"字去聲，因將其換爲上聲，其餘皆用去聲，纔能發調。其上闋起首便用兩偶句，"看"下又兩偶句。而下闋僅"仗"下兩偶句，既典雅和諧，又音節清勁。上下闋兩七言句均上三下四句式，其平仄均爲仄平仄平平平仄。而上闋句脚"沙""紅"，下闋句脚"仙""愁"，四字外，全用仄收。其上闋之韻脚爲"賜、吹、峙、翠、麗、細"，下闋之韻脚爲"地、戲、里、味、氣、外、霽"，"里"爲上聲外，全爲去聲。全曲則和諧中見清壯，正是作者所要表述之情趣："興懷昔遊，且傷今之離索也。"（見《自序》語）

以上有關詞律，僅述其要。或有舛謬，或精要未及，敬祈專家、學者郢政。

歲次戊戌六月初伏無爲先生張學淵初稿

下編 詞譜選錄

凡　例

　　一、本編選詞以清康熙《欽定詞譜》、萬樹《詞律》所收録者爲主；酌收《花間集》《樂府詩集》《詞綜》《全唐詩》第十二函第十册《全宋詞》等所收録者。

　　二、每一詞牌，以諸家習用者爲定格；其句讀小有出入者爲第二、第三諸格，或加説明；以習用平韻改作仄韻，或以習用仄韻改作平韻者爲變格。

　　三、以韻腳分類，分平韻，仄韻，平、仄韻轉换，平、仄韻通叶，平、仄韻錯叶等五類；不屬此五類者另列。

　　四、每類以詞牌定格者字數多寡爲排列順序。

　　五、每首詞，除標明句、讀、韻外，並逐字標明平仄；以整句爲句，半句爲讀，直截者爲句，蟬聯不斷者爲讀，逐一注明於行間；每詞旁一圖，以虚實圈分平仄，平用虚圈，仄用實圈，某字本平而可仄者上虚下實，某字本仄而可平者上實下虚；必須用去聲字處另加注釋。

　　六、詞有拗句，尤關音律。如温庭筠之"斷腸瀟湘春雁飛""萬枝香雪開已遍"；又有一句五字皆平聲者，如史達祖《壽樓春》詞之"裁春衫尋芳"句；有一句五字皆仄聲者，如周邦彦《浣溪沙慢》之"水竹舊院落"句，俱一定不可易，譜内各爲注出。

　　七、每一詞牌，皆説明來歷與所屬宫調，或説明宜表何種情感；而無考者或可泛用者則從略。

　　八、若詞牌原有平、仄韻兩體者，視歷代作者之多寡以定隸屬，而以作者少者附屬。

　　九、詞韻有三聲叶者，有間入仄韻於平韻中者，有换韻者，有疊韻者，有短韻藏於句中者，逐一注明。

　　十、詞有自七絶或單調、小令漸演爲引、近、慢詞者，即依萬樹《詞律》舊例，依次排列，以窺其發展因由。

　　十一、每詞視傳世名作之多寡，舉一至數闋，以供參考、比較與賞析。

第一類　平韻

【竹枝】 唐教坊曲名，本出巴渝，劉禹錫依《九歌》作新詞九章，教里中兒歌之。與白居易唱和甚多，盛於貞元、元和間。里兒聯歌，吹短笛，擊鼓以赴節。歌者揚袂睢舞，其音協黃鍾羽。劉、白詞，七言絕句，無和聲。自皇甫松始有和聲，以古樂府皆有和聲，亦各叶韻，此其遺意耳。

正格定格。單調，十四字，兩句，兩平韻。

　　芙蓉並蒂_{竹枝}一心連_韻女兒花侵槛子_{竹枝}眼應穿_韻女兒

（皇甫松《竹枝》其三）

又一體變格。單調，十四字，兩句，兩仄韻。

　　山头桃花_{竹枝}谷底杏_韻女兒兩花窈窕_{竹枝}遥相映_韻女兒　　皇甫松詞，每句第二字俱用平聲，餘字平仄不拘。

（皇甫松《竹枝》其六）

又一體別格。單調，二十八字，四句，三平韻。

　　門前春水_{竹枝}白蘋花_韻女兒岸上無人_{竹枝}小艇斜_韻女兒商女經過_{竹枝}江欲暮_句女兒散拋殘食_{竹枝}飼神鴉_韻女兒

（孫光憲《竹枝》）

附錄：竹枝選。

　　楊柳青青江水平，聞郎江上唱歌聲。東邊日出西邊雨，道是無晴却有晴。　　鈔自郭茂倩《樂府詩集》卷第八十一。　　（劉禹錫《竹枝選》其十）

　　江畔誰人唱竹枝，前聲斷咽後聲遲。怪來調苦緣詞苦，多是通州司馬詩。　　鈔自郭茂倩《樂府詩集》卷第八十一。　　（白居易《竹枝選》其四）

【歸字謠】 蔡伸、張孝祥詞皆名蒼梧謠，周玉晨詞名十六字令，袁去華詞名歸字謠。

正格定格。單調，十六字，四句，三平韻。

下编　词谱选录·第一类　平韵

　　归韵随分家山有蕨薇韵陶元亮句千载是吾师韵（袁去华《归字谣》其二）

又一体单调，十六字，四句，三平韵。

　　归韵猎猎薰风飐绣旗韵阑教住句重举送行杯韵（张孝祥《归字谣》其二）

【渔父引】唐教坊曲名。

正格单调，十八字，三句，三平韵。

　　新妇矶边月明韵女儿浦口潮平韵沙头鹭宿鱼惊韵　注：此与张志和《渔歌子》极为宋人传诵，黄庭坚、徐俯曾取二词合为《浣溪沙》歌之，见《乐府雅词》注。

（顾况《渔父引》）

【渔父】此调仅见戴复古作四首，今录一首，见《全宋词》第四册。

正格单调，十八字，四句，三平韵。

　　渔父饮句不须钱韵柳枝斜贯锦鳞鲜韵换酒却归船韵

（戴复古《渔父》其一）

【南歌子】唐教坊曲名，又名春宵曲、碧窗梦、十爱词、南柯子、风蝶令等。《金奁集》入仙吕宫，有单调、双调，双调又有平韵、仄韵两体，例用对句起，有五十二字、五十三字、五十四字者。

正格单调，二十三字，五句，三平韵。

　　手里金鹦鹉句胸前绣凤凰韵偷眼暗形相韵不如从嫁与句作鸳鸯韵

（温庭筠《南歌子》其一）

又一体定格。单调，二十六字，三平韵。

　　岸柳拖烟绿句庭花照日红韵数声蜀魄入帘栊韵惊断碧窗残梦句画屏空韵　温词添三字，平仄据欧阳炯词定。

（张泌《南歌子》其二）

又一体双调，五十二字，前后段各四句，各三平韵，名南柯子。

　　十里青山远句潮平路带沙韵数声啼鸟怨年华韵又是凄凉时候读在天涯韵　白露收残暑句清风衬晚一作散晚霞韵绿杨堤畔闹荷花韵记得年时沽酒读那人家韵　钞自《全宋词》第一册，平仄据毛熙震及宋诸家词定。

（仲殊（僧挥）《南歌子》）

【漁歌子】唐教坊曲名。單調者，始於張志和。雙調者，《花間集》顧夐、孫光憲在前，有魏承班、李珣諸詞可校。若蘇軾單調詞，乃從雙調詞脫化。和凝詞名漁父，徐積詞名漁父樂，《金奩集》入黃鍾宮，有平韻、仄韻諸體。

正格單調，二十七字，五句，四平韻。

西塞山前白鷺飛韻 桃花流水鱖魚肥韻 青箬笠句 綠蓑衣韻 斜風細雨不須歸韻 張詞五首，其二、五首，平仄據之。　　　　　（張志和《漁歌子》）

又一體雙調，五十字，前後段各六句，四仄韻。

曉風清句 幽沼綠韻 倚闌凝望珍禽浴韻 畫簾垂句 翠屏曲韻 滿袖荷香馥郁韻 好攄懷句 堪寓目韻 身閒心靜平生足韻 酒杯深句 光影促韻 名利無心較逐韻 李珣四首，平仄據之。　　　　　（顧夐《漁歌子》）

【憶江南】唐詞，南呂宮，單調，李德裕爲謝秋娘作，名謝秋娘，白居易始更今名。又名江南好、春去也、望江南、夢江南、望江梅。平韻者宋人始爲雙調，有安陽好、夢仙遊、步虛聲、壺山好諸名。《太平樂府》名歸塞北，注大石調。

正格單調，二十七字，五句，三平韻。

江南好句 風景舊曾諳韻 日出江花紅勝火句 春來江水綠如藍韻 能不憶江南韻 平仄參溫庭筠"千萬恨"詞。　　　　　（白居易《漁歌子》）

又一體單調，二十七字，五句，三平韻，名望江南。

梳洗罷句 獨倚望江樓韻 過盡千帆皆不是句 斜暉脈脈水悠悠韻 腸斷白蘋洲韻　　　　　（溫庭筠《漁歌子》）

又一體雙調，五十四字，前後各五句，三平韻，名望江南。

春未老句 風細柳斜斜韻 試上超然臺上望句 半壕春水一城花韻 煙雨暗千家韻 寒食後句 酒醒却咨嗟韻 休對故人思故國句 且將新火試新茶韻 詩酒趁年華韻 平仄參歐陽修"江南蝶"詞。　　　　　（蘇軾《漁歌子》）

【搗練子】《太和正音譜》注雙調，一名搗練子令。因李煜詞起句有

"深院靜"，更名深院月。

正格單調，二十七字，五句，三平韻。

　　　深院靜_句小庭空_韻斷續寒砧斷續風_韻　無奈夜長人不寐_句數聲和月到簾櫳_韻　平仄參《梅苑》無名氏八首。
（李煜《搗練子》）

又一體雙調，三十八字，前後段各五句，三平韻。

　　　心自小_句玉釵頭_韻月娥飛下白蘋洲_韻水中仙_句月下遊_韻　江漢佩_句洞庭舟_韻香名薄倖寄青樓_韻問何如_句打泊浮_韻　平仄參《全芳備祖》第二首及無名氏《林下路》詞。
（李石《搗練子》）

【陽關曲】

本名渭城曲。宋秦觀云：《渭城曲》絕句，近世又歌入《小秦王》，更名陽關曲。屬雙調，又屬大石調。按唐《教坊記》，有《小秦王曲》，即《秦王小破陣樂》也，屬坐部伎。

正格單調，二十八字，四句，三平韻。

　　　渭城朝雨浥輕塵_韻客舍青青柳色新_韻　勸君更進一杯酒_句西出陽關無故人_韻　平仄參蘇軾三首，末句平仄不可改。蘇軾論三疊法，云得古本《陽關》，其音宛轉淒斷，第一句不疊。元《陽春白雪集》有《〔大石調〕陽關三疊》詞。
（王維《陽關曲》）

【浪淘沙】

唐教坊曲名，創自劉、白。劉九首，皆仄起式；白四首，均拗體。五代時，始流行長短句雙調小令，名賣花聲。《樂章集》名《浪淘沙令》，入歇指調，復演為長調、慢曲，已與原詞無涉，借用此名耳。凡改韻者，平、入互易也。《清真集》入商調，韻位轉密，句讀亦與柳詞多有不同。

正格單調，二十八字，四句，三平韻，仄起式。

　　　日照澄洲江霧開_韻淘金女伴滿江隈_韻　美人首飾侯王印_句盡是沙中浪底來_韻
（劉禹錫《浪淘沙》）

又一體單調，二十八字，四句，三平韻，平起式。

　　　灘頭細草接疏林_韻浪惡罾船半欲沉_韻　宿鷺眠鷗非舊浦_句去年沙觜是江心_韻
（皇甫松《浪淘沙》）

又一體小令定格。雙調，五十四字，前後段各五句，四平韻。

簾外雨潺潺﹙韻﹚春意闌珊﹙韻﹚羅衾不耐五更寒﹙韻﹚夢裏不知身是客﹙句﹚一晌貪歡﹙韻﹚　獨自莫憑闌﹙韻﹚無限江山﹙韻﹚別時容易見時難﹙韻﹚流水落花春去也﹙句﹚天上人間﹙韻﹚　自南唐後俱用此格，平仄參宋人詞。
　　　　　　　　　　　　　　　　　　　　　（李煜《浪淘沙》）

又一體雙調，五十四字，前後段各五句，四平韻。

把酒祝東風﹙韻﹚且共從容﹙韻﹚垂楊紫陌洛城東﹙韻﹚總是當時攜手處﹙句﹚遊遍芳叢﹙韻﹚　聚散苦怱怱﹙韻﹚此恨無窮﹙韻﹚今年花勝去年紅﹙韻﹚可惜明年花更好﹙句﹚知與誰同﹙韻﹚
　　　　　　　　　　　　　　　　　　　　　（歐陽修《浪淘沙》）

又一體別格。雙調，五十三字，前後段各五句，四仄韻。

少年不管﹙句﹚流光如箭﹙韻﹚因循不覺韶華換﹙韻﹚到如今﹙句﹚始惜月滿﹙讀﹚花滿﹙讀﹚酒滿﹙韻﹚　扁舟欲解垂楊岸﹙韻﹚尚同歡宴﹙韻﹚日斜歌闋將分散﹙韻﹚倚蘭橈﹙句﹚望水遠﹙讀﹚天遠﹙讀﹚人遠﹙韻﹚　《全宋詞》名《浪淘沙近》。
　　　　　　　　　　　　　　　　　　　　　（宋祁《浪淘沙》）

又一體令詞別格。雙調，五十二字，前後段各五句，四平韻。

有箇人人﹙韻﹚飛燕精神﹙韻﹚急鏘環佩上華裀﹙韻﹚促拍盡隨紅袖舉﹙句﹚風柳腰身﹙韻﹚　簌簌輕裙﹙韻﹚妙盡尖新﹙韻﹚曲終獨立斂香塵﹙韻﹚應是西施嬌困也﹙句﹚眉黛雙顰﹙韻﹚　《全宋詞》《詞律》皆名《浪淘沙令》。
　　　　　　　　　　　　　　　　　　　　　（柳永《浪淘沙》）

【楊柳枝】

唐教坊曲名，白居易洛中所製。宣宗朝，國樂唱之。白作共十首，劉禹錫以下十餘人作，薛能作十九首。古題有《折楊柳》，白以後各賦新聲耳。見《樂府詩集》卷第八十一。

正格單調，二十八字，四句，二平韻，平起式。

《六幺》《水調》家家唱﹙句﹚《白雪》《梅花》處處吹﹙韻﹚　古歌舊曲君休聽﹙句﹚聽取新翻《楊柳枝》﹙韻﹚
　　　　　　　　　　　　　　　　　　　　　（白居易《楊柳枝》其三）

又一體單調，二十八字，四句，三平韻，仄起式。

塞北梅花羌笛吹﹙韻﹚淮南桂樹小山詞﹙韻﹚　請君莫奏前朝曲﹙句﹚聽唱新翻《楊柳枝》﹙韻﹚　平仄參別首。
　　　　　　　　　　　　　　　　　　　　　（劉禹錫《楊柳枝》其一）

【憶王孫】

《太平樂府》注黃鐘宮，《太和正音譜》注仙呂宮，有獨脚令、憶君王、豆葉黄、畫蛾眉、闌干萬里心諸詞牌名。詞譜以爲創自秦觀，依《全宋詞》説。另有雙調者。

正格單調，三十一字，五句，五平韻。

萋萋芳草憶王孫韻柳外樓高空斷魂韻杜宇聲聲不忍聞韻欲黄昏韻雨打梨花深閉門韻　題：春詞。平仄參宋人詞。（李重元《憶王孫》）

【江城子】唐五代詞，單調。宋人始作雙調詞，晁補之改名江神子。

正格單調，三十五字，七句，五平韻。

鵁鶄飛起郡城東韻碧江空韻半灘風韻越王宫殿讀蘋葉藕花中韻簾捲水樓魚浪起句千片雪句雨濛濛韻　平仄參宋人詞。（牛嶠《江城子》）

又一體單調，三十六字，七句，五平韻。

晚日金陵岸草平韻落霞明韻水無情韻六代繁華讀暗逐逝波聲韻空有姑蘇臺上月句如西子鏡句照江城韻（歐陽炯《江城子》）

又一體雙調，七十字，前後段各七句，五平韻。

十年生死兩茫茫韻不思量韻自難忘韻千里孤墳讀無處話凄凉韻縱使相逢應不識句塵滿面句鬢如霜韻　夜來幽夢忽還鄉韻小軒窗韻正梳妝韻相顧無言讀惟有淚千行韻料得年年腸斷處句明月夜句短松岡韻　平仄參宋人詞。

（蘇軾《江城子》）

【長相思】唐教坊曲名。又名吴山青、雙紅豆、山漸青、憶多嬌、相思令等。宋人有慢詞。

正格雙調，三十六字，前後段各四句，三平韻，一疊韻。

汴水流韻泗水流疊流到瓜州古渡頭韻吴山點點愁韻　思悠悠韻恨悠悠疊恨到歸时方始休韻月明人倚楼韻　平仄參後詞。（白居易《長相思》）

又一體雙調，三十六字，前後段各四句，三平韻，一疊韻。

長相思韻長相思疊若問相思甚了期韻除非相見時韻　長相思韻長相思疊欲把相思説與誰韻淺情人不知韻（晏幾道《長相思》）

又一體定格。雙調，三十六字，前後段各四句，四平韻。

蘋滿溪韻 柳繞堤韻 相送行人溪水西韻 回時隴月低韻 煙霏霏韻 雨淒淒韻 重倚朱門聽馬嘶韻 寒鴉相對飛韻　平仄參周邦彥四首，宋人多照此填。

(歐陽修《長相思》)

【醉太平】別名凌波曲、醉思凡、四字令。入南呂宮，正宮。又入仙呂宮、中呂宮。

正格雙調，三十八字，前後段各四句，四平韻。

吹簫跨鸞韻 香銷夜闌韻 杏花樓上春殘韻 繡羅衾半閒韻 衣寬帶寬韻 千山萬山韻 斷腸十二闌干韻 更斜陽暮寒韻　平仄參宋人詞，前後段起二句第三字，俱宜去聲。

(孫惟信《醉思凡》)

【春光好】唐教坊曲名。《碧雞漫志・羯鼓錄》云，明皇尤愛羯鼓玉笛，為八音之領袖，本入太簇宮，乃正月之律。今入夾鐘宮，為二月之律。以晏詞，又名愁倚闌令。

正格雙調，四十一字，前段五句三平韻，後段四句兩平韻。

天初暖句 日初長韻 好春光 萬彙此時皆得意句 競芬芳韻　笋进苔錢嫩綠句 花偎雪塢濃香韻 誰把金絲裁剪却句 挂斜陽韻　平仄參其另八首。

(歐陽烱《春光好》其一)

又一體雙調，四十二字，前段五句三平韻，後段四句三平韻。

花陰月句 柳梢鶯韻 近清明韻 長恨去年今夜雨句 灑離亭韻　枕上懷遠詩成韻 紅箋紙 小研吳綾韻 寄與征人教念遠句 莫無情韻　平仄參宋人詞。

(晏幾道《春光好》)

【玉蝴蝶】小令始於溫庭筠，長調始於柳永，為慢詞，俱仙呂調。

正格雙調，四十一字，前段四句四平韻，後段四句三平韻。

秋風淒切傷離韻 行客未歸時韻 塞外草先衰 江南雁到遲韻　芙蓉凋嫩臉句 楊柳墮新眉韻 搖落使人悲 斷腸誰得知韻

(溫庭筠《玉蝴蝶》)

又一體雙調，九十九字，前段十句五平韻，後段十一句六平韻。

望處雨收雲斷句 憑闌悄悄句 目送秋光 晚景蕭疏句 堪動宋玉悲凉韻 水

下編　詞譜選錄・第一類　平韻

風輕讀蘋花漸老句月露冷讀梧葉飄黃韻遣情傷韻故人何在句煙水茫茫韻　難忘韻文期酒會句幾孛風月句屢變星霜韻海闊山遙句未知何處是瀟湘韻念雙燕讀難憑遠信句指暮天讀空識歸航韻黯相望韻斷鴻聲裏句立盡斜陽韻　平仄參別首及宋人詞，宋王安中、史達祖、高觀國、陸游皆照此填。

（柳永《玉蝴蝶》五之一）

【浣溪沙】唐教坊曲名。又有小庭花、滿院春、東風寒、霜菊黃、广寒枝諸名者。《金匳集》入黃鍾宮，《張子野詞》入中呂宮。唐、宋作者俱多。別有攤破浣溪沙。有仄韻者，有慢詞。

正格定格。雙調，四十二字，前段三句，三平韻，後段三句，兩平韻。

夜夜相思更漏殘韻傷心明月憑闌干韻想君思我錦衾寒韻　咫尺畫堂深似海句憶來惟把舊書看韻幾時携手入長安韻　（韋莊《浣溪沙》其五）

又一體雙調，四十二字，前段三句三平韻，後段三句兩平韻。

傾國傾城恨有餘韻幾多紅淚泣姑蘇韻倚風凝睇雪肌膚韻　吳主山河空落日句越王宮殿半平蕪韻藕花菱蔓滿重湖韻　後段前二句多用對偶。

（薛昭蘊《浣溪沙》）

又一體雙調，四十二字，前段三句三平韻，後段三句兩平韻。

一曲新詞酒一杯，去年天氣舊亭臺。夕陽西下幾時回？　無可奈何花落去，似曾相識燕歸來。小園香徑獨徘徊。　（晏殊《浣溪沙》）

又一體雙調，四十八字，前段四句三平韻，後段四句兩平韻。

菡萏香銷翠葉殘韻西風愁起綠波間韻還與韶光共憔悴句不堪看韻　細雨夢回雞塞遠句小樓吹徹玉笙寒韻多少淚珠何限恨句倚闌干韻　平仄參何、毛、賀詞。

（李璟《浣溪沙》）

【采桑子】唐教坊大曲有"楊下采桑"，調名本此。此小令乃就大曲中截取一遍為之。《尊前集》注羽調，《樂府雅詞》注中呂宮。有醜奴兒令、羅敷媚諸名，有添字格。

正格雙調，四十四字，前後段各四句，三平韻。

小堂深靜無人到句滿院春風韻惆悵牆東韻一樹櫻桃帶雨紅韻　愁心似

醉兼如病句 欲語還慵韻 日暮疏鐘句 雙燕歸栖畫閣中韻　平仄參諸作。

(馮延巳《采桑子》十三首之五)

又一體雙調，四十四字，前後段各四句，三平韻。

何人解賞西湖好句 佳景無時韻 飛蓋相追韻 貪向花間醉玉卮韻　誰知閒憑闌干處句 芳草斜暉韻 水遠煙微韻 一點滄洲白鷺飛韻　平仄參諸作。

(歐陽修《采桑子》十首之五)

又一體雙調，四十八字，前後段各四句，兩平韻，一疊韻。《全宋詞》名添字醜奴兒，文字小有出入。另有攤破、促拍與慢詞。

牕前誰種芭蕉樹句 陰滿中庭韻 陰滿中庭疊 葉葉心心讀 舒卷有餘情韻　傷心枕上三更雨句 點滴淒清韻 點滴淒清疊 愁損離人讀 不慣起來聽韻

(李清照《采桑子》)

【訴衷情令】《樂章集》注林鐘商。又名漁父家風、一絲風。

正格雙調，四十四字，前段四句三平韻，後段六句三平韻。

芙蓉金菊鬥馨香韻 天氣欲重陽韻 遠村秋色如畫句 紅樹間疏黃韻　流水淡句 碧天長韻 路茫茫韻 憑高目斷句 鴻雁來時句 無限思量韻　平仄參諸作及晏幾道、柳永、毛滂、仲殊（僧揮）詞。

(晏殊《訴衷情令》八首之三)

又一體雙調，四十五字，前段四句三平韻，後段六句三平韻。

八年不見荔枝紅韻 腸斷故園東韻 風枝露葉誰新采句 悵望冷香濃韻　冰透骨句 玉開容韻 想筠籠韻 今宵歸夢句 滿頰天漿句 更御泠風韻　調名漁父家風。

(張元幹《訴衷情令》)

【好時光】詞見《尊前集》，唐明皇製，取結句三字為調名。

正格雙調，四十五字，前後段各四句，兩平韻。

寶髻偏宜宮樣句 蓮臉嫩讀 體紅香韻 眉黛不須張敞畫句 天教入鬢長韻　莫倚傾國貌句 嫁取箇讀 有情郎韻 彼此當年少句 莫負好時光韻

(李隆基《好時光》)

【相思引】此調有兩體：平韻者，房舜卿詞名玉交枝，周紫芝詞名定風波

下編　詞譜選錄·第一類　平韻

令，趙彥端詞名琴調相思引；仄韻者，《古今詞話》無名氏詞名鏡中人。

正格雙調，四十六字，前段四句三平韻，後段四句兩平韻。

　　曾躡姑蘇城上臺韻好山知有好人來韻幾回徙倚句月裏暮雲開韻　閑倚和風千步柳句倦臨殘雪一枝梅韻暖香高燭句翻動道人灰韻　平仄參其一及宋人詞。

（趙彥端《相思引》其二）

【烏夜啼】　唐教坊曲名。《太和正音譜》注南呂宮，又大石調。宋歐陽修詞名聖無憂，趙令畤詞名錦堂春。《樂府詩集》有清商曲《烏夜啼》，與此不同，與相見歡別名無涉。

正格雙調，四十七字，前後段各四句兩平韻。

　　昨夜風兼雨句簾幃颯颯秋聲韻燭殘漏斷頻欹枕句起坐不能平韻　世事漫隨流水句算來一夢浮生韻醉鄉路穩宜頻到句此外不堪行韻　平仄參歐詞。

（李煜《烏夜啼》）

又一體雙調，四十八字，前後段，各四句，兩平韻。

　　樓上縈簾弱絮句牆頭礙月低花韻年年春事關心事句腸斷欲棲鴉韻　舞鏡鸞衾翠減句啼珠鳳蠟紅斜韻重門不鎖相思夢句隨意繞天涯韻　平仄參蘇詞等。

（趙令畤《烏夜啼》）

又一體雙調，四十八字，前後段各四句，兩平韻。

　　柳色津頭泫綠句桃花渡口啼紅韻一春又負西湖醉句離恨雨聲中韻　客袂迢迢西塞句餘寒翦翦東風韻誰家拂水飛來燕句惆悵小樓東韻　平仄參諸作。

（盧祖皋《烏夜啼》五首之三）

【阮郎歸】　又名碧桃春、醉桃源、宴桃源、濯纓曲。《幽明錄》載劉晨、阮肇入天台山采藥，遇二仙女留住半年，思歸甚苦；既歸，則鄉邑零落已經七世，曲名本此。故作淒音。

正格雙調，四十七字，前後段各四句四平韻。

　　漁舟容易入春山韻仙家日月閑韻綺窗紗幌映朱顏韻相逢醉夢間韻　松露冷句海霞殷韻忽忽整棹還韻落花寂寂水潺潺韻重尋此路難韻　平仄參別作。

（司馬光《阮郎歸》）

【畫堂春】初見淮海居士長短句。有增減字者。

正格定格。雙調，四十七字，前段四句四平韻，後段四句三平韻。

落紅鋪徑水平池韻弄晴小雨霏霏韻杏花憔悴杜鵑啼韻無奈春歸韻　柳外畫樓獨上句憑欄手捻花枝韻放花無語對斜暉韻此恨誰知韻　平仄參別首。

（秦觀《畫堂春》）

又一體雙調，四十九字，前段四句四平韻，後段四句三平韻。

摩圍小隱枕蠻江韻蛛絲閑鎖晴牕韻水風山影上修廊韻不到晚來涼韻　相伴蝶穿花徑句獨飛鷗舞溪光韻不因送客下繩牀韻添火炷鑪香韻

（黃庭堅《畫堂春》）

【三字令】初見《花間集》。《張子野詞》入林鐘商。宋人有於第二句下增平仄仄句，作成對偶句者。

正格雙調，四十八字，前後段各八句四平韻。

春欲盡句日遲遲韻牡丹時韻羅幌卷句翠簾垂韻彩箋書句紅粉淚句兩心知韻　人不在句燕空歸韻負佳期句香燼落句枕函欹韻月分明句花淡薄句惹相思韻

（歐陽炯《三字令》）

【朝中措】《宋史·樂志》入黃鐘宮。有照江梅、芙蓉曲、梅月圓諸名。有攤破、添字格。

正格雙調，四十八字，前段四句三平韻，後段五句兩平韻。

平山闌檻倚晴空韻山色有無中韻手種堂前垂柳句別來幾度春風韻　文章太守句揮毫萬字句一飲千鍾韻行樂直須年少句尊前看取衰翁韻

（歐陽修《朝中措》）

又一體雙調，四十八字，前段四句三平韻，後段四句兩平韻。

池塘春草燕飛飛韻人醉牡丹時韻多少姚黃魏紫句搨成膩粉燕支韻　謫仙醉把平章看句晴影度簾遲韻花外一聲鵁鶄句柳邊幾個黃鸝

（韓淲《朝中措》）

【人月圓】《中原音韻》注黃鐘宮。始於王詵，又名青衫濕。有押仄韻者。

正格雙調，四十八字，前段五句兩平韻，後段六句兩平韻。

小桃枝上春來早句初試薄羅衣韻年年此夜句華燈競處句人月圓時韻
禁街簫鼓句寒輕夜永句纖手同攜句夜闌人靜句千門笑語句聲在簾幃韻

（王詵《人月圓》）

又一體雙調，四十八字，前段五句兩平韻，後段六句兩平韻。

南朝千古傷心事句猶唱後庭花韻舊時王謝句堂前燕子句飛向誰家韻
恍然一夢句仙肌勝雪句宮鬢堆鴉韻江州司馬句青衫淚濕句同是天涯韻

（吳激《人月圓》）

【武陵春】
《梅苑》名武陵春。有攤破，有添字者。

正格定格。雙調，四十八字，前後段各四句三平韻。

銀浦流雲初度月句空碧掛團團韻照夜珠胎貝闕寒韻光彩滿長安韻　春風爲拂新沙路句珂馬款天關韻篆印金奩紅屈盤韻嵬嵓押千官韻　平仄參別詞。

（毛滂《武陵春》其三）

又一體雙調，四十九字，前後段各四句三平韻。

風住塵香春已盡句日晚倦梳頭韻物是人非事事休韻欲語淚先流韻　聞說雙溪春尚好句也擬泛輕舟韻祇恐雙溪舴艋舟韻載不動讀許多愁韻

（李清照《武陵春》）

【眼兒媚】
又名小闌干、東風寒、秋波媚。

正格雙調，四十八字，前段五句三平韻，後段五句兩平韻。

樓上黃昏杏花寒韻斜月小闌干韻一雙燕子句兩行征雁句畫角聲殘韻
綺窗人在東風裏句灑淚對春閑韻也應似舊句盈盈秋水句淡淡春山韻

（阮閱《眼兒媚》）

又一體雙調，四十八字，前段五句三平韻，後段五句兩平韻。

玉京曾憶昔繁華韻萬里帝王家句瓊林玉殿句朝喧弦管句暮列笙琶韻
花城人去今蕭索句春夢繞胡沙韻家山何處句忍聽羌笛句吹徹梅花韻

（趙佶《眼兒媚》）

【柳梢青】又名雲淡秋空、雨洗元宵、玉水明沙、早春怨、隴頭月。調有平、仄韻兩體。

正格雙調，四十九字，前段六句三平韻，後段五句三平韻。

岸草平沙韻 吳王故苑句 柳裊煙斜韻 雨後寒輕句 風前香軟句 春在梨花韻 行人一棹天涯韻 酒醒處讀 殘陽亂鴉韻 門外秋千句 牆頭紅粉句 深院誰家韻　平韻正格。平仄參宋人詞。　　　　　　　　　　（仲殊（僧揮）《柳梢青》）

又一體雙調，四十九字，前段六句三仄韻，後段五句兩仄韻。

子規啼血韻 可憐又是句 春歸時節韻 滿院東風句 海棠鋪繡句 梨花飛雪韻 丁香露泣殘枝句 算未比讀 愁腸寸結韻 自是休文句 多情多感句 不干風月韻　仄韻正格。平仄參宋人詞。　　　　　　　　　　　　（賀鑄《柳梢青》）

【太常引】《太和正音譜》注仙呂宮。又名太清引、臘前梅。

正格雙調，四十九字，前段四句四平韻，後段五句三平韻。

一輪秋影轉金波韻 飛鏡又重磨韻 把酒問姮娥韻 被白髮讀 欺人奈何韻 乘風好去句 長空萬里句 直下看山河韻 斫去桂婆娑句 人道是讀 清光更多韻　平仄參別首及宋人詞。兩結句倒數第二字定用去聲。　（辛棄疾《太常引》）

【少年遊】調見《樂章集》，因詞有"貪迷戀，少年遊"，取以為名。入林鍾商。又入黃鍾，商調。又名玉蠟梅枝、小闌干。各家句讀，字數多有出入，今以柳詞為定格。

正格雙調，五十一字，前段五句三平韻，後段五句兩平韻。

日高花榭嬾梳頭韻 無語倚妝樓韻 修眉斂黛句 遠山橫翠句 相對結春愁韻 王孫走馬長楸陌句 貪迷戀讀 少年游韻 似恁疏狂句 費人拘管句 爭似不風流韻　平仄參諸詞。　　　　　　　　　　　　　　　　　（柳永《少年遊》）

又一體雙調，五十一字，前後段各五句三平韻。

闌干十二獨憑春韻 晴碧遠連雲韻 千里萬里句 二月三月句 行色苦愁人韻 謝家池上句 江淹浦畔句 吟魄與離魂韻 那堪疏雨滴黃昏韻 更特地讀 憶王孫韻　平仄參杜安世詞。　　　　　　　　　　　　　　（歐陽修《少年遊》）

下編　詞譜選錄・第一類　平韻

又一體雙調，五十一字，前段六句兩平韻，後段四句兩平韻。

去年相送句餘杭門外韻飛雪似楊花句今年春盡句楊花似雪句猶不見還家韻　對酒卷簾邀明月句風露透牕紗句恰似姮娥憐雙燕句分明照句畫梁斜韻

（蘇軾《少年遊》）

又一體雙調，五十一字，前段六句兩平韻，後段五句兩平韻。

并刀如水句吳鹽勝雪句纖手破新橙韻錦幄初溫句獸香不斷句相對坐調笙韻　低聲問向誰行宿句城上已三更韻馬滑霜濃句不如休去句直是少人行韻

平仄參姜詞等。

（周邦彦《少年遊》）

又一體雙調，五十二字，前段六句兩平韻，後段五句兩平韻。

閑尋杯酒句清翻曲語句相與送殘冬韻天地推移句古今興替句斯道豈雷同韻　明牕玉蠟梅枝好句人情澹讀物華濃句箇裏風光句別般滋味句無夢聽飛鴻韻

（韓淲《少年遊》）

【金錯刀】漢張衡詩："美人贈我金錯刀，何以報之英瓊瑤。"調名本此。又名醉瑤瑟、君來路。有平、仄韻兩體。

正格雙調，五十四字，前後段各五句，三平韻。

雙玉斗句百瓊壺韻佳人歡飲笑喧呼韻麒麟欲畫時難偶句鷗鷺何猜興不孤韻　歌宛轉句醉模糊韻高燒銀燭臥流蘇韻祇銷幾覺憹騰睡句身外功名任有無韻　平仄參其別首。

（馮延巳《金錯刀》）

又一體雙調，五十四字，前後段各五句，三仄韻，一疊韻。

君來路韻吾歸路韻來來去去何時住韻公田關子竟何如句國事當時誰汝誤韻　雷州戶韻厓州戶疊人生會有相逢處韻客中頗恨乏蒸羊句聊贈一篇長短句韻

題：贈賈似道。詞句出入較大，筆者從《全宋詞》。

（葉李《金錯刀》）

【江月晃重山】調見楊慎《詞林萬選》。其上段三句西江月體，下段二句小重山體，故名。

正格雙調，五十四字，前後段各五句三平韻。

塞上秋風鼓角句城頭落日旌旗韻少年鞍馬適相宜韻從軍樂句莫問所從

誰韻　候騎纔通薊北句先聲已動遼西韻歸期猶及柳依依韻春閨月句紅袖不須啼韻　詞鈔自《詞綜》，平仄參劉秉忠詞。　　　（元好問《江月晃重山》）

【一七令】
計有功《唐詩紀事》：白樂天分司東洛，朝賢悉會興化池亭送別。酒酣，各請一字至七字詩，以題爲韻，後遂沿爲詞調。有平、仄韻兩體。

正格單調，五十五字，十三句，七平韻。

詩韻綺美句瓌奇韻明月夜句落花時韻能助歡笑句亦傷別離韻調清金石怨句吟苦鬼神悲韻天下祇應我愛句世間惟有君知韻自從都尉別蘇句便到司空送白辭韻　平仄參魏扶詩。　　　（白居易《一七令》）

又一體單調，五十六字，十四句，七仄韻，一疊韻。

竹韻竹疊被山句連谷韻出東南句殊草木韻葉細枝勁韻霜停露宿韻成林處處雲句抽笋年年玉韻天風乍起爭韻池水相涵更綠韻却尋庾信小園中句閑對數竿心自足韻　平仄參章式仄韻詞。　　　（張南史《一七令》）

【望遠行】
唐教坊曲名。令詞始自韋莊，商調。慢詞始自柳永，中呂調，仙呂調。

正格雙調，五十五字，前段四句四平韻，後段五句四平韻。

碧砌花光照眼明韻朱扉長日鎮長扃韻餘寒欲去夢難成韻鑪香煙冷自亭亭韻　遼陽月句秣陵砧韻不傳消息但傳情韻黃金臺下忽然驚韻征人歸日二毛生韻　字句有出入，今從《詞譜》，令詞亦有多體。　　　（李璟《望遠行》）

【鷓鴣天】
《樂章集》注正平調，《太和正音譜》注大石調，蔣氏《九宮譜目》入仙呂引子。又名思越人、思佳客、翦朝霞、驪歌一疊、醉梅花。

正格雙調，五十五字，前段四句三平韻，後段五句三平韻。

彩袖殷勤捧玉鍾韻當年拚却醉顏紅句舞低楊柳樓心月句歌盡桃花扇影風韻　從別後句憶相逢韻幾回魂夢與君同韻今宵剩把銀釭照句猶恐相逢是夢中韻　後段首二句三字句多作偶句。宋人皆照此塡。

（晏幾道《鷓鴣天》）

下編　詞譜選錄·第一類　平韻

又一體雙調，五十五字，前段四句三平韻，後段五句三平韻。

　　枝上流鶯和淚聞韻新啼痕間舊啼痕韻一春魚雁無消息句千里關山勞夢魂韻　無一語句對芳樽句安排腸斷到黃昏韻甫能炙得燈兒了句雨打梨花深閉門韻　《詞譜》《詞律》均爲秦觀作，今從《全宋詞》。

（無名氏《鷓鴣天》）

又一體雙調，五十五字，前段四句三平韻，後段五句三平韻。

　　壯歲旌旗擁萬夫韻錦襜突騎渡江初韻燕兵夜娖銀胡䩮句漢箭朝飛金僕姑韻　追往事句歎今吾韻春風不染白髭鬚韻都將萬字平戎策句換得東家種樹書韻

（辛棄疾《鷓鴣天》）

又一體雙調，五十五字，前段四句三平韻，後段五句三平韻。

　　祗近浮名不近情韻且看不飲更何成韻三杯漸覺紛華遠句一斗都澆塊磊平韻　醒復醉句醉還醒韻靈均憔悴可憐生韻《離騷》讀殺渾無味句好箇詩家阮步兵韻

（元好問《鷓鴣天》）

【瑞鷓鴣】《宋史·樂志》載爲中呂調，元高拭詞注仙呂調。《苕溪詞話》云：唐初歌詞多五言詩或七言詩，今存者止《瑞鷓鴣》七言八句詩猶依字易歌也。瑞鷓鴣原本七律，唐人歌之，遂成詞調。又名舞春風、桃花落、鷓鴣詞、拾菜孃、天下樂、太平樂、五拍。柳永添字，自注般涉調；慢詞，自注南呂宮。

正格雙調，五十六字，前段四句三平韻，後段四句兩平韻。

　　白衣蒼狗變浮雲韻千古功名一聚塵韻好是悲歌將進酒句不妨同賦惜餘春韻　風光全似中原日句臭味要須我輩人韻雨後飛花知底數句醉來贏取自由身韻　題：彭德器出示胡邦衡新句次韻。平仄參賀鑄詞。

（張元幹《瑞鷓鴣》）

又一體雙調，六十四字，前後段各五句三平韻。

　　全吳嘉會古風流韻渭南往歲憶來遊韻西子方來句越相功成去句千里滄江一葉舟韻　至今無限盈盈者句盡來拾翠芳洲韻最是簇簇寒村句遙認南朝

路讀晚煙收韻三兩人家古渡頭韻　首句依《全宋詞》，平仄參柳永別首及晏殊詞。

（柳永《瑞鷓鴣》）

【家山好】調見《湘山野錄》，因詞中有"水晶宮裏家山好"，取爲調名。

正格雙調，五十七字，前段七句四平韻，後段五句三平韻。

挂冠歸去舊煙蘿韻閑身健句養天和韻功名富貴非由我句莫貪他韻者歧路句足風波韻　水晶宮裏家山好句物外勝遊多韻晴溪短棹句時時醉唱捏梭羅韻天公奈我何韻　作者依《詞律拾遺》，《詞譜》屬無名氏作。

（沈公述《家山好》）

【臨江仙】唐教坊曲名。柳詞注仙呂調，張詞入高平調，高詞注南呂調。又名謝新恩、雁後歸、畫屏春、庭院深深。字數、句數差異較大。又有引、慢詞，作者亦多，姑列數例。

正格雙調，五十八字，前後段各五句三平韻。

金鎖重門荒苑靜句綺窗愁對秋空韻翠華一去寂無踪韻玉樓歌吹句聲斷已隨風韻　煙月不知人事改句夜闌還照深宮韻藕花相向野塘中韻暗傷亡國句清露泣香紅韻　平仄參諸家詞。

（鹿虔扆《臨江仙》）

又一體雙調，五十八字，前後段各五句三平韻。

飲散離亭西去句浮生長恨飄蓬韻回頭煙柳漸重重韻淡雲孤雁遠句寒日暮天紅韻　今夜畫船何處句潮平淮月朦朧韻酒醒人靜奈愁濃韻殘燈孤枕夢句輕浪五更風韻

（徐昌圖《臨江仙》）

又一體雙調，五十八字，前後段各五句三平韻。

夢後樓臺高鎖句酒醒簾幕低垂韻去年春恨却來時韻落花人獨立句微雨燕雙飛韻　記得小蘋初見句兩重心字羅衣韻琵琶弦上説相思韻當時明月在句曾照彩雲歸韻

（晏幾道《臨江仙》）

又一體正格。雙調，六十字，前後段各五句三平韻。

憶昔午橋橋上飲句坐中多是豪英韻長溝流月去無聲韻杏花疏影裏句吹

笛到天明韻　二十餘年如一夢句此身雖在堪驚韻閑登小閣看新晴韻古今多少事句漁唱起三更韻　平仄參諸家詞。　　　　　　　（陳與義《臨江仙》）

又一體雙調，六十字，前後段各五句三平韻。

　　滾滾長江東逝水句浪花淘盡英雄韻是非成敗轉頭空韻青山依舊在句幾度夕陽紅韻　白髮漁樵江渚上句慣看秋月春風韻一壺濁酒喜相逢韻古今多少事句都付笑談中韻　鈔自《楊升庵詩詞》，《歷代史略詞話》第三段《説秦漢》開場詞。　　　　　　　　　　　　（楊慎《臨江仙》）

又一體雙調，九十三字，前段十句五平韻，後段十一句六平韻。

　　夢覺小庭院句冷風淅淅句疏雨瀟瀟句綺窗外讀秋聲敗葉狂飄韻心搖韻奈寒漏永句孤幃悄讀淚燭空燒韻無端處句是繡衾鴛枕句閑過清宵韻　蕭條韻牽情繫恨句爭向年少偏饒韻覺新來憔悴句舊日風標韻魂消韻念歡娛事句煙波阻讀後約方遥韻還經歲句問怎生禁得句如許無聊韻　注：仙吕調，慢詞。詞中奈、是、覺、念、問皆爲領格字，除覺爲入聲外，均用去聲。
　　　　　　　　　　　　　　　　　　　　　（柳永《臨江仙》）

【小重山】

《宋史・樂志》屬雙調。又名小沖山、小重山令、柳色新。唐人例寫宮怨，故調悲。有平韻、仄韻兩體。

正格雙調，五十八字，前後段各四句，四平韻。

　　春到長門春草青韻玉階華露滴讀月朧明韻東風吹斷玉簫聲韻宮漏促讀簾外曉啼鶯韻　愁起夢難成韻紅妝流宿淚讀不勝情韻手挼裙帶繞花行韻思君切讀羅幌暗塵生韻　　　　　　　　（薛昭蘊《小重山》）

又一體雙調，五十八字，前後段各六句四平韻。

　　昨夜寒蛩不住鳴韻驚回千里夢句已三更韻起來獨自繞階行韻人悄悄句簾外月朧明韻　白首爲功名韻舊山松竹老句阻歸程句欲將心事付瑶箏韻知音少句弦斷有誰聽韻　　　　　　　　　　　（岳飛《小重山》）

又一體變格。雙調，五十八字，前後段各四句，四仄韻。

　　一點斜陽紅欲滴韻白鷗飛不盡句楚天碧韻漁歌聲斷晚風急韻攬蘆花讀飛雪滿林濕韻　孤館百憂集韻家山千里遠讀夢難覓韻江湖風月好收拾韻故

溪雲韻深處著蓑笠韻　此押入韻，則《樂府指迷》所謂平聲字可以入聲替也。

（黃子行《小重山》）

【一翦梅】元高拭詞注南呂宮。周邦彥詞有"一翦梅花萬樣嬌"，取以爲名。又名臘梅香、玉簟秋。每句平收，聲情低抑，押韻有差異，又有減字者。

正格雙調，六十字，前後段各六句三平韻。

　　一翦梅花萬樣嬌韻斜插疏枝句略點梅梢韻輕盈微笑舞低回句何事尊前句拍手相招韻　夜漸寒深酒漸消韻袖裏時聞句玉釧輕敲韻城頭誰恁促殘更句銀漏何如句且慢明朝韻　平仄參諸家詞，周紫芝押韻相同。

（周邦彥《一翦梅》）

又一體正格。雙調，六十字，前後段各六句四平韻。

　　遠目傷心樓上山韻愁裏長眉句別後蛾鬟韻暮雲低壓小闌干韻教問孤鴻句因甚先還韻　瘦倚溪橋梅夜寒韻雪欲消時句淚不禁彈韻翦成釵勝待歸看韻春在西牕句燈火更闌韻　宋、元人皆如此填。

（吳文英《一翦梅》）

又一體雙調，六十字，前後段各六句四平韻兩疊韻，文字從《詞譜》。

　　剩蕊驚寒減豔痕韻蜂也消魂韻蝶也消魂疊醉歸無月傍黃昏韻知是花村句不是花村疊　留得閑枝葉半存韻好似桃根韻可似桃根疊小樓昨夜雨聲渾韻春到三分韻秋到三分疊　平仄、韻有程垓、劉克莊、方岳、虞集等多人可校，劉克莊換頭，平仄全異。

（張炎《一翦梅》）

又一體雙調，六十字，前後段各六句六平韻，文字從《全宋詞》。

　　一片春愁待酒澆韻江上舟搖韻樓上帘招韻秋娘度與泰娘嬌韻風又飄飄韻雨又蕭蕭韻　何日歸家洗客袍韻銀字笙調韻心字香燒韻流光容易把人抛韻紅了櫻桃韻綠了芭蕉韻

（蔣捷《一翦梅》）

又一體變格。雙調，五十九字，前段五句三平韻，後段六句三平韻。

　　紅藕香殘玉簟秋韻輕解羅裳句獨上蘭舟韻雲中誰寄錦書來句雁字來時句月滿樓韻　花自飄零水自流韻一種相思句兩處閑愁韻此情無計可消除句纔

下眉頭韻却上心頭疊　前結從《花庵詞選》，後結爲疊韻，平仄參趙長卿詞。

（李清照《一翦梅》）

【唐多令】《太和正音譜》屬越調，亦入高平調。又名餹多令、南樓令、箜篌曲。有添字者。

正格雙調，六十字，前後段各五句四平韻。

蘆葉滿汀洲韻寒沙帶淺流韻二十年讀重過南樓句柳下繫船猶未穩句能幾日讀又中秋韻　黃鶴斷磯頭句故人曾到不韻舊江山讀渾是新愁韻欲買桂花同載酒句終不似讀少年遊韻　平仄參別首及吳文英、周密詞。宋、元人俱如此填。

（劉過《唐多令》）

【破陣子】唐教坊曲名。李世民爲秦王時，破劉武周，軍中作《秦王破陣樂》曲，本七絕，後以舊曲名，另倚新聲。此小令乃截取大型武舞曲之一段爲之者，尚可想見其音容耳。又名十拍子，正宮調。

正格雙調，六十二字，前後段各五句三平韻。

四十年來家國句三千里地山河韻鳳閣龍樓連霄漢句玉樹瓊枝作煙蘿韻幾曾識干戈韻　一旦歸爲臣虜句沈腰潘鬢銷磨韻最是倉皇辭廟日句教坊猶奏別離歌韻垂淚對宮娥韻　平仄參晏殊、辛棄疾詞。　（李煜《破陣子》）

又一體定格。雙調，六十二字，前後段各五句三平韻。

燕子來時新社句梨花落後清明韻池上碧苔三四點句葉底黃鸝一兩聲韻日長飛絮輕韻　巧笑東鄰女伴句采桑徑裏逢迎韻疑怪昨宵春夢好句元是今朝鬥草贏韻笑從雙臉生韻　平仄參辛棄疾詞。　（晏殊《破陣子》）

又一體雙調，六十二字，前後段各五句三平韻。

醉裏挑燈看劍句夢回吹角連營韻八百里分麾下炙句五十弦翻塞外聲韻沙場秋點兵韻　馬作的盧飛快句弓如霹靂弦驚韻了却君王天下事句贏得生前身後名韻可憐白髮生韻　　　　（辛棄疾《破陣子》）

【攤破南鄉子】大石調，又南呂宮，小石調，亦入仙呂宮。又名青杏兒、似娘兒、閑閑令。

正格雙調，六十二字，前後段各六句三平韻。

　　　　休賦惜春詩韻留春住讀説與人知韻一年已負東風瘦句説愁説恨句數期數刻句祇望歸時韻莫怪杜鵑啼句真箇也讀喚得人歸韻歸來休恨花開了句梁間燕子句且教知道句人也雙飛韻　平仄參宋、元人詞。

（程垓《攤破南鄉子》）

【黃鍾樂】唐教坊曲名。

正格雙調，六十四字，前後段各五句三平韻。

　　　　池塘煙暖草萋萋韻惆悵閑宵含恨句愁坐思堪迷韻遙想玉人情事遠句音容渾似隔桃溪韻　偏記同歡秋月低韻簾外論心花畔句和醉暗相攜韻何事春來君不見句夢魂長在錦江西韻

（魏承班《黃鍾樂》）

【行香子】《中原音韻》《太平樂府》俱注雙調，蔣氏《九宮譜目》入中呂引子。音節流美，可加襯字。

正格雙調，六十六字，前段八句四平韻，後段八句三平韻。

　　　　前歲栽桃句今歲成蹊韻更黃鸝讀久住相知韻微行清露句細履斜暉韻對林中侶句閑中我句醉中誰韻　何妨到老句常閑常醉句任功名讀生事俱非韻衰顏難強句拙語多遲韻但酒同行句月同坐句影同歸韻　平仄參諸家。前後段結句皆以一去聲字領下三言三句。

（晁補之《行香子》）

又一體雙調，六十六字，前段八句五平韻，後段八句三平韻。

　　　　攜手江村韻梅雪飄裙韻情何限讀處處消魂韻故人不見句舊曲重聞韻向望湖樓句孤山寺句湧金門韻　尋常行處句題詩千首句繡羅衫讀與拂紅塵韻別來相憶句知是何人韻有湖中月句江邊柳句隴頭雲韻　題：冬思。

（蘇軾《行香子》）

又一體雙調，六十六字，前段八句五平韻，後段八句四平韻。

　　　　一葉舟輕韻雙槳鴻驚韻水天清讀影湛波平韻魚翻藻鑑句鷺點煙汀韻過沙溪急句霜溪冷句月溪明韻　重重似畫句曲曲如屏韻算當年讀虛老嚴陵韻君臣

下編　詞譜選錄·第一類　平韻

一夢句今古虛名韻但遠山長句雲山亂韻曉山青韻　　題：過七里灘。

（蘇軾《行香子》）

【看花回】琴曲有《看花回》，調名本此。調有兩體：六十七字者，始自柳永，《樂章集》注大石調，《中原音韻》注越調，柳二首，宋詞無別首；百一字者，始自黃庭堅，有周邦彥、蔡伸、趙彥端諸詞可校。有添字者。

正格定格。雙調，六十七字，前後段各六句四平韻。

屈指勞生百歲期韻榮瘁相隨韻利牽名惹逡巡過句奈兩輪讀玉走金飛韻紅顏成白首句極品何爲。　塵事常多雅會稀韻忍不開眉韻畫堂歌管深深處韻難忘酒琖花枝韻醉鄉風景好韻攜手同歸韻　平仄參第二首。第二首後段第四句多一字，成上三下四，爲六十八字，《詞譜》以之爲定格。

（柳永《看花迴》其一）

【風入松】古琴曲有《風入松》，傳爲晉嵇康作。唐僧皎然有《風入松歌》，見《樂府詩集》第六十卷，調名本此。入林鍾商，仙呂調。又變調，又名風入松慢、遠山橫。

正格雙調，七十四字，前後段各六句四平韻。

禁煙過後落花天韻無奈輕寒韻東風不管春歸去句共殘紅讀飛上秋千韻看盡天涯芳草句春愁堆在闌干韻　楚江橫斷夕陽邊句無限青煙韻舊時雲去今何處句山無數讀柳漲平川韻與問風前回雁句甚時吹過江南韻　平仄參諸家詞。

（周紫芝《風入松》）

又一體雙調，七十六字，前後段各六句四平韻。

聽風聽雨過清明韻愁草瘞花銘韻樓前綠暗分攜路句一絲柳讀一寸柔情韻料峭春寒中酒句交加曉夢啼鶯韻　西園日日掃林亭韻依舊賞新晴韻黃蜂頻撲鞦韆索句有當時讀纖手香凝韻惆悵雙鴛不到句幽階一夜苔生韻　平仄亦參諸家詞。

（吳文英《風入松》五之二）

【長生樂】調見《珠玉詞》。

正格雙調，七十五字，前段八句五平韻，後段六句四平韻。

玉露金風月正圓韻臺榭早涼天韻畫堂嘉會句組繡列芳筵韻洞府星辰龜鶴句福壽來添韻歡聲喜色句同入金爐泛濃煙韻清歌妙舞句急管繁弦韻榴花滿酌觥船韻人盡祝讀富貴又長年韻莫教紅日西晚句留著醉神仙韻　平仄參別首。前結例作拗句。　　　　　　　　　　　　　（晏殊《長生樂》）

【婆羅門引】唐《教坊記》有婆羅門小曲。《宋史·樂志》有婆羅門舞隊。《樂苑》曰："婆羅門，商調曲也。開元中，西涼節度楊敬述進《理道要訣》云，天寶十三載，改婆羅門爲霓裳羽衣，屬黃鍾商。宋詞調名，疑出于此。"又名婆羅門、望月婆羅門引。

正格雙調，七十六字，前段七句四平韻，後段七句五平韻。

　　漲雲暮卷句漏聲不到小簾櫳韻銀河淡掃澄空韻皓月當軒高掛句秋入廣寒宮韻正金波不動句桂影朦朧韻佳人未逢韻歎此夕讀與誰同韻望遠傷懷對景句霜滿秋紅。南樓何處句想人在讀長笛一聲中韻凝淚眼讀立盡西風韻題：望月。平仄參宋、金、元諸家詞。　　　　（曹組《婆羅門引》）

又一體雙調，七十六字，前後段各七句四平韻。

　　浮雲霽色句江涵秋影雁初飛韻相逢共繞東籬韻點檢樽前見在句人似曉星稀韻對滿山紅樹句葉葉堪題韻大家露頂句任短髮讀被風吹韻祇恐黃花人貌句不似年時韻杯添野水句更何用讀頻頻望白衣韻沈醉後讀攜手方歸韻
　　　　　　　　　　　　　　　　　　　　　　（李俊民《婆羅門引》）

【一叢花】調見東坡詞，有歐陽修、晁補之、秦觀、程垓詞可校，又名一叢花令。

正格雙調，七十八字，前後段各七句四平韻。

　　今年春淺臘侵年韻冰雪破春妍韻東風有信無人見句露微意讀柳際花邊韻寒夜縱長句孤衾易暖，鐘鼓漸清圓韻朝來初日半含山韻樓閣淡疏煙韻遊人便作尋芳計句小桃杏讀應已爭先韻衰病少情，疏慵自放句惟愛日高眠韻
　　　　　　　　　　　　　　　　　　　　　　　（蘇軾《一叢花》）

【金人捧露盤】唐李賀序云："魏明帝青龍五年春，詔宮官牽車，西取

漢孝武捧露盤仙人，欲立置前殿。宮官既拆盤，仙人臨載，乃潸然淚下，唐諸王孫李長吉遂作《金銅仙人辭漢歌》。"故曲詞多蒼凉激楚之音。又名銅人捧露盤引、上平西、上西平、西平曲、上平南。《金詞》注越調。

正格雙調，七十九字，前段八句四平韻，後段九句四平韻。

記神京句繁華地句舊遊踪韻正御溝讀春水融融韻平康巷陌句繡鞍金勒躍青驄韻解衣沽酒醉弦管句柳緑花紅　到如今句餘霜鬢句嗟前事句夢魂中韻但寒煙讀滿目飛蓬韻雕闌玉砌句空鎖三十六離宫韻塞笳驚起暮天雁句寂寞東風韻　定格，程垓句法全同，平仄參諸家詞。　　（曾覿《金人捧露盤》）

又一體雙調，八十一字，前段八句五平韻，後段九句四平韻。

控滄江韻排青嶂句燕臺凉句駐彩仗讀樂未渠央韻巖花磴蔓句妒千門讀珠翠倚新妝韻舞閑歌悄句恨風流讀不管餘香韻　繁華夢句驚俄頃讀佳麗地句指蒼茫韻寄一笑讀何與興亡韻量船載酒句賴使君讀相對兩胡床韻緩調清管句更爲儂讀三弄斜陽韻　高觀國、辛棄疾詞俱有首句入韻者。

（賀鑄《金人捧露盤》）

【新荷葉】

蔣氏《九宮譜》作正宮引子。又名折新荷引、泛蘭舟，然與仄韻者異。

正格雙調，八十二字，前後段各八句四平韻。

落日銜山句行雲載雨俄鳴韻一頃新荷句坐間疑是秋聲韻煙波醉客句見快哉讀風惱娉婷句香和清點句爲人吹在衣襟韻　珠佩歡言句放船且向前汀韻緑傘紅幢句自從天漢相迎句飛鷗獨落句蘆邊對讀幾朵繁英句侑觴人唱句乍聞應似湘靈韻　各本文字少異，今從《全宋詞》，平仄參諸家詞。前結襟字出韻。
（黄裳《新荷葉》）

又一體雙調，八十二字，前後段各八句四平韻。

日晚芳塘句圓荷嫩緑新抽韻越女輕盈句畫橈穩泛蘭舟韻波光豔粉句紅相間讀脈脈嬌羞韻菱歌隱隱漸遥句依約凝眸　堤上郎心句波間妝影遲留韻不覺歸時句暮天碧襯蟾鈎韻殘蟬噪晚句餘霞映讀幾點沙鷗韻漁笛不道有人句

獨倚危樓_韻　各本文字有異，今從《詞譜》。鐵面御史，彈劾不避權貴。存此一闋，殊可珍貴。
　　　　　　　　　　　　　　　　　　　　　　　　（趙抃《新荷葉》）

【南州春色】
調見元陶穀《輟耕錄》，詞有"管取南州春色"，取以為名。

正格雙調，八十二字，前段九句四平韻，後段八句三平韻。

清溪曲_句一株梅_韻無人偢倸_句獨立古牆隈_韻莫恨東風吹不到_句著意挽春回_韻一任天寒地凍_句南枝香動_句花傍一陽開_韻　更待明年首夏_句酸心結子_句天自栽培_韻金鼎調羹_句仁心猶在_句還種取_讀無限根荄_韻管取南州春色_句都自此中來_韻　徐本立《詞律拾遺》文字有異，今從《詞譜》。汪氏，元人也。
　　　　　　　　　　　　　　　　　　　　　　　　（汪莘《南州春色》）

【促拍滿路花】
此調有平韻、仄韻二體。平韻者始自柳永，注仙呂調；仄韻者始自秦觀。或無促拍二字。秦觀詞一名滿園花，周邦彥詞名歸去難，袁去華詞名一枝花，牛真人詞名喝馬一枝花。《太平樂府》注南呂調。

正格雙調，八十三字，前後段各八句四平韻。

香靨融春雪_句翠鬢嚲秋煙_韻楚腰纖細正笄年_韻鳳幃夜短_句偏愛日高眠_韻起來貪顛耍_句祗恁殘却黛眉_句不整花鈿_韻　有時攜手閑坐_句偎倚綠窗前_韻溫柔情態儘人憐_句畫堂春過_句悄悄落花天_韻最是嬌癡處_句尤殢檀郎_句未教拆了秋千_韻　此為正格，平仄參廖行之、呂渭老、無名氏、趙師俠、曹勛五家詞。字、韻有增減者。
　　　　　　　　　　　　　　　　　　　　　　　　（柳永《促拍滿路花》）

又一體雙調，八十六字，前段八句四平韻，後段八句五平韻。

連枝蟠古木_句瑞蔭映晴空_韻桃江江上景_讀古今同_韻忙中取靜_句心地盡從容_韻掃盡荊榛蔽_句結屋誅茅_句道人一段家風_韻　任烏飛_讀兔走忽忽_韻世事亦何窮_韻官閑民不擾_讀更年豐_韻簞瓢雲水_句時與話西東_韻真樂誰能識_句兀坐忘言_句浩然天地之中_韻　題：瑞蔭亭贈錦屏苗道人。句讀從《詞律》卷十二。
　　　　　　　　　　　　　　　　　　　　　　　　（趙師俠《促拍滿路花》）

下編　詞譜選錄・第一類　平韻

【醉思仙】調見呂渭老詞，因有"怎慣不思量"及"當時醉倒殘缸"，取以爲名。以孫夫人悼亡詞作定格。

正格雙調，八十九字，前段十一句五平韻，後段十句四平韻。

晚霞紅韻看山迷暮靄句煙暗孤松韻動翩翩風袂句輕若驚鴻韻心似鑑句鬢如雲句弄清影讀月明中韻謾悲涼句歲冉冉句蕣華潛改衰容韻　前事銷凝久句十年光景怱怱韻念雲軒一夢句回首春空韻彩鳳遠句玉簫寒句夜悄悄讀恨無窮韻歎黃塵句久埋玉句斷腸揮淚東風韻　孫爲黃銖之母，筆力甚高。平仄參呂、朱、曹三家詞。

（孫道絢《醉思仙》）

又一體雙調，九十一字，前段十一句五平韻，後段十句四平韻。

倚晴空韻正三洲下葉句七澤收虹韻歎年光催老句身世飄蓬韻南冠客句新豐酒句但萬里讀雲水俱東韻謝故人句解繫船訪我句脫帽相從韻　人老歡易失句尊俎且更從容韻任酒傾波碧句燭剪花紅韻君向楚句我歸秦句便分路讀青竹丹楓韻恁時節句漫夢憑夜蝶句書倩秋鴻韻　題：淮陰與楊道孚。

（朱敦儒《醉思仙》）

【八六子】創自唐代杜牧。因無別首詞可校，故以秦觀詞作譜。又名感黃鸝。

正格雙調，八十八字，前段六句三平韻，後段十句五平韻。

倚危亭韻恨如芳草句萋萋剗盡還生韻念柳外青驄別後句水邊紅袂分時句愴然暗驚韻　無端天與娉婷韻夜月一簾幽夢句春風十里柔情韻怎奈向讀歡娛漸隨流水句素弦聲斷句翠綃香減句那堪片片飛花弄晚句濛濛殘雨籠晴韻正銷凝韻黃鸝又啼數聲韻　平仄參李演、王沂孫詞。四句下"念"領二偶句，須用去聲。

（《八六子》）秦觀

又一體雙調，八十八字，前段六句三平韻，後段十二句六平韻。

掃芳林韻幾番風雨句忽忽老盡春禽韻漸薄潤侵衣不斷句嫩涼隨扇初生句晚窗自吟韻　沈沈韻幽徑芳尋韻晻靄苔香簾淨句蕭疏竹影庭深韻謾淡却蛾眉句晨妝慵掃韻寶釵蟲散句繡屏鸞破句當時暗水和雲泛酒句空山留月聽琴韻

料如今韻門前數重翠陰韻　　各本文字少異,從《全宋詞》。兩結末四字,並宜"去平去平",方能發調。
　　　　　　　　　　　　　　　　　　　　　　（王沂孫《八六子》）

【夏雲峰】《樂章集》注歇指調。

正格雙調,九十一字,前後段各八句五平韻。

　　　　宴堂深韻軒檻雨讀輕壓暑氣低沈韻花洞彩舟泛斝句坐繞清潯韻楚臺風快句湘簟冷韻永日披襟韻坐久覺讀疏弦脆管句時換新音韻　越娥蕙態蘭心韻逞妖豔韻昵歡邀寵難禁韻筵上笑歌間發句烏履交侵韻醉鄉深處句須盡興讀滿酌高吟韻向此免讀名韁利鎖句虛費光陰韻　平仄參曹勛、張元幹、無名氏、趙長卿詞。
　　　　　　　　　　　　　　　　　　　　　　（柳永《夏雲峰》）

又一體雙調,九十一字,前段九句四平韻,後段九句五平韻。

　　　　湧冰輪句飛沉瀅讀霄漢萬里雲開韻南極瑞占象緯句壽應三台韻錦腸珠唾句鍾間氣讀卓犖天才韻正暑讀有祥光照社句玉燕投懷韻　新堂深處捧杯韻乍香泛水芝句空翠風廻韻涼送豔歌緩舞句醉冒瑤釵韻長生難老句都道是讀柏葉仙階韻笑傲讀且山中宰相句平地蓬萊韻　題:丙寅六月為筠翁壽。
　　　　　　　　　　　　　　　　　　　　　　（張元幹《夏雲峰》）

【意難忘】元高拭詞注南呂調。

正格定格。雙調,九十二字,前後段各九句六平韻。

　　　　花擁鴛房韻記踘肩髻小句約鬢眉長韻輕身翻燕舞句低語轉鶯簧韻相見處讀便難忘韻肯親度瑤觴韻向夜蘭讀歌翻郢曲句帶換韓香韻　別來音信難將韻似雲收楚峽句雨散巫陽韻相逢情有在句不語意難量韻些箇事讀斷人腸韻怎禁得恓惶韻待與伊讀移根換葉句試又何妨韻　此首曾誤作蘇軾詞。以詞句有"便難忘""不語意難量",詞調或本此,用作詞譜。此調宋元人如此填。平仄參諸家詞。
　　　　　　　　　　　　　　　　　　　　　　（程垓《意難忘》）

又一體雙調,九十二字,前後段各九句六平韻。

　　　　清淚如鉛韻歎咸陽送遠句露冷銅仙韻岩花紛墜雪句津柳暗生煙韻寒食後讀暮江邊韻草色更芊芊韻四十年讀留春意緒句不似今年韻　山陰欲棹歸船

下編　詞譜選錄·第一類　平韻　　　　　　　　　105

韻暫停杯雨外句舞劍燈前韻重逢應未卜句此別轉堪憐韻憑急管讀倩繁弦韻思苦調難傳韻望故鄉讀都將往事句付與啼鵑韻　此首誤作范仲淹詞。范晞文字景文，其詞《全宋詞》僅存此一首，抒亡國之恨。

（范晞文《意難忘》）

【東風齊著力】　調見《草堂詩餘》胡浩然《除夕》詞也。案《禮記·月令》："孟春之月，東風解凍。"又唐人曹松《除夜》詩："殘臘即又盡，東風應漸聞。"故云東風齊著力。

正格雙調，九十二字，前段十句四平韻，後段九句五平韻。

殘臘收寒句三陽初轉句已換年華韻東君律管讀迤邐到山家韻處處笙簧鼎沸句排佳宴讀坐列仙娃韻花叢裏句金爐滿爇句龍麝煙斜韻　此景轉堪誇韻深意祝讀壽山福海增加韻玉觥滿泛句且莫羨流霞韻幸有迎春壽酒句銀瓶浸讀幾朵梅花韻休辭醉句園林秀色句百草萌芽韻　平仄無可校者。

（胡浩然《東風齊著力》）

【雪梅香】　《樂章集》注正宮。

正格雙調，九十四字，前段九句四平韻，後段十一句五平韻。

景蕭索句危樓獨立面晴空韻動悲秋情緒句當時宋玉應同韻漁市孤煙裊寒碧句水村殘葉舞愁紅韻楚天闊句浪浸斜陽句千里溶溶韻　臨風韻想佳麗句別後愁顏句鎮斂眉峰韻可惜當年句頓乖雨迹雲踪韻雅態妍姿正歡洽句落花流水忽西東句無憀恨句盡把相思句分付征鴻韻　此詞前段第五句、後段第七句例作拗體，不可不知。後段結句與平仄從《詞譜》，參無名氏詞。

（柳永《雪梅香》）

【水調歌頭】　唐大曲有《水調歌》，《隋唐嘉話》以爲隋煬帝鑿汴河時所作。《碧雞漫志》爲中呂調。又名元會曲、凱歌。凡大曲，有歌頭，此殆裁截其歌頭，另倚新聲也。作者甚多，句式差異，體格亦殊。

正格雙調，九十五字，前段九句四平韻，後段十句四平韻。

歲晚念行役句江闊渺風煙韻六朝文物何在句回首更淒然韻倚盡危樓傑觀句暗想瓊枝璧月句羅襪步承蓮韻桃葉山前鷺句無語下寒灘韻　潮寂寞句浸

孤壘句漲平川韻莫愁艇子何處句煙樹杳無邊韻王謝堂前雙燕句空繞烏衣門巷句斜日草連天韻祇有臺城月句千古照嬋娟韻　平仄參諸家詞。題：丙午登白鷺亭作。
(周紫芝《水調歌頭》)

又一體雙調，九十五字，前段九句四平韻，後段十句四平韻。

萬里雲間戍句立馬劍門關韻亂山極目無際句直北是長安韻人苦百年塗炭句鬼哭三邊鋒鏑句天道久應還韻手寫留屯奏句炯炯寸心丹韻　對青燈句搔白髮句漏聲殘韻老來勳業未就句妨却一身閑韻梅嶺綠陰青子句蒲澗清泉白石句怪我舊盟寒韻烽火平安夜句歸夢到家山韻　題：題劍閣。
(崔與之《水調歌頭》)

又一體雙調，九十五字，前段九句四平韻、兩仄韻，後段十句四平韻、兩仄韻。

明月幾時有句把酒問青天韻平韻不知天上宮闕句今夕是何年韻我欲乘風歸去仄韻又恐瓊樓玉宇句高處不勝寒韻平韻起舞弄清影句何似在人間韻　轉朱閣句低綺戶句照無眠韻不應有恨句何事長向別時圓韻人有悲歡離合換仄韻月有陰晴圓缺韻此事古難全韻平韻但願人長久句千里共嬋娟韻　此詞前後段各夾叶兩仄韻者，爲變格。劉仲芳詞、辛棄疾詞，亦有如此夾叶兩仄韻者。
(蘇軾《水調歌頭》)

又一體雙調，九十五字，前段九句四平韻、五叶韻，後段十句四平韻、五叶韻。

南國本瀟灑韻叶六代浸豪奢韻臺城遊冶韻叶襞牋能賦屬宮娃韻雲觀登臨清夏韻叶璧月留連長夜韻叶吟醉送年華韻回首飛鴛瓦韻叶却羨井中蛙韻　訪烏衣句成白社韻叶不容車韻舊時王謝韻叶堂前雙燕過誰家韻樓外河橫斗掛韻叶淮上潮平霜下韻叶檣影落寒沙韻商女篷窗罅韻叶猶唱《後庭花》韻　此詞平上去通叶，入第四類，亦變格也。葉夢得、段克己詞，即如此叶韻者。
(賀鑄《水調歌頭》)

又一體雙調，九十七字，前段九句四平韻，後段十一句四平韻。

雪洗虜塵靜句風約楚雲留韻何人爲寫悲壯句吹角古城樓韻湖海平生豪氣句關塞如今風景句剪燭看吳鉤韻賸喜然犀處句駭浪與天浮韻　憶當年句周

與謝㈦富春秋㈩小喬初嫁㈦香囊未解㈦勳業故優游㈩赤壁磯頭落照㈦泝水橋邊衰草㈦渺渺喚人愁㈩我欲乘風去㈦擊楫誓中流㈩　題：和龐佑父。聞采石戰勝，虞允文大敗完顏亮，使南宋轉危爲安，此爲北伐之戰歌也。

（張孝祥《水調歌頭》）

【滿庭芳】

又名鎖陽臺、滿庭霜、瀟湘夜雨、話桐鄉、江南好、滿庭花、轉調滿庭芳。此調有平韻、仄韻兩體，填平韻者最多，字數有增減者。《清真集》注中呂。

正格雙調，九十五字，前段十句四平韻，後段十句五平韻。

　　山抹微雲㈦天連衰草㈦畫角聲斷譙門㈦暫停征棹㈦聊共引離尊㈩多少蓬萊舊事㈦空回首㆔煙靄紛紛㈩斜陽外㈦寒鴉萬點㈦流水繞孤村㈩　銷魂㈩當此際㈦香囊暗解㈦羅帶輕分㈩謾贏得㆔青樓薄倖名存㈩此去何時見也㈦襟袖上㆔空惹啼痕㈩傷情處㈦高城望斷㈦燈火已黃昏㈩　依《全宋詞》斷句。平仄從諸家詞。此爲定格。

（秦觀《滿庭芳》）

又一體雙調，九十五字，前段十句四平韻，後段十一句五平韻。

　　風老鶯雛㈦雨肥梅子㈦午陰嘉樹清圓㈩地卑山近㈦衣潤費鑪煙㈩人靜烏鳶自樂㈦小橋外㆔新綠濺濺㈩憑闌久㈦黃蘆苦竹㈦疑泛九江船㈩　年年㈩如社燕㈦飄流瀚海㈦來寄修椽㈩且莫思身外㈦長近尊前㈩顦顇江南倦客㈦不堪聽㆔急管繁弦㈩歌筵畔㈦先安簟枕㈦容我醉時眠㈩　（周邦彥《滿庭芳》）

又一體雙調，九十五字，前段十句四平韻，後段十一句五平韻。

　　蝸角虛名㈦蠅頭微利㈦算來著甚乾忙㈩事皆前定㈦誰弱又誰強㈩且趁閑身未老㈦儘放我㆔些子疏狂㈩百年裏㈦渾教是醉㈦三萬六千場㈩　思量㈩能幾許㈦憂愁風雨㈦一半相妨㈩又何須抵死㈦說短論長㈩幸對清風皓月㈦苔茵展㆔雲幕高張㈩江南好㈦千鍾美酒㈦一曲滿庭芳㈩　（蘇軾《滿庭芳》）

【漢宮春】

《高麗史・樂志》名漢宮春慢。《夢窗詞》入夾鍾商。此調有平韻、仄韻兩體，作者較多，以前後段起句是否用韻辨體。

正格雙調，九十六字，前後段各九句四平韻。

黯黯離懷句向東門繫馬句南浦移舟韻薰風亂飛燕子句時下輕鷗韻無情渭水句問誰教讀日日東流韻常是送讀行人去後句煙波一向離愁韻　回首舊遊如夢句記踏青殢飲句拾翠狂遊韻無端綵雲易散句覆水難收韻風流未老句拚千金讀重入揚州句應又似讀當年載酒句依前名占青樓韻　宋人多用此格填詞。前後段起句不用韻者依之。平仄參諸家詞。　（晁沖之《漢宫春》）

又一體雙調，九十六字，前後段各九句四平韻。

羽箭雕弓句憶呼鷹古壘句截虎平川韻吹笳暮歸野帳句雪壓青氈韻淋漓醉墨句看龍蛇讀飛落蠻牋韻人誤許讀詩情將略句一時才氣超然韻　何事又作南來句看重陽藥市句元夕燈山韻花時萬人樂處句敧帽垂鞭韻聞歌感舊句尚時時讀流涕尊前韻君記取讀封侯事在句功名不信由天韻　題：初自南鄭來成都作。　（陸游《漢宫春》）

又一體正格。雙調，九十六字，前後段各九句五平韻。

紅粉苔牆韻透新春消息句梅粉先芳韻奇葩異卉句漢家宫額塗黄韻何人鬬巧句運紫檀讀翦出蜂房韻應爲是讀中央正色句東君别與清香韻　仙姿自稱霓裳韻更孤標俊格句霏雪凌霜韻黄昏院落句爲誰密解羅囊韻銀瓶注水句浸數枝讀小閣幽窗韻春睡起讀纖條在手句厭厭宿酒殘妝韻　題：臘梅。前後段首句用韻者依之。平仄參漢宫春慢詞。　（張先《漢宫春》）

【八聲甘州】又名甘州、瀟瀟雨、讌瑶池。唐邊塞曲。宋王灼《碧雞漫志》卷三云：“甘州世不見，今仙吕調有曲破，有八聲慢，有令，而中吕調有象八聲甘州，他宫調不見也。凡大曲就本宫調製引、序、慢、近、令，蓋度曲者常態，若象八聲甘州，即是用其法於中吕調。”今所傳八聲甘州，《樂章集》入仙吕調。因全詞共八韻，故稱八聲，乃慢詞；與甘州遍之曲破、甘州子之令詞不同。

正格雙調，九十七字，前後段各九句四平韻。

對瀟瀟暮雨灑江天句一番洗清秋韻漸霜風淒緊句關河冷落句殘照當樓韻是處紅衰翠減句苒苒物華休韻惟有長江水句無語東流韻　不忍登高臨遠句望故鄉渺邈句歸思難收韻歎年來蹤迹句何事苦淹留韻想佳人讀妝樓顒望句誤

下編　詞譜選錄・第一類　平韻

幾回_讀_天際識歸舟_韻_爭知我_讀_倚闌干處_句_正恁凝愁_韻_　結尾倒數第二句，中間二字多相連者，領字如對、漸、歎等字，宜用去聲。平仄參諸家詞。
(柳永《八聲甘州》)

又一體雙調，九十七字，前段九句四平韻，後段十句四平韻。

有情風萬里捲潮來_句_無情送潮歸_韻_問錢塘江上_句_西興浦口_句_幾度斜暉_韻_不用思量今古_句_俯仰昔人非_韻_誰似東坡老_句_白首忘機_韻_記取西湖西畔_句_正春山好處_句_空翠煙霏_韻_算詩人相得_句_如我與君稀_韻_約它年_讀_東還海道_句_願謝公_讀_雅志莫相違_韻_西州路_句_不應回首_句_爲我沾衣_韻_　題：寄參寥子。此爲首句不用領字者。
(蘇軾《八聲甘州》)

又一體雙調，九十七字，前段九句五平韻，後段九句四平韻。

記玉關踏雪事清遊_韻_寒氣脆貂裘_韻_傍枯林古道_句_長河飲馬_句_此意悠悠_韻_短夢依然江表_句_老淚灑西州_韻_一字無題處_句_落葉都愁_韻_　載取白雲歸去_句_問誰留楚佩_句_弄影中洲_韻_折蘆花贈遠_句_零落一身秋_韻_向尋常_讀_野橋流水_句_待招來_讀_不是舊沙鷗_韻_空懷感_讀_有斜陽處_句_却怕登樓_韻_　首句用韻，並用領格字者。
(張炎《八聲甘州》)

又一體雙調，九十七字，前後段各九句四平韻。開端上五、下八字者。

渺空煙四遠_句_是何年_讀_青天墜長星_韻_幻蒼厓雲樹_句_名娃金屋_句_殘霸宮城_韻_箭徑酸風射眼_句_膩水染花腥_韻_時靸雙鴛響_句_廊葉秋聲_韻_　宮裏吳王沉醉_句_倩五湖倦客_句_獨釣醒醒_韻_問蒼波無語_句_華髮奈山青_韻_水涵空_讀_闌干高處_句_送亂鴉_讀_斜日落漁汀_韻_連呼酒_讀_上琴臺去_句_秋與雲平_韻_　題：陪庾幕諸公遊靈岩。
(吳文英《八聲甘州》)

又一體雙調，九十五字，前段八句四平韻，後段九句四平韻。

問紫岩去後漢公卿_句_不知幾貂蟬_韻_誰能借留侯節_句_著祖生鞭_韻_依舊塵沙萬里_句_河洛染腥羶_韻_誰識道山客_句_衣鉢曾傳_韻_　共記玉堂對策_句_欲先明大義_句_次第籌邊_韻_況重湖八桂_句_袖手已多年_韻_望中原_讀_馳驅去也_句_擁十州_讀_牙纛正翩翩_韻_春風早_句_看東南王氣_句_飛繞星躔_韻_　題：送湖北招撫吳獵。
(劉過《八聲甘州》)

【鳳凰臺上憶吹簫】
《列仙傳拾遺》云："蕭史善吹簫，作鸞鳳之響。秦穆公有女弄玉，善吹簫，公以妻之，遂教弄玉作鳳鳴。居十數年，鳳凰來止。公爲作鳳臺，夫妻止其上。數年，弄玉乘鳳，蕭史乘龍去。"調名取此。《高麗史·樂志》：一名憶吹簫。

正格雙調，九十七字，前段十句四平韻，後段九句四平韻。

千里相思句況無百里句何妨暮往朝還韻又正是讀梅初淡泞句鶯未緜蠻韻陌上相逢緩轡句風細細讀雲日斑斑韻新晴好句得意未妨句行盡春山韻　應攜後房小妓句來爲我句盈盈對舞花間韻便拌却、松醪翠滿句蜜炬紅殘韻誰信輕鞍射虎句清世裏讀曾有人閑韻都休説句簾外夜久春寒韻　題：自金鄉之濟至羊山迎次膺。平仄參諸家詞。

（晁補之《鳳凰臺上憶吹簫》）

又一體雙調，九十五字，前段十句四平韻，後段十一句五平韻。

香冷金猊句被翻紅浪句起來慵自梳頭韻任寶奩塵滿句日上簾鈎韻生怕離懷別苦句多少事讀欲説還休韻新來瘦句非干病酒句不是悲秋韻　休休韻這回去也句千萬遍陽關句也則難留韻念武陵人遠句煙鎖秦樓韻惟有樓前流水句應念我讀終日凝眸韻凝眸處句從今又添句一段新愁韻

（李清照《鳳凰臺上憶吹簫》）

又一體雙調，九十六字，前後段各十句四平韻。

更不成愁句何曾是醉句豆花雨後輕陰韻似此心情自可句多了閑吟韻秋在西樓西畔句秋較淺讀不似情深韻夜來月句爲誰瘦小句塵鏡羞臨韻　彈箏句舊家伴侶句記雁啼秋水句下指成音韻聽未穩讀當時自誤句又況如今韻那是柔腸易斷句人間事讀獨此難禁韻雕籠近句數聲別似春禽韻　題：秋意。

（吴元可《鳳凰臺上憶吹簫》）

【雨中花慢】
此詞有平韻、仄韻兩體。平韻者始自蘇軾，仄韻者始自秦觀。柳永平韻詞，《樂章集》注林鍾商。

正格雙調，九十八字，前段十一句四平韻，後段十句四平韻。

今歲花時深院句盡日東風句蕩颺茶煙韻但有緑苔芳草句柳絮榆錢韻聞道城西句長林古寺句甲第名園韻有國豔帶酒句天香染袂句爲我留連韻　清明

下編　詞譜選錄·第一類　平韻　　　　　　　　　　　111

過了句殘紅無處句對此淚灑尊前韻秋向晚讀一枝何事句向我依然韻高會聊追短景句清商不假餘妍韻不如留取句十分春態句付與明年韻　平韻詞祇此一體，仄韻詞有如此填者。
　　　　　　　　　　　　　　　　　　　　　　（蘇軾《雨中花慢》）

又一體雙調，九十八字，前後段各十句四平韻。

　　一葉凌波句十里馭風句煙鬟霧鬢蕭蕭句認得蘭皋瓊佩句水館冰綃韻秋霽明霞乍吐句曙涼宿靄初消韻恨微顰不語句少進還收句竚立超遙韻　神交冉冉句愁思盈盈句斷魂欲遣誰招韻猶自待句青鸞傳信句烏鵲成橋韻悵望胎仙琴疊句忍看翡翠蘭苕韻夢回人遠句紅雲一片句天際笙簫韻
　　　　　　　　　　　　　　　　　　　　　　（張孝祥《雨中花慢》）

又一體定格。雙調，九十七字，前後段各十句四平韻。

　　舊雨常來句今雨不來句佳人偃蹇誰留句幸山中芋栗句今歲全收韻貧賤交情落落句古今吾道悠悠韻怪新來却見句文反《離騷》句詩發秦州韻　功名祇道句無之不樂句那知有更堪憂韻怎奈向讀兒曹抵死句喚不回頭韻石卧山前認虎句蟻喧床下聞牛韻爲誰西望句憑欄一餉句却下層樓韻　題：登新樓有懷趙昌甫、徐斯遠、韓仲止、吳子似、楊民瞻。宋人以此填者頗多。《詞譜》以吳詞爲定格，而吳詞盈字出韻。今以辛詞爲定格。平仄參諸家詞，文字依鄧廣銘著《稼軒詞編年箋注》。　　（辛棄疾《雨中花慢》）

【萬年歡】唐教坊曲名。《宋史·樂志》中呂宮。《高麗史·樂志》名萬年歡慢。《元史·樂志》舞隊曲。此調有三體：平韻者，始自王安禮；仄韻者，始自晁補之；平仄韻通叶者，始自元趙孟頫。

正格雙調，九十八字，前段九句五平韻，後段九句四平韻。

　　雅出群芳韻占春前信息句臘後風光韻野岸郵亭句繁似萬點輕霜韻清淺溪流倒影句更黯淡讀月色籠香韻渾疑是句姑射冰姿句壽陽粉面初妝韻　多情對景易感句況淮天庾嶺句迢遞相望句愁聽龍吟淒絕句畫角悲凉韻念昔因誰醉賞句向此際讀空惱危腸韻終須待句結實恁時句佳味堪嘗韻　句讀依《詞譜》，平仄參諸平韻詞。
　　　　　　　　　　　　　　　　　　　　　　（王安禮《萬年歡》）

又一體正格。雙調，一百字，前段九句四仄韻，後段九句五仄韻。

十里環溪句記當年並遊句依舊風景韻綵舫紅妝句重泛九秋清鏡韻莫歎歌臺蔓草句喜相逢讀歡情猶勝讀蘋洲畔句橫玉驚鸞句半天雲正愁凝韻　中秋醉魂未醒韻又佳辰授衣句良會堪更韻早歲功名句豪氣尚凌汝穎韻能致黃金百鎰句也莫負讀鴟夷高興韻別有箇讀瀟灑田園句醉鄉天地同永韻　平仄參晁別二首，程大昌二首，史達祖一首。　　　　　　（晁補之《萬年歡》）

又一體雙調，一百字，前段九句四平韻、一叶韻，後段九句兩平韻、三叶韻。

天上春來韻正陽和布澤句斗柄初回韻一朵祥雲捧日句萬象生輝韻帝德光昭四表句玉帛盡讀梯航來會韻叶彤庭敞讀花覆千官句紫霄鴛鷺徘徊韻　仁風遍滿九垓韻望霓旌緩引句寶扇齊開韻喜動龍顏句和氣藹然交泰韻叶九奏簫韶舜樂句獸尊舉讀麒麟香靄韻叶從今數讀億萬斯年句聖主福如天大叶此即平仄韻通叶類也。趙氏人格，於此詞可見。　　　　（趙孟頫《萬年歡》）

【燕春臺】此調始自張先，乃春宴詞。《張子野詞》注仙呂宮。黃裳有夏宴詞，劉涇更名夏初臨，舊譜誤以兩詞分列。

正格雙調，九十八字，前段十句五平韻，後段十一句五平韻。

麗日千門句紫煙雙闕句瓊林又報春回句殿閣風微句當時去燕還來韻五侯池館頻開韻探芳菲讀走馬天街句重簾人語句轔轔車幰句遠近輕雷韻　雕觴霞灩句翠幕雲飛句楚腰舞柳句宮面妝梅句金猊夜暖句羅衣暗裏香煤韻洞府人歸句擁笙歌讀燈火樓臺韻下蓬萊韻猶有花上月句清影徘徊韻　題：東都春日李閣使席上。文字、句讀，皆從《詞譜》，平仄參趙以夫、曹冠、王之道、黃裳、洪咨夔諸家詞。凡調名燕春臺者，俱如此填。

（張先《燕春臺》）

又一體雙調，九十七字，前段十句五平韻，後段十一句六平韻。

夏景舒長句麥天清潤句高低萬木成陰句曉意寒輕句一聲未放蟬吟韻但聞鶯友同音韻讌華堂讀綠水中心句芙蓉都沒句紅妝信息句終待重尋韻　清泠相照句邂逅俱歡句翠娥簇擁句芳醖頻斟句笙歌引步句登臨更向遙岑韻臥影沈沈韻好風來讀與客披襟韻縱更深韻洞府遲歸句紅燭如林韻　題：初夏宴芙蓉

堂。凡調名夏初臨者，俱如此填。劉涇、洪咨夔、曹冠詞，與此句讀如一。

（黃裳《燕春臺》）

【揚州慢】宋姜夔自度中呂宮曲。有序，略之。

正格定格。雙調，九十八字，前段十一句四平韻，後段九句四平韻。

淮左名都句竹西佳處句解鞍少駐初程韻過春風十里句盡薺麥青青韻自胡馬讀窺江去後句廢池喬木句猶厭言兵韻漸黃昏讀清角吹寒句都在空城韻　杜郎俊賞句算如今讀重到須驚韻縱荳蔻詞工句青樓夢好句難賦深情韻二十四橋仍在句波心蕩讀冷月無聲韻念橋邊紅藥句年年知爲誰生韻　前段第四、五句，例作上一下四句法，平仄參李萊老、吳元可、鄭覺齋詞。

（姜夔《揚州慢》）

【聲聲慢】蔣氏《九宮譜》注仙呂調。晁補之詞名勝勝慢，吳文英詞名人在樓上。此調有平韻、仄韻兩體，平韻者以晁補之、吳文英、王沂孫詞爲正體；仄韻者以高觀國詞爲正體。

正格雙調，九十九字，前段九句四平韻，後段八句四平韻。

朱門深掩句擺蕩春風句無情鎮欲輕飛韻斷腸如雪撩亂句去點人衣韻朝來半和細雨句向誰家讀東館西池韻算未肯讀似桃含紅蕊句留待郎歸韻　還記章臺往事別後縱讀青青似舊時垂韻灞岸行人多少句競折柔枝韻而今恨啼露葉句鎮香街讀拋擲因誰韻又爭可句妒郎誇春草句步步相隨韻　題：家妓榮奴既出有感。平仄參平韻諸家。

（晁補之《聲聲慢》）

又一體仄韻正格。雙調，九十七字，前段十句四仄韻，後段八句四仄韻。

壺天不夜句寶炬生香句光風蕩搖金碧韻月瀲冰痕句花外峭寒無力韻歌傳翠簾盡卷句誤驚回讀瑤臺仙迹韻禁漏促句拌千金一刻句未酬佳夕韻　捲地香塵不斷句最得意讀輸他五陵狂客韻楚柳吳梅句無限眼邊春色韻鮫綃暗中寄與句待重尋讀行雲消息韻乍醉醒句怕南樓讀吹斷曉笛韻　平仄參李演、劉涇、蔡松年、趙長卿、陳合、李清照詞。

（高觀國《聲聲慢》）

又一體變格。雙調，九十七字，前段九句五仄韻，後段八句五仄韻。

尋尋覓覓韻冷冷清清句淒淒慘慘戚戚韻乍暖還寒時候句最難將息韻三

杯兩盞淡酒句怎敵他讀晚來風急韻雁過也句正傷心讀却是舊時相識韻　滿地黃花堆積韻憔悴損讀如今有誰忺摘句守著窗兒句獨自怎生得黑韻梧桐更兼細雨句到黃昏讀點點滴滴句這次第句怎一箇讀愁字了得韻

（李清照《聲聲慢》）

【金菊對芙蓉】 蔣氏《九宮譜》中呂引子。

正格雙調，九十九字，前段十句四平韻，後段十句五平韻。

梧葉飄黃句萬山空翠句斷霞流水爭輝韻正金風西起句海燕東歸韻憑闌不見南來雁句望故人讀消息遲遲韻木樨開後句不應誤我句好景良時韻　祇念獨守孤幃韻把枕前囑付句一旦分飛韻上秦樓遊賞句酒殢花迷韻誰知別後相思苦句悄為伊讀瘦損香肌韻花前月下句黃昏院落句珠淚偷垂韻　題：秋怨。宋詞俱如此填，定格平仄參辛棄疾、劉清夫、馮取洽及無名氏諸家詞。

（康與之《金菊對芙蓉》）

又一體雙調，九十九字，前段十句四平韻，後段九句五平韻。

遠水生光句遙山聳翠句霽煙深鎖梧桐韻正零瀼玉露句淡蕩金風韻東籬菊有黃花吐句對映水讀幾簇芙蓉韻重陽佳致句可堪此景句酒釅花濃韻　追念景物無窮韻歎少年胸襟句忒煞英雄句把黃英紅萼句甚物堪同韻除非腰佩黃金印句座中擁讀紅粉嬌容韻此時方稱情懷句盡拚一飲千鍾韻　題：重陽。

（辛棄疾《金菊對芙蓉》）

【蜀溪春】 調見《松隱集·詠黃薔薇花》。因詞有"蜀景風遲，浣花溪邊""占上苑，留住春"，取以為名。

正格雙調，九十九字，前後段各十一句四平韻。

蜀景風遲句浣花溪邊句誰種芬芳韻天與薔薇句露華勻臉句繁蕊競拂嬌黃韻枝上標韻別句渾不染讀鉛粉紅妝韻念杜陵句曾見時句也為賦篇章韻　如今盛開禁掖句千萬朵鶯羽句先借朝陽韻待得君王句看花明豔句都道赭袍同光韻須趁為幕席句偏宜帶讀疏雨籠香韻占上苑句留住春句奉玉觴韻　題：黃海棠。"須趁為幕席"句，《全宋詞》作"須趁排宴席"，今從《詞譜》。

下編　詞譜選錄·第一類　平韻　　　　　　　　　　115

平仄無可校者，曹勛自度曲也。　　　　　　　　　（曹勛《蜀溪春》）

【新雁過妝樓】一名雁過妝樓。張炎詞名瑤臺聚八仙，陳允平詞名八寶妝。《高麗史·樂志》名百寶妝。吳文英《夢窗詞》注夾鍾羽。

正格雙調，九十九字，前段九句六平韻，後段十句四平韻。

　　　　閬苑高寒韻金樞動讀冰宮桂樹年年韻翦秋一半句難破萬戶連環韻織錦相思樓影下句細釵暗約小簾間共無眠素娥慣得句西墜闌干韻　誰知壺中自樂句正醉圍夜玉句淺閉嬋娟讀雁風自勁句雲氣不上涼天韻紅牙潤沾素手句聽一曲清歌雙霧鬢韻徐郎老句恨斷腸聲在句離鏡孤鸞韻　此調以此詞為正格。平仄參吳詞別首。張炎詞有序，略之。（吳文英《新雁過妝樓》）

又一體雙調，九十九字，前段九句五平韻，後段十句四平韻。

　　　　風雨不來句深院悄秋事正滿東籬韻杖藜重到句秋氣冉冉吹衣韻瘦碧飄蕭搖露梗句膩黃秀野拂霜枝韻憶芳時翠微喚酒句江雁初飛韻　湘潭無人弔楚句歎落英自采句誰寄相思韻淡泊生涯句聊伴老圃斜暉韻寒香應遍故里句想鶴怨山空人未歸歸何晚句問徑松不語句祇有花知韻

　　　　　　　　　　　　　　　　　　　　　　　（張炎《新雁過妝樓》）

【高陽臺】高拭詞注商調。劉鎮詞名慶春澤慢。

正格雙調，一百字，前後段各十句四平韻。

　　　　燈火烘春句樓臺浸月句良宵一刻千金韻錦步承蓮句彩雲簇仗難尋韻蓬壺影動星毬轉句映兩行讀寶珥瑤簪韻恣嬉遊句玉漏聲催句未歇芳心　笙歌十里誇張地句記年時行樂句憔悴而今韻客裏情懷句伴人閑笑閑吟韻小桃未盡劉郎老句把相思讀細寫瑤琴韻怕歸來句紅紫欺風句三徑成陰韻　題：丙子元夕。平仄參諸家詞。　　　　　　　　　　（劉鎮《高陽臺》）

又一體雙調，一百字，前後段各十句四平韻。

　　　　小雨分江句殘寒迷浦句春容淺入蒹葭韻雪霽空城句燕歸何處人家韻夢魂欲渡蒼茫去句怕夢輕讀還被愁遮韻感流年句夜汐東還句冷照西斜韻　萋萋望極王孫草句認雲中煙樹句鷗外春沙韻白髮青山句可憐相對蒼華韻歸鴻自

趁潮回去句笑倦遊讀猶是天涯韻問東風句先到垂楊句後到梅花韻　題：寄越中諸友。
（周密《高陽臺》）

【鳳歸雲】

唐教坊曲名。《樂章集》平韻一百一字者，注仙呂調；仄韻一百十八字者，注林鍾商調。

正格雙調，百一字，前段十句四平韻，後段十一句三平韻。

向深秋句雨餘爽氣肅西郊韻陌上夜蘭句襟袖起涼飇韻天末殘星句流電未滅句閃閃隔林梢韻又是曉雞聲斷句陽烏光動句漸分山路迢迢韻　驅驅行役句冉冉光陰句蠅頭利祿句蝸角功名句畢竟成何事讀漫相高句拋擲雲泉狎翫塵土句壯節等閑銷韻幸有五湖煙浪句一船風月句會須歸老漁樵韻　押平韻者，唯有趙以夫詞可校，可平可仄悉參之。
（柳永《鳳歸雲》）

【木蘭花慢】

柳永《樂章集》注高平調。

正格雙調，百一字，前段十句五平韻，後段十句七平韻。

坼桐花爛漫句乍疏雨讀洗清明韻正豔杏燒林句緗桃繡野句芳景如屏韻傾城韻盡尋勝賞句驟雕鞍紺幰出郊坰韻風暖繁弦脆管句萬家競奏新聲韻　盈盈韻鬥草踏青韻人豔冶讀遞逢迎韻向路旁讀往往遺簪墜珥句珠翠縱橫韻歡情韻對佳麗地句任金罍罄竭玉山傾韻拌却明朝永日句畫堂一枕春醒韻　押短韻者，以柳詞二首為正格。平仄參諸家詞。
（柳永《木蘭花慢》）

又一體雙調，百一字，前段九句四平韻，後段九句五平韻。

試晨妝淡竚句正疏雨讀過含章韻早巧額回春句嶺雲護雪句十里清香韻何人翦冰綴玉句仗化工讀施巧付東皇韻瘦盡綺窗寒魄句淒涼畫角斜陽句　孤山西畔水雲鄉韻籬落亞疏篁韻問多少幽姿句半歸圖畫句半入詩囊韻如今夢回帝國句尚遲遲讀依約帶湖光韻多謝膽瓶重見句不堪三弄橫羌韻　不押短韻者，《詞譜》以程垓詞為正格。程詞四處出韻，更爲以岳珂詞為正格。平仄參諸家詞。
（岳珂《木蘭花慢》）

又一體變格。雙調，百一字，前段九句四平韻，後段十句六平韻。

紫騮嘶凍草句曉雲鎖讀岫眉顰韻正蕙雪初銷句松腰玉瘦句憔悴真真韻輕

下編　詞譜選錄·第一類　平韻　　　　　　　　　117

藜漸穿險磴_句步荒苔_讀猶認瘞花痕_韻千古興亡舊恨_句半丘殘日孤雲_韻　開尊_韻重弔吳魂_韻嵐翠冷_讀洗微醺_韻問幾曾夜宿_句月明起看_句劍水星紋_韻登臨總成去客_句更軟紅_讀先有探芳人_韻回首滄波故苑_句落梅煙雨黃昏_韻　題：虎丘陪倉幕遊，下略。此調後段首句押短韻，餘不押。

（吳文英《木蘭花慢》）

又一體_{雙調}，百一字，前段九句四平韻，後段九句五平韻。

可憐今夕月_句向何處_讀去悠悠_韻是別有人間_句那邊纔見_句光影東頭_韻是天外空汗漫_句但長風_讀浩浩送中秋_韻飛鏡無根誰繫_句姮娥不嫁誰留_韻　謂經海底問無由_韻恍惚使人愁_韻怕萬里長鯨_句縱橫觸破_句玉殿瓊樓_韻蝦蟆故堪浴水_句問云何_讀玉兔解沈浮_韻若道都齊無恙_句云何漸漸如鈎_韻　題：中秋飲酒將旦，客謂前人詩詞有賦待月，無送月者，因用天問體賦。

（辛棄疾《木蘭花慢》）

【錦堂春慢】

調見《青箱雜記》。《梅苑》詞名錦堂春。此調始自司馬光詞。

正格_{雙調}，百一字，前後段各十句四平韻。

紅日遲遲_句虛廊影轉_句槐陰迤邐西斜_韻彩筆工夫難狀_句晚景烟霞_韻蝶尚不知春去_句漫繞幽砌尋花_韻奈猛風過後_句縱有殘紅_句飛向誰家_韻　始知青鬢無價_句歎飄零宦路_句荏苒年華_韻今日笙歌叢裏_句特地咨嗟_韻席上青衫濕透_句算感舊_讀何止琵琶_韻怎不教人易老_句多少離愁_句散在天涯_韻　宋人添減字者，俱從此出。平仄參黃裳、無名氏、葛立方、王夢應四家詞。

（司馬光《錦堂春慢》）

又一體_{雙調}，九十九字，前後段各十句四平韻。

氣應三陽_句氛澄六幕_句翔烏初上雲端_韻問朝來何事_句喜動門闌_韻田父占來好歲_句星家說道宜官_韻擬更憑高望遠_句春在煙波_句春在晴巒_韻　歌管雕堂宴喜_句任重簾不捲_句交護春寒_韻況金釵整整_句玉樹團團_韻柏葉輕浮重醆_句梅枝巧綴新幡_韻共祝年年如願_句壽過松椿_句壽過彭聃_韻　題：正旦作。

（葛立方《錦堂春慢》）

【壽樓春】調見《梅溪詞》，乃自度曲。中多拗句，尤多連用平聲句，當是音樂所關，且聲情低抑，全作淒音。有以作壽詞者，則大謬也。

正格雙調，百一字，前段十句六平韻，後段十一句六平韻。

裁春衫尋芳韻記金刀素手句同在晴窗韻幾度因風殘絮句照花斜陽韻誰念我讀今無裳韻自少年讀消磨疏狂句但聽雨挑燈句敧床病酒句多夢睡時妝韻飛花去句良宵長韻有絲闌舊曲句金譜新腔句最恨湘雲人散句楚蘭魂傷韻身是客句愁為鄉韻算玉簫讀猶逢韋郎句近寒食人家句相思未忘蘋藻香韻　題：尋春服感念。為悼亡之作。平仄無可校者。
（史達祖《壽樓春》）

【慶宮春】又名慶春宮。此調有平韻、仄韻兩體。平韻者始自周邦彥，《清真集》注越調；仄韻者始自王沂孫。各自分別照二始者詞填作。

正格雙調，百二字，前段十一句四平韻，後段十一句五平韻。

雲接平岡句山圍寒野句路回漸轉孤城韻衰柳啼鴉句驚風驅雁句動人一片秋聲韻倦途休駕句澹煙裏讀微茫見星句塵埃顦顇句生怕黃昏句離思牽縈韻華堂舊日逢迎韻花豔參差句香霧飄零韻弦管當頭句偏憐嬌鳳句夜深簧暖笙清韻眼波傳意句恨密約讀匆匆未成韻許多煩惱句祇為當時句一餉留情韻

平仄參方千里、張炎、張樞、吳文英、陳允平諸詞作。
（周邦彥《慶宮春》）

又一體雙調，百二字，前後段各十一句四仄韻。

明玉擎金句纖羅飄帶句為君起舞回雪韻柔影參差句幽芳零亂句翠圍腰瘦一捻韻歲華相誤句記前度讀湘皋怨別句哀弦重聽句都是淒涼句未須彈徹韻國香到此誰憐句煙冷沙昏句頓成愁絕韻花惱難禁句酒銷欲盡句門外冰澌初結韻試招仙魄句怕今夜讀瑤簪凍折句攜盤獨出句空想咸陽句故宮落月韻

題：水仙花。據周重能光師考證，此為揚太妃作也，借物托意，以寓崖海君臣殉國之悲。周爾墉謂此闋乃淒然崖海之音是也。平仄參周密、劉瀾、王易簡諸詞作。
（王沂孫《慶宮春》）

【憶舊遊】調始《清真樂府》，一名憶舊遊慢，《清真詞》入越調。

下編　詞譜選錄·第一類　平韻

正格雙調，百二字，前段十一句四平韻，後段十一句五平韻。

記愁橫淺黛句淚洗紅鉛韻門掩秋宵句墜葉驚離思句聽寒螿夜泣句亂雨瀟瀟韻鳳釵半脫雲鬢句窗影燭光搖韻漸暗竹敲涼句疏螢照晚句兩地魂銷韻迢迢韻問音信句道徑底花陰句時認鳴鑣韻也擬臨朱戶句歎因郎顦顇句羞見郎招韻舊巢更有新燕句楊柳拂河橋韻但滿目京塵句東風竟日吹露桃韻　此為正格。調有六領格字：記、聽、漸、道、歎、但，並宜用去聲。亦有不用短韻者。　　　　　　　　　　　　　　（周邦彥《憶舊遊》）

又一體變格。雙調，百二字，前後段各十句四平韻。

送人猶未苦句苦送春讀隨人去天涯韻片紅都飛盡句正陰陰潤綠句暗裏啼鴉韻賦情頓雪雙鬢句飛夢逐塵沙韻歎病渴淒涼句分香瘦減句兩地看花韻西湖斷橋路句想繫馬垂楊句依舊敧斜韻葵麥迷煙處句問離巢孤燕句飛過誰家韻故人為寫深怨句空壁掃秋蛇韻但醉上吳臺句殘陽草色歸思賒韻
　　　　　　　　　　　　　　（吳文英《憶舊遊》）

又一體雙調，百三字，前段十一句四平韻，後段十句五平韻。

正落花時節句憔悴東風句綠滿愁痕韻悄客夢讀驚呼伴侶句斷鴻有約句回泊歸雲韻江空共道惆悵句夜雨隔篷聞韻儘世外縱橫句人間恩怨句細酌重論韻歎他鄉異縣句渺舊雨新知句歷落情真韻忽忽那忍別句料當君思我句我亦思君韻人生自非麋鹿句無計久同群韻此去重銷魂韻黃昏細雨人閉門韻　題：前題分得論字。　　　　　　　　　　　（劉將孫《憶舊遊》）

【畫錦堂】此調有平韻、仄韻兩體。平韻者，吳文英《夢窗詞》注中呂商。

正格雙調，百二字，前段十句四平韻，後段十一句五平韻。

舞影燈前句簫聲酒外句獨鶴華表重歸韻舊雨殘雲仍在句門巷都非韻愁結春情迷醉眼句老憐秋鬢倚蛾眉讀難忘處句猶恨繡籠句無端誤放鶯飛韻當時韻征路遠句歡事差句十年輕負心期韻楚夢秦樓相遇句共歎相違韻淚香沾濕孤山雨句瘦腰折損六橋絲韻何時向句窗下剪殘紅燭句夜杪參移韻　《全

宋詞》以"雨洗桃花"詞爲無名氏作，因以此詞爲正格，而以宋自遜、孫惟信詞爲變格也。蔣捷詞，平仄韻通叶，當入第四類。陳允平仄韻詞，夾叶第八及十二部，不錄。平仄參平韻諸家詞。（吳文英《畫錦堂》）

又一體雙調，百二字，前段十句四平韻，後段十一句五平韻。

荷葉龜遊句 庭皋鶴舞句 應自秋滿淮涯韻 昨夜將星明處句 仿佛峨眉韻 干戈已净銀河淡句 塵沙不動翠煙微韻 邦人道句 半月中秋句 當歌不飲何爲韻 誰知韻 心事遠句 但感慨登臨句 白羽頻揮韻 恨不明朝出塞句 獵獵旌旗韻 文南一矢澶淵勁句 夔門三箭武關奇韻 挑燈看句 龍吼傳家舊劍句 曾斬吳曦韻 題：上李真州。

（宋自遜《畫錦堂》）

【湘春夜月】黃孝邁自度曲。

正格雙調，百二字，前段十句四平韻，後段十一句四平韻。

近清明句 翠禽枝上銷魂韻 可惜一片清歌句 都付與黃昏韻 欲共柳花低訴句 怕柳花輕薄句 不解傷春韻 念楚鄉旅宿句 柔情別緒句 誰共溫存韻 空尊夜泣句 青山不語句 殘月當門韻 翠玉樓前句 惟是有讀 一江湘水句 搖蕩湘雲韻 天長夢短句 問甚時讀 重見桃根韻 這次第句 算人間沒箇并刀句 翦斷心上愁痕韻 此調祇此一詞，無他作可校。煞尾斷句，從《全宋詞》。

（黃孝邁《湘春夜月》）

【長相思慢】《樂章集》注商調，《清真集》注高調。

正格雙調，百三字，前段十一句六平韻，後段十句四平韻。

畫鼓喧街句 蘭燈滿市句 皎月初照嚴城韻 清都絳闕夜景句 風傳銀箭句 露暖金莖韻 巷陌縱橫句 過平康款轡句 緩聽歌聲韻 鳳燭熒熒韻 那人家讀 未掩香屏韻 向羅綺叢中句 認得依稀舊日句 雅態輕盈韻 嬌波豔冶句 巧笑依然句 有意相迎韻 牆頭馬上句 漫遲留讀 難寫深誠句 又豈知讀 名宦拘檢句 年來減盡風情韻

平仄參周邦彥詞。

（柳永《長相思慢》）

又一體雙調，百四字，前段十一句六平韻，後段九句五平韻。

鐵甕城高句 蒜山渡闊句 干雲十二層樓韻 開尊待月句 掩箔披風句 依然燈火揚州韻 綺陌南頭韻 記歌名宛轉句 鄉號溫柔韻 曲檻俯清流韻 想花陰讀 誰繫蘭

舟韻　念淒絕秦弦句　感深荊賦句　相望幾許凝愁韻　勤勤裁尺素句　奈雙魚讀　難渡瓜洲韻　曉鑒堪羞韻　潘鬢短讀　吳霜漸稠韻　幸于飛讀　鴛鴦未老句　不應同是悲秋韻　又見賀鑄詞。平仄參楊无咎、袁去華詞。

（秦觀《長相思慢》）

【瀟湘逢故人慢】調見《花庵詞選》。

正格雙調，百四字，前後段各十句五平韻。

薰風微動句　方榴花弄色句　萱草成窩韻　翠帷敞輕羅韻　試冰簟初展句　幾尺湘波韻　疏檐廣廈句　稱瀟湘讀　一枕南柯韻　引多少讀　夢魂歸緒句　洞庭雨棹煙蓑韻　驚回處句　閑晝永句　更時時讀　燕雛鶯友相過韻　正綠影婆娑句　況庭有幽花句　池有新荷韻　青梅煮酒句　幸隨分讀　贏取高歌韻　功名事句　到頭終在句　歲華忍負清和韻　《樂府雅詞·拾遺》"逢故人"作"憶故人"，詞字亦有出入。今從《詞律》《詞譜》。平仄祇有錢應金詞可參，以王安禮詞為正格。

（王安禮《瀟湘逢故人慢》）

又一體雙調，百四字，前段十一句四平韻，後段十句五平韻。

深秋邨落句　誇青菱香熟句　素芋甜和韻　擘紫蟹句　蒸黃雀句　知己團聚句　笑語婆娑韻　濃煙淡雪句　翦湘湖讀　幾尺漁蓑韻　縱消受讀　白蘋紅蓼句　生平未免情多韻　空懷古句　時悱惻句　十年來讀　可償文債詩魔韻　歎世路蹉跎句　恐心費參熊句　眉費松螺韻　風期闊絕句　喜今夕讀　重話雲窩韻　寒潭月句　皎然見底句　問君不醉如何韻

（錢應金《瀟湘逢故人慢》）

【送入我門來】調見《草堂詩餘》宋胡浩然《除夕》詞，有"仗東風盡力，一齊吹送，入此門來"之句，取以為名。

正格雙調，百四字，前後段各十句，四平韻。

茶壘安扉句　靈馗掛戶句　神儺裂竹轟雷韻　動念流光句　四序式週回韻　須知今歲今宵盡句　似頓覺明年明日催韻　向今夕句　是處迎春送臘句　羅綺筵開韻　今古偏同此夜句　賢愚共添一歲句　貴賤仍偕韻　互祝遐齡句　山海固難摧韻　石崇富貴籛鏗壽句　更潘岳儀容子建才韻　仗東風盡力句　一齊吹送句　入此門來韻　題：除夕。

（胡浩然《送入我門來》）

【春從天上來】調見《中州樂府》吳激詞。

正格雙調，百四字，前段十一句六平韻，後段十一句五平韻。

海角飄零韻歎漢苑秦宮句墜露飛螢韻夢裏天上句金屋銀屏韻歌吹競舉青冥韻問當時遺譜句有絕藝讀鼓瑟湘靈句促哀彈句似林鶯嚦嚦句山溜泠泠韻梨園太平樂府句醉幾度春風句鬢髮星星韻舞徹中原句塵飛滄海句風雪萬里龍庭韻寫胡笳幽怨句人憔悴讀不似丹青句酒微醒句對一軒涼月句燈火青熒韻

題：感舊。平仄參王惲、張翥、周伯陽詞。（吳激《春從天上來》）

又一體雙調，百四字，前段十一句七平韻，後段十一句五平韻。

嫋嫋秋風韻聽響徹雲間句彩鳳啼雄句嬴女飛下句玉珮玲瓏韻腸斷十二臺空韻渺霜天如海句寫不盡讀客裏情濃句燭銷紅句更鏘金振羽句變徵移宮韻揚州舊時月色句歎水調如今句誰唱誰工韻露葉殘蛾句蟾花遺粉句寂寞瓊樹香中韻問坡仙何處句滄江上讀鶴夢無踪韻思難窮讀把一襟幽怨句吹與魚龍韻

（張翥《春從天上來》）

【夜飛鵲慢】調見《清真集》，入道宮。《夢窗詞》入黃鍾商。又名夜飛鵲。

正格雙調，百六字，前段十句五平韻，後段十一句四平韻。

河橋送人處句良夜何其韻斜月遠墮餘輝韻銅盤燭淚已流盡句霏霏涼露沾衣韻相將散離會句探風前津鼓句樹杪參旗韻華驄會意句縱揚鞭讀亦自行遲韻　迢遞路回清野句人語漸無聞句空帶愁歸韻何意重經前地句遺鈿不見句斜徑都迷韻兔葵燕麥句向殘陽讀影與人齊韻但徘徊班草句欷歔酹酒句極望天西韻

題：別情。此調以此詞為正格，盧祖皋、吳文英、陳允平、張炎俱如此填。趙以夫詞句讀小異，乃變格。平仄即參以上諸家。《詞律》於前段第六句末添一"處"成六字句，而諸家此句皆為五字句，此"處"字須刪除。

（周邦彥《夜飛鵲慢》）

【望海潮】調見《樂章集》，入仙呂調。

正格雙調，百七字，前段十一句五平韻，後段十一句六平韻。

東南形勝句三吳都會句錢塘自古繁華韻煙柳畫橋句風簾翠幕句參差十

下編　詞譜選錄·第一類　平韻　　　　　　　　　　123

萬人家韻雲樹繞堤沙韻怒濤捲霜雪句天塹無涯韻市列珠璣句戶盈羅綺，競豪奢韻　重湖疊巘清嘉韻有三秋桂子句十里荷花韻羌管弄晴句菱歌泛夜韻嬉嬉釣叟蓮娃韻千騎擁高牙韻乘醉聽簫鼓句吟賞煙霞韻異日圖將好景句歸去鳳池誇韻　平仄參折元禮、張元幹、史達之、呂趙可、石孝友、秦觀、鄧千江諸家詞。　　　　　　　　　　　　　（柳永《望海潮》）

又一體雙調，百七字，前段十一句五平韻，後段十一句六平韻。

　　　梅英疏淡句冰澌溶洩句東風暗換年華韻金谷俊遊句銅駝巷陌句新晴細履平沙韻長記誤隨車韻正絮翻蝶舞句芳思交加句柳下桃蹊句亂分春色到人家韻　西園夜飲鳴笳句有華燈礙月句飛蓋妨花句蘭苑未空句行人漸老句重來事事堪嗟韻煙暝酒旗斜韻但倚樓極目句時見棲鴉韻無奈歸心句暗隨流水到天涯韻　題：洛陽懷古。　　　　　　　　　　（秦觀《望海潮》）

【飛雪滿群山】調見《友古詞》，因詞有"長記得，扁舟尋舊約"句，又名扁舟尋舊約。張榘詞名飛雪滿堆山。

正格雙調，百七字，前段十一句四平韻，後段十句四平韻。

　　　冰結金壺句寒生羅幕句夜闌霜月侵門句翠筠敲韻疏梅弄影句數聲雁過南雲句酒醒欹粲枕句愴猶有讀殘妝淚痕句繡衾孤擁句餘香未減句猶是那時熏韻　長記得讀扁舟尋舊約句聽小窗風雨句燈火昏昏韻錦裀纔展句瓊籤報曙句寶釵又是輕分句黯然攜手處句倚朱箔讀愁凝黛顰句夢回雲散句山遙水遠空斷魂韻　平仄參張詞，結句作拗句。　　　　　（蔡伸《飛雪滿群山》）

又一體雙調，百六字，前段十一句四平韻，後段十句四平韻。

　　　愛日烘晴句梅梢春動句曉窗客夢方還韻江天萬里句高低煙樹句四望猶擁螺鬟韻是誰邀勝六釀薄暮讀同雲冱寒韻却原來是句鈴閣雲蒸句俄忽老青山韻　都盡道讀來年須更好句無緣農事句雨澀風慳韻鵝池夜半句銜枚飛渡看尊俎折衝間句儘青游談笑句瓊花露句杯深量寬韻功名做了句雲臺寫作圖畫看韻　題：次趙西里岢行喜雪韻。　　　　　（張榘《飛雪滿群山》）

【一萼紅】此調有平韻、仄韻兩體。平韻者，見姜夔詞；仄韻者，見《樂府雅詞》。因有"未教一萼，紅開鮮蕊"句，取以爲名。

正格雙調，百八字，前段十一句五平韻，後段十句四平韻。

古城陰韻有官梅幾許句紅萼未宜簪韻池面冰膠句牆腰雪老句雲意還又沉沉韻翠藤共讀閑穿徑竹句漸笑語讀驚起卧沙禽韻野老林泉句故王臺榭句呼喚登臨韻　南去北來何事韻蕩湘雲楚水句目極傷心韻朱户黏雞句金盤簇燕句空歎時序侵尋韻記曾共讀西樓雅集句想垂柳讀還裊萬絲金韻待得歸鞍到時句祇怕春深韻　原有長序，略之。平仄參張先、周密、尹濟翁及李彭老、劉天迪詞。　　　　　　　　　　　　　　（姜夔《一萼紅》）

又一體雙調，百八字，前段十一句五平韻，後段十句四平韻。

步深幽韻正雲黃天淡句雪意未全休韻鑑曲寒沙句茂林煙草句俛仰千古悠悠韻歲華晚讀漂零漸遠句誰念我讀同載五湖舟韻磴古松斜句厓陰苔老句一片清愁韻　回首天涯歸夢句幾魂飛西浦句淚灑東州韻故國山川句故園心眼句還似王粲登樓韻最負他讀秦鬟妝鏡句好江山讀何事此時遊韻爲喚狂吟老監句共賦銷憂韻　題：登蓬萊閣有感。　　　　　　　（周密《一萼紅》）

又一體雙調，百八字，前段十一句五平韻，後段十句四平韻。

玉嬋娟韻甚春餘雪盡句猶未跨青鸞韻疏萼無香句柔條獨秀句應恨流落人間韻記曾照讀黃昏淡月句漸瘦影讀移上小欄干韻一點清魂句半枝空色句芳意班班韻　重省嫩寒清曉句過斷橋流水句問信孤山韻冰粟微銷句塵衣不浣句相見還誤輕攀韻未須訝讀東南倦客句掩鉛淚讀看了又重看韻故國吳天樹老句雨過風殘韻　題：丙午赤城山中題花光卷。　　　　　（王沂孫《一萼紅》）

【過秦樓】調見《樂府雅詞》李甲作。因詞有"曾過秦樓"句，取以爲名。

正格雙調，百九字，前段十一句五平韻，後段十一句四平韻。

賣酒壚邊句尋芳原上句亂紅飛絮悠悠韻已蝶稀鶯散句便擬把長繩繫日無由韻謾道莫忘憂韻也徒將讀酒解閑愁韻正江南春盡句行人千里讀蘋滿汀

下編　詞譜選録·第一類　平韻

洲韻　有翠紅徑裏讀盈盈侶句簇芳茵禊飲句時笑時謳韻當暖風遲景句任相將永日句爛熳狂遊韻誰信盛狂中有離情讀忽到心頭韻向尊前擬問句雙燕來時句曾過秦樓韻　此詞無別首可校。

(李甲《過秦樓》)

【高山流水】調見《夢窗詞》，吳文英自度曲，注入黃鍾商。題云："丁基仲側室善絲桐賦詠，曉達音呂，備歌舞之妙。"故以高山流水爲調名。

正格雙調，百十字，前段十句六平韻，後段十一句六平韻。

素弦一一起秋風韻寫柔情讀多在春葱句徽外斷腸聲句霜霄暗落驚鴻韻低颦處讀剪綠裁紅句仙郎伴句新製還賡舊曲句映月簾櫳句似名花並蒂句日日醉春濃韻　吳中韻空傳有西子句應不解讀換徵移宮句蘭蕙滿襟懷句唾碧總噴花茸韻後堂深讀想費春工韻客愁重句時聽蕉寒雨碎句淚濕瓊鍾韻恁風流也句稱金屋讀貯嬌慵韻　此詞無別首可校，平仄宜從之。

(吳文英《高山流水》)

【五綵結同心】此調有平韻、仄韻兩體：平韻者，見趙彥端《介庵詞》；仄韻者，見《樂府雅詞》。

正格雙調，百十一字，前後段各九句四平韻。

人間塵斷句雨外風回句涼波自泛仙槎韻非郭還非野句閒鶯燕讀時傍笑語清佳韻銅壺花漏長如綫句金鋪碎讀香暖檐牙韻誰知道讀東園五畝句種成國豔天葩韻　主人漢家龍種句正翩翩迴立句雪紵烏紗句歌舞承平舊句圍紅袖讀詩興自寫春華韻未知三斗朝天去句定何妨讀鴻寶丹砂韻且一醉讀朱顏相慶句共看玉井浮花韻　題：爲淵卿壽。此調押平韻者祇有此詞，無別首可校。

(趙彥端《五綵結同心》)

【沁園春】東漢竇憲仗勢奪取沁水公主園林，後人作詩以詠其事，此調因此得名。《金詞》注般涉調，蔣氏《十三調》注中呂調。張輯詞名東仙，李劉詞名壽星明，秦觀減字詞名洞庭春色。該詞格局開張，宜抒壯闊豪邁情懷，蘇辛一派最喜用之。

正格雙調，百十四字，前段十三句四平韻，後段十二句五平韻。

孤館燈青句野店雞號句旅枕夢殘韻漸月華收練句晨霜耿耿句雲山摘錦句朝露漙漙韻世路無窮句勞生有限句似此區區長鮮歡韻微吟罷句凭征鞍無語句往事千端韻　當時共客長安韻似二陸讀初來俱少年韻有筆頭千字句胸中萬卷句致君堯舜句此事何難韻用舍由時句行藏在我句袖手何妨閑處看韻身長健句但優游卒歲句且鬭尊前韻　此調以此詞爲正格，宋人作者即多。平仄參諸家詞。

（蘇軾《沁園春》）

又一體雙調，百十四字，前段十三句四平韻，後段十二句五平韻。

疊嶂西馳句萬馬回旋句衆山欲東韻正驚湍直下句跳珠倒濺句小橋橫截句缺月初弓韻老合投閑句天教多事句檢校長身十萬松韻吾廬小句在龍蛇影外句風雨聲中韻　爭先見面重重韻看爽氣朝來三數峰韻似謝家子弟句衣冠磊落句相如庭戶句車騎雍容句我覺其間句雄深雅健句如對文章太史公韻新堤路句問偃湖何日句煙水濛濛韻　題：靈山齊庵賦，時築偃湖未成。

（辛棄疾《沁園春》）

又一體雙調，百十四字，前段十三句四平韻，後段十二句五平韻。

斗酒彘肩句風雨渡江句豈不快哉韻被香山居士句約林和靖句與東坡老句駕勒吾回韻坡謂西湖句正如西子句濃抹淡妝臨鏡臺韻二公者句皆掉頭不顧句祇管銜杯韻　白雲天竺飛來韻圖畫裏讀崢嶸樓觀開韻愛東西雙澗句縱橫水繞句兩峰南北句高下雲堆韻逋曰不然句暗香浮動句爭似孤山先探梅韻須晴去句訪稼軒未晚句且此徘徊韻　題：寄稼軒承旨。　（劉過《沁園春》）

又一體雙調，百十四字，前段十三句四平韻，後段十二句五平韻。

誰使神州句百年陸沈句青氈未還韻悵晨星殘月句北州豪傑句西風斜日句東帝江山韻劉表坐談句深源輕進句機會失之彈指間韻傷心事句是年年冰合句在在風寒韻　説和説戰都難韻算未必江沱堪宴安韻歎封侯心在句鱣鯨失水句平戎策就句虎豹當關韻渠自無謀句事猶可做句更別殘燈抽劍看韻麒麟閣句

下編　詞譜選錄・第一類　平韻

豈中興人物句不畫儒冠韻　題：丁酉歲感事。　　　　（陳人傑《沁園春》）

又一體別體正格。雙調，百十五字，前後段各十二句四平韻。

宿靄迷空句膩雲籠日句晝景漸長韻正蘭皋泥潤句誰家燕喜句蜜脾香少句觸處蜂忙韻盡日無人簾幕掛句更風遞遊絲時過牆句微雨後句有桃愁杏怨句紅淚淋浪韻　風流寸心易感句但依依竚立句迴盡柔腸韻念小奩瑤鑑句重勻絳蠟句玉龍金斗句時熨沈香韻柳下相將遊冶處句便回首青樓成異鄉韻相憶事句縱蠻箋萬疊句難寫微茫韻　秦觀、程垓、陸游、京鏜等詞，俱名洞庭春色，平仄亦參以上諸家詞。　　　　（秦觀《沁園春》）

【**多麗**】又名綠頭鴨。周格非詞名隴頭泉。此調有平韻、仄韻兩體。

正格雙調，百三十九字，前段十四句六平韻，後段十二句五平韻。

晚雲收句淡天一片琉璃韻爛銀盤讀來從海底句皓色千里澄輝韻瑩無塵讀素娥淡竚句靜可數讀丹桂參差句玉露初零句金風未凜句一年無似此佳時韻露坐久讀疏螢時度句烏鵲正南飛韻瑤臺冷句闌干憑暖句欲下遲遲韻　念佳人讀音塵別後句對此應解相思韻最關情讀漏聲正永句暗斷腸讀花影潛移韻料得來宵句清光未減句陰晴天氣又爭知韻共凝戀讀如今別後句還是隔年期韻人強健句清尊素影句長願相隨韻　題：詠月。　　　（晁端禮《多麗》）

又一體雙調，百三十九字，前段十四句七平韻，後段十二句五平韻。

晚山青韻一川雲樹冥冥韻正參差讀煙凝紫翠句斜陽畫出南屏韻館娃歸讀吳臺遊鹿句銅仙去讀漢苑飛螢韻懷古情多句憑高望極句且將尊酒慰飄零韻自湖上讀愛梅仙遠句鶴夢幾時醒韻空留得句六橋疏柳句孤嶼危亭韻　待蘇堤讀歌聲散盡句更須攜妓西泠韻藕花深讀雨涼翡翠句菰蒲軟讀風弄蜻蜓韻澄碧生秋句鬧紅駐景句采菱新唱最堪聽韻見一片讀水天無際句漁火兩三星韻多情月句爲人留照句未過前汀韻　題：西湖泛舟夕歸，施成大席上以"晚山青"爲起句，各賦一詞。　　　（張翥《多麗》）

又一體雙調，百三十九字，前段十四句七平韻，後段十三句六平韻。

静中看韵循環興廢無端韵記昔日讀淮山隱隱句宛若虎踞龍蟠韵下樊襄讀指揮湘漢句鞭雲騎讀圍繞江干韵勢不成三句時當混一句過唐之數不爲難韵誰知道讀倉皇南渡句半壁幾何間韵陳橋驛讀孤兒寡婦句久假當還韵　挂征帆韵龍舟催發句紫宸初卷朝班韵禁庭空讀土花暈碧句輦路悄讀呼喝聲乾韵縱餘得讀西湖風景句花柳亦彫殘韵去國三千句遊仙一夢句依然天淡夕陽間韵昨宵也句一輪明月句還照臨安韵　題：錢塘懷古。　　（傅按察《多麗》）

又一體雙調，百三十九字，前段十三句六平韵，後段十二句五平韵。

破波光如鏡句雙翼輕舟韵對雨餘讀重岩疊嶂句何妨影墮清流韵望芙蕖讀渺然如海句張雲錦讀掩映汀洲句出水奇姿讀凌波豔態句眼看一葉弄新秋韵恍疑是讀金沙池內句玉井認峰頭韵花深處讀田田葉底句魚戲龜遊韵　正微涼句西風初度句一彎斜月如鉤韵想天津讀鵲橋將駕句看寶奩讀蛛網初抽韵曬腹何堪句穿鍼無緒句不如溪上少淹留句競笑語追尋句惟有沈醉可忘憂韵憑清唱讀一聲檀板句驚起沙鷗韵　題：七夕遊蓮蕩作。　　（葛立方《多麗》）

又一體雙調，百四十字，前段十四句六仄韵，後段十二句五仄韵。

想人生句美景良辰堪惜韵向其間讀賞心樂事句古來難是并得韵況東城讀鳳臺沙苑句泛清波韵殘照金碧韵露洗華桐句煙菲絲柳句綠陰搖曳句蕩春一色韵畫堂迴讀玉簪瓊佩句高會盡詞客句清歡久讀重燃絳蠟句別就瑤席韵　有翩若驚鴻體態句暮爲行雨標格韵逞朱唇讀緩歌妖麗句似聽流鶯亂花隔韵慢舞縈回句嬌鬟低嚲句腰肢纖細困無力韵忍分散讀彩雲歸後句何處更尋覓韵休辭醉句明月好花句莫漫輕擲韵　題：李良定公席上賦。　　（聶冠卿《多麗》）

第二類　仄韻

【梧桐影】 宋周紫芝《竹坡詩話》云："大梁景德寺峨嵋院壁間，有呂巖題字。寺僧相傳，有蜀僧號峨嵋道者，戒律甚嚴，不下席者二十年。一日有布衣青裘，昂然一偉人，來與語良久，期以明年是日，復相見于此，願少見待。明年是日，日方午，道者沐浴端坐而逝。至暮，偉人果來，問道者，曰亡矣。偉人歎息良久，忽不見，明日書數語于堂側壁間絕高處。宣和間，余遊京師，猶及見之。"按：《庚溪詩話》亦載此事，與此小異。後人因詞中有"明月斜"句，更名明月斜。

正格單調，二十字，四句，兩仄韻。

　　明月斜句秋風冷韻今夜故人來不來句教人立盡梧桐影韻

（呂巖《梧桐影》）

【晴偏好】 明陳耀文《花草粹編》卷一云："西湖雖有山泉，而大旱亦嘗龜坼。嘉熙庚子，水涸，茂草生焉。李霜崖作《晴偏好》詞紀之，取詞中結句爲調名。"

正格單調，二十四字、四句、四仄韻。

　　平湖千頃生芳草韻芙蓉不照紅顚倒韻東坡道韻波光瀲灩晴偏好韻

（李霜崖《晴偏好》）

【如夢令】 又名憶仙姿、宴桃源、不見、比梅、古記、無夢令、如意令，本五代後唐莊宗始製。《清真集》入中呂調。有雙調者，乃合兩闋爲一闋者也。

正格單調，三十三字，七句，五仄韻一疊韻。

　　曾宴桃源深洞韻一曲舞鸞歌鳳韻長記別伊時句和淚出門相送韻如夢韻如夢疊殘月落花煙重韻

（李存勗《如夢令》）

又一體單調，三十三字，七句，五仄韻一疊韻。

　　遙夜沉沉如水韻風緊驛亭深閉韻夢破鼠窺燈句霜送曉寒侵被韻無寐韻

無寐叠 門外馬嘶人起韻 　　　　　　　　　　　（秦觀《如夢令》）

【天仙子】
唐教坊舞曲。本名萬斯年，李德裕進，屬龜茲部。《金奩集》入歇指調，以皇甫松詞取名。有單調、雙調，單調始於唐，雙調始於宋。《張子野詞》兼入中呂、仙呂詞調。

正格 單調，三十四字，六句五仄韻。

晴野鷺鷥飛一隻韻 水蘋花發秋江碧韻 劉郎此日別天仙句 登綺席韻 淚珠滴韻 十二晚峰青歷歷韻
　　　　　　　　　　　　　　　　　　　　（皇甫松《天仙子》）

又一體 雙調，六十八字，前後段各六句五仄韻，平仄參其別首。

水調數聲持酒聽韻 午醉醒來愁未醒韻 送春春去幾時回句 臨晚鏡韻 傷流景韻 往事後期空記省韻 　沙上並禽池上暝韻 雲破月來花弄影韻 重重簾幕密遮燈句 風不定韻 人初靜韻 明日落紅應滿徑韻 　題：時爲嘉禾小倅，以病眠，不赴府會。
　　　　　　　　　　　　　　　　　　　　（張先《天仙子》）

【風流子】
唐教坊曲名。又名內家嬌。單調者，唐詞一體；雙調者，宋詞三體。

正格 單調，三十四字，八句六仄韻。

金絡玉銜嘶馬韻 繫向綠楊陰下韻 朱戶掩句 繡簾垂句 曲院水流花謝韻 歡罷韻 歸也韻 猶在九衢深夜韻 　平仄參孫光憲《風流子》之一、之二。
　　　　　　　　　　　　　　　　　　　（孫光憲《風流子》之三）

又一體 正格。雙調，百十字，前段十二句四平韻，後段十句四平韻。

楓林凋晚葉句 關河迥讀 楚客慘將歸韻 望一川暝靄句 雁聲哀怨句 半規涼月句 人影參差韻 酒醒後讀 淚花銷鳳蠟句 風幕卷金泥韻 砧杵韻高句 喚回殘夢句 綺羅香減句 牽起餘悲韻 　亭皋分襟地句 難拚處讀 偏是掩面牽衣韻 何況怨懷長結句 重見無期韻 想寄恨書中句 銀鉤空滿句 斷腸聲裏句 玉筯偷垂韻 多少暗愁密意句 唯有天知韻 　題：秋怨。調下注大石。宋元詞多如此填。平仄參諸家詞。
　　　　　　　　　　　　　　　　　　　（周邦彥《風流子》）

又一體 雙調，百十字，前段十二句五平韻，後段十一句四平韻。

歌咽翠眉低韻 湖船客讀 尊酒漫重攜韻 正斷續齋鐘句 高峰南北句 飄零野

褐句太乙東西韻淒涼處讀翠連松九里句僧馬濺障泥韻葛嶺樓臺句夢隨煙散句吳山宮闕句恨與雲齊韻靈峰飛來久句飛不去句有落日斷猿啼韻無限風荷廢港句露柳荒畦句歎岳公英骨句麒麟舊塚句坡仙吟魄句鶯燕長堤韻欲弔梅花無句句素壁慵題韻　題：泛湖。　　　　　　　　　　（羅志仁《風流子》）

【歸自謠】樂府雅詞注道調宮。又名風光子、思佳客。

正格雙調，三十四字，前後段各三句三仄韻，正格，平仄參趙、姚詞等。

　　江水碧韻江上何人吹玉笛韻扁舟遠送瀟湘客　蘆花千里霜月白韻傷行色韻來朝便是關山隔韻　　　　　　　　　　　（馮延巳《歸自謠》）

【望梅花】唐教坊曲名。又名望梅花令。另有蒲宗孟、張雨詞不錄。

正格單調，三十八字，六句六仄韻。

　　春草全無消息韻臘雪猶餘踪迹韻越嶺寒枝香自坼韻冷豔奇芳堪惜韻何事壽陽無處覓韻吹入誰家橫笛韻　　　　　（和凝《望梅花》）

【長命女】唐教坊曲名。又名薄命女、薄命妾，入林鍾羽，又入仙呂調。

正格雙調，三十九字，前段三句三仄韻，後段四句三仄韻。

　　春日宴韻綠酒一杯歌一遍韻再拜陳三願韻　一願郎君千歲句二願妾身長健韻三願如同梁上燕韻歲歲長相見韻　平仄參和凝詞。馮延巳《長命女》

【生查子】唐教坊曲名。《尊前集》注雙調，元高拭詞注南呂宮，又名楚雲深、梅和柳、晴色入青山。此調多抒怨抑之情，各家平仄多有出入。因創自韓偓，故以其詞作譜。

正格雙調，四十字，前後段各四句兩仄韻。

　　侍女動妝奩句故故驚人睡韻那知本未眠句背面偷垂淚韻　懶卸鳳凰釵句羞入鴛鴦被韻時復見殘燈句和煙墜金穗韻　平仄參劉侍讀、牛希濟、孫光憲、張泌四家詞。　　　　　　　　　　（韓偓《生查子》）

又一體雙調，四十字，前後段各四句兩仄韻。

去年元夜時_句花市燈如晝_韻月上柳梢頭_句人約黃昏後_韻　今年元夜時_句月與燈依舊_韻不見去年人_句淚滿春衫袖_韻

（歐陽修《生查子》）

【醉花間】

唐教坊曲名。《宋史·樂志》載雙調。

正格雙調，四十一字，前段五句三仄韻一疊韻，後段四句三仄韻。

深相憶_韻莫相憶_疊相憶情難極_韻銀漢是紅牆_句一帶遙相隔_韻　金盤珠露滴_韻兩岸榆花白_韻風搖玉佩清_句今夕為何夕_韻　平仄參毛文錫別首，正格。

（毛文錫《醉花間》）

【點絳唇】

又名點櫻桃、十八香、南浦月、沙頭雨、尋瑤草。《清真集》注仙呂調，元《太平樂府》注仙呂宮，高拭詞注黃鍾宮，《正音譜》注仙呂調。北曲同，京劇常用之。

正格雙調，四十一字，前段四句三仄韻，後段五句四仄韻。

蔭綠圍紅_句飛瓊家在桃源住_韻畫橋當路_韻臨水開朱戶_韻　柳徑春深_句行到關情處_韻顰不語_韻意憑風絮_韻吹向郎邊去_韻　平仄參諸家詞。

（馮延巳《點絳唇》）

又一體雙調，四十一字，前段四句三仄韻，後段五句四仄韻。

不用悲秋_句今年身健還高宴_韻江邨海甸_韻總作空花觀_韻　尚想橫汾_句蘭菊紛相半_韻樓船遠_韻白雲飛亂_韻空有年年雁_韻　題：庚午重九再用前韻。前段二句藏健韻。

（蘇軾《點絳唇》）

又一體雙調，四十一字，前段四句三仄韻，後段五句四仄韻。

惜別傷離_句此生此念無重數_韻故人何處_韻還送春歸去_韻　美酒一杯_句誰解歌金縷_韻無情緒_韻淡煙疏雨_韻花落空庭暮_韻　題：惜別。

（趙鼎《點絳唇》）

【歸國遙】

唐教坊曲名。元顏奎詞名歸平遙。

正格雙調，四十二字，前後段各四句四仄韻。

雙臉_韻小鳳戰篦金颭豔_韻舞衣無力風斂_韻藕絲秋色染_韻　錦帳繡幃斜掩_韻露珠清曉簟_韻粉心黃蕊花靨_韻黛眉山兩點_韻

（溫庭筠《歸國遙》）

又一體雙調，四十二字，前後段各四句四仄韻。

　　　春風拂拂韻 檐花雙燕入韻 少年湖上風日句 問天何處覓韻　湖山畫屏晴碧韻 夢華知夙昔韻 東風忘了前迹韻 上青蕪半壁韻　　　（顏奎《歸國遥》）

【霜天曉角】又名月當窗、踏月、長橋月。元高拭詞注越調。

正格雙調，四十三字，前段四句三仄韻，後段五句四仄韻。

　　　冰清霜潔韻 昨夜梅花發韻 甚處玉龍三弄句 聲搖動讀 枝頭月韻　夢絶韻 金獸熱韻 曉寒蘭爐滅韻 要卷珠簾清賞句 且莫掃讀 階前雪韻　平仄參諸家詞。

（林逋《霜天曉角》）

又一體正格。雙調，四十三字，前後段各四句三仄韻。

　　　吴頭楚尾韻 一棹人千里韻 休説舊愁新恨句 長亭樹讀 今如此韻　宦遊吾倦矣韻 玉人留我醉韻 明日落花寒食句 得且住讀 爲佳耳韻　題：旅興。

（辛棄疾《霜天曉角》）

又一體正格。雙調，四十三字，前後段各四句三平韻。

　　　玉粲冰寒韻 月痕侵畫欄韻 客裏安愁無地句 爲徒倚讀 到更殘韻　問花花不言韻 嗅香香欲闌韻 消得個温存處句 山六曲讀 翠屏間韻　題：梅花。平仄參樓槃、蔣捷、趙師俠詞。

（黄機《霜天曉角》）

【卜算子】又名缺月掛疏桐、百尺樓、楚天遥、眉峰碧，入仙吕調。宋教坊演爲慢曲。《樂章集》入歇指調。

正格雙調，四十四字，前後段各四句兩仄韻。

　　　缺月掛疏桐句 漏斷人初静韻 時見幽人獨往來句 縹緲孤鴻影韻　驚起却回頭句 有恨無人省韻 揀盡寒枝不肯栖句 楓落吴江冷韻　題：雁。平仄參諸家詞。

（蘇軾《卜算子》）

又一體雙調，四十五字，前後段各四句兩仄韻。

　　　我住長江頭句 君住長江尾韻 日日思君不見君句 共飲長江水韻　此水幾時休句 此恨何時已韻 祇願君心似我心句 定不負相思意韻

（李之儀《卜算子》）

又一體雙調，四十四字，前後段各四句兩仄韻。

蒼生喘未蘇句賈筆論孤憤韻文采風流今尚存句毫髮無遺恨韻　淒惻近長沙句地僻秋將盡韻長使英雄淚滿襟句天意高難問韻　題：秋晚集杜句弔賈傅。
（楊冠卿《卜算子》）

又一體正格。雙調，八十九字，前段八句四仄韻，後段八句五仄韻，慢詞。

江楓漸老句汀蕙半凋句滿目敗紅衰翠韻楚客登臨句正是暮秋天氣韻引疏砧讀斷續殘陽裏韻對晚景讀傷懷念遠句新愁舊恨相繼韻　脈脈人千里韻念兩處風情句萬重煙水韻雨歇天高句望斷翠峰十二韻儘無言讀誰會憑高意韻縱寫得讀離腸萬種句奈歸鴻誰寄韻　平仄參鍾輻、張先詞。
（柳永《卜算子》）

【後庭花】唐教坊曲名。又名玉樹後庭花。《碧雞漫志》云："玉樹後庭花，陳後主造，其詩皆以配聲律，遂取一句為曲名。偽蜀時孫光憲、毛熙震、李珣有《後庭花》曲，皆賦後主故事，不著宮調。兩段各四句，似今也。"

正格雙調，四十四字，前後段各四句四仄韻。

鶯啼燕語芳菲節韻瑞庭花發韻昔時憧宴歌聲揭韻管弦清越韻　自從陵谷追遊歇韻畫梁塵黦韻傷心一片如珪月韻閉鎖宮闕韻　平仄參孫光憲、張先詞。
（毛熙震《後庭花》）

又一體雙調，四十四字，前後段各四句三仄韻。

華燈火樹紅相鬥韻往來如晝句橘河水白天清句訝別生星斗韻　落梅穠李還依舊韻寶釵沽酒韻曉蟾殘漏心情句恨雕鞍歸後韻　題：上元。
（張先《後庭花》）

【一落索】歐陽修詞名洛陽春，張先詞名玉連環，辛棄疾詞名一絡索。《清真集》注雙調。

正格雙調，四十六字，前後段各四句三仄韻。

月下花前風畔韻此情不淺韻欲留風月守花枝句卻不道讀而今遠韻　檣外鷺飛沙晚韻煙斜雨短韻青山祇管一重重句向東下讀遮人眼韻　題：東歸代同舟寄遠。宋人依此填者尤多。平仄參辛棄疾、王安中、周邦彥、朱

下編　詞譜選錄・第二類　仄韻

敦儒、方岳及諸家詞。　　　　　　　　　　　　（毛滂《一落索》）

又一體雙調，四十八字，前後段各四句三仄韻。

　　楊花終日飛舞韻奈久長難駐韻海潮雖是暫時來句卻有箇讀堪憑處韻
紫府碧雲爲路韻好相將歸去韻肯如薄倖五更風句不解與讀花爲主韻　辛棄
疾、程垓詞與此同，而其首句平仄異。　　　　　（秦觀《一落索》）

【謁金門】唐教坊曲名。《金匱集》入雙調，高拭詞注商調。又名空相
憶、花自落、垂楊碧、楊花落、出塞、東風吹酒面、醉花春、春早湖
山、不怕醉。

正格雙調，四十五字，前後段各四句四仄韻。

　　空相憶韻無計得傳消息韻天上嫦娥人不識韻寄書何處覓韻　新睡覺來
無力韻不忍看伊書迹韻滿院落花春寂寂韻斷腸芳草碧韻　平仄參諸家詞。

　　　　　　　　　　　　　　　　　　　　　　　（韋莊《謁金門》）

又一體雙調，四十五字，前後段各四句四仄韻。

　　風乍起韻吹皺一池春水韻閑引鴛鴦香徑裏韻手挼紅杏蕊韻　鬬鴨闌干
獨倚韻碧玉搔頭斜墜韻終日望君君不至韻舉頭聞鵲喜韻

　　　　　　　　　　　　　　　　　　　　　　（馮延巳《謁金門》）

又一體雙調，四十五字，前後段各四句四仄韻。

　　梅乍吐韻趁壽席讀香風度韻人與此花俱獨步韻風流天付與韻　好在青
雲歧路韻願共作讀和羹侶韻歸訪赤松辭萬户韻鶯花猶是主韻　題：和從周
宣教韻祝千歲壽，請呼段、馬二生歌之。　　　（周必大《謁金門》）

【好事近】又名釣船笛、翠圓枝，《張子野詞》入仙呂宮。宜用入聲韻。
兩結句均上一下四句法。

正格雙調，四十五字，前後段各四句二仄韻。

　　把酒對江梅句花小未禁風力韻何計不教零落句爲青春留得韻　故人莫
問在天涯句尊前苦相憶韻好把素香收取句寄江南消息韻　平仄參諸家詞。

　　　　　　　　　　　　　　　　　　　　　　（鄭獬《好事近》）

又一體雙調，四十五字，前後段各四句二仄韻。

春路雨添花_句花動一山春色_韻行到小溪深處_句有黃鸝千百_韻　飛雲當面化龍蛇_句天矯轉空碧_韻醉臥古藤陰下_句了不知南北_韻　題：夢中作。

（秦觀《好事近》）

【憶少年】

又名隴首山、十二時、桃花曲。宜用入聲韻。平仄參諸家詞。

正格_{雙調}，四十六字，前段五句兩仄韻，後段四句三仄韻。

無窮官柳_句無情畫舸_句無根行客_韻南山尚相送_句祇高城人隔_韻　罨畫園林溪紺碧_韻算重來_讀盡成陳迹_句劉郎鬢如此_句況桃花顏色_韻　題：別歷下。

（晁補之《憶少年》）

又一體_{雙調}，四十七字，前段五句兩仄韻，後段四句三仄韻。

年時酒伴_句年時去處_句年時春色_韻清明又近也_句邵天涯爲客_韻　念過眼_讀光陰難再得_韻想前歡_讀盡成陳迹_韻登臨恨無語_句把闌干暗拍_韻

（曹組《憶少年》）

【憶秦娥】

又名秦樓月、雙荷葉、蓬萊閣、碧雲深、花深深。元高拭詞注商調。宜用入聲韻。賀鑄始易爲平韻。

正格_{雙調}，四十六字，前後段各五句三仄韻一疊韻。

簫聲咽_韻秦娥夢斷秦樓月_韻秦樓月_疊年年柳色_句灞橋傷別_韻　樂遊原上清秋節_韻咸陽古道音塵絕_韻音塵絕_疊西風殘照_句漢家陵闕_韻　案：此李白非唐人也，前已論及。平仄參諸家詞。

（李白《憶秦娥》）

又一體_{雙調}，四十六字，前後段各五句三平韻一疊韻。

曉朦朧_韻前溪百鳥啼忽忽_韻啼忽忽_疊凌波人去_句拜月樓空_韻　去年今日東門東_韻鮮妝輝映桃花紅_韻桃花紅_疊吹開吹落_句一任東風_韻　押平韻者，以此詞爲正格。平仄參其別首及程垓、孫道絢、秦觀、顏奎詞。

（賀鑄《憶秦娥》）

【賀聖朝】

唐教坊曲名。《花間集》有歐陽炯詞《賀明朝》，詞律混入賀聖朝，誤。

正格_{雙調}，四十七字，前段四句三仄韻，後段五句兩仄韻。

牡丹盛坼春將暮韻群芳羞妒句幾時流落在人間句半開仙露韻馨香豔
冶句吟看醉賞句歎誰能留住韻莫辭持燭夜深深句怨等閑風雨韻　馮延巳詞
冶俗，故以此詞作正格。平仄參杜安世別首及諸詞。（杜安世《賀聖朝》）

又一體雙調，四十九字，前段四句三仄韻，後段五句三仄韻。

滿斟綠醑留君住韻莫怱怱歸去韻三分春色二分愁句更一分風雨韻　花
開花謝句都來幾許韻且高歌休訴韻不知來歲牡丹時句再相逢何處韻　題：
留別。平仄參趙鼎、馬莊父詞。　　　　　　　　（葉清臣《賀聖朝》）

【秋蕊香】此調有兩體：四十八字者，始於晏殊；九十七字者，始於趙
以夫。詞迥別，調名同，故類列。

正格雙調，四十八字，前後段各四句四仄韻。

梅蕊雪殘香瘦韻羅幕輕寒微透韻多情祇似春楊柳句占斷可憐時候韻
蕭娘勸我杯中酒韻翻紅袖韻金烏玉兔長飛走韻爭得朱顏依舊韻　平仄參晏
幾道、張耒、周邦彥詞。周前平仄照晏填，周後平仄照周填。
　　　　　　　　　　　　　　　　　　　　　　（晏殊《秋蕊香》）

又一體雙調，九十七字，前段十句五平韻，後段九句五平韻。

一夜金風句吹成萬粟句枝頭點點明黃韻扶疏月殿影句雅淡道家妝韻阿
誰倩讀天女散濃香韻十分薰透霓裳韻徘徊處句玉繩低轉句人靜天涼韻　底事
小山幽詠句渾未識清妍句空自神傷韻憶佳人讀執手訴離湘句招蟾魄讀和酒吸
秋光韻碧雲日暮何妨韻惆悵久句瑤琴微弄句一曲清商韻　題：木樨。
　　　　　　　　　　　　　　　　　　　　　　（趙以夫《秋蕊香》）

【胡擣練】此調與擣練子異，或云似桃源憶故人，但前後段起句有是否
押韻之分。惟望仙樓調本此減字，觀《梅苑》刻望仙樓詞仍名胡擣練可
知矣。一名胡擣練令。

正格雙調，四十八字，前後段各四句三仄韻。

夜來江上見寒梅句自逞芳妍標格韻爲甚東風先坼句分付春消息韻　佳
人釵上玉尊前句朶朶濃香堪惜句誰把彩毫描得句免恁輕拋擲韻　前段文字
從《詞譜》，平仄參《梅苑》及晏幾道、杜安世詞。　（晏殊《胡擣練》）

又一體雙調，四十八字，前後段各四句三仄韻。

　　　　小亭初報一枝梅句惹起江南歸興韻遙想玉溪風景韻水漾橫斜影韻　異
香直到醉鄉中句醉後還因香醒韻好是玉容相並韻人與花爭瑩韻

（晏幾道《胡搗練》）

【桃源憶故人】
又名虞美人影、胡搗練、醉桃源、杏花風。

正格雙調，四十八字，前後段各四句四仄韻。

　　　　鶯愁燕苦春歸去韻寂寂花飄紅雨韻碧草綠楊岐路韻況是長亭暮韻　少
年行客情難訴韻泣到東風無語韻目斷兩三煙樹韻翠隔江淹浦韻　宋人多依
此填，平仄參朱敦儒、黃庭堅、鄭域、馬古洲、秦觀、史達祖、陸游、
王庭珪詞。
（歐陽修《桃源憶故人》）

又一體雙調，四十八字，前後段各四句四仄韻。

　　　　誰能留得朱顏住韻枉了百般辛苦韻爭似蕭然無慮韻任運隨緣去韻　人
人放著逍遙路韻祇怕君心不悟韻彈指百年今古韻有甚成虧處韻

（朱敦儒《桃源憶故人》）

【燭影搖紅】
宋吳曾《能改齋漫錄》："王都尉說有憶故人詞，徽宗喜其詞意，猶以不豐容宛轉為恨，令大晟樂府別撰腔。周邦彥增益其詞，而以首句為名，謂之燭影搖紅。"按王說詞本小令，原名憶故人，或名歸去曲，以毛滂詞有"送君歸去添淒斷"句也。若周邦彥詞則合毛王二體為一闋。元趙雍詞更名玉珥墜金環，元好問詞更名秋色橫空。

正格雙調，四十八字，前段四句兩仄韻，後段五句三仄韻。

　　　　老景蕭條句送君歸去添淒斷韻贈君明月滿前溪句直到西湖畔韻　門掩
綠苔應遍韻為黃花讀頻開醉眼韻橘奴無恙句蝶子相迎句寒窗日短韻　題：送
會宗。末注：會宗小齋名夢蝶，前植橘，東偏甚廣。平仄參毛滂別首及
周邦彥詞前段、賀鑄詞。
（毛滂《燭影搖紅》）

又一體雙調，五十字，前段五句兩仄韻，後段五句三仄韻。

　　　　燭影搖紅句向夜闌句乍酒醒讀心情懶韻尊前誰為唱陽關句離恨天涯遠韻

無奈雲沈雨散韻憑闌干讀東風淚眼韻海棠開後句燕子來時句黃昏庭院韻

(王詵《燭影搖紅》)

又一體雙調，九十六字，前後段各九句，五仄韻。

芳臉勻紅句黛眉巧畫宮妝淺韻風流天付與精神句全在嬌波眼韻早是縈心可慣韻向尊前讀頻頻顧盻韻幾回相見句見了還休句爭如不見韻 燭影搖紅句夜闌飲散春宵短韻當時誰會唱陽關句離恨天涯遠韻爭奈雲收雨散韻憑闌干讀東風淚滿韻海棠開後句燕子來時句黃昏深院韻 文字依全宋詞，平仄多同小令，異者參方岳、高觀國、孫惟信、吳文英諸詞。

(周邦彥《燭影搖紅》)

【應天長】此調有令詞慢詞。令詞始於韋莊，又有顧敻、毛文錫二體。宋毛开詞名應天長令。慢詞始於柳永，《樂章集》注林鍾商調；又有周邦彥一體，《清真集》注商調。

正格雙調，五十字，前後段各五句四仄韻。

綠槐陰裏黃鶯語韻深院無人春晝午韻畫簾垂句金鳳舞韻寂寞繡屏香一炷韻 碧天雲句無定處韻空有夢魂來去韻夜夜綠窗風雨韻斷腸君信否韻 平仄參韋莊別首及牛嶠、顧敻、馮延巳、毛文錫諸家詞。

(韋莊《應天長》)

又一體雙調，九十八字，前後段各十一句五仄韻。

條風布暖句霏霧弄晴句池塘遍滿春色韻正是夜堂無月句沈沈暗寒食韻梁間燕句前社客韻似笑我讀閉門愁寂韻亂花過句隔院芸香句滿地狼籍韻 長記那回時句邂逅相逢句郊外駐油壁韻又見漢宮傳燭句飛煙五侯宅韻青青草韻迷路陌韻強載酒讀細尋前迹韻市橋遠句柳下人家句猶自相識韻 平仄參蔣捷、張榘、吳文英、康與之、王沂孫、陳允平詞，宋元人俱依此填。

(周邦彥《應天長》)

【滴滴金】蔣氏九宮譜目，入黃鍾宮。

正格雙調，五十字，前後段各四句三仄韻。

帝城五夜宴遊歇韻殘燈外讀看殘月韻都人猶在醉鄉中句聽更漏初徹韻

行樂已成閑話説韻如春夢讀覺時節韻大家同約探春行句問甚花先發韻

此詞與晏詞爲正格。平仄參晏殊、楊无咎、孫道絢詞。

（李遵勖《滴滴金》）

又一體雙調，五十字，前後段各四句四仄韻。

梅花漏泄春消息韻柳絲長讀草芽碧韻不覺星霜鬢邊白韻念時光堪惜韻

蘭堂把酒留佳客韻對離筵讀駐行色韻千里音塵便疏隔韻合有人相憶韻

（晏殊《滴滴金》）

又一體雙調，五十一字，前後段各四句三仄韻。

月光飛入林前屋韻風策策讀度庭竹韻夜半江城擊柝聲句動寒梢棲宿韻

等閑老去年華促韻祇有江梅伴幽獨韻夢繞夷門舊家山句恨驚回難續韻

題：梅。

（孫道絢《滴滴金》）

【留春令】調見《小山樂府》。

正格雙調，五十字，前段五句兩仄韻，後段四句三仄韻。

畫屏天畔句夢回依約句十洲雲水韻手捻紅箋寄人書句寫無限讀傷春事韻

別浦高樓曾漫倚韻對江南千里韻樓下分流水聲中句有當日讀凭高淚韻

平仄參其別首及高觀國詞。

（晏幾道《留香令》）

又一體雙調，五十四字，前後段各四句三仄韻。

江南一雁橫秋水韻歎咫尺讀斷行千里韻迴文機上字縱橫句欲寄遠讀憑誰是韻

謝客池塘春都未韻微微動讀短牆桃李韻半陰纔暖卻清寒句是瘦損人天氣韻

（黃庭堅《留香令》）

【鹽角兒】《碧雞漫志》云："始教坊家人市鹽，於紙角中得曲譜，翻之，遂以爲名。"

正格雙調，五十字，前段六句三仄韻一疊韻，後段五句三仄韻。

開時似雪韻謝時似雪疊花中奇絕韻香非在蕊句香非在萼句骨中香徹韻

占溪風句留溪月句堪羞損讀山桃如血韻直饒更讀疏疏淡淡句終有一般情別韻

平仄參歐陽修詞，歐陽第二句不押韻，第三句押韻，故無疊韻。

（晁補之《鹽角兒》）

下編　詞譜選錄・第二類　仄韻　　　　141

【梁州令】
唐教坊曲名。一名涼州令。晁補之詞名梁州令疊韻，蓋合兩首爲一首也。《碧雞漫志》云涼州即梁州，有七宮曲。按柳永《樂章集》注中呂宮。

正格雙調，五十二字，前段五句三仄韻，後段四句四仄韻。

　　二月春猶淺韻 去年櫻桃開遍韻 今年春色怪遲遲句 紅梅常早句 未露胭脂臉韻 東君故遣春來緩韻 似會人深願韻 蟠桃新鏤雙盞韻 相期似此春長遠韻

平仄參歐陽修詞。題：永嘉郡君生日。
　　　　　　　　　　　　　　　　　　　（晁補之《梁州令》）

又一體雙調，五十字，前段四句三仄韻，後段四句四仄韻。

　　莫唱陽關曲韻 淚濕當年金縷韻 離歌自古最消魂句 聞歌更在魂消處韻

　　南樓楊柳多情緒韻 不繫行人住韻 人情卻似飛絮韻 悠揚便逐春風去韻
　　　　　　　　　　　　　　　　　　　（晏幾道《梁州令》）

又一體雙調，一百字，前後段各九句六仄韻。

　　翠樹芳條颭韻 的的裙腰初染韻 佳人攜手弄芳菲句 綠陰紅影句 共展雙紋簟韻 插花照影窺鶯鑑韻 祇恐芳容減韻 不堪零落春晚句 青苔雨後深紅點韻

　　一去門閒掩韻 重來郤尋朱檻韻 離離秋實弄輕霜句 嬌紅脈脈句 似見胭脂臉韻 人非事往眉空斂韻 誰把佳期賺韻 芳心祇願依舊句 春風更放明年豔韻　此與晁補之梁州令疊韻詞同，平仄亦參晁詞。題：東堂石榴。
　　　　　　　　　　　　　　　　　　　（歐陽修《梁州令》）

【歸田樂】
黃庭堅詞名歸田樂引。

正格雙調，五十字，前段六句三仄韻，後段四句兩仄韻。

　　春又去句 似別佳人幽恨積韻 閒庭院句 翠陰滿讀 添晝寂韻 一枝梅最好句 至今憶韻　正夢斷讀 爐煙裊句 參差疏簾隔讀 爲何事讀 年年春恨句 問花應會得韻
　　　　　　　　　　　　　　　　　　　（晁補之《歸田樂》）

又一體雙調，七十二字，前段六句五仄韻，後段七句五仄韻。

　　試把花期數韻 便早有讀 感春情緒韻 看即梅花吐韻 願花更不謝句 春且長住韻 祇恐花飛又春去韻　花開還不語韻 問此意讀 年年春還會否韻 絳唇青鬢句 漸少花前侶韻 對花又記得句 舊曾游處韻 門外垂楊未飄絮韻　此名歸田樂

引。平仄参无名氏及黄庭坚词。　　　　　　　　　（晏几道《归田乐》）

【探春令】
此调宋人俱咏初春风景，或咏梅花，故名探春，又名景龙灯。

正格雙調，五十一字，前段五句三仄韻，後段四句三仄韻。

簾旌微動﹝句﹞峭寒天氣﹝句﹞龍池冰泮﹝韻﹞杏花笑吐香猶淺﹝韻﹞又還是﹝讀﹞春將半﹝韻﹞

清歌妙舞從頭按﹝韻﹞等芳時開宴﹝句﹞記去年﹝讀﹞對著東風﹝句﹞曾許不負鶯花願﹝韻﹞

平仄参楊无咎、趙長卿諸詞。　　　　　　　　　（趙佶《探春令》）

又一體雙調，五十二字，前段六句二仄韻，後段五句三仄韻。

東風初到﹝句﹞小梅枝上﹝句﹞又驚春近﹝韻﹞料天台不比﹝句﹞人間日月﹝句﹞桃萼紅英暈﹝韻﹞　劉郎浪迹憑誰問﹝韻﹞莫因詩瘦損﹝韻﹞怕桑田變海﹝句﹞仙源重返﹝句﹞老大無人認﹝韻﹞　題：劉伯玉生辰。　　　　　　　　　（楊无咎《探春令》）

又一體雙調，五十二字，前後段各四句三仄韻。

綠楊枝上曉鶯啼﹝句﹞報融和天氣﹝韻﹞被數聲﹝讀﹞吹入紗窗裏﹝韻﹞又驚起﹝讀﹞嬌娥睡﹝韻﹞　綠雲斜嚲金釵墜﹝韻﹞惹芳心如醉﹝韻﹞爲少年﹝讀﹞濕了鮫綃帕﹝句﹞上都是﹝讀﹞相思淚﹝韻﹞　平仄参蔣捷、韓淲詞。　　　　　　　　　（無名氏《探春令》）

【越江吟】
宋釋文瑩《續湘山野錄》云：太宗酷愛琴曲十小詞，命近臣十人，各探一調，撰一詞。蘇翰林易簡探得越江吟，遂賦此調。又名宴瑤池、瑤池宴、瑤池宴令。

正格雙調，五十一字，前後段各六句六仄韻。

非煙非霧瑤池宴﹝韻﹞片片﹝韻﹞碧桃冷落誰見﹝韻﹞黃金殿﹝韻﹞蝦鬚半捲﹝韻﹞天香散﹝韻﹞

春雲和﹝讀﹞孤竹清婉﹝韻﹞入霄漢﹝韻﹞紅顏醉態爛漫﹝韻﹞金輿轉﹝韻﹞霓旌影亂﹝韻﹞簫聲遠﹝韻﹞

平仄参賀鑄、蘇軾詞。　　　　　　　　　（蘇易簡《越江吟》）

又一體雙調，五十一字，前段七句七仄韻，後段六句六仄韻。

飛花成陣﹝韻﹞春心困﹝韻﹞寸寸﹝韻﹞別腸多少愁悶﹝韻﹞無人問﹝韻﹞偷啼自搵﹝韻﹞殘妝粉﹝韻﹞　抱瑤琴﹝韻﹞尋出新韻﹝韻﹞玉纖趁﹝韻﹞南風未解幽慍﹝韻﹞低雲鬢﹝韻﹞眉峰斂暈﹝韻﹞嬌和恨﹝韻﹞

　　　　　　　　　（蘇軾《越江吟》）

下編　詞譜選錄・第二類　仄韻

【雨中花令】

王觀詞名送將歸。按雨中花調與夜行船調最易相混，宋人集中，每多誤刻。今依《花草粹編》，以兩結句五字者，爲雨中花；兩結句六七字者，爲夜行船。

正格雙調，五十一字，前後段各四句三仄韻。

剪翠妝紅欲就韻 折得清香滿袖韻 一對鴛鴦眠未足句 葉下長相守韻　莫傍細條尋嫩藕韻　怕綠刺讀冒衣傷手讀 可惜許讀 月明風露好句 恰在人歸後韻

（晏殊《雨中花令》）

又一體雙調，五十二字，前後段各五句三仄韻。

千古都門行路韻 能使離歌聲苦韻 送盡行人句 花殘春晚句 又別東君去韻　醉藉落花吹暖絮韻 多少曲堤芳樹韻 且攜手留連句 良辰美景句 留作相思處韻

（歐陽修《雨中花令》）

又一體雙調，五十四字，前後段各五句三仄韻。

舊日愛花心未了韻 緊消得讀 花時一笑韻 幾日春寒句 連宵雨悶句 不道幽歡少韻　記得去年深院悄韻 畫梁畔讀 一枝香嫋 說與西樓句 後來明月句 莫把菱花照韻　平仄參程垓別首及趙長卿、劉一止、賀鑄、楊无咎、王觀詞。

（程垓《雨中花令》）

【迎春樂】

宋柳永詞注林鍾商，元王行詞注夾鍾商，《清真集》注雙調。

正格雙調，五十二字，前段四句四仄韻，後段四句三仄韻。

近來憔悴人驚怪韻 爲別後讀 相思瞇（曬）韻 我前生讀 負汝愁煩債韻 便苦恁讀 難開解韻　良夜永讀 牽情無奈韻 錦被裏讀 餘香猶在韻 怎得依前燈下句 恣意憐嬌態韻　平仄參晏殊、秦觀、楊无咎詞。

（柳永《迎春樂》）

又一體雙調，五十二字，前段四句四仄韻，後段五句三仄韻。

清池小圃開雲屋韻 結春伴讀 往來熟韻 憶年時讀 縱酒杯行速韻 看月上讀 歸禽宿韻　牆裏修篁森似束韻 記名字讀 曾刊新綠韻 見說別來長句 沿翠蘚讀 封寒玉韻　平仄參方千里、楊澤民、陳允平詞。

（周邦彥《迎春樂》）

【醉花陰】

《中原音韻》注黃鍾宮，《太平樂府》注中呂宮。

正格雙調，五十二字，前後段各五句三仄韻。

　　　　檀板一聲鶯起速韻山影穿疏木韻人在翠陰中句欲覓殘春句春在屏風曲
韻　勸君對客杯須覆韻燈照瀛洲綠韻西去玉堂深句魄冷魂清句獨引金蓮燭韻
題：孫守席上次會宗韻。平仄參楊无咎、辛棄疾、沈會宗、張元幹、舒
亶諸家詞。　　　　　　　　　　　　　　　　（毛滂《醉花陰》）

又一體雙調，五十二字，前後段各五句三仄韻。

　　　　薄霧濃雲愁永晝韻瑞腦銷金獸韻佳節又重陽句玉枕紗廚句半夜涼初透
韻　東籬把酒黃昏後韻有暗香盈袖韻莫道不銷魂句簾捲西風句人比黃花瘦韻
　　　　　　　　　　　　　　　　　　　　　（李清照《醉花陰》）

【望江東】調見《山谷集》，因詞有"望不見，江東路"句，取以爲名。

正格雙調，五十二字，前後段各四句，四仄韻。

　　　　江水西頭隔煙樹韻望不見讀江東路韻思量祇有夢來去韻更不怕讀江闌
住韻　燈前寫了書無數韻算沒箇人傳與讀直教尋得雁分付韻又還是讀秋將
暮韻　此調無別首可校。　　　　　　　　　　（黃庭堅《望江東》）

【品令】王行詞注夷則商，周邦彥《清真詞》注商調。

正格雙調，五十二字，前段四句三仄韻，後段四句兩仄韻。

　　　　乍寂寞韻簾櫳靜讀夜久寒生羅幕韻窗兒外讀有箇梧桐樹句早一葉讀兩葉
落韻　獨倚屏山欲寐句月轉驚飛烏鵲句促織兒讀聲響雖不大句敢教賢讀睡不
著韻　平仄參秦觀、顏博文、辛棄疾詞。　　　　（曹組《品令》）

又一體雙調，五十五字，前段五句四仄韻，後段五句五仄韻。

　　　　夜闌人靜韻月痕寄讀梅梢疏影韻簾外曲角闌干近韻舊攜手處句花霧寒
成陣韻　應是不禁愁與恨韻縱相逢難問韻黛眉曾把春山印韻後期無定韻腸
斷香銷盡　題：梅花。前後句法有方千里、楊澤民可校。平仄參楊澤
民、楊无咎、陳允平、王行詞。　　　　　　　（周邦彥《品令》）

又一體雙調，六十四字，前後段各七句四仄韻。

　　　　霜蓬零亂韻笑綠鬢讀光陰晚韻紫朱時節句小樓長醉句一川平遠韻休說龍

下編　詞譜選錄・第二類　仄韻

山佳會句此情不淺韻　黃花香滿句記白苧讀吳歌軟韻如今却向句亂山叢裏句一枝重看韻對著西風搔首句爲誰腸斷韻　題：九日寓居招提：旅中不復出，步上西庵絕頂，擷黃菊一枝，淒然有感復作此歌。平仄參周紫芝別首，及無名氏、曾紆、卓田詞。　　　　　　　　　　　　（周紫芝《品令》）

【傾杯令】唐教坊曲有傾杯樂，調名本此，但此令詞與慢詞名傾杯樂者不同。

正格雙調，五十二字，前段五句三仄韻，後段四句三仄韻。

楓葉飄紅句蓮房浥露讀枕席嫩涼先到韻簾外蟾華如掃韻枝上啼鴉催曉韻　秋風又送潘郎老韻小窗明讀疏紅淺照讀登高送遠惆悵句白髮新愁未了韻　字句從《詞譜》，平仄參呂渭老別首。　（呂渭老《傾杯令》）

【杏花天】蔣氏《九宮譜目》入越調，辛棄疾詞名杏花風。此調微近端正好，坊本頗多誤刻。今以六字折腰者爲端正好，六字一氣者爲杏花天。

正格雙調，五十四字，前後段各四句四仄韻。

聽蟬蔫葉迎秋燕韻畫戟散讀金鋪開遍韻清風占住秦箏怨韻樓上牙牌易晚韻　飛雨過讀繡幕盡卷韻借水沈讀龍涎旋碾韻金盆弄水停歌扇韻涼在冰肌粉面韻　平仄參朱敦儒別二首及汪莘、周密、江開、高觀國、侯寘、盧炳詞。　　　　　　　　　　　　（朱敦儒《杏花天》）

又一體雙調，四十四字，前後段各四句四仄韻。

瑞雲盤翠侵妝額韻眉柳嫩讀不禁愁積韻返魂誰染東風筆韻寫出郢中春色韻　人去後讀垂楊自碧韻歌舞夢讀欲尋無迹韻愁隨兩槳江南北韻日暮石城風急韻　題：賦莫愁。　　　　　　　　　（周密《杏花天》）

【木蘭花】唐教坊曲名。《金匳集》入林鍾商調，《太和正音譜》注高平調。其名木蘭花令者，《樂章集》入仙呂調。《花間集》有木蘭花、玉樓春兩調，其七言八句者爲玉樓春，木蘭花祇有韋莊、毛熙震、魏承班三人各一首，各不相同。韋詞換韻，當入別類。該詞以五代歐陽炯之作有"同在木蘭花下醉"之句而得名。自《尊前集》誤刻後，宋人相沿，多將木蘭花同玉樓春混淆。兹以二詞分列，予以校正。今列魏承班詞，以見原始。

正格雙調，五十四字，前段六句三仄韻，後段四句三仄韻。

　　　　小芙蓉句香旖旎韻碧玉堂深清似水韻開寶匣句掩金鋪句倚屏拖袖愁如醉韻　遲遲好景烟花媚韻曲渚鴛鴦眠錦翅韻凝然愁望静相思句一雙笑靨嚬香蕊韻

　　　　　　　　　　　　　　　　　　　　　　（魏承班《木蘭花》）

又一體雙調，五十六字，前後段各四句三仄韻。

　　　　龍頭舴艋吳兒競韻筍柱秋千遊女並韻芳洲拾翠暮忘歸句秀野踏青來不定韻　行雲去後遥山暝韻已放笙歌池院静韻中庭月色正清明句無數楊花過無影韻

　　　　　　　　　　　　　　　　　　　　　　（張先《木蘭花》）

又一體雙調，五十六字，前後段各四句三仄韻，木蘭花令。

　　　　霜餘已失長淮闊韻空聽潺潺清潁咽韻佳人猶唱醉翁詞句四十三年如電抹韻　草頭秋露流珠滑韻三五盈盈還二八韻與余同是識翁人句惟有西湖波底月韻　題：次歐公西湖韻。　　　　　　　　　　（蘇軾《木蘭花》）

【夜行船】

《太平樂府》《中原音韻》、元高拭詞俱注雙調。黃公紹詞名明月棹孤舟，詞律以夜行船混入雨中花，今依花草粹編分列。

正格雙調，五十五字，前後段各四句三仄韻。

　　　　憶昔西都歡縱韻自別後讀有誰能共韻伊川山水洛川花句細尋思讀舊遊如夢韻　今日相逢情愈重韻愁聞唱讀畫樓鐘動韻白髮天涯逢此景句倒金尊讀殢誰相送韻　平仄參其別首及毛滂、謝絳詞。　（歐陽修《夜行船》）

又一體雙調，五十六字，前後段各五句三仄韻。

　　　　不翦春衫愁意態韻過收燈讀有些寒在韻小雨空簾句無人深巷句已早杏花先賣韻　白髮潘郎寬沈帶韻怕看山讀憶他眉黛韻草色拖裙句煙光惹鬢句常記故園挑菜韻　題：正月十八日聞賣杏花有感。平仄參諸家詞。

　　　　　　　　　　　　　　　　　　　　　　（史達祖《夜行船》）

又一體雙調，五十八字，前後段各五句三仄韻。

綠蓋紅幢籠碧水韻魚跳處讀浪痕勻碎韻惜別殷勤句留連無計句歌聲與讀淚珠柔脆韻　一葉扁舟煙浪裏韻曲灘頭讀此情無際韻窈窕眉山句暮霞紅處句雨雲想讀翠峰十二韻　題：送張希舜歸南城。元代中原音韻雙調詞，照此填，平仄參楊无咎、王嵎、孫浩然詞。

（趙長卿《夜行船》）

【玉樓春】

《花間集》顧敻詞起句有"月照玉樓春漏促"句，又有"柳映玉樓春日晚"句，《尊前集》歐陽炯詞起句有"春早玉樓煙雨夜"句，又有"日照玉樓花似錦""樓上醉和春色寢"句，取爲調名。又名春曉曲、惜春容、西湖曲、歸朝歡令、玉樓春令。《尊前集》注大石調，又雙調；《樂章集》注大石調，又林鍾商調，皆李煜詞體也。又有仙呂調，與各家詞平仄異。

正格雙調，五十六字，前後段各四句三仄韻。

拂水雙飛來去燕韻曲檻小屛山六扇韻春愁凝思結眉心句綠綺懶調紅錦薦韻　話別多情聲欲顫韻玉筯痕留紅粉面韻鎮長獨立到黃昏句邵怕良宵頻夢見韻　平仄參顧敻別三首及魏承班、歐陽炯、杜安世、錢惟演、牛嶠詞。

（顧敻《玉樓春》）

又一體雙調，五十六字，前後段各四句三仄韻。

晚妝初了明肌雪韻春殿嬪娥魚貫列韻鳳簫聲斷水雲閑句重按霓裳歌遍徹韻　臨風誰更飄香屑韻醉拍闌干情未切韻歸時休放燭花紅句待踏馬蹄清夜月韻　宋元詞俱如此填，平仄參晏殊、歐陽修及前顧詞。

（李煜《玉樓春》）

又一體雙調，五十六字，前後段各四句三仄韻。

東城漸覺風光好韻縠皺波紋迎客棹韻綠楊煙外曉寒輕句紅杏枝頭春意鬧韻　浮生長恨歡娛少韻肯愛千金輕一笑韻爲君持酒勸斜陽句且向花間留晚照韻　題：春景。

（宋祁《玉樓春》）

【鵲橋仙】

此調有兩體。五十六字者始自歐陽修，以詞中有"鵲迎橋路接天津"句，取爲調名。又有鵲橋仙令、憶人人、金風玉露相逢曲、廣寒秋諸名。元高拭詞注仙呂調。八十八字者始自柳永，《樂章集》注歇指調。此調多賦七夕。

正格雙調，五十六字，前後段各五仄韻。

　　纖雲弄巧句飛星傳恨句銀漢迢迢暗度韻金風玉露一相逢句便勝卻讀人間無數韻　柔情似水句佳期如夢句忍顧鵲橋歸路韻兩情若是久長時句又豈在讀朝朝暮暮韻　平仄參諸家詞。　　　　　　（秦觀《鵲橋仙》）

又一體雙調，五十六字，前後段各五句二仄韻。

　　華燈縱博句雕鞍馳射句誰記當年豪舉韻酒徒一半取封侯句獨去作讀江邊漁父韻　輕舟八尺句低篷三扇句占斷蘋洲煙雨韻鏡湖元自屬閑人句又何必讀君恩賜與韻　　　　　　　　　　　（陸游《鵲橋仙》）

又一體雙調，五十六字，前後段各五句四仄韻。

　　悠悠萬古韻茫茫天宇韻自笑平生豪舉韻元龍盡意臥床高句渾占得讀乾坤幾許韻　公家租賦韻私家雞黍韻學種東皋煙雨韻有時抱膝看青山句卻不是讀高吟梁甫韻　　　　　　　　　　　（劉因《鵲橋仙》）

【一斛珠】《宋史·樂志》名一斛夜明珠，為中呂調。《尊前集》注商調。《金詞》注仙呂調。蔣氏《九宮譜目》入仙呂引子。又名醉落魄、怨春風、醉落拓。

正格雙調，五十七字，前後段各五句四仄韻。

　　晚妝初過韻沉檀輕注些兒箇韻向人微露丁香顆韻一曲清歌句暫引櫻桃破韻　羅袖裛殘殷色可韻杯深旋被香醪涴韻繡床斜憑嬌無那韻爛嚼紅茸句笑向檀郎唾韻　平仄參蘇軾、張先、晏幾道詞。（李煜《一斛珠》）

又一體雙調，五十七字，前後段各五句四仄韻。

　　山圍畫障韻風溪弄月清溶漾韻玉樓苔館人相望韻下若醽醁句競欲金釵當韻　使君勸醉青娥唱韻分明仙曲雲中響韻南園百卉千家賞韻和氣兼春句不獨花枝上韻　題：吳興莘老席上。宋人如此填者甚多，金元曲子注仙呂調者正與之合。平仄參歐陽修、蘇軾、晏幾道、晁補之、張元幹、范成大諸家詞。　　　　　　　　　　（張先《一斛珠》）

【踏莎行】《張子野詞》注中呂宮。又名喜朝天、柳長春、踏雪行。添字者名轉調踏莎行。

正格雙調，五十八字，前後段各五句三仄韻。

　　　　祖席離歌句長亭別宴韻香塵已隔猶迴面韻居人匹馬映林嘶句行人去棹依波轉韻　畫閣魂消句高樓目斷韻斜陽衹送平波遠韻無窮無盡是離愁句天涯地角尋思遍韻　平仄參其別四首及歐、黃、小晏、陳諸家詞。

（晏殊《踏莎行》）

又一體雙調，五十八字，前後段各五句三仄韻。

　　　　霧失樓臺句月迷津渡韻桃源望斷無尋處韻可堪孤館閉春寒句杜鵑聲裏斜陽暮韻　驛寄梅花句魚傳尺素韻砌成此恨無重數韻郴江幸自繞郴山句為誰流下瀟湘去韻　題：郴州旅舍。

（秦觀《踏莎行》）

又一體正格。雙調，六十六字，前後段各六句四仄韻。

　　　　宿雨纔收句餘寒尚力韻牡丹將綻也讀近寒食韻人間好景句算仙家也惜韻因循盡掃斷讀蓬萊迹　舊日天涯句如今咫尺韻一月五番價讀共歡集韻些兒壽酒句且莫留半滴韻一百二十箇讀好生日韻　題：路宜人生日。此為轉調踏莎行，轉調者，攤破句法，添入襯字，轉換宮調，自成新聲耳。平仄參曾覿、陳亮詞。

（趙彥端《踏莎行》）

【**蝶戀花**】唐教坊曲。本名鵲踏枝，宋晏殊詞改今名。《樂章集》注小石調，趙令畤詞注商調，《太平樂府》注雙調。又名鳳棲梧、黃金縷、卷珠簾、明月生南浦、細雨吹池沼、一籮金、魚水同歡、轉調蝶戀花。

正格雙調，六十字，前後段各五句四仄韻。

　　　　六曲闌干偎碧樹韻楊柳風輕句展盡黃金縷韻誰把鈿箏移玉柱韻穿簾海燕雙飛去韻　滿眼遊絲兼落絮韻紅杏開時句一霎清明雨韻濃睡覺來鶯亂語韻驚殘好夢無尋處韻　宋元人俱如此填。平仄參馮延巳別五首。

（馮延巳《鵲踏枝》）

又一體雙調，六十字，前後段各五句四仄韻。

　　　　佇倚危樓風細細韻望極春愁句黯黯生天際韻草色煙光殘照裏韻無言誰會憑闌意韻　擬把疏狂圖一醉韻對酒當歌句強樂還無味韻衣帶漸寬終不悔

爲伊消得人憔悴_韻　　　　　　　　　　（柳永《鳳棲梧》）

又一體_{雙調}，六十字，前後段各五句四仄韻。

庭院深深深幾許_韻楊柳堆煙_句簾幕無重數_韻玉勒雕鞍遊冶處_韻樓高不見章臺路_韻　雨橫風狂三月暮_韻門掩黃昏_句無計留春住_韻淚眼問花花不語_韻亂紅飛過鞦韆去_韻　　　　　　　　　（歐陽修《蝶戀花》）

又一體_{雙調}，六十字，前後段各五句四仄韻。

花褪殘紅青杏小_韻燕子飛時_句綠水人家繞_韻枝上柳綿吹又少_韻天涯何處無芳草_韻　牆裏鞦韆牆外道_韻牆外行人_句牆裏佳人笑_韻笑漸不聞聲漸悄_韻多情卻被無情惱_韻　題：春景。　　　　　　（蘇軾《蝶戀花》）

【錦帳春】

調見《稼軒集》，因詞有"春色難留"及"恨重簾不卷，翠屏天遠"句，故名。

正格_{雙調}，六十字，前段七句四仄韻，後段七句五仄韻。

春色難留_句酒杯常淺_韻把舊恨新愁相問_韻五更風_句千里夢_句看飛紅幾片_韻這般庭院_韻　幾許風流_句幾般嬌懶_韻問相見何如不見_韻燕飛忙_句鶯語亂_韻恨重簾不卷_韻翠屏天遠_韻　題：席上和杜叔高韻。宋詞祇程垓、戴復古、丘崈及辛詞四首，平仄即參三人詞。　　（辛棄疾《錦帳春》）

【漁家傲】

明蔣氏《九宮譜目》入中呂引子。按：此調始自晏殊，因詞有"神仙一曲漁家傲"句，取以爲名。北宋流行歌曲有作"十二月鼓子詞"者。《清眞集》入般涉調。

正格_{雙調}，六十二字，前後段各五句五仄韻。

畫鼓聲中昏又曉_韻時光祇解催人老_韻求得淺歡風日好_韻齊揭調_韻神仙一曲漁家傲_韻　綠水悠悠天杳杳_韻浮生豈得長年少_韻莫惜醉來開口笑_韻須信道_韻人間萬事何時了_韻　平仄參諸家詞。　　　　（晏殊《漁家傲》）

又一體_{雙調}，六十二字，前後段各五句五仄韻。

塞下秋來風景異_韻衡陽雁去無留意_韻四面邊聲連角起_韻千嶂裏_韻長煙落日孤城閉_韻　濁酒一杯家萬里_韻燕然未勒歸無計_韻羌管悠悠霜滿地_韻人

不寐韻將軍白髮征夫淚韻　題：秋思。　　　　（范仲淹《漁家傲》）

又一體雙調，六十二字，前後段各五句五仄韻。

　　　平岸小橋千嶂抱韻柔藍一水縈花草韻茅屋數間窗窈窕韻塵不到韻時時自有春風掃韻　午枕覺來聞語鳥韻欹眠似聽朝雞早韻忽憶故人今總老韻貪夢好韻茫然忘了邯鄲道韻　　　　　　　（王安石《漁家傲》）

又一體雙調，六十二字，前後段各五句五仄韻。

　　　東望山陰何處是韻往來一萬三千里韻寫得家書空滿紙韻流清淚韻書回已是明年事韻　寄語紅橋橋下水韻扁舟何日尋兄弟韻行遍天涯真老矣韻愁無寐韻鬢絲幾縷茶煙裏韻　題：寄仲高。　　　（陸游《漁家傲》）

【蘇幕遮】唐代教坊曲名。本西域舞曲，唐代自西域龜茲傳入。參閱釋慧琳《一切經音義》四一、《大乘理趣》六、《波羅蜜多經》一蘇莫遮冒等書。本梵語，亦作颯磨遮。莫，亦作摩、幕、幞。《唐書·宋務光傳》：「比見都邑坊市，相率爲渾脫隊，駿馬戎服，名蘇幞遮。」宋詞蓋因舊曲名另度新聲也。又名鬢雲鬆令。《清真集》入般涉調。

正格雙調，六十二字，前後段各七句四仄韻。

　　　碧雲天句黃葉地韻秋色連波句波上寒煙翠韻山映斜陽天接水韻芳草無情句更在斜陽外韻　黯鄉魂句追旅思句夜夜除非句好夢留人睡韻明月樓高休獨倚韻酒入愁腸句化作相思淚韻　題：懷舊。此調祇有此格，宋人俱如此填，平仄參梅堯臣、蘇軾、張先、楊澤民四詞。　（范仲淹《蘇幕遮》）

又一體雙調，六十二字，前後段各七句四仄韻。

　　　燎沉香句消溽暑韻鳥雀呼晴句侵曉窺檐語韻葉上初陽乾宿雨韻水面清圓句一一風荷舉韻　故鄉遙句何日去韻家住吳門句久作長安旅韻五月漁郎相憶否韻小楫輕舟句夢入芙蓉浦韻　　　　　（周邦彥《蘇幕遮》）

【淡黃柳】姜夔自度曲，《白石道人集》注正平調近。

正格雙調，六十五字，前段五句五仄韻，後段七句五仄韻。

　　　空城曉角韻吹入垂楊陌韻馬上單衣寒惻惻韻看盡鵝黃嫩綠韻都是江南

舊相識㈩ 正岑寂㈩ 明朝又寒食㈩ 強攜酒㈢ 小橋宅㈢ 怕梨花㈢ 落盡成秋色㈩ 燕燕飛來㈣ 問春何在㈣ 唯有池塘自碧㈩　序略。按：此調用入韻，又角字、綠字可以注韻，從《詞譜》王沂孫詞後說，笛字亦然。平仄參張炎、王沂孫詞。

（姜夔《淡黃柳》）

又一體雙調，六十五字，前段五句四仄韻，後段七句四仄韻。

　　花邊短笛㈩ 初結孤山約㈩ 雨悄風輕寒漠漠㈩ 翠鏡秦鬟釵別㈣ 同折幽芳怨搖落㈩　素裳薄㈩ 重拈舊紅萼㈩ 欷攜手㈢ 轉離索㈩ 料青禽㈢ 一夢春無幾㈣ 後夜相思㈣ 素蟾低照㈣ 誰掃花陰共酌㈩　序略。

（王沂孫《淡黃柳》）

【解佩令】

調見《小山樂府》。《韓詩外傳》鄭交甫遇漢皋神女解佩，調名取此。

正格雙調，六十六字，前段六句四仄韻，後段六句三仄韻。

　　玉階秋感㈣ 年華暗去㈩ 掩深宮㈢ 團扇無緒㈩ 記得當時㈣ 自蔪下㈢ 機中輕素㈩ 點丹青㈢ 畫成秦女㈩　涼襟猶在㈣ 朱弦未改㈣ 忍霜紈㈢ 飄零何處㈩ 自古悲涼㈣ 是情事㈢ 輕如雲雨㈩ 倚幺弦㈢ 恨長難訴㈩　平仄參無名氏、王庭珪、史達祖、蔣捷詞。

（晏幾道《解佩令》）

【垂絲釣】

《清真詞》注商調，《中原音韻》注商角調。

正格雙調，六十六字，前段六句五仄韻，後段九句八仄韻。

　　鏤金翠羽㈩ 妝成纔見眉嫵㈩ 倦倚繡簾㈣ 看舞風絮㈩ 愁幾許㈩ 寄鳳絲雁柱㈩　春將暮㈩ 向層城苑路㈩ 鈿車似水㈣ 時時花徑相遇㈩ 舊遊伴侶㈩ 還到曾來處㈩ 門掩風和雨㈩ 梁燕語㈩ 問那人在否㈩　分段從《全宋詞》《清真集》，平仄參陳允平、趙彥端、陳亮、楊无咎、吳文英詞。

（周邦彥《垂絲釣》）

又一體雙調，六十六字，前段六句五仄韻，後段九句六仄韻。

　　菊花細雨㈩ 蕭蕭紅蓼汀渚㈩ 景物漸幽㈣ 風致如許㈩ 秋未暮㈩ 又值吾初度㈩　看天宇㈢ 正澄清欲往㈣ 登高未也㈣ 紅塵當面飛舞㈣ 幾人弔古㈩ 烏帽牢收取㈩ 短髮還羞覷㈩ 遐壽身㈢ 近五雲深處㈩　題：九月七日自壽。鈔自《全宋詞》，句讀又參《龍川詞校箋》。

（陳亮《垂絲釣》）

【謝池春】李石詞名風中柳，《高麗史》無名氏詞名風中柳令，孫道絢詞名玉蓮花，黃澄詞名賣花聲。另，張先慢詞與此本不同，"一時傳唱幾遍"，故附此詞之後。

正格雙調，六十六字，前後段各六句四仄韻。

　　　　賀監湖邊句初繫放翁歸棹韻小園林讀時時醉倒韻春眠驚起句聽啼鶯催曉韻歎功名讀誤人堪笑韻　朱橋翠徑句不許京塵飛到韻掛朝衣讀東歸欠早韻連宵風雨句捲殘紅如掃韻恨尊前讀送春人老韻　前後段第五句，例作上一下四句法。平仄參李石、黃澄、孫道絢、劉因詞。（陸游《謝池春》）

又一體雙調，六十六字，前後段各六句四仄韻。

　　　　烟雨池塘句綠野乍添春漲韻鳳樓高讀珠簾卷上韻金柔玉困句舞腰肢相向韻似玉人讀瘦時模樣韻　離亭別後句試問陽關誰唱讀對青春讀翻成悵望韻重門靜院句度香風屏障韻吐飛花讀伴人來往韻　鈔自《全宋詞》。

（李石《謝池春》）

附：謝池春慢雙調，九十字，前後段各十句五仄韻。

　　　　繚牆重院句時聞有讀流鶯到韻繡被掩餘寒句畫閣明新曉韻朱檻連空闊句飛絮知多少韻徑莎平韻池水渺韻日長風靜句花影閒相照韻　塵香拂馬句逢謝女讀城南道韻秀豔過施粉句多媚生輕笑韻鬥色鮮衣薄句碾玉雙蟬小韻歡難偶句春過了韻琵琶流怨句都入相思調韻　題：玉仙觀道中逢謝媚卿。此調前後第三、四、五、六句，並作五言對偶，當是體例，填者慎之。此詞惟李之儀詞可校，平仄參之。

（張先《謝池春》）

【青玉案】漢張衡《四愁詩》之四云："美人贈我錦繡段，何以報之青玉案。"調名取此。《中原音韻》注雙調，《太和正音譜》注高平調，蔣氏《九宮譜目》入中呂引子。又名西湖路。

正格雙調，六十七字，前後段各六句五仄韻。

　　　　凌波不過橫塘路韻但目送讀芳塵去韻錦瑟華年誰與度韻月橋花院句瑣窗朱戶句惟有春知處韻　飛雲冉冉蘅皋暮韻彩筆新題斷腸句韻試問閒愁知幾許韻一川煙草句滿城風絮句梅子黃時雨韻　平仄參諸家詞。

（賀鑄《青玉案》）

又一體雙調，六十七字，前後段各六句四仄韻。

　　三年枕上吳中路韻　遣黃耳讀隨君去韻　若到松江呼小渡韻　莫驚鷗鷺句　四橋盡是句　老子經行處韻　　《輞川圖》上看春暮韻　常記高人右丞句韻　作箇歸期天已許韻　春衫猶是句　小蠻針綫句　曾濕西湖雨韻　　題：和賀方回韻送伯固歸吳中故居。
　　　　　　　　　　　　　　　　　　　　　　　　　　（蘇軾《青玉案》）

又一體雙調，六十七字，前後段各六句四仄韻。

　　東風夜放花千樹韻　更吹落讀星如雨韻　寶馬雕車香滿路韻　鳳簫聲動句　玉壺光轉句　一夜魚龍舞韻　　蛾兒雪柳黃金縷韻　笑語盈盈暗香去韻　眾裏尋他千百度韻　驀然回首句　那人却在句　燈火闌珊處韻　　題：元夕。
　　　　　　　　　　　　　　　　　　　　　　　　　　（辛棄疾《青玉案》）

【感皇恩】唐教坊曲名。陳暘《樂書》載祥符中，諸工請增龜茲部如教坊，其曲有《雙調感皇恩》。《金詞》注大石調，《中原音韻》注南呂宮。又名疊蘿花。

正格雙調，六十七字，前後段各七句四仄韻。

　　小閣倚秋空句　下臨江渚韻　漠漠孤雲未成雨韻　數聲新雁句　回首杜陵何處韻　壯心空萬里句　人誰許韻　　黃閣紫樞句　築壇開府韻　莫怕功名欠人做韻　如今熟計句　祇有故鄉歸路韻　石帆山脚下句　菱三畝韻　平仄參諸家詞。
　　　　　　　　　　　　　　　　　　　　　　　　　　（陸游《感皇恩》）

又一體雙調，六十七字，前後段各七句四仄韻。

　　案上數編書句　非《莊》即《老》韻　會説忘言始知道韻　萬言千句句　不自能忘堪笑韻　今朝梅雨霽句　青天好韻　　一壑一丘句　輕衫短帽句　白髮多時故人少韻　子雲何在句　應有《玄經》遺草韻　江河流日夜句　何時了韻　　題：讀《莊子》，聞朱晦庵即世。鈔自《辛稼軒編年箋注》。
　　　　　　　　　　　　　　　　　　　　　　　　　　（辛棄疾《感皇恩》）

【兩同心】此調有三體：仄韻者創自柳永，《樂章集》注大石調；平韻者創自晏幾道；三聲叶韻者，創自杜安世。

正格雙調，六十八字，前段七句三仄韻，後段七句四仄韻。

　　佇立東風句　斷魂南國韻　花光媚句　春醉瓊樓句　蟾彩迥讀夜遊香陌韻　憶當時

下編　詞譜選錄・第二類　仄韻　155

　　句酒戀花迷句役損詞客韻　別有眼長腰搦句痛憐深惜句鴛會阻讀夕雨淒飛句
錦書斷讀暮雲凝碧句想別來句好景良時句也應相憶韻　後段第三句，會、
淒二字從《全宋詞》，平仄參柳永別首及楊无咎詞。　（柳永《兩同心》）

　　又一體正格。雙調，六十八字，前段七句三平韻，後段七句四平韻。

　　　　楚鄉春晚句似入仙源韻拾翠處讀漫隨流水句踏青路讀暗惹香塵韻心心在
句柳外青帘句花下朱門韻　對景且醉芳尊韻莫話消魂句好意思讀曾同明月句
惡滋味讀最是黃昏韻相思處句一紙紅箋句無限啼痕韻　平仄參黃庭堅詞。

（晏幾道《兩同心》）

【千秋歲】
《宋史・樂志》入歇指調，《張子野詞》注仙呂調，《金詞》注中呂調。又名千秋節。

　　正格雙調，七十一字，前後段各八句五仄韻。

　　　　水邊沙外韻城郭輕寒退韻花影亂句鶯聲碎韻飄零疏酒盞句離別寬衣帶韻
人不見句碧雲暮合空相對韻　憶昔西池會韻鵷鷺同飛蓋韻攜手處句今誰在韻
日邊清夢斷句鏡裏朱顏改韻春去也句飛紅萬點愁如海韻　宋元人皆照此
填，平仄參黃庭堅、石孝友、謝逸、彭虛寮、周紫芝、葉夢得、晁補之
詞。　　　　　　　　　　　　　　　　　　　　　　　　（秦觀《千秋歲》）

　　又一體正格。雙調，七十二字，前段七句五仄韻，後段八句五仄韻。

　　　　數聲鶗鴂韻又報芳菲歇韻惜春更把殘紅折韻雨輕風色暴句梅子青時節
韻永豐柳句無人盡日飛花雪韻　莫把么弦撥韻怨極弦能說句天不老句情難絕
韻心似雙絲網句中有千千結韻夜過也句東窗未白凝殘月韻　前段第三句七
字者，以此為正格。鈔自《全宋詞》。　　　　　　　　（張先《千秋歲》）

【粉蝶兒】
調見毛滂《東堂詞》，因詞有"粉蝶兒，這回共花同活"句，取以為名。《金詞》注中呂調，《太和正音譜》入中呂宮。

　　正格雙調，七十二字，前後段各八句四仄韻。

　　　　雪遍梅花句素光都共奇絕韻到窗前句認君時節韻下重幃句香篆冷句蘭膏
明滅韻夢悠揚句空繞斷雲殘月韻　沈郎帶寬句同心放開重結韻褪羅衣讀楚腰

一捻韻正春風句新著摸句花花葉葉韻粉蝶兒句這回共花同活韻　平仄參辛棄疾、蔣捷、曹冠詞。
　　　　　　　　　　　　　　　　　　　　　　　（毛滂《粉蝶兒》）

又一體雙調，七十二字，前後段各八句四仄韻。

昨日春如句十三女兒學繡韻一枝枝讀不教花瘦韻甚無情句便下得句雨僝風僽韻向園林句鋪作地衣紅縐韻　而今春似句輕薄蕩子難久韻記前時讀送春歸後句把春波句都釀作句一江醇酎韻約清愁句楊柳岸邊相候韻　題：和趙晉臣敷文賦落梅。
　　　　　　　　　　　　　　　　　　　　　　　（辛棄疾《粉蝶兒》）

【隔浦蓮近拍】唐《白居易集》有《隔浦蓮曲》，調名本此。一名隔浦蓮，又名隔浦蓮近。《清真集》注大石調，《夢窗詞》注黃鍾商。

正格雙調，七十三字，前後段各八句六仄韻。

新篁搖動翠葆韻曲徑通深窈韻夏果收新脆句金丸落句驚飛鳥韻濃靄迷岸草韻蛙聲鬧韻驟雨鳴池沼　水亭小韻浮萍破處句簷花簾影顛倒韻綸巾羽扇句困臥北窗清曉句屏裏吳山夢自到韻驚覺韻依然身在江表韻　題：中山縣圃姑射亭避暑作。平仄參諸家作。　　　　（周邦彥《隔浦蓮近拍》）

又一體雙調，七十三字，前段八句五仄韻，後段八句六仄韻。

榴花依舊照眼韻愁褪紅絲腕韻夢繞煙江路句汀菰綠句薰風晚韻年少驚送遠韻吳蠶老句恨緒縈抽繭　旅情懶韻扁舟繫處句青帝瀆酒須換韻一番重午句旋買香蒲浮醆韻新月湖光蕩素練韻人散韻紅衣香在南岸韻　題：泊長橋過重午。
　　　　　　　　　　　　　　　　　　　　　（吳文英《隔浦蓮近拍》）

【傳言玉女】高拭詞注黃鍾宮。按《漢武內傳》："帝閒居承華殿，忽見一女子，曰：我墉宮玉女王子登也。至七月七日，王母暫來。言訖，不知所在，世所謂傳言玉女也。"調名取此。

正格雙調，七十四字，前後段各八句四仄韻。

一夜東風句吹散柳梢殘雪韻御樓煙暖句對鼇山綵結韻簫鼓向晚句鳳輦初回宮闕韻千門燈火句九衢風月　繡閣人人句乍嬉遊讀困又歇韻豔妝初試句把朱簾半揭韻嬌波向人句手撚玉梅低說韻相逢長是句上元時節韻　題：上

下編　詞譜選錄・第二類　仄韻　157

元。平仄參黃機、石孝友、趙善扛、汪元量、楊无咎、曾覿、袁裯詞。

（晁沖之《傳言玉女》）

又一體雙調，七十字，前後段各八句四仄韻。

一片風流句今夕與誰同樂韻月臺花館句慨塵埃漠漠韻豪華蕩盡句祇有青山如洛韻錢塘依舊句潮生潮落韻　萬點燈光句羞照舞鈿歌箔韻玉梅消瘦句恨東皇命薄韻昭君淚流句手撚琵琶弦索句離愁聊寄句畫樓哀角韻　題：錢塘元夕。

（汪元量《傳言玉女》）

【剔銀燈】

宋毛滂詞有"頻剔銀燈，別聽牙板"句，調名或本此。《樂章集》注仙呂調，《金詞》亦然。元高拭詞注中呂宮。蔣氏《九宮譜》屬中呂調，名剔銀燈引。

正格雙調，七十五字，前後段各七句五仄韻。

何事春工用意韻繡畫出讀萬紅千翠韻豔杏夭桃句垂楊芳草句各鬥雨膏煙膩韻如斯佳致韻早晚是讀讀書天氣韻　漸漸園林明媚句便好安排歡計韻論籃買花句盈車載酒句百琲千金邀妓韻何妨沈醉韻有人伴讀日高春睡韻　平仄參杜安世、毛滂、范仲淹、無名氏詞。

（柳永《剔銀燈》）

又一體雙調，七十八字，前後段各七句四仄韻。

昨夜因看《蜀志》韻笑曹操讀孫權劉備韻用盡機關句徒勞心力句祇得三分天地韻屈指細尋思句爭如共讀劉伶一醉韻　人世都無百歲韻少癡騃讀老成尫悴韻祇有中間句些子少年句忍把浮名牽繫句一品與千金句問白髮讀如何迴避韻　題：與歐陽公席上分題。

（范仲淹《剔銀燈》）

【訴衷情近】

調見《樂章集》，注林鍾商，與訴衷情令不同。

正格雙調，七十五字，前段七句三仄韻，後段九句六仄韻。

雨晴氣爽句佇立江樓望處韻澄明遠水生光句重疊暮山聳翠韻遙想斷橋幽徑句隱隱漁村句向晚孤煙起韻　殘陽裏韻脈脈朱闌靜倚韻黯然情緒句未飲先如醉韻愁無際韻暮雲過了句秋光老盡句故人千里韻竟日空凝睇韻　平仄參柳永別首及晁補之詞，無他詞可校。

（柳永《訴衷情近》）

又一體雙調，七十五字，前段七句三仄韻，後段九句六仄韻。

　　小園過午句便覺涼生翠柏韻戎葵間出牆紅句萱草靜依徑綠韻還是去年句浮瓜沈李句追涼故繞池邊竹韻　小筵促韻忽憶楊梅正熟韻下山南畔句畫舸笙歌逐韻愁凝目韻使君彩筆句佳人錦字句斷弦怎續韻盡日闌干曲韻　題：東皋寓居。

　　　　　　　　　　　　　　　　　　　　（晁補之《訴衷情近》）

【下水船】唐教坊曲名。按五代王定保《唐摭言》："裴庭裕乾寧中在內廷，文書敏捷，號下水船。"調名取此。

正格雙調，七十五字，前段七句五仄韻，後段八句六仄韻。

　　總領神仙侶韻齊到青雲歧路韻丹禁風微句咫尺諦聞天語韻盡榮遇韻看即如龍變化句一擲靈梭風雨韻　真遊處韻上苑尋春去韻芳草芊芊迎步韻幾曲笙歌句櫻桃豔裏歡聚韻瑤觴舉韻回祝堯齡萬萬句端的君恩難負韻　平仄參賀鑄、晁補之詞。

　　　　　　　　　　　　　　　　　　　　（黃庭堅《下水船》）

【撲蝴蝶】周密《癸辛雜志》云，吳有小妓，善舞撲蝴蝶，疑是舞曲。邵叔齊詞名撲蝴蝶近。

正格雙調，七十五字，前段七句三仄韻，後段八句四仄韻。

　　人生一世句思量爭甚底韻花開十日句已隨塵逐水韻且看欲盡花枝句未厭傷多酒盞句何須細推物理韻　幸容易韻有人爭奈句袛知名與利韻朝朝日日句忙忙劫劫地韻待得一晌閒時句又卻三春過了句何如對花沈醉韻　平仄參呂渭老、趙師俠、邵叔齊、邱崈詞。

　　　　　　　　　　　　　　　　　　　　（曹組《撲蝴蝶》）

又一體雙調，七十七字，前段七句六仄韻，後段八句五仄韻。

　　鳴鳩乳燕韻春在梨花院韻重門鎮掩韻沈沈簾不捲韻紗窗紅日三竿句睡鴨餘香一綫韻佳眠悄無人喚韻　謾消遣韻行雲無定句楚雨難憑夢魂斷韻清明漸近句天涯人正遠韻儘教閒了鞦韆句覷著海棠開遍韻難禁舊愁新怨韻　題：蜀中作。

　　　　　　　　　　　　　　　　　　　　（邱崈《撲蝴蝶》）

【千年調】曹組詞名相思會，因詞有"剛作千年調"句，辛棄疾改名千年調。

正格雙調，七十五字，前後段各九句四仄韻。

卮酒向人時句和氣先傾倒韻最要然然可可句萬事稱好韻滑稽坐上句更對鴟夷笑韻寒與熱句總隨人句甘國老韻少年使酒句出口人嫌拗韻此箇和合道理句近日方曉韻學人言語句未會十分巧句看他們句得人憐句秦吉了韻

題：蔗庵小閣名曰卮言，作此詞以嘲之。平仄參辛棄疾別首及曹組詞。

（辛棄疾《千年調》）

又一體雙調，七十七字，前段九句五仄韻，後段九句四仄韻。

人無百年人句剛作千年調韻待把門關鐵鑄句鬼見失笑韻多愁早老韻惹盡閑煩惱韻我惺也句枉勞心句漫計較韻粗衣淡飯句贏取暖和飽韻住箇宅兒句祇要不大不小韻常教潔凈句不種閑花草韻據見在句樂平生句便是神仙了韻

（曹組《千年調》）

【荔枝香】

《唐史·樂志》：帝幸驪山，貴妃生日，命小部張樂長生殿，奏新曲，未有名。會南方進荔枝，因名荔枝香。《碧雞漫志》：今歇指調、大石調皆有近拍，不知何者為本曲。按荔枝香有兩體：七十六字者始自柳永，《樂章集》注歇指調，有周邦彥、方千里、楊澤民、陳允平、吳文英詞可校；七十三字者始自周邦彥，有方千里、楊澤民、陳允平和詞及袁去華詞可校。一名荔枝香近。

正格雙調，七十六字，前後段各七句四仄韻。

甚處尋芳賞翠句歸去晚韻緩步羅襪生塵句來繞瓊筵看韻金縷霞衣輕褪句似覺春遊倦句遙認讀眾裏盈盈好身段　擬回首句又佇立讀簾幃畔韻素臉翠眉句時揭蓋頭微見韻笑整金翹句一點芳心在嬌眼韻王孫空恁腸斷韻　平仄參周邦彥、方千里、楊澤民、陳允平及吳文英句法同者。

（柳永《千年調》）

又一體正格。雙調，七十三字，前段七句三仄韻，後段七句四仄韻。

夜來寒侵酒席句露微泫韻烏履初會句香澤方薰句無端暗雨催人句但怪燈偏簾卷句回顧句始覺驚鴻去遠韻　大都世間句最苦唯聚散句到得春殘句看即是讀開離宴句細思別後句柳眼花鬚更誰剪句此懷何處逍遣韻　此調七十三字者，名荔枝香近，以此詞為正格。吳校點本引鄭文焯改詞及注長文後云，此首與"照水殘紅"闋不同。前依柳詞，後多變化，故不必與上首求同。即上片同，下片亦無法全同。此別一體，非有訛脫，文字、句讀從《詞譜》，平仄參方千里、楊澤民、陳允平和詞及袁去華詞。

(周邦彥《千年調》)

【御街行】

《樂章集》《張子野詞》均入雙調。又名孤雁兒。

正格雙調，七十六字，前後段各七句四仄韻。

畫船橫倚煙溪半韻春入吳山遍韻主人憑客且遲留句程入花溪遠遠韻數聲蘆葉句兩行霓袖句幾處成離宴韻　紛紛歸騎亭皋晚韻風順檣烏轉韻古今為別最消魂句因別有情須怨韻高臺獨上句不堪凝望句目與飛雲斷韻　題：送蜀客。平仄參晏幾道、柳永、晁補之、王安中、范仲淹、辛棄疾詞。

(張先《御街行》)

又一體正格。雙調，七十八字，前後段各七句四仄韻。

紛紛墜葉飄香砌韻夜寂靜讀寒聲碎韻真珠簾卷玉樓空句天澹銀河垂地韻年年今夜句月華如練句長是人千里韻　愁腸已斷無由醉韻酒未到讀先成淚韻殘燈明滅枕頭攲句諳盡孤眠滋味韻都來此事句眉間心上句無計相迴避韻

題：秋日懷舊。平仄參程垓、楊无咎、辛棄疾、趙長卿、李清照、柳永詞。

(范仲淹《御街行》)

又一體雙調，七十八字，前後段各七句四仄韻，序略。

藤床紙帳朝眠起韻說不盡讀無佳思韻沉香斷續玉爐寒句伴我情懷如水韻笛裏三弄句梅心驚破句多少春情意韻　小風疏雨蕭蕭地韻又催下讀千行淚韻吹簫人去玉樓空句腸斷與誰同倚韻一枝折得句人間天上句沒箇人堪寄韻

(李清照《御街行》)

【祝英臺近】

又名寶釵分、月底修簫譜、燕鶯語、寒食詞。元高拭詞注越調。《寧波府志》："東晉，越有梁山伯、祝英臺嘗同學，祝先歸。梁後訪之，乃知祝爲女，欲娶之，然祝已許馬氏之子，忽忽成疾。後爲鄞令，且死，遺言葬清道山下。明年，祝適馬氏，過其地而風濤大作，舟不能進。祝乃造塚，哭之哀慟，其地忽裂，祝投而死之。今吳中有花蝴蝶，蓋橘蠹所化，童兒亦呼梁山伯、祝英臺云。"此調宛轉淒切，猶可想見舊曲遺音。

正格雙調，七十七字，前段八句四仄韻，後段八句五仄韻。

寶釵分_句桃葉渡_韻煙柳暗南浦_韻怕上層樓_句十日九風雨_韻斷腸片片飛紅_句都無人管_句倩誰喚_讀流鶯聲住_韻　鬢邊覷_韻試把花卜心期_句纔簪又重數_韻羅帳燈昏_句哽咽夢中語_韻是他春帶愁來_句春歸何處_句却不解_讀帶將愁去_韻

題：晚春。平仄參史達祖、韓淲、張炎、劉過、岳珂、湯恢、吳文英、李彭老、無名氏詞。　　　　　　　　　（辛棄疾《祝英臺近》）

又一體雙調，七十七字，前後段各八句五仄韻。

澹煙橫_句層霧斂_韻勝概分雄占_韻月下鳴榔_句風急怒濤颭_韻關河無限清愁_句不堪臨鑑_韻正霜鬢_讀秋風塵染_韻　漫登覽_韻極目萬里沙場_句事業頻看劍_韻古往今來_句南北限天塹_韻倚樓誰弄新聲_句重城正掩_韻歷歷數_讀西州更點_韻

題：北固亭。　　　　　　　　　　　　　　　（岳珂《祝英臺近》）

【**側犯**】陳暘《樂書》云，唐自天后末年，劍氣入渾脫，始爲犯聲。明皇時，樂人孫處秀善吹笛，好作犯聲，時人以爲新意而效之，因有犯調。《姜夔詞》注云，唐人《樂書》以宮犯羽者爲側犯。此調創自周邦彥，調名或本于此。周邦彥詞注大石。

正格雙調，七十七字，前段九句六仄韻，後段九句五仄韻。

暮霞霽雨_句小蓮出水紅妝靚_韻風定_韻看步襪江妃照明鏡_韻飛螢度暗草_句秉燭遊花徑_韻人静_韻攜豔質_讀追凉就槐影_韻　金環皓腕_句雪藕清泉瑩_韻誰念省_韻滿身香_句猶是舊荀令_韻見說胡姬_句酒爐深迥_韻煙鎖漠漠_句藻池苔井_韻

此詞後段第七句，方千里、楊澤民、陳允平和詞均押迥韻，因從《詞譜》，平仄參袁去華、方千里、楊澤民、陳允平、姜夔詞。

　　　　　　　　　　　　　　　　　　　　　（周邦彥《側犯》）

又一體雙調，七十七字，前段八句七仄韻，後段九句五仄韻。

恨春易去_韻甚春卻向揚州住_韻微雨_韻正繭栗梢頭_讀弄詩句_韻紅橋二十四_句總是行雲處_韻無語_韻漸半脫宮衣_讀笑相顧_韻　金壺細葉_句千朵圍歌舞_韻誰念我_韻鬢成絲_句來此共尊俎_韻後日西園_句綠陰無數_韻寂寞劉郎_句自修花譜_韻

題：詠芍藥。按：古韻魚虞、歌麻屬角音，皆可通押。故御遇駕過亦可通押。此詞後段第三句我字押韻，正用古韻也。句讀從《詞譜》。

（姜夔《側犯》）

【離亭宴】調始張先，因詞中有"隨處是，離亭別宴"句，取以爲名。又名離亭燕。張詞七十七字，又有七十二字者，宋人多依之。《張子野詞》注般涉調。

正格雙調，七十二字，前後段各六句四仄韻。

一帶江山如畫韻風物向秋瀟灑韻水浸碧天何處斷句翠色冷光相射韻蓼岸荻花中句隱映竹籬茅舍韻　天際客帆高挂韻門外酒旗低迓韻多少六朝興廢事句盡入漁樵閑話韻悵望倚危闌句紅日無言西下韻　文字從《全宋詞》，平仄參晁補之"憶向吳興"詞及黃庭堅詞。

（張昇《離亭宴》）

【陽關引】此調始自寇準，詞本檃括王維《陽關曲》而作，故名。晁補之詞名古陽關。

正格雙調，七十八字，前段八句五仄韻，後段八句四仄韻。

塞草煙光闊韻渭水波聲咽韻春朝雨霽句輕塵斂句征鞍發韻指青青楊柳句又是輕攀折韻動黯然讀知有後會甚時節韻　更盡一杯酒句歌一闋韻歎人生裏句難歡聚句易離別韻且莫辭沉醉句聽取陽關徹韻念故人讀千里自此共明月韻　此調祇有寇準、晁補之二詞，故平仄參晁補之之詞。

（寇準《陽關引》）

【安公子】隋末新翻樂曲，唐時爲教坊曲，後用爲詞調名。有八十字、百六字諸體。柳永八十字詞，自注中呂調；百六字詞，自注般涉調。前者無可校者，後者填者多。又有百六字、百四字、百二字諸格。

正格雙調，一百六字，前後段各八句六仄韻。

遠岸收殘雨韻雨殘稍覺江天暮韻拾翠汀洲人寂靜句立雙雙鷗鷺韻望幾點讀漁燈掩映蒹葭浦韻停畫橈句兩兩舟人語道去程今夜句遙指前邨煙樹韻　遊宦成羈旅韻短檣吟倚閑凝竚韻萬水千山迷遠近句想鄉關何處韻自別後讀風亭月榭孤歡聚句剛斷腸讀惹得離情苦韻聽杜宇聲聲句勸人不如歸去韻

平仄參柳永別首及晁補之、袁去華、杜安世、陸游詞。

（柳永《安公子》）

【驀山溪】

《翰墨全書》名上陽春。《清真集》注大石調。

正格雙調，八十二字，前後段各九句三仄韻。

樓橫北固句 盡日厭厭雨韻 欸乃數聲歌句 但渺漠句 江山煙樹韻 寂寥風物句 三五過元宵句 尋柳眼句 覓花英句 春色知何處韻 落梅嗚咽句 吹徹江城暮韻 脈脈數飛鴻句 杳歸期讀 東風凝佇韻 長安不見句 烽起夕陽間句 魂欲斷句 酒初醒句 獨下危梯去韻 題：遊甘露寺。平仄參諸家詞。 （張表臣《驀山溪》）

又一體雙調，八十二字，前段九句三仄韻，後段九句四仄韻。

浮煙冷雨句 今日還重九韻 秋去又秋來句 但黃花讀 年年如舊韻 平臺戲馬句 無處問英雄句 茅舍底句 竹籬東句 佇立時搔首韻 客來何有韻 草草三杯酒韻 一醉萬緣空句 莫貪伊讀 金印如斗韻 病翁老矣句 誰共賦歸來句 芟壠麥句 網溪魚句 未落他人後韻 題：九日寄寶學。 （劉子翬《驀山溪》）

【千秋歲引】

《高麗史·樂志》名千秋歲令，李冠詞名千秋萬歲。

正格雙調，八十二字，前段八句四仄韻，後段八句五仄韻。

別館寒砧句 孤城畫角韻 一派秋聲入寥廓韻 東歸燕從海上去句 南來雁向沙頭落韻 楚臺風句 庾樓月句 宛如昨韻 無奈被些名利縛韻 無奈被他情擔閣韻 可惜風流總閒卻韻 當初漫留華表語句 而今誤我秦樓約韻 夢闌時句 酒醒後句 思量著韻 題：秋景。平仄參李冠及兩無名氏詞。 （王安石《千秋歲引》）

【洞仙歌】

唐教坊曲名。又名洞仙歌令、羽仙歌、洞仙詞、洞中仙、洞仙歌慢。此調有令詞，有慢詞。令詞自八十三字至九十三字，入林鍾商，又歇指調、大石調。慢詞自百十八字至百廿六字，《樂章集》入般涉調、仙呂調、中呂調。句讀差參，體格亦多。其令詞音節舒徐，極駘宕搖曳之致。

正格雙調，八十三字，前段六句三仄韻，後段七句三仄韻。

冰肌玉骨句 自清涼無汗韻 水殿風來暗香滿韻 繡簾開讀 一點明月窺人句 人未寢句 欹枕釵橫鬢亂韻 起來攜素手句 庭戶無聲句 時見疏星渡河漢韻 試

問夜如何讀夜已三更句金波淡玉繩低轉韻但屈指讀西風幾時來句又不道讀流年暗中偷換韻　平仄參諸家詞。軾自序云："僕七歲時見眉山老尼姓朱，忘其名，年九十餘。自言，嘗隨其師入蜀主孟昶宮中，一日大熱，蜀主與花蕊夫人夜起，避暑摩訶池上，作一詞，朱具能記之。今四十年，朱已死，人無知此詞者，但記其首兩句。暇日尋味，豈洞仙歌令乎？乃為足之。"

（蘇軾《洞仙歌》）

又一體雙調，八十五字，前段六句三仄韻，後段八句三仄韻。

青煙冪處句碧海飛金鏡韻永夜閑階臥桂影韻露涼時讀零亂多少寒螿句神京遠句惟有藍橋路近韻　水晶簾不下句雲母屏開句冷浸佳人淡脂粉韻待都將讀許多明月句付與金尊投曉共流霞傾盡韻更攜取胡床讀上南樓句看玉做人間讀素秋千頃韻　題：泗州中秋作。此絕筆之詞也。鈔自《詞譜》。

（晁補之《洞仙歌》）

又一體雙調，八十四字，前段七句三仄韻，後段九句三仄韻。

飛流萬壑句共千岩爭秀韻孤負平生弄泉手韻歎輕衫短帽句幾許紅塵句還自喜讀濯髮滄浪依舊韻　人生行樂耳句身後虛名句何似生前一杯酒韻便此地讀結吾廬句待學淵明句更手種讀門前五柳韻且歸去讀父老約重來句問如此青山句定重來否韻　題：訪泉於奇師村，得周氏泉，為賦。

（辛棄疾《洞仙歌》）

【鶴沖天】調見《樂章集》："閑窗漏永"詞，注大石調；"黃金榜上"詞，注正宮。與喜遷鶯、春光好別名鶴沖天者不同。

正格雙調，八十四字，前段九句五仄韻，後段八句五仄韻。

閑窗漏永句月冷霜花墮韻悄悄下簾幕句殘燈火韻再三思往事句離魂亂讀愁腸鎖韻無語沉吟坐韻好天好景句未省展眉則箇韻　從前早是多成破韻何況經歲月句相拋嚲韻假使重相見句還得似讀舊時麼韻悔恨無計那韻迢迢良夜句自家祇恁摧挫韻　大石調，為黃鍾之商聲。平仄參賀鑄詞。

（柳永《鶴沖天》）

又一體雙調，八十七字，前段九句六仄韻，後段九句五仄韻。

黄金榜上韻偶失龍頭望韻明代暫遺賢句如何向句未遂風雲便句爭不恣狂蕩韻何須論得喪韻才子詞人句自是白衣卿相　煙花巷陌句依約丹青屏障韻幸有意中人句堪尋訪韻且恁偎紅倚翠句風流事讀平生暢韻青春都一晌韻忍把浮名句換了淺斟低唱韻　正宮，爲黃鍾之宮聲。　　　　　（柳永《鶴沖天》）

【華胥引】《列子》：黃帝晝寢，而夢遊於華胥。既寤，怡然自得。又二十八年，天下大治，幾若華胥國矣。調名取此。詞見《清真集》。

正格雙調，八十六字，前段九句四仄韻，後段八句四仄韻。

川原澄映句煙月冥濛句去舟似葉韻岸足沙平句蒲根水冷留雁唼韻別有孤角吟秋句對曉風鳴軋韻紅日三竿句醉頭扶起還怯韻　離思相縈句漸看看讀鬢絲堪鑷韻舞衫歌扇句何人輕憐細閱韻點檢從前恩愛句但鳳箋盈篋韻愁翦燈花句夜來和淚雙疊韻　題：秋思。自注黃鍾。平仄參陳允平、奚淢、張炎、趙必璩四家詞。"似"字參方千里詞換字。（周邦彥《華胥引》）

又一體雙調，八十六字，前段九句四仄韻，後段八句四仄韻。

温泉浴罷句酣酒纔甦句洗妝猶濕韻落暮雲深句瑤臺月下逢太白韻素衣初染天香句對東風傾國韻惆悵東闌句炯然玉樹獨立韻　祇恐江空句頓忘郤讀錦袍清逸韻柳迷歸院句欲遠花妖未得句誰寫一枝淡雅句傍沈香亭北韻說與鶯鶯句怕人錯認秋色韻　題：錢舜舉幅紙畫牡丹、梨花。牡丹名洗妝紅，爲賦一曲，並題二花。前段首句"浴"字、結句"獨"字均入聲，皆以入作平，不可泛填上、去聲字。（張炎《華胥引》）

【惜紅衣】姜夔自度曲，屬無射宮，取其詞內"紅衣半狼籍"句爲名。

正格八十八字，前段十句六仄韻，後段九句六仄韻。

簟枕邀凉句琴書換日韻睡餘無力句細灑冰泉句并刀破甘碧韻牆頭喚酒句誰問訊讀城南詩客韻岑寂韻高樹晚蟬句說西風消息韻　虹梁水陌韻魚浪吹香句紅衣半狼籍韻維舟試望故國韻眇天北韻可惜柳邊沙外句不共美人遊歷韻問甚時同賦句三十六陂秋色韻　鈔自夏承燾校輯《白石詩詞集》，序云，吳興號水晶宮，荷華盛麗。陳簡齋云：'今年何以報君恩，一路荷華相送到青墩。'亦可見矣。丁未之夏，予遊千岩，數往來紅香中，自度此曲，以無射宮歌之。"平仄參李萊老、吳文英、張炎詞，例用入聲韻。

（姜夔《惜紅衣》）

又一體雙調，八十九字，前段十句六仄韻，後段九句六仄韻。

笛送西泠句帆過杜曲韻畫陰芳綠韻門巷清風句還尋故人書屋韻蒼華髮冷句笑瘦影讀相看如竹韻幽谷句煙樹晚鶯句訴經年愁獨韻　殘陽古木韻書畫歸船句忽忽又南北韻蘋洲鷗鷺素熟句舊盟續韻甚日浩歌招隱句聽雨弁陽同宿韻料重來時候句香蕩幾灣紅玉韻　題：寄弁陽翁。　（李萊老《惜紅衣》）

【魚遊春水】

《復齋漫錄》：政和中，一中貴使越州回，得詞於古碑，無名無譜，錄以進御。命大晟府填腔，因詞中語賜名魚遊春水。

正格雙調，八十九字，前後段各八句五仄韻。

秦樓東風裏韻燕子還來尋舊壘韻餘寒猶峭句紅日薄侵羅綺韻嫩草方抽碧玉茵句媚柳輕窣黃金蕊句鶯囀上林句魚遊春水韻　幾曲闌干遍倚韻又是一番新桃李韻佳人應怪歸遲句梅妝淚洗句鳳簫聲絕沉孤雁句望斷清波無雙鯉韻雲山萬重句寸心千里韻　平仄參張元幹、馬莊父、盧祖皋、趙聞禮詞。

（無名氏《魚遊春水》）

又一體雙調，八十九字，前後段各八句五仄韻。

芳洲生蘋芷韻宿雨收晴浮暖翠韻煙光如洗句幾片花飛點淚韻清鏡空餘白髮添句新恨誰傳紅綾寄句溪漲岸痕句浪吞沙尾韻　老去情懷易醉韻十二闌干慵遍倚句雙鳧人慣風流句功名萬里韻夢想濃妝碧雲邊句目斷歸帆夕陽裏韻何時送客句更臨春水韻

（張元幹《魚遊春水》）

【探芳信】

調見《梅溪詞》，又名探芳訊。張炎次周密"西泠春感"詞名西湖春。吳文英詞注夾鍾羽。

正格雙調，九十字，前段九句五仄韻，後段八句五仄韻。

謝池曉韻被酒殢春眠句詩縈芳草韻正一階梅粉句都未有人掃韻細禽啼處東風軟句嫩約關心早韻未燒燈讀怕有殘寒句故園稀到韻　說道試妝了韻也爲我相思句占它懷抱韻靜數窗櫺句最忺聽讀鵲聲好韻半年白玉臺邊話句屢見

下編　詞譜選錄・第二類　仄韻　　　　　　　　　167

銀鉤小_韻指芳期_讀夜月花陰夢老_韻　平仄參吳文英"探春到"詞及別四
闋。　　　　　　　　　　　　　　　　　　（史達祖《探芳信》）

又一體雙調，八十九字，前段九句五仄韻，後段八句五仄韻。

　　步晴晝_韻向水院維舟_句津亭喚酒_句歎劉郎重到_句依依漫懷舊_韻東風空
結丁香怨_句花與人俱瘦_韻甚淒涼_讀暗草沿池_句濕苔侵甃_韻　橋外晚風驟_韻正
香雪隨波_句淺煙迷岫_韻廢苑塵梁_句如今燕來否_句翠雲零落空堤冷_句往事休
回首_韻最消魂_讀一片斜陽戀柳_韻　題：西泠春感。　　（周密《探芳訊》）

【法曲獻仙音】

陳暘《樂書》云：法曲興於唐，其聲始出清商部，比
正律差四律，有鐃、鈸、鐘、磬之音，獻仙音其一也。又云：聖朝法曲
樂器，有琵琶、五弦、箏、箜篌、笙笛、觱篥、方響、拍板。其曲所
存，不過道調望瀛、小石獻仙音而已，其餘皆不復見矣。《樂章集》《清
真集》並注小石調，《白石道人集》注大石調。周密詞名獻仙音，姜夔
詞名越女鏡心。

正格雙調，九十二字，前段八句四仄韻，後段九句五仄韻。

　　蟬咽涼柯_句燕飛塵幕_句漏閣籤聲時度_韻倦脫綸巾_句困便湘竹_句桐陰半
侵庭戶_韻向抱影凝情處_句時聞打窗雨_韻　耿無語_韻歎文園_讀近來多病_句情緒
懶_韻尊酒易成間阻_韻縹緲玉京人_句想依然_讀京兆眉嫵_韻翠幕深中_句對徽容_讀
空在紈素_句待花前月下_句見了不教歸去_韻　平仄參吳文英、王沂孫、張
炎、陳允平、姜夔、李彭老詞。　　　　　　（周邦彥《法曲獻仙音》）

又一體雙調，九十二字，前段八句三仄韻，後段九句六仄韻。

　　虛閣籠寒_句小簾通月_句暮色偏憐高處_韻樹隔離宮_句水平馳道_句湖山盡
入尊俎_韻奈楚客_讀淹留久_句砧聲帶愁去_韻　屢回顧_韻過秋風_讀未成歸計_韻誰
念我_讀重見冷楓紅舞_韻喚起淡妝人_句問逋仙_讀今在何許_韻象筆鸞箋_句甚而今
_讀不道秀句_韻怕平生幽恨_句化作沙邊煙雨_韻　　　（姜夔《法曲獻仙音》）

【滿江紅】

此調有仄韻、平韻兩體。仄韻詞，宋人填者最多，其體不
一，今以柳詞為正體。《樂章集》《清真集》俱入仙呂調，例用入聲韻。
元高拭注南呂調。平韻詞惟姜夔詞一體，宋元人俱如此填。聲情激

越，宜抒豪壯情感，恢宏襟抱。

正格雙調，九十三字，前段八句四仄韻，後段十句五仄韻。

暮雨初收句長川靜讀征帆夜落韻臨島嶼讀蓼煙疏淡句葦風蕭索韻幾許漁人飛短艇句盡將燈火歸村落韻遣行客讀當此念回程句傷漂泊韻　桐江好句煙漠漠韻波似染句山如削韻繞嚴陵灘畔句鷺飛魚躍韻遊宦區區成底事句平生況有雲泉約韻歸去來讀一曲仲宣吟句從軍樂韻　平仄參諸家詞。

（柳永《滿江紅》）

又一體雙調，九十三字，前段八句四仄韻，後段十句五仄韻。

怒髮衝冠句憑闌處讀瀟瀟雨歇韻擡望眼讀仰天長嘯句壯懷激烈韻三十功名塵與土句八千里路雲和月韻莫等閒讀白了少年頭句空悲切韻　靖康恥句猶未雪韻臣子恨句何時滅韻駕長車踏破句賀蘭山缺韻壯志飢餐胡虜肉句笑談渴飲匈奴血韻待從頭讀收拾舊山河句朝天闕韻　題：寫懷。

（岳飛《滿江紅》）

又一體雙調，九十三字，前段八句四仄韻，後段十句五仄韻。

蜀道登天句一杯送讀繡衣行客韻還自歎讀中年多病句不堪離別韻東北看驚諸葛表句西南更草相如檄韻把功名讀收拾付君侯句如椽筆韻　兒女淚句君休滴韻荊楚路句吾能說韻要新詩準備句廬山山色韻赤壁磯頭千古浪句銅鞮陌上三更月韻正梅花讀萬里雪深時句須相憶韻　題：送李正之提刑入蜀。

（辛棄疾《滿江紅》）

又一體雙調，九十三字，前段八句四仄韻，後段十句五仄韻。

六代豪華句春去也讀更無消息韻空悵望讀山川形勝句已非疇昔韻王謝堂前雙燕子句烏衣巷口曾相識韻聽夜深讀寂寞打孤城句春潮急韻　思往事句愁如織韻懷故國句空陳迹韻但荒煙衰草句亂鴉斜日韻玉樹歌殘秋露冷句胭脂井壞寒螿泣韻到如今讀祇有蔣山青句秦淮碧韻　題：金陵懷古。

（薩都剌《滿江紅》）

又一體雙調，九十三字，前段八句四平韻，後段十句五平韻。

下編　詞譜選録·第二類　仄韻　169

仙姥來時㈢正一望讀千頃翠瀾韻旌旗共擁亂雲俱下㈢依約前山韻命駕群
龍金作軛㈢相從諸娣玉爲冠韻向夜深㈢風定悄無人㈢聞佩環韻　神奇處㈢君
試看韻莫淮右㈢阻江南韻遣六丁雷電㈢別守東關韻郤笑英雄無好手㈢一篙春
水走曹瞞韻又怎知讀人在小紅樓㈢簾影間韻　原序云："《滿江紅》舊調用
仄韻，多不協律。如末句云'無心撲'三字，歌者將'心'字融入去
聲，方諧音律。予欲以平韻爲之，久不能成。因泛巢湖，聞遠岸簫鼓
聲。問之舟師，云：'居人爲此湖神姥壽也。'予因祝曰：'得一席
風，徑至居巢，當以平韻《滿江紅》爲迎送神曲。'言訖，風與筆俱
駛，頃刻而成。末句云'聞佩環'，則協律矣。書以綠箋，沈於白浪。
辛亥正月晦也。是歲六月，復過祠下，因刻之柱間。有客來自居巢云：
'土人祠姥，輒能歌此詞。'按：曹操至濡須口，孫權遺操書曰：'春水
方生，公宜速去。'操曰：'孫權不欺孤。'乃撤軍還。濡須口與東關相
近，江湖水之所出入，予意春水方生，必有司之者，故歸其功於姥云。"
平仄參吳文英、彭元遜、彭芳遠、李琳詞。　　　　　（姜夔《滿江紅》）

【凄凉犯】白石詞注仙呂調犯雙調，一名瑞鶴仙影。其自序曰："合肥
巷陌皆種柳，秋風夕起騷騷然。予客居闔户，時聞馬嘶。出城四顧，則
荒煙野草，不勝凄黯，乃著此解。琴有凄凉調，假以爲名。凡曲言犯
者，謂以宮犯商、商犯宮之類。如道調宮上字住，雙調亦上字住，所住
字同，故道調曲中犯雙調，或於雙調曲中犯道調。其他準此。唐人《樂
書》云：'犯有正、旁、偏、側。宮犯宮爲正，宮犯商爲旁，宮犯角爲
偏，宮犯羽爲側。'此説非也。十二宮所住字各不同，不容相犯，十二
宮特可犯商、角、羽耳。予歸行都，以此曲示國工田正德，使以觱篥
吹之，其韻極美。亦曰瑞鶴仙影。"

正格雙調，九十三字，前段九句六仄韻，後段九句四仄韻。

綠楊巷陌韻西風起讀邊城一片離索韻馬嘶漸遠㈢人歸甚處㈢戍樓吹角韻
情懷正惡韻更衰草寒煙淡薄韻似當時讀將軍部曲㈢迤邐度沙漠　追念西
湖上㈢小舫攜歌㈢晚花行樂韻舊遊在否㈢想如今㈢翠凋紅落韻漫寫羊裙㈢等
新雁來時繫著韻怕匆匆讀不肯寄與㈢誤後約韻　此爲姜夔自度曲。平仄參

吴文英、張炎詞。　　　　　　　　　　（姜夔《淒涼犯》）

【四犯翦梅花】
調見《龍洲詞》。前段首句不押韻者，名四犯翦梅花；押韻者，名轆轤金井。盧祖皋詞名月城春。又名錦園春，一名三犯錦園春。

正格雙調，九十二字，前後段各十句六仄韻。

　　　五雲騰曉韻 望凝香畫戟句 恍然蓬島韻 解連環 玉露冰壺句 照神仙風表韻 醉蓬萊 詩書坐嘯韻 喚淮楚讀 滿城春好雪獅兒 雨谷催耕句 風帘戲鼓句 家家歡笑韻 醉蓬萊　南湖細吟未了看金蓮夜直句 丹鳳飛詔韻 解連環 鬢影青青句 辦功名多少韻 醉蓬萊　持杯滿釂韻 聽千里讀 載歌難老韻 雪獅兒 試問尊前句 蟠桃次第句 紅芳猶小韻 醉蓬萊　題：壽無爲趙秘書。此調創自劉過，而盧祖皋詞爲正格。平仄參盧祖皋別首，餘參劉過詞。

（盧祖皋《四犯翦梅花》）

又一體雙調，九十三字，前段九句五仄韻，後段十句五仄韻。

　　　水殿風凉句 賜環歸讀 正是夢熊華旦韻 疊雪羅輕句 稱雲章題扇韻 西清侍宴韻 望黃傘讀 日華籠輦韻 金券三王句 玉堂四世句 帝恩偏眷韻　臨安記讀 龍飛鳳舞句 信神明有後句 竹梧陰滿韻 笑折花看句 裛荷香紅淺韻 功名歲晚韻 帶河與讀 礪山長遠韻 麟脯杯行句 狨鞯坐穩句 內家宣勸韻　題：上建康錢大郎壽。

（劉過《四犯翦梅花》）

【玉漏遲】
蔣氏《九宮譜》屬黃鐘宮。

正格雙調，九十四字，前段十句五仄韻，後段九句五仄韻。

　　　杏香飄禁苑句 須知自昔句 皇都春早韻 燕子來時句 繡陌漸熏芳草韻 蕙圃夭桃過雨句 弄碎影讀 紅篩清沼韻 深院悄句 綠楊巷陌句 鶯聲爭巧韻　早是賦得多情句 更遇酒臨花句 鎮辜歡笑韻 數曲蘭干句 故國漫勞登眺韻 漢外微雲盡處句 亂峰鎖讀 一竿斜照韻 歸路杳韻 東風淚零多少韻　平仄參諸家詞。

（韓嘉彥《玉漏遲》）

又一體雙調，九十四字，前段十句六仄韻，後段九句五仄韻。

　　　老來歡意少韻 錦鯨仙去句 紫簫聲杳韻 怕展金奩句 依舊故人懷抱韻 猶想

烏絲醉墨句驚俊語讀香紅圍遶韻閑自笑韻與君共是句承平年少韻　雨窗短夢難憑句是幾番宮商句幾番吟嘯韻淚眼東風句回首四橋煙草韻載酒倦遊甚處句已換卻讀花間啼鳥句春恨悄讀天涯暮雲殘照韻　題：題吳夢窗《霜花腴詞集》。

(周密《玉漏遲》)

【尾犯】調見《樂章集》："夜雨滴空階"詞，注正宮；"晴煙冪冪"詞，注林鍾商。張綖詞名碧芙蓉。

正格雙調，九十四字，前段十句四仄韻，後段八句四仄韻。

　　夜雨滴空階句孤館夢回句情緒蕭索韻一片閑愁句想丹青難貌韻秋漸老讀蛩聲正苦句夜將闌讀燈花漸落韻最無端處句忍把良宵句祇恁孤眠却韻　佳人應怪我句別後寡信輕諾韻記得當時句䪉香雲為約韻甚時向讀幽閨深處句按新詞讀流霞共酌韻再同歡笑句肯把金玉珍珠博韻　平仄參吳文英、趙以夫、蔣捷、張綖詞。

(柳永《尾犯》)

又一體正格。雙調，九十八字，前段十句五仄韻，後段十句六仄韻。

　　晴煙冪冪韻漸東郊芳草句染成輕碧韻野塘風暖句遊魚動觸句冰漸微坼韻幾行斷雁句旋次第讀歸霜磧句詠新詩讀手撚江梅句故人增我春色韻　似此光陰催逼韻念浮生句不滿百句雖照人軒冕句潤屋珠金句於身何益韻一種勞心力韻圖利祿讀殆非長策韻除是恁讀點檢笙歌句訪尋羅綺消得韻　平仄參晁補之、無名氏詞。

(柳永《尾犯》)

【六幺令】又名綠腰、樂世、綠要。或云：此曲拍無過六字者，故曰六幺。今六幺行於世者，曰黃鍾羽，即俗呼般涉調；曰夾鍾羽，即俗呼中呂調；曰林鍾羽，即俗呼高平調；曰夷則羽，即俗呼仙呂調：皆羽調也。今《樂章集》柳永九十四字詞原注仙呂調，即《碧雞漫志》所云羽調之一。

正格雙調，九十四字，前後段各九句五仄韻。

　　澹煙殘照句搖曳溪光碧韻溪邊淺桃深杏句迤邐染春色韻昨夜扁舟泊處句枕底當灘磧韻波聲漁笛韻驚回好夢句夢裏欲歸怎歸得韻　展轉翻成無寐句

因此傷行役韻思念多媚多嬌句咫尺千山隔韻都爲深情密愛句不忍輕離拆韻好天良夕韻鴛帷寂寞句算得也應暗相憶韻　平仄參周邦彥、晏幾道、李琳、賀鑄、陳允平詞。（柳永《六幺令》）

又一體雙調，九十四字，前後段各九句五仄韻。

長江千里句煙澹水雲闊韻歌沈玉樹句古寺空有疏鐘發韻六代興亡如夢句冉冉驚時月韻兵戈淒滅韻豪華銷盡句幾見銀蟾自圓缺韻　潮落潮生波渺句江樹森如髮韻誰念遷客歸來句老大傷名節韻縱使歲寒途遠句此志應難奪韻高樓誰設韻倚闌凝望句獨立漁翁滿江雪韻　題：次韻和賀方回金陵懷古，鄱陽席上作。（李綱《六幺令》）

【一枝春】調見楊纘詞，其自度曲也。

正格雙調，九十四字，前段八句四仄韻，後段八句五仄韻。

竹爆驚春句競喧闐讀夜起千門簫鼓韻流蘇帳暖句翠鼎緩騰香霧韻停杯未舉句奈剛要讀送年新句韻應自有讀歌字清圓句未誇上林鶯語韻　從他歲窮日暮韻縱閑愁讀怎減劉郎風度韻屠蘇辦了句迤邐柳欺梅妒韻宮壺未曉句早驕馬讀繡車盈路韻還又把讀月夜花朝句自今細數韻　題：除夕。平仄參周密、張炎詞。（楊纘《一枝春》）

又一體雙調，九十四字，前段八句四仄韻，後段九句五仄韻。

碧淡春姿句柳眠醒讀似怯朝來疏雨韻芳程乍數句喚起探花情緒韻東風尚淺句甚先有讀翠嬌紅嫵韻應自把讀羅綺圍春句占得畫屏春聚韻　留連繡叢深處韻愛歌雲裊裊句低隨香縷韻瓊窗夜暖句試與細評新譜韻妝梅媚粉句料無奈讀弄顰佯妒韻還祇怕讀簾外籠鶯句笑人醉語韻　序云：寄閑飲客春窗，促坐款密，酒酣意洽，命清吭歌新製。余因爲之沾醉，且調新弄以謝之。（周密《一枝春》）

【掃地遊】調見清真集，因詞有“任占地持杯，掃花尋路”句，取以爲名。又名掃花遊、掃地花。

正格雙調，九十五字，前段十一句六仄韻，後段十句七仄韻。

下編 詞譜選錄・第二類 仄韻

曉陰翳日句正霧靄煙橫句遠迷平楚韻暗黃萬縷韻聽鳴禽按曲句小腰欲舞韻細繞回堤句駐馬河橋避雨韻信流去韻想一葉怨題句今到何處韻春事能幾許韻任占地持杯句掃花尋路韻淚珠濺俎韻歎將愁度日句病傷幽素韻恨入金徽句見說文君更苦韻黯凝竚掩重關讀遍城鐘鼓韻　自注：雙調。草堂題作春恨。平仄參王沂孫、張炎、張翥、吳文英、張半湖、陳允平、楊无咎詞。

（周邦彥《掃地遊》）

又一體雙調，九十五字，前段十一句六仄韻，後段十句七仄韻。

商飆乍發句漸淅淅初聞句蕭蕭還住韻頓驚倦旅韻背青燈弔影句起吟愁賦韻斷續無憑句試立荒庭聽取韻在何許句但落葉滿階句惟有高樹韻迢遞歸夢阻韻正老耳難禁句病懷凄楚韻故山院宇韻想邊鴻孤唳句砌蛩私語韻數點相和句更著芭蕉細雨韻避無處韻這閒愁讀夜深尤苦韻　題：秋聲。

（王沂孫《掃地遊》）

【徵招】《宋史・樂志》：政和間，詔以大晟雅樂施於燕饗，御殿按試，補徵角二調，播之教坊。調名始此。

正格雙調，九十五字，前段九句五仄韻，後段九句六仄韻。

玉壺凍裂琅玕折句駸駸逼人衣袂韻暖絮漲空飛句失前山橫翠韻欲低還又起韻似妝點滿園春意韻記憶當時句剡中情味句一溪雲水韻　天際絕行人句高吟處讀依稀灞橋鄰里韻更翦翦梅花句落雲階月地韻化工真解事句強勾引讀老來詩思楚天暮讀驛使不來句悵曲闌獨倚韻　題：雪。句讀依《全宋詞》。平仄參周密、張炎詞。

（趙以夫《徵招》）

又一體雙調，九十五字，前段九句四仄韻，後段九句五仄韻。

江蘺搖落江楓冷句霜空雁程初到韻萬景正悲涼句奈曲終人杳韻登臨嗟老矣句問今古讀清愁多少韻一夢東園句十年心事句恍然驚覺韻　腸斷句紫霞深句知音遠讀寂寂怨琴凄調韻短髮已無多句怕西風吹帽韻黃花空自好韻問誰識讀對花懷抱句楚山遠讀九辯難招句更晚煙殘照韻　題：九日登高。

（周密《徵招》）

【金浮圖】調見《尊前集》。

正格雙調，九十六字，前後段各十句七仄韻。

　　　　繁華地韻王孫富貴韻玳瑁筵開句下朝無事韻壓紅茵讀鳳舞黃金翅韻玉立纖腰句一片揭天歌吹韻滿目綺羅珠翠韻和風澹蕩句偷散沈檀氣韻　堪判醉韻韶光正媚韻折盡牡丹句豔迷人意韻縱金張許史應難比韻貪戀歡娛句不覺金烏西墜韻還惜會難別易韻金船更勸句勒住花驄轡韻　鈔自《詞譜》，有《詞律》《全唐詩》可校。此詞無別首可校。

（尹鶚《金浮圖》）

【黃鶯兒】調見《樂章集》，原注正宮，即詠黃鶯兒，取以為名。

正格雙調，九十六字，前段十句四仄韻，後段十句五仄韻。

　　　　園林晴晝春誰主韻暖律潛催句幽谷暄和句黃鸝翩翩句乍遷芳樹句觀露濕縷金衣句葉映如簧語韻曉來枝上綿蠻句似把芳心句深意低訴韻　無據韻乍出暖煙來句又趁遊蜂去韻恣狂蹤迹句兩兩相呼句終朝霧吟風舞韻當上苑柳濃時句別館花深處韻此際海燕偏饒句都把韶光與韻　平仄參陳允平、晁補之、《梅苑》詞。前後段對偶句，當從之。

（柳永《黃鶯兒》）

又一體雙調，九十六字，前段十句四仄韻，後段十句五仄韻。

　　　　六波煙黛浮空杳韻南陌嚶嚶句喬木初遷句紗窗無眠句畫闌憑曉韻看並宿暗黃深句織霧金梭小韻那人攜酒聽時句料得春來句詩夢驚覺韻　飛繞韻翠接斷橋雲句綠漾新堤草韻數聲嬌囀句婉娩如愁句調簧弄歌尖巧韻隨燕啅軟塵低句蝶妥游絲裊韻最憐舞絮飛花句喚郤東風老韻　《全宋詞》首句無韻，據《詞譜》注文改正。

（陳允平《黃鶯兒》）

【天香】《法苑珠林》云：天童子天香甚香，調名本此。以賀鑄詞句，又名伴雲來。

正格雙調，九十六字，前段十句五仄韻，後段八句六仄韻。

　　　　煙絡橫林句山沉遠照句迤邐黃昏鐘鼓韻燭映簾櫳句蛩催機杼句共惹清秋風露韻不眠思婦句齊應和讀幾聲砧杵韻驚動天涯倦客句駸駸歲華行暮韻當年酒狂自負韻謂東君讀以春相付句流浪征驂北道句客檣南浦韻幽恨無人

晤語韻賴明月讀曾知舊遊處韻好伴雲來句還將夢去韻　　（賀鑄《黃鶯兒》）

【倦尋芳】王雱詞注中呂宮，吳文英詞注林鍾羽。又名倦尋芳慢。

正格雙調，九十七字，前段十句四仄韻，後段九句四仄韻。

　　暮帆掛雨句冰岸飛梅句春思零亂韻送客將歸句偏是故宮離苑韻醉酒曾同涼月舞句尋芳還隔紅塵面韻去難留句悵芙蓉路窄句綠楊天遠韻　便繫馬讀鶯邊清曉句煙草晴花句沙潤香軟韻爛錦年華句誰念故人遊倦韻寒食相思堤上路句行雲應在孤山畔韻寄新吟句莫空回讀五湖春雁韻　題：餞周糾定夫。

平仄參吳文英別二首及潘元質、盧祖皋、湯恢、王雱詞。

（吳文英《倦尋芳》）

【劍器近】《宋史·樂志》，教坊奏劍器曲，其一屬中呂宮，其二屬黃鍾宮，又有劍器舞隊。此云近者，其聲調相近也。此調宋詞祇袁去華一首，無別首可校。

正格三段，九十六字。前段四句四仄韻，中段四句四仄韻，後段十一句七仄韻。

　　夜來雨韻賴倩得讀東風吹住韻海棠正妖嬈處韻且留取韻　悄庭戶韻試細聽讀鶯啼燕語韻分明共人愁緒韻怕春去韻　佳樹讀翠陰初轉午韻重簾未卷句乍睡起讀寂寞看風絮韻偷彈清淚寄煙波句見江頭故人句為言憔悴如許韻彩箋無數韻去郤寒暄句到了渾無定據句斷腸落日千山暮韻　前兩段爲雙曳頭，即句式、聲韻全部相同，如周邦彥之瑞龍吟詞前兩段亦是雙曳頭。其内容一是走馬訪舊，二是觸景憶舊。袁詞舊分兩段，今人以為應分三段，爲雙曳頭體，見《唐宋詞鑒賞辭典》。《欽定詞譜》《全宋詞》均分兩段。

（袁去華《劍器近》）

【塞垣春】調見《片玉詞》，自注大石調。

正格雙調，九十六字，前段九句六仄韻，後段八句四仄韻。

　　暮色分平野韻傍葦岸讀征帆卸句煙深極浦句樹藏孤館句秋景如畫韻漸別離讀氣味難禁也韻更物象讀供瀟灑韻念多才讀渾衰減句一懷幽恨難寫韻　追念綺窗人句天然自讀風韻嫻雅韻竟夕起相思句謾嗟怨遙夜韻又還將讀兩袖珠

淚_句沈吟向_讀寂寥寒燈下_韻玉骨爲多感_句瘦來無一把_韻　平仄參陳允平、方千里、楊澤民、吳文英詞。
（周邦彥《塞垣春》）

【醉蓬萊】《樂章集》注林鍾商，又名雪月交光、冰玉風月。

正格雙調，九十七字，前段十一句四仄韻，後段十二句四仄韻。

漸亭皋葉下_句隴首雲飛_句素秋新霽_韻華闕中天_句鎖葱葱佳氣_韻嫩菊黃深_句拒霜紅淺_句近寶階香砌_韻玉宇無塵_句金莖有露_句碧天如水_韻　正值升平_句萬幾多暇_句夜色澄鮮_句漏聲迢遞_韻南極星中_句有老人呈瑞_韻此際宸遊_句鳳輦何處_句度管弦清脆_韻太液波翻_句披香簾卷_句月明風細_韻　此詞前段首句，第五、第八句，後段第六、第九句，例作上一下四句法，平仄參諸家詞。
（柳永《醉蓬萊》）

又一體雙調，九十七字，前後段各十一句四仄韻。

笑勞生一夢_句羇旅三年_句又還重九_韻華髮蕭蕭_句對荒園搔首_韻賴有多情_句好飲無事_句似古人賢守_韻歲歲登高_句年年落帽_句物華依舊_韻　此會應須爛醉_句仍把紫菊茱萸_句細看重嗅_韻搖落霜風_句有手栽雙柳_句來歲今朝_句爲我西顧_句酹羽觴江口_韻會與州人_句飲公遺愛_句一江醇酎_韻　題：重九上君猷。《詞譜》注云，前段第七句"飲"字仄聲，宋詞皆無，或是"吟"字之訛。
（蘇軾《醉蓬萊》）

【暗香】宋姜夔自度仙呂宮曲，詠梅花作也。張炎以此調詠荷花，更名紅情。

正格雙調，九十七字，前段九句五仄韻，後段十句七仄韻。

舊時月色_韻算幾番照我_句梅邊吹笛_韻喚起玉人_句不管清寒與攀摘_韻何遜而今漸老_句都忘却_讀春風詞筆_韻但怪得_讀竹外疏花_句香冷入瑤席_韻　江國_韻正寂寂_韻歎寄與路遙_句夜雪初積_韻翠尊易泣_韻紅萼無言耿相憶_韻長記曾攜手處_句千樹壓_讀西湖寒碧_韻又片片_句吹盡也_句幾時見得_韻　序云："辛亥之冬，予載雪詣石湖，止既月，授簡索句，且徵新聲，作此兩曲。石湖把玩不已，使二妓肄習之，音節諧婉，乃名之曰暗香、疏影。"平仄參趙以夫、吳文英、陳允平、張炎諸詞。
（姜夔《暗香》）

下編　詞譜選錄・第二類　仄韻

又一體雙調，九十七字，前段九句五仄韻，後段十句七仄韻。

　　　　無邊香色韻記涉江自采句錦機雲密韻翦翦紅衣句學舞波心舊曾識韻一見依然似語句流水遠讀幾回空憶韻看亭亭讀倒影窺妝句玉潤露痕濕韻　閑立韻翠屏側韻愛向人弄芳句背酣斜日韻料應太液讀三十六宮土花碧韻清興凌風更爽句無數滿讀汀洲如昔韻泛片葉讀煙浪裏句卧橫紫笛韻　序云："疏影、暗香，姜白石爲梅著語。因易之曰紅情、綠意，以荷花、荷葉韻之。"

（張炎《暗香》）

【夢芙蓉】吳文英自度曲，題趙昌芙蓉圖，梅津所藏，以詞句而名之。無別首可校。

正格雙調，九十七字，前後段各十句六仄韻。

　　　　西風搖步綺韻記長堤驟過句紫驄十里韻斷橋南岸句人在晚霞外韻錦溫花共醉韻當時曾共秋被韻自別霓裳句想紅消翠冷韻霜枕正慵起韻　慘淡西湖柳底韻搖落秋魂句夜月歸環佩句畫圖重展句驚認舊梳洗韻去來雙翡翠韻難傳眼恨眉意韻夢斷瓊仙句但雲深路杳句城影照流水韻　（吳文英《夢芙蓉》）

【長亭怨慢】姜夔自度中呂宮曲。或作長亭怨，無慢字。

正格雙調，九十七字，前後段各九句五仄韻。

　　　　漸吹盡讀枝頭香絮韻是處人家句綠深門户句遠浦縈迴句暮帆零亂向何處韻閱人多矣句誰得似讀長亭樹韻樹若有情時句不會得讀青青如許韻　日暮韻望高城不見句祗見亂山無數韻韋郎去也句怎忘得讀玉環分付韻第一是讀早早歸來句怕紅萼讀無人爲主韻算空有幷刀句難翦離愁千縷韻　其序云："予頗喜自製曲。初，率意爲長短句，然後協以律，故前後闋多不同。桓大司馬云：'昔年種柳，依依漢南。今看搖落，淒愴江潭。樹猶如此，人何以堪。'此語予深愛之。""漸""向""望""怕""算"五字，定用去聲。平仄參王沂孫、周密、張炎詞。　（姜夔《長亭怨慢》）

又一體雙調，九十七字，前段九句六仄韻，後段九句五仄韻。

　　　　記千竹讀萬荷深處韻綠淨池臺句翠涼庭宇韻醉墨題香句閑簫橫玉盡吟趣韻勝流星聚韻知幾誦燕臺句零落碧雲空句歎轉眼讀歲華如許韻　凝佇

᠆韻望瀟瀟一水句夢到隔花窗户韻十年舊事句儘消得讀庾郎愁賦韻燕樓鶴表半漂零句算惟有讀盟鷗堪語韻謾倚遍河橋句一片涼雲吹雨韻　有長序，略之。

（周密《長亭怨慢》）

【逍遙樂】 調見黃庭堅《琴趣外篇》，即賦本意。

正格雙調，九十八字，前段十句六仄韻，後段八句五仄韻。

春意漸歸芳草韻故國佳人句千里信沈音杳韻雨潤煙光句晚景澄明句極目危闌斜照韻夢當年少韻對尊前讀上客鄒枚句小鬟燕趙句共舞雪歌塵句醉裏談笑韻　花色枝枝爭好韻鬢絲年年漸老如今遇風景句空瘦損讀向誰道東君幸賜與句天幕翠遮紅繞韻休休讀醉鄉岐路句華胥蓬島韻　此調祇此一詞，無別首可校，平仄宜遵之。

（黃庭堅《逍遙樂》）

【雙雙燕】 調見《梅溪集》，詞詠雙燕，即以爲名。

正格雙調，九十八字，前段九句五仄韻，後段十句七仄韻。

過春社了句度簾幕中間句去年塵冷韻差池欲住句試入舊巢相並韻還相雕梁藻井韻又軟語讀商量不定韻飄然快拂花梢句翠尾分開紅影韻　芳徑韻芹泥雨潤韻愛貼地爭飛句競誇輕俊韻紅樓歸晚句看足柳昏花暝韻應自棲香正穩韻便忘了天涯芳信韻愁損翠黛雙蛾句日日畫闌獨憑韻　題：詠燕。該詞首句句式爲一二一，中二字相連，如辛詞 “搵英雄淚” 句式。詞中段愛爲領字，例用去聲。其平仄參吳文英詞，惟前段第二句、後段第三句，句法參差，故不校注。

（史達祖《雙雙燕》）

【孤鸞】 調見明陳鍾秀《本草堂詩餘·後集》卷下無名氏詞。

正格雙調，九十八字，前後段各九句五仄韻。

天然標格韻是小蕚堆紅句芳姿凝白韻淡泞新妝淺點壽陽宫額韻東君想留厚意句借年年讀與傳消息韻昨日前村雪裏句有一枝先坼韻　念故人讀何處水雲隔韻縱驛使相逢句難寄春色韻試問丹青手句是怎生描得韻曉來一番雨過句更那堪讀數聲羌笛韻歸來和羹未晚句勸行人休摘韻　《詞譜》以爲

下編　詞譜選錄・第二類　仄韻　　　　　　　　　　179

朱敦儒作，而《全宋詞》則指明爲無名氏詞。而馬子嚴、趙以夫詞句讀參差，惟張榘次虛齋先生梅詞韻與無名氏詞句讀全同。平仄參馬、趙、張詞。　　　　　　　　　　　　　　　　　　（無名氏《孤鸞》）

又一體雙調，九十八字，前後段各九句五仄韻。

　　江南春早韻問江上寒梅句占春多少韻自照疏星冷句祇許春風到韻幽香不知甚處句但迢迢讀滿河煙草韻回首誰家竹外句有一枝斜好韻　記當年讀曾共花前笑韻念玉雪襟期句有誰知道韻喚起羅浮夢句正參橫月小韻淒涼更吹塞管句漫相思讀鬢華驚老韻待覓西湖半曲句對霜天清曉韻　題：梅。
　　　　　　　　　　　　　　　　　　　　　　　　（趙以夫《孤鸞》）

【陌上花】《東坡詞話》："錢塘人好唱陌上花、緩緩曲，蓋吳越王遺事也。"調名取此。此詞風流婉約，在淺深濃淡之間，亦絕唱也。祇此一首，無可校者。

正格雙調，九十八字，前後段各八句四仄韻。

　　關山夢裏歸來句還又歲華催晚韻馬影雞聲句諳盡倦郵荒館韻綠箋密記多情事句一看一回腸斷韻待殷勤讀寄與舊遊鶯燕句水流雲散　滿羅衫讀是酒痕凝處句唾碧啼紅相半韻祇恐梅花句瘦倚夜寒誰暖韻不成便沒相逢日句重整釵鸞箏雁句但何郎讀縱有春風詞筆句病懷渾懶韻　題：使歸閩浙，歲暮有懷。
　　　　　　　　　　　　　　　　　　　　　　　　（張翥《陌上花》）

【福壽千春】調見《花草粹編》。祇此一詞，無可校者。

正格雙調，九十八字，前段十句五仄韻，後段十一句五仄韻。

　　柳暗三眠句蓂翻七莢韻稟昂蕭生時叶韻信道鳳毛池上種句却勝河東鷟鷟韻篤志典墳經旨句索得歐陽學韻妙文章句赴飛黃句姓名即登雁塔韻　要成發軔勳業句便先教濟川句整頓舟楫韻兆朕於今句須從此超邁句榮膺異渥韻他日趣裝事句待還鄉歡洽韻頌椒觴句祝遐算句壽同龜鶴韻（盧摯《福壽千春》）

【三部樂】調見東坡詞。《唐書・禮樂志》：明皇分樂爲二部，堂下立奏，謂之立部伎；堂上坐奏，謂之坐部伎。又酷愛法曲，選坐部伎子弟三百教於梨園，爲法曲部。三部之名，疑出於此。宋人無如蘇軾詞填者，故以周邦彥詞爲正格。周邦彥詞注商調。

正格雙調，九十九字，前段十句四仄韻，後段九句五仄韻。

浮玉霏瓊句向邃館靜軒句倍增清絕韻夜窗垂練句何用交光明月韻近聞道讀官閣多梅句趁暗香未遠句凍蕊初發韻倩誰摘取句寄贈情人桃葉韻　回文近傳錦字句道爲君瘦損句是人都說韻祆知染紅著手句膠梳黏髮韻轉思量讀鎮長墮睫韻都祇爲讀情深意切韻欲報消息句無一句讀堪愈愁結韻　文字從吳則虞校點本《清真集》。此調例用入聲韻。平仄參陳亮、蘇軾、方千里、吳文英四家詞。題：梅雪。　　　　　　　　（周邦彥《三部樂》）

【月下笛】調始周邦彥《片玉詞》。因詞有"涼蟾瑩徹"及"靜倚官橋吹笛"句，取以爲名。越調。

正格雙調，九十九字，前段十句五仄韻，後段十一句七仄韻。

千里行秋句支筇背錦句頓懷清友韻殊鄉聚首韻愛吟猶自詩瘦韻山人不解思猿鶴句笑問我讀韋孃在否韻記長堤畫舫句花柔春鬧句幾番攜手韻　別後韻都依舊韻但靖節門前句近來無柳句盟鷗尚有韻可憐西塞漁叟句斷腸不恨江南老句恨落葉讀飄零最久句倦遊處讀減卻愁句猶未消磨是酒韻　題：寄仇山村溧陽。此調後結三字兩句、六字一句，宋元人俱如此填。平仄參張炎別首及陶宗儀、曾允元、彭元遜三家詞。　　　　　（張炎《月下笛》）

又一體雙調，九十九字，前段十句五仄韻，後段十句七仄韻。

東閣詩慳句西湖夢淺句好音難託韻香消玉削韻阿誰底事頻橫笛句不道是讀江南搖落韻向空階閑砌句天寒日暮句病鶴輕啄韻　情薄韻東風惡韻試快覓飛瓊句共翔寥廓韻冰魂漠漠韻誰憐金石離索韻有時巧綴雙蛾綠句天做就韻宮妝綽約韻待一點讀脆圓成句須信和羹問卻韻　　　（陶宗儀《月下笛》）

【玲瓏四犯】此調創自周邦彥《清真集》。方千里、楊澤民、陳允平俱有和詞。姜夔又有自度黃鍾商曲，與周詞句讀迥別。因調名同，故亦類列。

正格雙調，九十九字，前後段各九句五仄韻。

穠李夭桃句是舊日潘郎句親試春豔韻自別河陽句長負露房煙臉韻顦顇鬢點吴霜句細念想讀夢魂飛亂韻歎畫闌玉砌都换讀纔始有緣重見韻　夜深偷展香羅薦韻暗窗前讀醉眠葱蒨韻浮花浪蕊都相識句誰更曾擡眼韻休問舊色舊香句但認取讀芳心一點韻又片時一陣句風雨惡句吹分散韻　題：春思。調下注大石。平仄參方千里、史達祖、曹邍、高觀國、張炎、周密六家詞。此詞又名夜來花。（周邦彦《玲瓏四犯》）

又一體雙調，九十九字，前段十句五仄韻，後段九句六仄韻。

疊鼓夜寒句垂燈春淺句怱怱時事如許韻倦遊歡意少句俯仰悲今古韻江淹又吟恨賦韻記當時讀送君南浦韻萬里乾坤句百年身世句惟有此情苦韻　揚州柳讀垂官路韻有輕盈换馬句端正窺户韻酒醒明月下句夢逐潮聲去韻文章信美知何用句漫贏得讀天涯羈旅韻教説與韻春來要讀尋花伴侣韻　調下云：此曲雙調，世别有大石調一曲。序曰：越中歲暮，聞簫鼓感懷。

（姜夔《玲瓏四犯》）

【瑣窗寒】一名鎖寒窗。調見《片玉集》，因詞有"静鎖庭愁雨"及"故人翦燭西窗語"句，取以爲名。自注越調。

正格雙調，九十九字，前段十句四仄韻，後段十句六仄韻。

暗柳啼鴉句單衣竚立句小簾朱户韻桐花半畝句静鎖一庭愁雨韻灑空階讀夜闌未休句故人翦燭西窗語韻似楚江暝宿句風燈零亂句少年羈旅韻　遲暮韻嬉遊處韻正店舍無煙句禁城百五韻旗亭唤酒句付與高陽儔侣韻想東園讀桃李自春句小唇秀靨今在否韻到歸時讀定有殘英句待客攜尊俎韻　題：寒食。以上從吴則虞校點本《清真集》。平仄參蕭允之、王沂孫、陳允平、張炎諸詞。（周邦彦《瑣窗寒》）

又一體雙調，一百字，前段十句五仄韻，後段十句七仄韻。

斷碧分山句空簾剩月句故人天外韻香留酒殢韻蝴蝶一生花裏韻想如今讀醉魂未醒句夜臺夢語秋聲碎韻自中仙去後句詞箋賦筆句便無清致韻　都是韻淒涼意韻悵玉笥埋雲句錦袍歸水韻形容憔悴韻料應也讀孤吟山鬼韻那知人讀

彈折素弦句黃金鑄出相思淚韻但柳枝讀門掩枯陰句候蛩愁暗葦韻　序云：王碧山又號中仙，越人也。能文工詞，琢語峭拔，有白石意度，今絕響矣。余悼之玉笥山，所謂長歌之哀，過於痛哭。　　　（張炎《瑣窗寒》）

【大有】調見《片玉集》。以其詞欠雅馴，故采潘希白詞作譜。

正格雙調，九十九字，前段八句四仄韻，後段十句五仄韻。

戲馬臺前句采花籬下句問歲華讀還是重九韻恰歸來讀南山翠色依舊韻簾櫳昨夜聽風雨句都不似讀登臨時候韻一片宋玉情懷句十分衛郎清瘦韻　紅萸佩句空對酒韻砧杵動微寒句暗欺羅袖韻秋已無多句早是敗荷衰柳韻強整帽檐敧側句曾經向讀天涯搔首韻幾回憶讀故國蓴鱸句霜前雁後韻　題：九日。平仄參周邦彥詞。　　　　　　　　　　　（潘希白《大有》）

【燕山亭】此調以宋徽宗詞最有名，蓋以此詞爲其悲慘遭遇之實錄也。而其句讀與諸家詞有異，故以別詞作譜。

正格雙調，九十九字，前段十一句五仄韻，後段十句五仄韻。

河漢風情句庭戶夜涼句皓月澄秋時候韻冰鑒乍開句跨海飛來句光掩滿天星斗韻四卷珠簾句漸移影讀寶階鴛甃句還又韻看歲歲嬋娟句向人依舊韻　朱邸高宴簪纓句正歌吹瑤臺句舞翻宮袖韻銀管競酬句棣萼相輝句風流古來誰有韻玉笛橫空句更聽徹讀霓裳三奏韻難偶韻拚醉倒讀參橫曉漏韻　題：中秋諸王席上作。平仄參毛開、王之道、張雨、趙佶詞。（曾覿《燕山亭》）

又一體雙調，九十九字，前段十一句五仄韻，後段十句五仄韻。

裁翦冰綃句輕疊數重句淡著胭脂勻注韻新樣靚妝句豔溢香融句羞殺蕊珠宮女韻易得凋零句更多少讀無情風雨韻愁苦韻問院落凄涼句幾番春暮韻　憑寄離恨重重句這雙燕句何曾會人言語韻天遙地遠句萬水千山句知他故宮何處韻怎不思量句除夢裏讀有時曾去韻無據韻和夢也讀新來不做韻　題：北行見杏花。　　　　　　　　　　　　　　　（趙佶《燕山亭》）

【秋宵吟】宋姜夔自度曲。調下注越調。

正格雙調，九十九字，前段十句六仄韻，後段十句五仄韻。

下編　詞譜選錄・第二類　仄韻　183

古簾空（句）墜月皎（韻）坐久西窗人悄（韻）蛩吟苦（讀）漸漏水丁丁（句）箭壺催曉（韻）引涼颸（句）動翠葆（韻）露脚斜飛雲表（韻）因嗟念（讀）似去國情懷（句）暮帆煙草（韻）　帶眼銷磨（句）爲近日（讀）愁多頓老（韻）衛娘何在（句）宋玉歸來（句）兩地暗縈繞（韻）搖落江楓早（韻）嫩約無憑（句）幽夢又杳（韻）但盈盈（讀）淚灑單衣（句）今夕何夕恨未了（韻）　此詞前段十句，後五句與前五句句讀平仄全同，如瑞龍吟之雙拽頭也。或此調體例宜然，填者辨之。此詞無別首可校。　　　　　　（姜夔《秋宵吟》）

【三姝媚】調見《梅溪集》。

正格雙調，九十九字，前段十一句五仄韻，後段十句五仄韻。

煙光搖縹瓦（韻）望晴簷多風（句）柳花如灑（韻）錦瑟橫床（句）想淚痕塵影（句）鳳弦長下（韻）倦出犀帷（句）頻夢見（讀）王孫驕馬（韻）諱道相思（句）偷理綃裙（句）自驚腰衩（韻）惆悵南樓遙夜（韻）記翠箔張燈（句）枕肩歌罷（韻）又入銅駝（句）遍舊家門巷（句）首詢聲價（韻）可惜東風（句）將恨與（讀）閑花俱謝（韻）記取崔徽模樣（句）歸來暗寫（韻）　平仄參詹、張、王、吳、薛、周諸家詞。　　　　　　（史達祖《三姝媚》）

【念奴嬌】又名大江東去、酹江月、赤壁詞、酹月、壺中天慢、大江西上曲、太平歡、壽南枝、古梅曲、湘月、淮甸春、白雪詞、百字令、百字謠、無俗念、千秋歲、慶長春、杏花天。《碧雞漫志》云：大石調，又轉入道調宮，又轉入高宮大石調。姜詞注雙調。元高拭詞注大石調，又大呂調。元稹《連昌宮詞》自注：念奴，天寶中名倡，善歌。又云：玄宗遣高力士大呼於樓上曰：欲遣念奴唱歌，邠二十五郎吹小管逐，看人能聽否，未嘗不悄然奉詔。此調音節高亢，英雄豪傑之士多喜用之。俞文豹《吹劍錄》云：學士詞，須關西大漢，銅琵琶，鐵綽板，唱大江東去。

正格雙調，一百字，前後段各十句四仄韻。

憑高眺遠（句）見長空萬里（句）雲無留迹（韻）桂魄飛來光射處（句）冷浸一天秋碧（韻）玉宇瓊樓（句）乘鸞來去（句）人在清涼國（韻）江山如畫（句）望中煙樹歷歷（韻）　我醉拍手狂歌（句）舉杯邀月（句）對影成三客（韻）起舞徘徊風露下（句）今夕不知何夕（韻）便欲乘風（句）翻然歸去（句）何用騎鵬翼（韻）水晶宮裏（句）一聲吹斷橫笛（韻）　題：中秋。

平仄參辛棄疾、趙師俠、張元幹、黃庭堅、趙長卿、張炎、姜夔、張輯詞。　　　　　　　　　　　　　　　　　　　　（蘇軾《念奴嬌》）

又一體雙調，一百字，前後段各十句四仄韻。

　　野棠花落_句又忽忽過了_句清明時節_韻剗地東風欺客夢_句一枕雲屏寒怯_韻曲岸持觴_句垂楊繫馬_句此地曾輕別_句樓空人去_句舊遊飛燕能說_韻　聞道綺陌東頭_句行人長見_句簾底纖纖月_句舊恨春江流不盡_句新恨雲山千疊_韻料得明朝_句尊前重見_句鏡裏花難折_韻也應驚問_句近來多少華髮_韻　題：書東流村壁。　　　　　　　　　　　　　　　　　　　（辛棄疾《念奴嬌》）

又一體變格。雙調，一百字，前段九句四仄韻，後段十句四仄韻。

　　大江東去_句浪淘盡_讀千古風流人物_韻故壘西邊_句人道是_讀三國周郎赤壁_韻亂石穿空_句驚濤拍岸_句卷起千堆雪_韻江山如畫_句一時多少豪傑_韻　遙想公瑾當年_句小喬初嫁了_句雄姿英發_韻羽扇綸巾_句談笑間_讀檣櫓灰飛煙滅_韻故國神遊_句多情應笑我_句早生華髮_韻人間如夢_句一尊還酹江月_韻　此詞字詞、句讀皆有異，主從《詞譜》。　　　　　　　　　　（蘇軾《念奴嬌》）

又一體雙調，一百字，前段九句四仄韻，後段十句四仄韻。

　　危樓還望_句歎此意_讀今古幾人曾會_韻鬼設神施_句渾認作_讀天限南疆北界_韻一水橫陳_句連崗三面_句做出爭雄勢_韻六朝何事_句祗成門戶私計_韻　因笑王謝諸人_句登高懷遠_句也學英雄涕_韻憑却長江_句管不到_讀河洛腥膻無際_韻正好長驅_句不須反顧_句尋取中流誓_韻小兒破賊_句勢成寧問疆埸_韻　題：登多景樓。　　　　　　　　　　　　　　　　　　　　（陳亮《念奴嬌》）

又一體雙調，一百字，前段九句四仄韻，後段十句四仄韻。

　　洞庭青草_句近中秋_讀更無一點風色_韻玉鑒瓊田三萬頃_句著我扁舟一葉_韻素月分輝_句明河共影_句表裏俱澄澈_韻悠然心會_句妙處難與君說_韻　應念嶺表經年_句孤光自照_句肝膽皆冰雪_韻短髮蕭騷襟袖冷_句穩泛滄浪空闊_韻盡吸西江_句細斟北斗_句萬象爲賓客_韻扣舷獨笑_句不知今夕何夕_韻　題：過洞庭。　　　　　　　　　　　　　　　　　　　　　　　（張孝祥《念奴嬌》）

又一體雙調，一百字，前段九句四仄韻，後段十句四仄韻。

石頭城上句望天低吳楚句眼空無物韻指點六朝形勝地句惟有青山如壁韻蔽日旌旗句連雲檣櫓句白骨紛如雪韻一江南北句消磨多少豪傑韻　寂寞避暑離宮句東風輦路句芳草年年發韻落日無人松徑裏句鬼火高低明滅韻歌舞尊前句繁華鏡裏句暗換青青髮韻傷心千古句秦淮一片明月韻　題：步東坡原韻。（薩都刺《念奴嬌》）

【解語花】王仁裕《開元天寶遺事》："明皇秋八月，太液池有千葉白蓮，數枝盛開，帝與貴戚宴賞，左右皆歎羡久之。帝指貴妃示於左右曰：争如我解語花。"調名本此。王行詞注林鍾羽，周邦彦注高平，周密《草窗詞》注羽調。

正格雙調，一百字，前段九句六仄韻，後段九句七仄韻。

風銷焰蠟句露浥烘爐句花市光相射韻桂華流瓦韻纖雲散讀耿耿素娥欲下韻衣裳淡雅韻看楚女讀纖腰一把韻簫鼓喧讀人影参差句滿路飄香麝韻　因念都城放夜韻望千門如晝句嬉笑遊冶韻鈿車羅帕韻相逢處讀自有暗塵隨馬韻年光是也韻唯衹見讀舊情衰謝韻清漏移讀飛蓋歸來句從舞休歌罷韻　題：上元。平仄参吴文英、周密、施岳、張炎、王行詞。（周邦彦《解語花》）

又一體雙調，百一字，前段九句四仄韻，後段九句五仄韻。

晴絲罥蝶句暖蜜酣蜂句重簾卷春寂寂韻雨萼煙梢句壓闌干讀花雨染衣紅濕韻金鞍誤約句空極目讀天涯草色韻閬苑玉簫人去後句惟有鶯知得韻　餘寒猶掩翠户句梁燕乍歸句芳信未端的韻淺薄東風句莫因循讀輕把杏鈿狼籍韻塵侵錦瑟韻殘日紅窗春夢窄韻睡起折枝無意緒句斜倚秋千立韻　序云：羽調解語花，音韻婉麗，有譜而亡其辭。連日春晴，風景韶媚，芳思撩人，醉撚花枝，倚聲成句。（周密《解語花》）

【繞佛閣】調見《清真集》，自注大石。《夢窗詞》入夾鍾商。

正格雙調，一百字，前段十一句八仄韻，後段九句六仄韻。

暗塵四斂韻樓觀迥出句高映孤館韻清漏將短韻厭聞夜久讀籤聲動書幔韻桂花又滿韻閑步露草句偏愛幽遠韻花氣清婉韻望中迤邐句城陰度河岸韻　倦

客最蕭索句醉倚斜陽穿柳綫韻還似汴堤讀虹梁橫水面句看浪颭春燈句舟下如箭韻此行重見句歎故友難逢句羈思空亂讀兩眉愁讀向誰舒展韻　題：旅情。句讀從《詞譜》，平仄參吳文英、陳允平詞。　　（周邦彥《繞佛閣》）

【大椿】調見《松隱集》，蓋應製壽詞也，取《莊子》"大椿"句為名。

正格雙調，一百字，前後段各九句四仄韻。

梅擁繁枝句香飄翠簾句鈞奏嚴陳華宴韻誠孝感南極句正老人星現韻垂眷東朝功慶遠句享五福讀長樂金殿韻茲時壽協七旬句慶古今來稀見韻　慈顏綠髮看更新句玉色粹溫句體力加健韻導引沖和氣讀覺春生酒面韻龍章親獻龜臺祝句與中宮讀同誠歡忭韻億萬斯年句當蓬萊讀海波清淺韻　題：大母慶七十。衹此一詞，無可校者。　　　　　　　　　（曹勛《大椿》）

【絳都春】《夢窗詞》注夷則羽，俗名仙呂調。《九宮譜》注黃鍾宮。

正格雙調，一百字，前段十句六仄韻，後段九句六仄韻。

情黏舞綫韻恨駐馬灞橋句天寒人遠韻旋翦露痕句移得春嬌栽瓊苑韻流鶯常語煙中怨韻恨三月句飛花零亂韻豔陽歸後句紅藏翠掩句小坊幽院韻　誰見韻新腔按徹句背燈暗讀共倚寶屏蔥蒨句繡被夢輕句金屋妝深沈香換韻梅花重洗春風面韻正溪上讀參橫月轉韻並禽飛上金沙句瑞香霧暖韻　題：為李篔房量珠賀。平仄參翁元龍、趙彥端、蔣捷、劉鎮、張榘、京鏜、無名氏詞。　　　　　　　　　　　　　　　　　（吳文英《絳都春》）

又一體雙調，一百字，前後段各十句六仄韻。

花嬌半面韻記蜜燭夜闌句同醉深院韻衣袖粉香句猶未經年如年遠韻玉顏不趁秋容換韻但換却讀春遊同伴韻夢回前度句郵亭倦客句又拈箋管韻　慵按韻梁州舊曲句怕離柱斷弦句驚破金雁句霜被睡濃句不比花前良宵短韻秋娘羞占東離畔韻待說與讀深宮幽怨韻恨他情淡陶郎句舊緣較淺韻　題：秋晚，海棠與黃菊盛開。　　　　　　　　　　　　　　（翁元龍《絳都春》）

【東風第一枝】又名瓊林第一枝。《夢窗詞》注黃鍾商，《九宮譜》注大石調。

正格雙調，一百字，前段九句四仄韻，後段八句五仄韻。

草脚愁蘇句花心夢醒句鞭香拂散牛土韻舊歌空憶珠簾句綵筆倦題繡户韻黏鷄貼燕句想立斷讀東風來處韻暗惹起讀一掬相思句亂若翠盤紅縷韻　今夜覓讀夢池秀句明日動讀探花芳緒句寄聲沽酒人家句預約俊遊伴侶韻憐他梅柳句怎忍潤讀天街酥雨韻待過了讀一月燈期句日日醉扶歸去韻　題：壬戌閏臘望，雨中立癸亥春，與高賓王各賦。平仄參吴文英、王之道、張𣂏、張雨、無名氏詞。

（史達祖《東風第一枝》）

又一體雙調，一百字，前段九句六仄韻，後段八句六仄韻。

傾國傾城句非花非霧韻春風十里獨步韻勝如西子妖嬈句更比太真淡竚韻鉛華不御韻漫道有讀巫山洛浦韻似恁地讀標格無雙句鎮鎖畫樓深處韻　曾被風讀容易送去韻曾被月讀等閑留住韻似花翻使花羞句似柳任從柳妒韻不教歌舞韻恐化作讀彩雲輕舉韻信下蔡讀陽城俱迷句看取宋玉詞賦韻

（吴文英《東風第一枝》）

【桂枝香】又名疏簾淡月。調見《樂府雅詞》，宜用入聲韻。前後段第二句之首字爲領格，宜用去聲字。

正格雙調，百一字，前後段各十句五仄韻。

登臨送目韻正故國晚秋句天氣初肅韻千里澄江似練句翠峰如簇韻征帆去棹殘陽裏句背西風讀酒旗斜矗韻彩舟雲淡句星河鷺起句畫圖難足韻　念往昔讀豪華競逐句歎門外樓頭句悲恨相續韻千古憑高句對此漫嗟榮辱韻六朝舊事如流水句但寒煙讀衰草凝綠韻至今商女句時時猶唱句後庭遺曲韻　題：金陵懷古。平仄參詹正、陳允平、李彭老、王學文、張輯、周密詞。

（王安石《桂枝香》）

【翦牡丹】《宋史·樂志》：教坊有女弟子舞隊，第四曰佳人翦牡丹隊，調名本此。

正格雙調，百一字，前段十句四仄韻，後段十句七仄韻。

野綠連空句天青垂水句素色溶漾都净韻柔柳搖搖句墜輕絮無影韻汀洲

日落人歸句修巾薄袂句擷香拾翠相競韻如解凌波句泊煙渚春暝韻　綵縚朱索新整韻宿繡屏讀畫船風定句金鳳響雙槽句彈出今古幽思誰省韻玉盤大小亂珠迸韻酒上妝面句花豔眉相並韻重聽讀盡漢妃一曲句江空月靜韻　《花草粹編》李致遠詞後段句讀不同，故不校注平仄。李致遠詞見《詞譜》及《全宋詞》，茲不錄。

（張先《剪牡丹》）

【真珠簾】調見《放翁詞》。

正格雙調，百一字，前段九句六仄韻，後段十句六仄韻。

寶堦斜轉春宵翳韻雲屏敞讀霞卷東風新霽韻光照萬里寒句曳冷雲垂地韻暗憶連昌遊冶事句照炫轉讀熒煌珠翠韻難比韻是鮫人織就句冰綃清淚韻　猶記韻夢入瑤臺句正玲瓏透月句瓊扉十二韻細縷逗濃香句接翠蓬雲氣韻縞夜梨花生暖白句浸瀲灩讀一池春水韻乘醉讀悅歸時讀人在明河影裏韻　題：琉璃簾。平仄參朱晞顏、張翥、陸游、張炎詞。

（周密《真珠簾》）

【曲江秋】此調始見《逃禪詞》。韓玉詞注正宮。宜用入聲韻。

正格雙調，百一字，前段十二句六仄韻，後段十句六仄韻。

香消爐歇韻換沈水重燃句熏爐猶熱韻銀漢墜懷句冰輪轉影句冷光侵毛髮韻隨分且宴設韻小槽酒句真珠滑句漸覺夜闌句烏紗露濡句畫簾風揭韻　清絕韻輕紈弄月韻緩歌處讀眉山怨疊句持杯須我醉句香紅映臉句雙腕凝霜雪韻飲散晚歸來句花梢指點流螢滅韻睡未穩句東窗漸明句遠樹又聞鵾鴂韻　平仄參楊无咎別二首及韓玉詞。

（楊无咎《曲江秋》之二）

【翠樓吟】姜夔自度雙調曲，《詞譜》注為夾鍾商曲。其詞前後段第七句首字為領格，宜用去聲。

正格雙調，百一字，前段十一句六仄韻，後段十二句七仄韻。

月冷龍沙句塵清虎落句今年漢酺初賜韻新翻胡部曲句聽氈幕讀元戎歌吹韻層樓高峙韻看檻曲縈紅句檐牙飛翠韻人姝麗句粉香吹下句夜寒風細韻　此地韻宜有詞仙句擁素雲黃鶴句與君遊戲韻玉梯凝望久句歎芳草讀萋萋千里韻天涯情味韻仗酒祓清愁句花銷英氣韻西山外韻晚來還卷句一簾秋霽韻　自

序不錄。此調祇此一首，無可校者。　　　　　　（姜夔《翠樓吟》）

【霓裳中序第一】

姜夔序云："丙午歲，留長沙，登祝融，因得其祠神之曲曰《黃帝鹽》《蘇合香》。又於樂工故事中，得商調《霓裳曲》十八闋，皆虛譜無辭。按沈氏《樂律》，《霓裳》道調，此乃商調。樂天詩云'散序六闋'，此特兩闋，未知孰是。然音節閑雅，不類今曲。予不暇盡作，作中序一闋傳於世。予方羈遊，感此古音，不自知其辭之怨抑也。"該序之附注參見《唐宋詞鑒賞辭典》鄧小軍文後之六注。

正格雙調，百一字，前段十句七仄韻，後段十一句八仄韻。

　　亭皋正望極韻亂落紅蓮歸未得韻多病却無氣力韻況紈扇漸疏句羅衣初索韻流光過隙韻歎杏梁讀雙燕如客韻人何在句一簾淡月句仿佛照顏色韻　幽寂韻亂蛩吟壁韻動庾信讀清愁似織韻沈思年少浪迹句笛裏關山句柳下坊陌韻墜紅無信息韻漫暗水讀涓涓溜碧句飄零久句而今何意醉卧酒壚側韻　平仄參姜个翁、應法孫、周密、尹焕詞。例用入聲韻。

（姜夔《霓裳中序第一》）

【西平樂】

此調有仄韻、平韻兩體。仄韻者始自柳永，《樂章集》注小石調；平韻者始自周邦彥，一名西平樂慢。

正格雙調，百二字，前段十句五仄韻，後段十一句六仄韻。

　　盡日憑高寓目句脈脈春情緒韻佳景清明漸近句時節輕寒乍暖句天氣纔晴又雨韻煙光澹蕩句裝點平蕪遠樹句黯凝竚句臺榭好句鶯燕語　正是和風麗日句幾許繁紅嫩綠句雅稱嬉遊去韻奈阻隔句尋芳伴侶韻秦樓鳳吹句楚臺雲約句空悵望句在何處韻寂寞韶光暗度韻可憐向晚句邨落聲聲杜宇韻　平仄參朱雍、晁補之詞。

（柳永《西平樂》）

又一體正格。雙調，百三十七字，前段十三句四平韻，後段十五句三平韻。

　　穉柳蘇晴句故溪歇雨句川迥未覺春賒韻駝褐侵寒句正憐初日句輕陰抵死須遮韻歎事逐孤鴻盡去句身與塘蒲共晚句爭知向此句征途迢遞句竚立塵沙韻追念朱顏翠髮句曾到處讀故地使人嗟韻　道連三楚句天低四野句喬木依前句臨路敧斜韻重慕想讀東陵晦迹句彭澤歸來句左右琴書自樂句松菊相依句

何況風流鬢未華㘆多謝故人句親馳鄭驛句時倒融尊句勸此淹留句共過芳時句翻令倦客思家㘆　序曰："元豐初，予以布衣西上，過天長道中。後四十餘年，辛丑正月二十六日，避賊復遊故地。感歎歲月，偶成此詞。"該詞句讀，《詞譜》、吳則虞校點《清真集》均有誤。以陳允平詞和周詞比較，則《全宋詞》爲是。平仄參楊澤民、方千里、陳允平和詞。

(周邦彥《西平樂》)

【水龍吟】

又名豐年瑞、鼓笛慢、龍吟曲、小樓連苑、莊椿歲。姜夔詞注無射商，俗名越調。各家格式出入頗多，今分二譜。起句七字、次句六字者，以蘇詞爲正格；起句六字、次句七字者，以秦詞爲正格。其餘類列，細分廿五體，祇選名家詞數闋爲則。

正格雙調，百二字，前段十一句四仄韻，後段十一句五仄韻。

霜寒煙冷兼葭老句天外征鴻嘹唳㘆銀河秋晚句長門燈悄句一聲初至㘆應念瀟湘句岸遙人靜句水多菰米㘆乍望極平田句徘徊欲下讀依前被㘆風驚起㘆　須信衡陽萬里㘆有誰家讀錦書遙寄句萬重雲外句斜行橫陣句纔疏又綴㘆仙掌月明句石頭城下句影搖寒水㘆念征衣未搗句佳人拂杵句有盈盈淚㘆

題：雁。　　　　　　　　　　　　(蘇軾《水龍吟》)

又一體雙調，百二字，前段十一句四仄韻，後段十一句五仄韻。

摩訶池上追遊路句紅綠參差春晚㘆韶光妍媚句海棠如醉句桃花欲暖㘆挑菜初閑句禁煙將近句一城絲管㘆看金鞍爭道句香車飛蓋句爭先占讀新亭館㘆　惆悵年華暗換句黯銷魂讀雨收雲散㘆鏡奩掩月句釵梁拆鳳句秦筝斜雁㘆身在天涯句亂山孤壘句危樓飛觀㘆歎春來祇有句楊花和淚句向東風滿㘆

題：春日遊摩訶池。　　　　　　(陸游《水龍吟》)

又一體正格。雙調，百二字，前段十一句四仄韻，後段十句五仄韻。

小樓連苑橫空句下窺繡轂雕鞍驟㘆疏簾半卷句單衣初試句清明時候㘆破暖輕風句弄晴微雨句欲無還有㘆賣花聲過盡句斜陽院宇句紅成陣讀飛鴛鴦㘆　玉佩丁東別後句悵佳期讀參差難又㘆名韁利鎖句天還知道句和天也瘦㘆花下重門句柳邊深巷句不堪回首㘆念多情讀但有當時皓月句照人依舊㘆　宋

下編　詞譜選錄·第二類　仄韻　　　　　　　　　　191

詞如此填者最多。後結句與諸家異，平仄參諸家詞。　　（秦觀《水龍吟》）

又一體雙調，百二字，前後段各十一句四仄韻。

　　似花還似非花句也無人惜從教墜韻拋家傍路句思量却是句無情有思韻縈損柔腸句困酣嬌眼句欲開還閉韻夢隨風萬里句尋郎去處句又還被讀鶯呼起韻　不恨此花飛盡句恨西園讀落紅難綴韻曉來雨過句遺踪何在句一池萍碎韻春色三分句二分塵土句一分流水韻細看來句不是楊花點點句是離人淚韻
題：次韻章質夫楊花詞。　　　　　　　　　　（蘇軾《水龍吟》）

又一體雙調，百二字，前段十一句四仄韻，後段十一句五仄韻。

　　楚天千里清秋句水隨天去秋無際韻遙岑遠目句獻愁供恨句玉簪螺髻韻落日樓頭句斷鴻聲裏句江南遊子韻把吳鈎看了句闌干拍遍句無人會讀登臨意韻　休説鱸魚堪膾韻盡西風讀季鷹歸未韻求田問舍句怕應羞見句劉郎才氣韻可惜流年句憂愁風雨句樹猶如此韻倩何人喚取句紅巾翠袖句搵英雄淚韻
題：登建康賞心亭。　　　　　　　　　　　（辛棄疾《水龍吟》）

又一體雙調，百二字，前段十一句四仄韻，後段十一句五仄韻。

　　嶺頭一片青山句可能埋得凌雲氣韻遐方異域句當年滴盡句英雄清淚韻星斗撐腸句雲煙盈紙句縱橫遊戲韻漫人間留得句陽春白雪句千載下讀無人繼韻　不見戟門華第韻是蕭蕭讀竹枯松悴韻問誰料理句帶湖煙景句瓢泉風味韻萬里中原句不堪回首句人生如寄韻且臨風高唱句逍遙舊曲句爲先生酹韻
題：弔辛稼軒。該詞轉錄自許宗元《中國詞史》。　　（張埜《水龍吟》）

【鬬百草】調見《琴趣外篇》。

正格雙調，百二字，前段十句四仄韻，後段十句五仄韻。

　　別日常多句會時常少天難曉韻正喜花開句又愁花謝句春也似人易老韻慘無言讀念舊日朱顏句清歡莫笑句便苒苒如雲句霏霏似雨句去無音耗韻　追想牆頭梅下句門裏桃邊句名利爲伊都忘了韻血寫香箋句淚封羅帕句記三日讀離腸恨攪韻如今事句十二樓空憑誰到句此情悄韻擬回船讀武陵路杳韻　此調祇晁詞二首，故平仄參其別首。　　　　　（晁補之《鬬百草》）

【石州慢】又名柳色黃、石州引。《宋史·樂志》入越調。宜用入聲韻。

正格雙調，百二字，前段十句四仄韻，後段十一句五仄韻。

薄雨收寒句斜照弄晴句春意空闊韻長亭柳色纔黃句遠客一枝先折韻煙横水際句映帶幾點歸鴻句東風銷盡龍沙雪韻還記出關來句恰而今時節韻　將發韻畫樓芳酒句紅淚清歌句頓成輕別韻回首經年句杳杳音塵都絕韻欲知方寸句共有幾許新愁句芭蕉不展丁香結韻枉望斷天涯句兩厭厭風月　此詞兩結句例用上一下四句法，平仄參元好問、蔡松年、張元幹、張炎、張雨詞。

（賀鑄《石州慢》）

又一體雙調，百二字，前段十句四仄韻，後段十一句五仄韻。

擊筑行歌句按馬賦詩句年少豪舉韻從渠里社浮沈句枉笑人間兒女韻生平王粲句而今憔悴登樓句江山信美非吾土韻天地一飛鴻句渺翩翩何許韻　羈旅韻山中父老句相逢應念句此行良苦韻幾爲虛名句誤却東家雞黍韻漫漫長路句蕭蕭兩鬢黃塵句騎驢漫與行人語韻詩句欲成時句滿西山風雨韻　序曰：赴召史館，與德新丈別於岳祠西新店，明日以此寄之。

（元好問《石州慢》）

【宴清都】調始《清真樂府》。《清真詞》《夢窗詞》並入中呂調。程垓詞名四代好。

正格雙調，百二字，前段九句五仄韻，後段十句四仄韻。

地僻無鐘鼓韻殘燈滅讀夜長人倦難度韻寒吹斷梗句風翻暗雪句灑窗填户韻賓鴻謾説傳書句算過盡讀千儔萬侶韻始信得讀庾信愁多句江淹恨極須賦韻　淒涼病損文園句徽弦乍拂讀音韻先苦韻淮山夜月句金城暮草句夢魂飛去韻秋霜半入清鏡句歎帶眼讀都移舊處韻更久長讀不見文君句歸時認否韻　題：秋思。平仄參趙必瑑、趙善扛、周密、盧祖皋、曹勳、吳文英、袁去華、陳允平詞。

（周邦彥《宴清都》）

【花犯】調始《清真樂府》，自注小石調，吳文英詞注中呂商。周密詞名繡鸞鳳花犯。

正格雙調，百二字，前段十句六仄韻，後段九句四仄韻。

下編　詞譜選錄・第二類　仄韻　193

粉牆低_句梅花照眼_句依然舊風味_韻露痕輕綴_韻疑淨洗鉛華_句無限佳麗_韻去年勝賞曾孤倚_韻冰盤共燕喜_韻更可惜_讀雪中高樹_句香篝熏素被_韻　今年對花太怱怱_句相逢似有恨_句依依愁顇_韻吟望久_句青苔上_讀旋看飛墜_韻相將見_讀脆丸薦酒_句人正在_讀空江煙浪裏_韻但夢想_讀一枝瀟灑_句黃昏斜照水_韻

題：梅花。詞中用去上聲十二處，該調推此詞最多。王沂孫、方千里諸名作皆宗之。另，後段第七句"煙浪裏"必須用平去上，結句"照水"用去上，宋詞皆如此，填者當細審之。平仄參黃公紹、吳文英、周密、王沂孫詞。　　　　　　　　　　　　　　　　　（周邦彥《花犯》）

又一體_{雙調}，百二字，前段十句六仄韻，後段九句五仄韻。

楚江湄_句湘娥乍見_句無言灑清淚_韻淡然春意_韻空獨倚東風_句芳思誰記_韻凌波露冷秋無際_韻香雲隨步起_韻謾記得_讀漢宮仙掌_句亭亭明月底_韻　冰弦寫怨更多情_句騷人恨_句枉賦芳蘭幽芷_韻春思遠_句誰歎賞_讀國香風味_韻相將共_讀歲寒伴侶_韻小窗靜_讀沈煙燻翠被_韻幽夢覺_讀涓涓清露_句一枝燈影裏_韻

題：賦水仙。　　　　　　　　　　　　　　（周密《繡鸞鳳花犯》）

【倒犯】調始《清真樂府》。又名吉了犯。周邦彥詞注仙呂調，吳文英詞注夾鍾商。

正格_{雙調}，百二字，前段九句六仄韻，後段十一句六仄韻。

霽景_讀對霜蟾乍升_句素煙如掃_句千秋夜縞_韻徘徊處_讀漸移深窈_韻何人正弄_讀孤影蹣跚西窗悄_韻冒露冷貂裘_句玉罼邀雲表_韻共寒光_句飲清醥_韻　淮左舊遊_句記送行人_句歸來山路窅_韻駐馬望素魄_句印遙碧_句金樞小_韻愛秀色_讀初娟好_韻念漂浮_讀綿綿思遠道_韻料異日宵征_句必定還相照_韻奈何人自老_韻

題：新月。平仄參吳文英、方千里詞。　　　　　（周邦彥《倒犯》）

【瑞鶴仙】始見於宋周邦彥詞，自注高平。元高拭詞注正宮。《夷堅志》云：乾道中，吳興周權知衢州西安縣。一日，令術士沈延年邀紫姑神，賦《瑞鶴仙・牡丹》詞，有"覷嬌紅一捻"句，因名一捻紅。

正格_{雙調}，百二字，前段十句七仄韻，後段十句六仄韻。

悄郊原帶郭韻行路永句客去車塵漠漠韻斜陽映山落讀斂餘紅讀猶戀孤城闌角韻凌波步弱韻過短亭讀何用素約韻有流鶯勸我句重解繡鞍讀緩引春酌韻 不記歸時早暮句上馬誰扶韻醒眠朱閣韻驚飆動幕句扶殘醉讀繞紅藥韻歎西園讀已是花深無地句東風何事又惡韻任流光過却句猶喜洞天自樂韻 此詞共十三韻，為定格。平仄參曾覿、楊无咎、毛开、趙文詞。

（周邦彥《瑞鶴仙》）

又一體雙調，百二字，前段十句七仄韻，後段十一句五仄韻。

聽梅花再弄韻殘酒醒句無寐寒衾愁擁韻凄涼誰與共韻謾贏得讀別恨離懷千種韻拂牆樹動韻更曉來讀雲陰雨重韻對傷心好景句回首舊遊句恍然如夢韻 歡縱韻西湖曾是句畫舫爭馳句繡鞍雙控韻歸來夜中句要銀燭句銜金鳳韻到而今讀誰揀花枝同戴句誰酌酒杯笑捧句但逢花對酒句空祇自歌自送韻

（楊无咎《瑞鶴仙》）

又一體正格。雙調，百二字，前段十句七仄韻，後段十二句六仄韻。

片帆何太急韻望一點須臾句去天咫尺韻舟人好看客韻似三峽風濤句嵯峨劍戟韻溪南溪北韻正遲想讀幽人泉石韻看漁樵讀指點危樓句却羨舞筵歌席韻 歎息句山林鍾鼎句意倦情遷句本無欣戚韻轉頭陳迹韻飛鳥外句晚煙碧韻問誰憐舊日句南樓老子句最愛月明吹笛句到而今讀撲面黃塵句欲歸未得韻

題：南劍雙溪樓。此詞為定格，前後段共十三韻。平仄參史達祖、康與之、王千秋、張元幹、張榘、吳文英、李昴英、袁去華、劉一止、趙長卿、張樞、洪瑹、白樸詞。

（辛棄疾《瑞鶴仙》）

【齊天樂】 周密《天基節樂次》：樂奏夾鍾宮，第一盞，觱篥起《聖壽齊天樂慢》。周密、姜夔、吳文英詞均入黃鍾宮，俗名正宮。又名臺城路、五福降中天、如此江山。

正格雙調，百二字，前段十句五仄韻，後段十一句五仄韻。

綠蕪凋盡臺城路句殊鄉又逢秋晚韻暮雨生寒句鳴蛩勸織句深閣時聞裁剪韻雲窗靜掩韻歎重拂羅裀句頓疏花簟韻尚有練囊句露螢清夜照書卷韻 荊江留滯最久句故人相望處句離思何限韻渭水西風句長安亂葉句空憶詩情宛

下編　詞譜選錄・第二類　仄韻

轉᠎韻憑高望遠᠎韻正玉液新篘᠎句蟹螯初薦᠎句醉倒山翁᠎句但愁斜照斂᠎韻　平仄參周邦彥別首及張炎、周密、方岳、吳文英、史達祖、王沂孫、滕賓、陸游、姜夔、呂渭老詞。　　　　　　　　　　（周邦彥《齊天樂》）

又一體雙調，百二字，前段十句六仄韻，後段十一句六仄韻。

庾郎先自吟愁賦᠎韻淒淒更聞私語᠎韻露濕銅鋪᠎句苔侵石井᠎句都是曾聽伊處᠎韻哀音似訴᠎韻正思婦無眠᠎句起尋機杼᠎句曲曲屏山᠎句夜涼獨自甚情緒᠎韻　西窗又吹暗雨᠎韻為誰頻斷續᠎句相和砧杵᠎句候館吟秋᠎句離宮弔月᠎句別有傷心無數᠎韻幽詩漫與᠎韻笑籬落呼燈᠎句世間兒女᠎韻寫入琴絲᠎句一聲聲更苦᠎韻　題：蟋蟀。有長序，不錄。　　　　　　　（姜夔《齊天樂》）

又一體雙調，百二字，前段十句五仄韻，後段十一句五仄韻。

一襟餘恨宮魂斷᠎句年年翠陰庭樹᠎韻乍咽涼柯᠎句還移暗葉᠎句重把離愁深訴᠎韻西窗過雨᠎韻怪瑤佩流空᠎句玉箏調柱᠎句鏡暗妝殘᠎句為誰嬌鬢尚如許᠎韻　銅仙鉛淚似洗᠎句歎攜盤去遠᠎句難貯零露᠎韻病翼驚秋᠎句枯形閱世᠎句消得斜陽幾度᠎韻餘音更苦᠎韻甚獨抱清高᠎句頓成淒楚᠎韻謾想熏風᠎句柳絲千萬縷᠎韻　題：餘閒書院擬賦蟬。　　　　　　　　　　　（王沂孫《齊天樂》）

【氐州第一】

此調始自《清真樂府》。又名熙州摘遍，乃從宋大曲氐州取其首遍。王國維《唐宋大曲考·熙州》云："熙州，一作氏州，周邦彥有《氐州第一》詞。毛晉所藏《清真集》作熙洲摘遍，蓋熙州第一遍也。"周邦彥詞注商調。

正格雙調，百二字，前段十一句四仄韻，後段九句五仄韻。

波落寒汀᠎句村渡向晚᠎句遙看數點帆小᠎韻亂葉翻鴉᠎句驚風破雁᠎句天角孤雲縹緲᠎韻官柳蕭疏᠎句甚尚掛᠎讀微微殘照᠎句景物關情᠎句川途換目᠎句頓來催老᠎韻　漸解狂朋歡意少᠎韻奈猶被᠎讀思牽情繞᠎韻座上琴心᠎句機中錦字᠎句覺最縈懷抱᠎韻也知人᠎讀懸望久᠎句薔薇謝᠎讀歸來一笑᠎韻欲夢高唐᠎句未成眠᠎讀霜空又曉᠎韻

平仄參趙文及方千里、楊无咎、陳允平詞。　　　（周邦彥《氐州第一》）

【瑤華】

調見《夢窗詞》。又名瑤華慢。

正格雙調，百二字，前段九句五仄韻，後段九句四仄韻。

朱鈿寶珏韻天上飛瓊句比人間春別韻江南江北句曾未見讀漫擬梨雲梅雪韻淮山春晚句問誰識讀芳心高潔韻消幾番讀花落花開句老了玉關豪傑韻金壺翦送瓊枝句看一騎紅塵句香度瑤闕韻韶華正好句應自喜讀初識長安蜂蝶韻杜郎老矣句想舊事句花須能說韻記少年讀一夢揚州句二十四橋明月韻

有序，殘不錄。平仄參吳文英、張雨詞。　　　　　　（周密《瑤華》）

【曲遊春】此調先見於施岳詞，周密詞為和韻，因均賦春遊杭州西湖事，故名。

正格雙調，百三字，前段十句五仄韻，後段十一句七仄韻。

畫舸西泠路句占柳陰花影句芳意如織韻小楫衝波句度麴塵扇底句粉香簾隙韻岸轉斜陽隔韻又過盡讀別船簫笛韻傍斷橋句翠繞紅圍句相對半篙晴色韻　頃刻韻千山暮碧韻向沽酒樓前句猶擊金勒韻乘月歸來句正梨花夜縞句海棠煙冪韻院宇明寒食韻醉乍醒讀一庭春寂韻任滿身讀露濕東風句欲眠未得韻

題：清明湖上。平仄參周密、趙文詞。　　　　　　（施岳《曲遊春》）

【雨霖鈴】唐教坊曲。柳永詞注雙調。又名雨霖鈴慢。《樂府雜錄》云："雨霖鈴，明皇自西蜀返，樂人張野狐所製。"《碧雞漫志》卷五引《明皇雜錄》《楊妃外傳》曰："帝幸蜀，初入斜谷，霖雨彌旬，棧道中聞鈴聲。帝方悼念貴妃，采其聲為《雨霖鈴曲》以寄恨。時梨園弟子惟張野狐一人善篳篥，因吹之，遂傳於世。"《漫志》又云："今雙調雨霖鈴慢，頗極哀怨，真本曲遺聲。"宋詞蓋借舊曲名，另倚新聲也。調見柳永《樂章集》。例用入聲部韻。

正格雙調，百三字，前段十句五仄韻，後段九句五仄韻。

寒蟬淒切韻對長亭晚句驟雨初歇韻都門帳飲無緒句方留戀處句蘭舟催發韻執手相看淚眼句竟無語凝咽韻念去去讀千里煙波句暮靄沈沈楚天闊韻多情自古傷離別韻更那堪讀冷落清秋節韻今宵酒醒何處句楊柳岸讀曉風殘月韻此去經年句應是良辰句好景虛設韻便縱有讀千種風情句更與何人說韻

平仄參王安石、王庭珪、黃裳詞。　　　　　　（柳永《雨霖鈴》）

又一體雙調，百三字，前後段各九句五仄韻。

下編　詞譜選錄·第二類　仄韻

天南遊客韻甚而今讀却送君南國韻西風萬里無限句吟蟬暗續句離情如織韻秣馬脂車句去即去讀多少人惜韻望百里讀煙慘雲山句送兩城讀愁作行色韻　飛帆過浙西封域韻到秋深讀且艤荷花澤韻就船買得鱸鰷句新穀破讀雪堆香粒韻此興誰同句須記東秦讀有客相憶韻願聽了讀一闋歌聲句醉倒拌今日韻

題：送客還浙東。　　　　　　　　　　　　　（黃裳《雨霖鈴》）

【探春慢】或作探春，無慢字。與探春令異，亦與吳文英詞不同。

正格雙調，百三字，前後段各十句四仄韻。

衰草愁煙句亂鴉送日句風沙迴旋平野韻拂雪金鞭句欺寒茸帽句還記章臺走馬韻誰念漂零久句漫贏得讀幽懷難寫韻故人清沔相逢句小窗閒共情話韻　長恨離多會少句重訪問竹西句珠淚盈把韻雁磧波平句漁汀人散句老去不堪遊冶韻無奈苕溪月句又喚我讀扁舟東下韻甚日歸來句梅花零亂春夜韻　有長序，不錄。平仄參張炎、陳允平、趙以夫、周密詞。　（姜夔《探春慢》）

【龍山會】《虛齋樂府》三題，各爲九日之作。其第二題序曰："去年九日，登南澗無盡閣，野涉賦詩，僕與京溪。藥窗諸友皆和。今年陪元戎遊升山，詰朝始克修故事，則向之龍蛇滿壁者，易以山水矣。拍闌一笑。游叟、幾叟分韻得'苦'字，爲賦商調龍山會。"《夢窗詞》注夷則商。此調專爲同友人九日登高賞秋景而設。重能先師亦有此調。

正格雙調，百三字，前段十句六仄韻，後段九句五仄韻。

九日無風雨韻一笑憑高句浩氣橫秋宇韻群峰青可數韻寒城小讀一水縈洄如縷韻西北最關情句漫遙指讀東徐南楚韻黯銷魂句斜陽冉冉句雁聲悲苦韻　今朝黃菊依然句重上南樓句草草成歡聚韻詩朋休浪賦句舊題處讀俯仰已隨塵土韻莫放酒行疏句清漏短讀涼蟾當午韻也全勝句白衣未至句獨醒凝竚韻

平仄參趙以夫別二首及吳文英詞。　　　　　（趙以夫《龍山會》）

【歸朝歡】《樂章集》注夾鍾商。又名菖蒲綠。

正格雙調，百四字，前後段各九句六仄韻。

別岸扁舟三兩隻韻葭葦蕭蕭風淅淅韻沙汀宿雁破煙飛韻溪邊殘月和霜

白㈩漸漸分曙色㈩路遥山遠多行役㈩往來人㈢隻輪雙槳㈢盡是利名客㈩　一望鄉關煙水隔㈩轉覺歸心生羽翼㈩愁雲恨雨兩牽縈㈢新春殘臘相催迫㈩歲華都瞬息㈩浪萍風梗誠何益㈩歸去來㈢玉樓深處㈢有個人相憶㈩　平仄參張先、蘇軾、嚴仁、辛棄疾、馬莊父、詹正、王之道詞。

（柳永《歸朝歡》）

【永遇樂】

周密《天基節樂次》："樂奏夾鍾宮。第五盞，觱篥起《永遇樂慢》。"此調有平韻、仄韻兩體。仄韻者始於北宋，《樂章集》注歇指調。晁補之詞名消息，自注越調。平韻者始自南宋，陳允平創爲之。今以蘇軾、辛棄疾詞爲典則。

正格雙調，百四字，前後段各十一句四仄韻。

明月如霜㈢好風如水㈢清景無限㈩曲港跳魚㈢圓荷瀉露㈢寂寞無人見㈩紞如三鼓㈢鏗然一葉㈢黯黯夢雲驚斷㈩夜茫茫讀重尋無處㈢覺來小園行遍㈩　天涯倦客㈢山中歸路㈢望斷故園心眼㈩燕子樓空㈢佳人何在㈢空鎖樓中燕㈩古今如夢㈢何曾夢覺㈢但有舊歡新怨㈩異時對讀黃樓夜景㈢爲余浩歎㈩題：彭城夜宿燕子樓，夢盼盼，因作此詞。一云：徐州夢覺，北登燕子樓作。平仄參周紫芝、張元幹、趙以夫、趙師俠、晁補之、解昉、柳永諸詞及蘇詞別首。

（蘇軾《永遇樂》）

又一體雙調，百四字，前後段各十一句四仄韻。

千古江山㈢英雄無覓，孫仲謀處㈩舞榭歌臺㈢風流總被㈢雨打風吹去㈩斜陽草樹㈢尋常巷陌㈢人道寄奴曾住㈩想當年讀金戈鐵馬㈢氣吞萬里如虎㈩　元嘉草草㈢封狼居胥㈢贏得倉皇北顧㈩四十三年㈢望中猶記㈢烽火揚州路㈩可堪回首㈢佛狸祠下㈢一片神鴉社鼓㈩憑誰問讀廉頗老矣㈢尚能飯否㈩題：京口北固亭懷古。

（辛棄疾《永遇樂》）

【二郎神】

唐教坊曲名，後用爲詞牌。宋人以柳永所作爲最早。《樂章集》注林鍾商。前段起句三字者，名二郎神。前段起句四字者，名轉調二郎神。二者句讀頗不同。徐伸詞名轉調二郎神，吳文英詞名十二郎。

正格雙調，百四字，前段八句五仄韻，後段十句五仄韻。

下編　詞譜選錄・第二類　仄韻

　　　炎光謝韻過暮雨讀芳塵輕灑韻乍露冷風清庭户爽句天如水讀玉鈎遥掛韻應是星娥嗟久阻句叙舊約讀飆輪欲駕讀極目處讀微雲暗度句耿耿銀河高瀉韻　　閒雅韻須知此景句古今無價韻運巧思讀穿針樓上女句擎粉面讀雲鬟相亞韻鈿合金釵私語處句算誰在讀回廊影下韻願天上人間句占得歡娛句年年今夜讀

《詞綜》有題曰七夕。平仄參王十朋、張孝祥詞。　　　　（柳永《二郎神》）

又一體正格。雙調，百五字，前段十句四仄韻，後段十一句五仄韻。轉調。

　　　悶來彈鵲句又攪碎讀一簾花影韻漫試著春衫句還思纖手句熏徹金猊爐冷韻動是愁多如何向句但怪得讀新來多病句想舊日沈腰句而今潘鬢句怎堪臨鏡韻　重省韻別來淚滴句羅衣猶凝韻料爲我厭厭句日高慵起句長托春醒未醒韻雁翼不來句馬蹄輕駐句門掩一庭芳景韻空竚立讀盡日闌干倚遍句晝長人静韻

此爲轉調二郎神，填者甚多，與二郎神句讀不同。前段一句"彈"、五句"爐"，後段六句"不"，例用去聲。後段結句例作仄平平仄。平仄參吳文英、趙以夫、曹勛、馬莊父、湯恢詞。　　　（徐伸《二郎神》）

【傾杯樂】唐教坊曲名。本爲隋舊曲，後用爲詞牌。亦名傾杯、古傾杯。唐玄宗時曾配合馬舞。唐宣宗又另製新傾杯樂，則已非舊曲。敦煌寫本《雲謠集・雜曲子》收此調二首，百九字與百十字，仄韻。柳永《樂章集》載八首，雙調，有七種句法，五種宫調，自百四字至百十六字不等。仄韻。

正格雙調，百四字，前段十句四仄韻，後段十二句六仄韻。

　　　鶩落霜洲句雁横煙渚句分明畫出秋色韻暮雨乍歇句小楫夜泊句宿葦村山驛韻何人月下臨風處起一聲羌笛句離愁萬緒句聞岸草讀切切蛩吟如織韻　　爲憶韻芳容別後句水遙山遠句何計憑鱗翼韻想繡閣深沈句爭知憔悴損句天涯行客韻楚峽雲歸句高陽人散句寂寞狂踪迹韻望京國韻空目斷讀遠峰凝碧韻

自注：散水調，俗名中管林鍾商。平仄參柳永"樓鎖輕煙"詞。

（柳永《傾杯樂》）

又一體雙調，百六字，前段十一句五仄韻，後段八句六仄韻。

　　　瑞日凝暉句東風解凍句峭寒猶淺句正池館讀梅英粉淡句柳梢金軟句蘭芽

香暖˚韻　滕城誰種芙蓉滿˚　浸銀蟾影˚句　一夜萬花開遍˚　翠樓朱户˚句　是處重簾競卷˚韻　羅綺簇˚讀　歡聲一片˚韻　看五馬行春˚讀　旌旆遠˚　擁襦袴˚讀　千里歌謠˚句　都入太平弦管˚韻　且莫厭˚讀　瑤觴屢勸˚韻　聞鳳詔˚讀　催歸非晚˚　願歲歲今夜裏˚句　端門侍宴˚韻　　題：上梁帥上元詞。平仄參柳永、曾覿、程垓詞，《樂章集》注仙呂宮。

（楊无咎《傾杯樂》）

【拜星月慢】

唐教坊曲名，又名拜新月。以民間婦孺拜新月之風俗而生。敦煌《雲謠集・雜曲子》有《拜新月》二首，一平韻，一仄韻，詠調名本意。《宋史・樂志》入般涉調，《清真集》入高平調，《夢窗詞》入林鍾羽。

正格雙調，百四字，前段十句四仄韻，後段八句六仄韻。

　　夜色催更˚句　清塵收露˚句　小曲幽坊月暗˚韻　竹檻燈窗˚句　識秋娘庭院˚韻　笑相遇˚讀　似覺˚讀　瓊枝玉樹相倚˚句　暖日明霞光爛˚　水眄蘭情˚句　總平生稀見˚韻　　畫圖中˚讀　舊識春風面˚韻　誰知道˚讀　自到瑤臺畔˚韻　眷戀雨潤雲溫˚句　苦驚風吹散˚韻　念荒寒˚讀　寄宿無人館˚　重門閉˚讀　敗壁秋蟲歎˚韻　爭奈向˚讀　一縷相思˚句　隔溪山不斷˚韻　　題：秋思。平仄參吳文英、周密、陳允平、彭泰翁詞。

（周邦彥《拜星月慢》）

【花心動】

此調宋詞始於阮逸女之作。《金詞》注小石調，《元詞》注雙調。曹勛詞名好心動，曹冠詞名桂飄香，《鳴鶴餘音》詞名上昇花，《高麗史・樂志》名花心動慢。

正格雙調，百四字，前段十句四仄韻，後段九句五仄韻。

　　仙苑春濃˚句　小桃開˚讀　枝枝已堪攀折˚韻　乍雨乍晴˚句　輕暖輕寒˚句　漸近賞花時節˚韻　柳搖臺榭東風軟˚句　簾櫳靜˚讀　幽禽調舌˚韻　斷魂遠˚句　閑尋翠徑˚句　頓成愁結˚韻　　此恨無人共説˚韻　還立盡黃昏˚句　寸心空切˚韻　強整繡衾˚句　獨掩朱扉˚句　簟枕爲誰鋪設˚韻　夜長更漏傳聲遠˚句　紗窗映˚讀　銀缸明滅˚韻　夢回處˚讀　梅梢半籠淡月˚韻　　題：春詞。平仄參周邦彥、史達祖、吳文英、劉燾、趙長卿詞。

（阮逸女《花心動》）

【向湖邊】

江緯自製曲，因詞有"向湖邊柳外"句，取以爲名。

正格雙調，百四字，前段十句四仄韻，後段十句六仄韻。

退處鄉關句 幽棲林藪句 舍宇第須茅蓋韻 翠巘清泉句 啓軒窗遙對句 遇等閑讀 鄰里過從句 親朋臨顧句 草草便成歡會韻 策杖攜壺句 向湖邊柳外韻 旋買溪魚句 便斫銀絲膾韻 誰復欲痛飲句 如長鯨吞海韻 共惜醺酣句 恐歡娛難再韻 矧清風明月非錢買韻 休追念讀 金馬玉堂心膽碎韻 且鬥尊前句 有阿誰身在韻 題：江緯讀書堂。平仄參張栻和詞。

（江緯《向湖邊》）

【索酒】

調見《松隱集》。自注"四時景物須酒之意"。

正格雙調，百四字，前段十句四仄韻，後段九句四仄韻。

乍喜惠風初到句 上林翠紅句 競開時候韻 四吹花香撲鼻句 露裛煙染句 天地如繡韻 漸覺南薰句 總冰綃紗扇避煩晝句 共遊涼亭銷暑句 細酌輕謳須酒韻 江楓裝錦雁橫秋句 正皓月瑩空句 翠闌侵斗句 況素商霜曉句 對徑菊讀 金玉芙蓉爭秀韻 萬里彤雲句 散飛霰韻 爐中焰紅獸句 便須點水傍邊句 最宜著西韻 此曹勛自製曲，其平仄宜從之。

（曹勛《索酒》）

【綺羅香】

調始《梅溪詞》。

正格雙調，百四字，前後段各九句四仄韻。

做冷欺花句 將煙困柳句 千里偷催春暮韻 盡日冥迷句 愁裏欲飛還住韻 驚粉重讀 蝶宿西園句 喜泥潤讀 燕歸南浦句 最妨他讀 佳約風流句 鈿車不到杜陵路韻 沈沈江上望極句 還被春潮晚急句 難尋官渡韻 隱約遙峰句 和淚謝孃眉嫵韻 臨斷岸讀 新綠生時句 是落紅讀 帶愁流處句 記當日讀 門掩梨花句 翦燈深夜語韻 題：詠春雨。平仄參陳允平、王沂孫、張榘、張翥詞。

（史達祖《綺羅香》）

又一體雙調，百四字，前段九句四仄韻，後段九句五仄韻。

萬里飛霜句 千山落木句 寒豔不招春妒韻 楓冷吳江句 獨客又吟愁句韻 正船艤讀 流水孤邨句 似花繞讀 斜陽歸路句 甚荒溝讀 一片淒涼句 載情不去載愁去韻 長安誰問倦旅韻 羞見衰顏借酒句 飄零如許韻 漫倚新妝句 不入洛陽花譜韻

爲迴風讀起舞尊前句盡化作讀斷霞千縷韻記陰陰綠遍江南句夜窗聽暗雨韻題：紅葉。

（張炎《綺羅香》）

【西湖月】調見《鳳林書院元詞》黃子行自度商調曲。

正格雙調，百四字，前後段各十句四仄韻。

初弦月掛林梢句又一度西園句探梅消息韻粉牆朱戶句苔枝露蕊句淡勻輕飾韻玉兒應有恨句爲悵望讀東昏相記憶便解佩讀飛入雲階句長伴此花傾國韻　還嗟瘦損幽人句記立馬攀條句倚闌橫笛句少年風味句拈花弄蕊句愛香憐色韻揚州何遜在句試點染讀吟箋留醉墨句漫贏得讀疏影寒窗句夜深孤寂韻題：探梅。平仄參其"湖光冷浸"詞。

（黃子行《西湖月》）

【尉遲杯】此調有平韻、仄韻兩體。仄韻者見柳永《樂章集》，注雙調；平韻者見晁補之《琴趣外篇》。周邦彥《清真集》注大石調。柳詞低俗，以周詞作譜。

正格雙調，百五字，前段八句五仄韻，後段八句四仄韻。

隋堤路韻漸日晚讀密靄生深樹韻陰陰淡月籠沙句還宿河橋深處韻無情畫舸句都不管讀烟波隔南浦韻等行人讀醉擁重衾句載將離恨歸去韻　因思舊客京華句長偎傍讀疏林小檻歡聚韻冶葉倡條俱相識句仍慣見讀珠歌翠舞如今向讀漁邨水驛句夜如歲讀焚香獨自語句有何人讀念我無聊句夢魂凝想鴛侶韻　題：離恨。平仄參柳永、賀鑄、万俟詠、陳允平、無名氏詞。

（周邦彥《尉遲杯》）

又一體雙調，百六字，前段八句六仄韻，後段十句六仄韻。

碎雲薄韻向碧玉枝上讀綴萬萼句如將汞粉勻開句疑使柏麝熏卻韻雪魄未應若句況天賦讀標豔仍綽約韻當暄風暖日佳處句戲蝶遊蜂粘著韻　重重繡帟珠箔韻障秋豔霏霏句異香漠漠句見說徐妃讀當年嫁了句信任玉鈿零落韻無言自啼露蕭索句夜深待讀月上欄干角韻廣寒宮讀要與姮娥句素妝一夜相學韻題：李花。調名尉遲杯慢。

（万俟詠《尉遲杯》）

【花發沁園春】

此調有平韻、仄韻兩體，俱見花庵《絕妙詞選》，與沁園春不同。

正格雙調，百五字，前段十句五仄韻，後段十句六仄韻。

　　　　換譜伊涼句選歌燕趙句一番樂事重起韻花新笑靨句柳軟纖腰句濟楚衆芳圍裏韻年年佳會韻長是傍讀清明天氣句正魏紫衣染天香句蜀紅妝破春睡韻　　一簇腥羅鳳翠韻遍東園西城句點檢芳事韻銓齋吏散句書館人稀句幾闋管弦清脆韻人生適意讀流轉共讀風光遊戲韻到遇景讀取次成歡句怎教良夜休醉韻　題：呈史滄洲。平仄參黃昇詞。

　　　　　　　　　　　　　　　　　　（劉子寰《花發沁園春》）

又一體雙調，百五字，前段十句五仄韻，後段十句六仄韻。

　　　　曉燕傳情句午鶯喧夢句起來檢校芳事韻荼䕷褪雪句楊柳吹綿句迤邐麥秋天氣韻翻階傍砌韻看芍藥讀新妝嬌媚韻正鳳紫勻染綃裳句猩紅輕透羅袂韻　　晝暖朱闌困倚韻是天姿妖嬈句不減姚魏韻隨蜂惹粉句趁蝶棲香句引動少年情味韻花濃酒美韻人正在讀翠紅圍裏韻問誰是讀第一風流句折花簪向雲髻韻　題：芍藥會上。

　　　　　　　　　　　　　　　　　　（黃升《花發沁園春》）

【南浦】

唐《教坊記》有南浦子曲。宋詞蓋借舊曲名，另倚新聲也。此調有仄韻、平韻兩體，宋人多填仄韻詞，平韻惟魯詞一體。

正格雙調，百五字，前段八句四仄韻，後段九句五仄韻。

　　　　波暖綠粼粼句燕飛來讀好是蘇堤纔曉句魚沒浪痕圓句流紅去讀翻笑東風難掃韻荒橋斷浦句柳陰撐出扁舟小韻回首池塘青欲遍句絕似夢中芳草韻　　和雲流出空山句甚年年净洗讀花香不了韻新綠乍生時句孤邨路讀猶憶那回曾到韻餘情渺渺韻茂林觸詠如今悄句前度劉郎歸去後句溪上碧桃多少韻　題：春水。平仄參王沂孫、張翥、陶宗儀、程垓、周邦彥、史達祖詞。

　　　　　　　　　　　　　　　　　　（張炎《南浦》）

又一體雙調，百五字，前後段各九句四仄韻。

　　　　柳下碧粼粼句認麴塵乍生句色嫩如染韻清溜滿銀塘句東風細讀參差縠紋初遍韻別君南浦句翠眉曾照波痕淺韻再來漲綠迷舊處句添卻殘紅幾片韻　　葡萄過雨新痕句正拍拍輕鷗句翩翩小燕韻簾影蘸樓陰句芳流去讀應有淚

珠千點韻 滄浪一舸句 斷魂重唱蘋花怨韻 采香幽徑鴛鴦睡句 誰道湔裙人遠韻
題：春水。先師周翁云：此傷宋亡，故君北去，借春水以寫亡國之感。
蓋臨安覆滅後第一度春天之作也。　　　　　　　　（王沂孫《南浦》）

【西河】

唐教坊曲有西河劍器、西河長命女等。源出西涼樂，後傳入西河，即今山西之汾陽。宋人據舊曲另製新調。《碧雞漫志》："大石調西河慢聲犯正平，極奇古。"張炎詞名西湖。

正格 三段，百五字，前段六句四仄韻，中段七句四仄韻，後段五句五仄韻。

佳麗地韻 南朝盛事誰記韻 山圍故國繞清江句 髻鬟對起韻 怒濤寂寞打孤城句 風檣遙度天際韻　斷崖樹句 猶倒倚句 莫愁艇子曾繫韻 空餘舊迹鬱蒼蒼句 霧沈半壘韻 夜深月過女牆來句 傷心東望淮水韻　酒旗戲鼓甚處市韻 想依稀讀 王謝鄰里韻 燕子不知何世韻 入尋常讀 巷陌人家相對韻 如說興亡斜陽裏韻

題：金陵懷古。平仄參辛棄疾、張炎、吳文英、陳允平、劉一止、王彧詞。　　　　　　　　　　　　　　　　（周邦彥《西河》）

又一體 三段，百四字，前段六句四仄韻，中段七句四仄韻，後段五句五仄韻。

天下事韻 問天怎忍如此韻 陵圖誰把獻君王句 結愁未已韻 少豪氣概總成塵句 空餘白骨黃葦韻　千古恨句 吾老矣句 東遊曾弔淮水韻 繡春臺上一回登句 一回搵淚韻 醉歸撫劍倚西風句 江濤猶壯人意韻　只今袖手野色裏韻 望長淮讀 猶二千里韻 縱有英心誰寄韻 近新來讀 又報胡塵起韻 絕域張騫歸來未韻

　　　　　　　　　　　　　　　　　　　　　　（王彧《西河》）

【西吳曲】

調見《龍洲集》，或爲劉過自度曲。音節極蒼涼激楚。

正格 雙調，百五字，前段八句五仄韻，後段十一句四仄韻。

説襄陽讀 舊事重省韻 記銅駝巷陌讀 醉還醒韻 笑鶯花別後句 劉郎憔悴萍梗韻 倦客天涯句 還買個讀 西風輕艇句 便欲訪讀 騎馬山翁句 問峴首讀 那時風景韻　楚王城裏句 知幾度經過句 摩挲故宮柳瘦韻 慢弔景韻 冷煙衰草淒迷句 傷心興廢句 賴有陽春古郢句 乾坤誰望句 六百里路中原句 空老盡英雄句 腸斷劍鋒冷韻

題：懷襄陽。僅見此詞，無可校者。弔景，即弔影。《釋文》：景，本或作影。《廣韻》《正韻》于丙切，《集韻》于境切，並音影。讀

者不可不知也。　　　　　　　　　　　　　　　　（劉過《西吳曲》）

【秋霽】

一名春霽。此調始自胡浩然，賦春晴詞即名春霽，賦秋晴詞即名秋霽。

正格雙調，百五字，前段十句六仄韻，後段十一句四仄韻。

江水蒼蒼_句望倦柳愁荷_句共感秋色_韻廢閣先涼_句古簾空暮_句雁程最嫌風力_韻故園信息_韻愛渠入眼南山碧_韻念上國_韻誰是_讀膾鱸江漢未歸客_韻　還又歲晚_句瘦骨臨風_句夜聞秋聲_句吹動岑寂_句露蛩鳴_讀清燈冷屋_句翻書愁上鬢毛白_韻年少俊遊渾斷得_韻但可憐處_句無奈苒苒魂驚_句采香南浦_句翦梅煙驛_韻

平仄參周密、吳文英、陳允平、曾紆詞。　　　（史達祖《秋霽》）

【清風八詠樓】

沈隱侯守東陽，建八詠樓，其地又有雙溪之勝，故曰"明月雙溪水，清風八詠樓"，調名取此。王行詞注林鍾商曲。清風八詠樓者，南宋詞林所製也。

正格雙調，百五字，前後段各十句五仄韻。

遠興引遊踪_句漫遍踏天涯_句萋萋芳草_韻偏愛雙溪好_韻有隱侯舊迹_句層樓雲表_韻碧崖丹嶂_句看縹緲_讀憑闌吟嘯_句偶佳遇_讀留搗元霜_句歲星旋又周了_韻　歸期誰道無據_句幾回首興懷_句故林猿鳥_句擬待春空杳_句與鴛儔鴻侶_句共還池島_韻川途迢遞_句縱南翔_讀仍訴幽抱_句莫輕負_讀今日相看_句但得翠尊同倒_韻

此調無別首可校者。　　　　　　　　　　（王行《清風八詠樓》）

【解連環】

此調以無名氏詞句，而名望梅；以周邦彥詞，更名解連環；以張輯詞，又名杏梁燕。以宋元人多填周邦彥詞體，故以周詞為正格。《清真集》注商調。

正格雙調，百六字，前段十一句五仄韻，後段十句五仄韻。

怨懷無托_韻嗟情人斷絕_韻信音遼邈_韻縱妙手_讀能解連環_句似風散雨收_句霧輕雲薄_句燕子樓空_句暗塵鎖_讀一床弦索_句想移根換葉_句盡是舊時_讀手種紅藥_讀　汀洲漸生杜若_韻料舟依岸曲_句人在天角_韻漫記得_讀當日音書_句把閑語

閑言句待總燒却韻水驛春回句望寄我讀江南梅萼句拚今生讀對花對酒句爲伊淚落韻　題：怨别。平仄參高觀國、吳文英、張輯、姜夔、張炎、楊无咎、無名氏詞。　　　　　　　　　　　　　　（周邦彦《解連環》）

又一體雙調，百六字，前段十一句五仄韻，後段十句五仄韻。

楚江空晚韻恨離群萬里句怳然驚散讀自顧影句欲下寒塘句正沙净草枯句水平天遠韻寫不成書句祇寄得讀相思一點韻料因循誤了句殘氈擁雪句故人心眼韻　誰憐旅愁荏苒韻漫長門夜悄句錦筝彈怨讀想伴侶讀猶宿蘆花句也曾念春前句去程應轉韻暮雨相呼句怕驀地讀玉關重見句未羞他讀雙燕歸來句畫簾半卷韻　題：孤雁。　　　　　　　　　　　　　　（張炎《解連環》）

【惜黃花慢】

此調有仄韻、平韻兩體。仄韻者見《逃禪詞》，平韻者見《夢窗詞》。與惜黃花令詞不同。

正格雙調，百八字，前段十一句六仄韻，後段九句五仄韻。

霽空如水韻襯落木墜紅句遥山堆翠韻獨立閑階句數聲蟬度風前句幾點雁橫雲際韻已凉天氣未寒時句問好處讀一年誰記韻笑聲裏句摘得半釵句金蕊來至韻　横斜爲插烏紗句更揉碎讀泛入金尊瓊蟻韻滿酌霞觴句願教人壽百年句可奈此時情味韻牛山何必獨沾衣句對佳節讀惟應歡醉韻看睡起句曉蝶也愁花悴韻　平仄祇有趙以夫詞可參。　　　　　　（楊无咎《惜黃花慢》）

【奪錦標】

調見《古山樂府》。白樸詞名清溪怨。

正格雙調，百八字，前段十句四仄韻，後段十句五仄韻。

凉月横舟句銀潢浸練句萬里秋容如拭韻冉冉鸞驂鶴馭句橋倚高寒句鵲飛空碧韻問歡情幾許句早收拾讀新愁重織韻恨人間讀會少離多句萬古千秋今夕韻　誰念文園病客韻夜色沈沈句獨抱一天岑寂韻忍記穿鍼亭榭句金鴨香寒句玉徽塵積韻憑新涼半枕句又依約讀行雲消息韻聽窗前讀淚雨浪浪句夢裏檐聲猶滴韻　題：七夕。平仄參王惲、白樸、滕應賓詞。

（張埜《奪錦標》）

下編　詞譜選錄・第二類　仄韻　207

又一體雙調，百八字，前後段各十句四仄韻。

　　　孤影長嗟句憑高眺遠句落日新亭西北韻幸有山河在眼句風景留人句楚囚何泣韻盡紛華蝸角句算都輸讀林泉閑適句澹悠悠句流水行雲句任我平生踪迹韻　誰念江州司馬句淪落天涯句青衫未免沾濕韻夢裏封龍舊隱句經卷琴囊句酒樽詩筆韻對中天涼月句且高歌讀徘徊今夕韻隴頭人讀應也相思句萬里梅花消息韻

（白樸《奪錦標》）

【八寶妝】仇遠詞名八犯玉交枝，與新雁過妝樓別名八寶妝者不同。

正格雙調，百十字，前段十句四仄韻，後段九句五仄韻。

　　　門掩黃昏句畫堂人寂句暮雨乍收殘暑韻簾卷疏星庭戶悄句隱隱嚴城鐘鼓韻空階煙暝半開句斜月朦朧句銀河澄淡風凄楚韻還是鳳樓人遠句桃源無路韻　惆悵夜久星繁句碧空望斷句玉簫聲在何處韻念誰伴讀茜裙翠袖句共攜手韻瑤臺歸去韻對修竹讀森森院宇句曲屏香暖凝沈炷韻問對酒當歌句情懷記得劉郎否韻　此調祇有仇遠詞可校。

（劉燾《八寶妝》）

【疏影】姜夔自度仙呂宮曲。張炎詞名綠意，彭元遜詞名解佩環。南宋紹熙二年，姜夔填詠梅詞二首贈范成大。范令歌女唱之，並名爲暗香、疏影，流傳後世。

正格雙調，百十字，前段十句五仄韻，後段十句四仄韻。

　　　苔枝綴玉韻有翠禽小小句枝上同宿韻客裏相逢句離角黃昏句無言自倚修竹韻昭君不慣胡沙遠句但暗憶讀江南江北韻想佩環讀月夜歸來句化作此花幽獨韻　猶記深宮舊事句那人正睡裏句飛近蛾綠韻莫似春風句不管盈盈句早與安排金屋句還教一片隨波去句又却怨讀玉龍哀曲句等恁時讀重覓幽香句已入小窗橫幅韻　平仄參周密、趙以夫、王沂孫、趙文、吳文英、張炎、陳允平、張翥詞。此調例用入聲韻。

（姜夔《疏影》）

又一體雙調，百十字，前段十句五仄韻，後段十句四仄韻。

　　　柳黃未結韻放嫩晴銷盡句斷橋殘雪韻隔水人家句渾是花陰句曾醉好春

時節_韻輕車幾度新堤曉_句想如今_讀燕鶯猶說_縱豔遊_讀得似當年_句早是舊情都別_韻　重到翻疑夢醒_句弄泉試照影_韻驚見華髮_韻却笑歸來_句石老雲荒_句身世飄然一葉_韻閉門約住青山色_句自容與_讀吟窗清絕_韻怕夜寒_讀吹到梅花_句休卷半簾明月_韻　序云：余於辛卯歲北歸，與西湖諸友夜酌，因有感於舊遊，寄周草窗。

（張炎《疏影》）

又一體_{雙調}，百十字，前段十一句五仄韻，後段十句四仄韻。

山陰賦客_韻怪幾番睡起_句窗影生白_韻縹緲仙姝_句飛下瑤臺_句淡泞東風顏色_韻微霜却護朦朧月_句更漠漠_讀暝煙低隔_韻恨翠禽啼處_句驚殘一夜_句夢雲無迹_韻　惟有龍煤解染_句數枝入畫裏_句如印溪碧_韻老樹枯苔_句玉暈冰圍_句滿幅寒香狼籍_韻墨池雪嶺春長好_句悄不管_讀小樓橫笛_韻怕有人_讀誤認寒花_句欲點曉來妝額_韻　題：題王元章《墨梅圖》。此詞前結攤破句法，作五字一句、四字兩句，南曲黃鍾宮疏影調正照此填。

（張翥《疏影》）

【選冠子】一名選官子。曹勛詞名轉調選冠子，魯逸仲詞名惜餘春慢，侯寘詞名蘇武慢，一名仄韻過秦樓。《清真集》注大石調。

正格_{雙調}，百十一字，前段十二句四仄韻，後段十一句四仄韻。

水浴清蟾_句葉喧涼吹_句巷陌馬聲初斷_韻閑依露井_句笑撲流螢_句惹破畫羅輕扇_韻人靜夜久憑闌_句愁不歸眠_句立殘更箭_韻歎年華一瞬_句人今千里_句夢沈書遠_韻　空見說_讀鬢怯瓊梳_句容銷金鏡_句漸懶趁時勻染_韻梅風地溽_句虹雨苔滋_句一架舞紅都變_韻誰信無聊_句為伊才減江淹_句情傷荀倩_韻但明河影下_句還看稀星數點_韻　題：夜景。平仄參蔡伸、吳文英、曹勛、魯逸仲、張景修、無名氏、陸游、虞集、陳允平、張雨、呂渭老、張冑詞。

（周邦彥《選冠子》）

又一體_{雙調}，百十三字，前段十一句四仄韻，後段十二句四仄韻。

放棹滄浪_句落霞殘照_句聊倚岸回山轉_韻乘雁雙鳬_句斷蘆漂葦_句身在畫圖秋晚_韻雨送灘聲_句風搖燭影_句深夜尚披吟卷_韻算離情_讀何必天涯_句咫尺路遙人遠_韻　空自笑_讀洛下書生_句襄陽耆舊_句夢底幾時曾見_韻老矣浮丘_句賦詩

下編　詞譜選錄・第二類　仄韻

明月句千仞碧天長劍韻雪霽瓊樓句春生瑤席句容我故山高宴韻待雞鳴日出句羅浮飛度句海波清淺韻　題：和馮尊師。
　　　　　　　　　　　　　　　　　　　　　　　　（虞集《選冠子》）

【霜葉飛】調見《片玉集》，因詞有"素娥青女鬭嬋娟"句，更名鬭嬋娟。自注大石調。

正格雙調，百十一字，前段十句六仄韻，後段十句五仄韻。

　　露迷衰草韻疏星掛句涼蟾低下林表韻素娥青女鬭嬋娟句正倍添淒悄韻漸颯颯讀丹楓撼曉韻橫天雲浪魚鱗小韻似故人相看句又透入讀清輝半响韻特地留照韻　迢遞望極關山句波穿千里句度日如歲難到韻鳳樓今夜聽秋風句奈五更愁抱韻想玉匣讀哀弦閉了韻無心重理相思調韻見皓月句牽離恨韻屏掩孤鸞句淚流多少韻　題：秋夜。平仄參方千里、張炎、沈唐、黃裳詞。

（周邦彥《霜葉飛》）

【丹鳳吟】調見《清真樂府》。自注越調。

正格雙調，百十四字，前段十二句四仄韻，後段十一句五仄韻。

　　迤邐春光無賴句翠藻翻池句黃蜂遊閣韻朝來風暴句飛絮亂投簾幕韻生憎暮景句倚牆臨岸句杏靨夭邪句榆錢輕薄句晝永惟思傍枕句睡起無聊句殘照猶在庭角韻　況是別離氣味句坐來但覺心緒惡韻痛飲澆愁酒句奈愁濃如酒句無計消鑠韻那堪昏暝句簌簌半檐花落韻弄粉調朱柔素手句問何時重握韻此時此意句生怕人道著韻　題：春恨。平仄參方千里、楊澤民、陳允平、吳文英詞。

（周邦彥《霜葉飛》）

【八歸】此調有仄韻、平韻兩體。仄韻者見《白石詞》，姜夔自度夾鐘商曲；平韻者見《竹屋癡語》，高觀國自度曲。

正格雙調，百十五字，前段十句四仄韻，後段十一句四仄韻。

　　芳蓮墜粉句疏桐吹綠句庭院暗雨乍歇韻無端抱影銷魂處句還見篠牆螢暗句蘚階蛩切韻送客重尋西去路句問水面讀琵琶誰撥韻最可惜讀一片江山句總付與啼鴂韻　長恨相從未款句而今何事句又對西風離別韻渚寒煙淡句

棹移人遠_句飄渺行舟如葉_韻想文君望久_句倚竹愁生步羅襪_韻翠尊雙飲_句下了珠簾_句玲瓏閑看月_韻　　題：湘中送胡德華。平仄祇有史達祖詞可校。

（姜夔《八歸》）

【摸魚兒】
唐教坊曲名，後用爲詞牌。本名摸魚子，以晁補之詞有"買陂塘，旋栽楊柳"句，更名買陂塘，又名陂塘柳、邁陂塘。辛棄疾賦怪石詞，名山鬼謠。李冶賦並蒂荷，名雙蕖怨。

正格_{雙調}，百十六字，前段十句六仄韻，後段十一句七仄韻。

買陂塘_讀旋栽楊柳_句依稀淮岸湘浦_韻東皋嘉雨新痕漲_句沙嘴鷺來鷗聚_韻堪愛處_韻最好是_讀一川夜月光流渚_韻無人獨舞_韻任翠幄張天_句柔茵藉地_句酒盡未能去_韻　青綾被_句莫憶金閨故步_韻儒冠曾把身誤_韻弓刀千騎成何事_句荒了邵平瓜圃_韻君試覷_韻滿青鏡_讀星星鬢影今如許_韻功名浪語_韻便似得班超_句封侯萬里_句歸計恐遲暮_韻　　題：東皋寓居。平仄參程垓、唐珏、辛棄疾、李演、張炎、白樸、趙從槖、徐一初、歐陽修詞。

（晁補之《摸魚兒》）

又一體_{雙調}，百十六字，前段十句七仄韻，後段十一句七仄韻。

更能消_讀幾番風雨_韻忽忽春又歸去_韻惜春長怕花開早_句何況落紅無數_韻春且住_韻見說道_讀天涯芳草無歸路_韻怨春不語_韻算祇有殷勤_句畫檐蛛網_句盡日惹飛絮_韻　長門事_句準擬佳期又誤_韻蛾眉曾有人妒_韻千金縱買相如賦_句脈脈此情誰訴_韻君莫舞_韻君不見_讀玉環飛燕皆塵土_韻閑愁最苦_韻休去倚危欄_句斜陽正在_句煙柳斷腸處_韻　　題：暮春，一名春晚。序云：淳熙已亥，自湖北漕移湖南，同官王正之置酒小山亭，爲賦。

（辛棄疾《摸魚兒》）

又一體_{雙調}，百十六字，前段十一句七仄韻，後段十二句九仄韻。

問世間_讀情是何物_句直教生死相許_韻天南地北雙飛客_句老翅幾回寒暑_韻歡樂趣_韻離別苦_韻就中更有癡兒女_韻君應有語_韻渺萬里層雲_句千山暮雪_句隻影向誰去_韻　橫汾路_韻寂寞當年簫鼓_韻荒煙依舊平楚_韻招魂楚些何嗟及_句山鬼暗啼風雨_韻天也妒_韻未信與_韻鶯兒燕子俱黃土_韻千秋萬古_韻爲留待騷

人句狂歌痛飲句來訪雁丘處韻　題：雁丘詞。序云："泰和五年乙丑歲，赴試并州，道逢捕雁者云：'今旦獲一雁，殺之矣。其脫網者悲鳴不能去，竟自投於地而死。'予因買得之，葬之汾水之上，壘石爲識，號曰雁丘。時同行者多爲賦詩，予亦有雁丘詞。"

（元好問《摸魚兒》）

【賀新郎】葉夢得詞有"唱金縷"句，名金縷歌，又名金縷曲、金縷詞。蘇軾詞有"乳燕飛華屋"句，名乳燕飛；有"晚涼新浴"句，名賀新涼；有"風敲竹"句，名風敲竹。張輯詞有"把貂裘換酒長安市"句，名貂裘換酒。大抵用入聲韻者音節尤高亢，用上、去聲韻者較凄愴。

正格雙調，百十六字，前後段各十句六仄韻。

　　睡起流鶯語韻掩蒼苔讀房櫳向晚句亂紅無數韻吹盡殘花無人見句惟有垂楊自舞韻漸暖靄讀初回輕暑韻寶扇重尋明月影句暗塵侵讀上有乘鸞女韻驚舊恨句遽如許韻　江南夢斷橫江渚韻浪黏天讀葡萄漲綠句半空煙雨韻無限樓前滄波意句誰采蘋花寄與韻但悵望讀蘭舟容與韻萬里雲帆何時到句送孤鴻讀目斷千山阻韻誰爲我句唱金縷韻　容與，顏師古注，閑舒也。與字，去聲。調始於蘇軾，而後段少一字，且格調與諸家頗多不合，故以此詞爲譜。平仄參張、辛棄疾、李玉、劉克莊、蘇軾、史達祖、李南金、馬莊父、呂渭老、周紫芝詞。

（葉夢得《賀新郎》）

又一體雙調，百十六字，前段十句七仄韻，後段十句八仄韻。

　　夢繞神州路韻悵秋風讀連營畫角句故宮離黍韻底事崑崙傾砥柱韻九地黃流亂注韻聚萬落讀千村狐兔韻天意從來高難問句況人情讀老易悲難訴韻更南浦句送君去韻　涼生岸柳催殘暑韻耿斜河讀疏星淡月句斷雲微度韻萬里江山知何處韻回首對床夜語韻雁不到讀書成誰與韻目盡青天懷今古句肯兒曹讀恩怨相爾汝韻舉大白句聽金縷韻　題：送胡邦衡待制赴新州。

（張元幹《賀新郎》）

又一體雙調，百十六字，前後段各十句六仄韻。

綠樹聽鵜鴂韻更那堪讀鷓鴣聲住句杜鵑聲切韻啼到春歸無尋處句苦恨芳菲都歇韻算未抵讀人間離別韻馬上琵琶關塞黑句更長門讀翠輦辭金闕韻看燕燕句送歸妾韻　將軍百戰身名裂韻向河梁讀回頭萬里句故人長絕韻易水蕭蕭西風冷句滿座衣冠似雪韻正壯士讀悲歌未徹韻啼鳥還知如許恨句料不啼讀清淚長啼血韻誰共我句醉明月韻　題：別茂嘉十二弟。鵜鴂、杜鵑實兩種，見《離騷補注》。　　　　　　　　　　　（辛棄疾《賀新郎》）

又一體雙調，百十六字，前後段各十句六仄韻。

　　湛湛長空黑韻更那堪讀斜風細雨句亂愁如織韻老眼平生空四海句賴有高樓百尺韻看浩蕩讀千崖秋色韻白髮書生神州淚句儘淒涼讀不向牛山滴韻追往事句去無迹韻　少年自負凌雲筆韻到而今讀春華落盡句滿懷蕭瑟韻常恨世人新意少句愛說南朝狂客韻把破帽讀年年拈出韻若對黃花孤負酒句怕黃花讀也笑人岑寂韻鴻北去句日西匿韻　題：九日。　　　　（劉克莊《賀新郎》）

又一體雙調，百十六字，前段十句六仄韻，後段十句八仄韻。

　　一勺西湖水韻渡江來讀百年歌舞句百年酣醉韻回首洛陽花石盡句煙渺黍離之地韻更不復讀新亭墮淚韻簇樂紅妝搖畫舫句問中流讀擊楫誰人是韻千古恨句幾時洗韻　余生自負澄清志韻更有誰讀磻溪未遇句傅岩未起韻國事如今誰倚仗句衣帶一江而已韻便都道讀江神堪恃韻借問孤山林處士句但掉頭讀笑指梅花蕊韻天下事韻可知矣韻　題：遊西湖有感。　（文及翁《賀新郎》）

【子夜歌】

調見鳳林書院《元詞》，《全宋詞》亦收入。與菩薩蠻令詞別名子夜歌者不同。

正格雙調，百十七字，前段十句四仄韻，後段十二句五仄韻。

　　視春衫讀篋中半在句浥浥酒痕花露韻恨桃李讀如風過盡句夢裏故人成霧韻臨潁美人句秦川公子句晚共何人語韻對人家讀花草池臺句回首故園咫尺句未成歸去韻　昨宵聽讀危弦急管句酒醒不知何處句漂泊情多句哀遲感易句無限堪憐許韻似尊前眼底句紅顏消幾寒暑韻年少風流句未諳春事句追與東

風賦韻待他年讀君老巴山句共君聽雨韻　題：和劉尚友韻。該調無可校者。
（彭元遜《子夜歌》）

【弔嚴陵】
調見《樂府雅詞》李甲作。以其詞句取名，又以其結句名暮雲碧。

正格雙調，百十九字，前段十四句七仄韻，後段十句六仄韻。

蕙蘭香泛句孤嶼潮平句驚鷗散雪韻迤邐點破句澄江秋色韻暝暝向斂句疏雨乍收句染出藍峰千尺韻漁舍孤煙鎖寒磧句畫鷁翠帆旋解句輕艤晴霞岸側韻正念往悲酸句懷鄉慘切韻何處引羌笛句　追惜韻當時富春佳地句嚴光釣址空遺迹韻華星沈後句扁舟泛去句蕭洒閑名圖籍句離觴弔古寓目韻意斷魂消淚滴韻漸洞天晚句回首暮雲千古碧韻　此調無可校者。　（李甲《弔嚴陵》）

【金明池】
調見《草堂詩餘》。賦東京金明池，即以調爲題也。作者非秦觀。李彌遜詞名昆明池，仲殊（僧揮）詞名夏雲峰，與平韻歇指調詞不同。

正格雙調，百二十字，前段十句四仄韻，後段十一句五仄韻。

瓊苑金池句青門紫陌句似雪楊花滿路韻雲日淡讀天低晝永句過三點兩點細雨句好花枝讀半出牆頭句似悵望讀芳草王孫何處韻更水繞人家句橋當門巷句燕燕鶯鶯飛舞韻　怎得東君長爲主，把綠鬢朱顏句一時留住韻佳人唱讀金衣莫惜句才子倒讀玉山休訴句況春來句倍覺傷心句念故國情多句新年愁苦韻縱寶馬嘶風句紅塵拂面句也則尋芳歸去韻　題：春遊。平仄參仲殊（僧揮）、李彌遜詞。
（無名氏《金明池》）

【白苧】
古樂府有《白苧曲》。宋人借舊名，別倚新聲。王灼《頤堂集》云："《白苧詞》傳者至少。其正宮一闋，世以爲紫姑神作。"據《花草粹編》，乃爲柳永詞。今以蔣詞爲譜。

正格雙調，百廿五字，前段十二句七仄韻，後段十五句六仄韻。

正春晴句又春冷句雲低欲落韻瓊苞未剖句早是東風作惡韻旋安排讀一雙銀蒜鎭羅幕韻幽壑韻水生漪句皺嫩綠句潛鱗初躍韻愔愔門巷句桃樹紅纔約略

韵知甚时读霁华烘破青青萼韵　忆昨读听莺柳畔句引蝶花边句近来重见句身学垂杨瘦削韵问小翠眉山句为谁攒却韵斜阳院宇句任蛛丝罥遍句玉筝弦索韵户外惟闻句放剪刀声句深在妆阁韵料想裁缝句白苎春衫薄韵　"听莺柳畔"原缺，据《听秋声馆词话》卷十三校补。平仄参柳永词。

（蒋捷《白苎》）

【十二时慢】

宋鼓吹四曲之一。《花草粹编》无"慢"字。此词有仄韵、平韵两体。

正格三段，百三十字，前段十一句五仄韵，中段八句三仄韵，后段八句四仄韵。

晚晴初句淡烟笼月句风透蟾光如洗韵觉翠帐读凉生秋思韵渐入微寒天气韵败叶敲窗句西风满院句睡不成还起韵更漏咽读滴破忧心句万感并生句都在离人愁耳韵　天怎知句当时一句句做得十分萦系韵夜永有时句分明枕上句觑著孜孜地韵烛暗时酒醒句元来又是梦里韵　睡觉来句披衣独坐句万种无憀情意韵怎得伊来句重谐连理句再整余香被句祝告天发愿句从今永无抛弃韵

此调押仄韵者，当以此词为正格。平仄参彭耜词。　（柳永《十二时慢》）

【兰陵王】

唐教坊曲名。《碧鸡漫志》卷四引《北齐史》及《隋唐嘉话》称，齐文襄之长子长恭，封兰陵王。与周师战，尝著假面对敌，击周师金墉城下，勇冠三军。武士共歌谣之，曰《兰陵王入阵曲》。今越调《兰陵王》，凡三段二十四拍，或曰遗声也。此曲声犯正宫，管色用大凡字、大一字、勾字，故一名大犯。另，毛开《樵隐笔录》云："绍兴初，都下盛行周清真咏柳《兰陵王慢》，西楼南瓦皆歌之，谓之'渭城三叠'。以周词凡三换头，至末段声尤激越，惟教坊老笛师能倚之以节歌者。"该调宜用入声韵。

正格三段，百三十字，前段九句七仄韵，中段八句五仄韵，后段十句六仄韵。

自注越调。

柳阴直韵烟里丝丝弄碧句隋堤上读曾见几番句拂水飘绵送行色句登临望故国韵谁识读京华倦客韵长亭路读年去岁来句应折柔条过千尺韵　闲寻旧踪迹韵又酒趁哀弦句灯照离席韵梨花榆火催寒食韵愁一箭风快句半篙波暖句

下編　詞譜選錄・第二類　仄韻　215

回頭迢遞便數驛䪨望人在天北。　悽惻䪨恨堆積䪨漸別浦縈迴句津堠岑寂䪨斜陽冉冉春無極䪨念月榭攜手句露橋聞笛句沈思前事句似夢裏句淚暗滴䪨　題：柳。平仄參袁履道、楊澤民、彭去華、高觀國、李昂英、張元幹、史達祖、葛郯、方千里、陳允平詞。　　　　　（周邦彥《蘭陵王》）

又一體變格。三段，百三十字，前段八句六仄韻，中段九句七仄韻，後段十句六仄韻。

　　送春去䪨春去人間無路䪨秋千外讀芳草連天句誰遣風沙暗南浦䪨依依甚意緒䪨漫憶海門飛絮句亂鴉過讀斗轉城荒句不見來時試燈處䪨　春去䪨最誰苦䪨但箭雁沉邊句梁燕無主䪨杜鵑聲裏長門暮䪨想玉樹凋土句淚盤如露䪨咸陽送客屢回顧句斜日未能渡䪨　春去䪨尚來否䪨正江令恨別句庾信愁賦䪨蘇堤盡日風和雨句歎神遊故國句花記前度䪨人生流落句顧孺子句共夜語䪨　題：丙子送春。　　　　　　　　　　　　　　　　（劉辰翁《蘭陵王》）

【大酺】唐教坊曲有大酺樂。大酺者，謂大衆宴樂，廣布酒食也。唐張文收造曲。《羯鼓錄》亦有太簇商大酺樂，宋人借舊曲名以製新聲也。調始於周邦彥，入越調。

正格雙調，百卅三字，前段十五句五仄韻，後段十一句七仄韻。

　　對宿煙收句春禽静句飛雨時鳴高屋䪨牆頭青玉旆句洗鉛霜都盡句嫩梢相觸䪨潤逼琴絲句寒侵枕障句蟲網吹粘簾竹䪨郵亭無人處句聽檐聲不斷句困眠初熟䪨奈愁極頓驚句夢輕難記句自憐幽獨䪨　行人歸意速䪨最先念讀流潦妨車轂䪨怎奈向讀蘭成憔悴句衛玠清羸句等閑時讀易傷心目䪨未怪平陽客句雙淚落讀笛中哀曲句況蕭索讀青蕪國句紅糁鋪地句門外荊桃如菽䪨夜遊共誰秉燭。䪨　題：春雨。平仄參吳文英、陳允平、顏奎、楊澤民、趙以夫、周密、方千里詞。　　　　　　　　　　　　　　　　（周邦彥《大酺》）

又一體雙調，百卅三字，前段十五句五仄韻，後段十一句七仄韻。

　　又子規啼句醽醁謝句寂寂春陰池閣䪨羅窗人病酒句奈牡丹初放句晚風還惡䪨燕燕歸遲句鶯鶯聲懶句閑冒秋千紅索䪨三分春過二句尚賸寒猶凝句翠

衣香薄韻傍鴛徑鶯籠句一池萍碎句半檐花落韻 最憐春夢弱韻楚臺遠讀空負朝雲約韻謾念想讀清歌錦瑟句翠管瑤尊句幾回沈醉東園酌韻燕麥兔葵恨句倩誰訪讀畫闌紅藥韻況多病讀腰如削韻相如老去句賦筆吟箋閑郤韻此情怕人問著韻　題：春陰懷舊。字詞從《全宋詞》。　　　　　　（周密《大酺》）

【破陣樂】唐教坊曲名。《宋史·樂志》屬正宮。柳永《樂章集》注林鍾商。

正格雙調，百卅三字，前段十四句五仄韻，後段十六句六仄韻。

　　　　露花倒影句煙蕪蘸碧句靈沼波暖韻金柳搖風樹樹句繫彩舫龍舟遙岸韻千步虹橋句參差雁齒句直趨水殿韻繞金堤讀曼衍魚龍戲句簇嬌春羅綺韻喧天絲管韻霽色榮光句望中似睹句蓬萊清淺韻時見韻鳳輦宸遊句鷁觴禊飲句臨翠水句開鎬宴句兩兩輕舠飛畫檝句競奪錦標霞爛韻罄歡娛句歌魚藻徘徊宛轉韻別有盈盈遊女句各委明珠句爭收翠羽句相將歸遠讀漸覺雲海沈沈句洞天日晚韻　"歸遠"，詞譜、詞律皆爲"歸去"，今從《全宋詞》。平仄參張先詞。　　　　　　　　　　　　　　　　　（柳永《破陣樂》）

【瑞龍吟】黃昇云：此調前兩段雙拽頭屬正平調，後一段犯大石調，"歸騎晚"以下仍屬正平調也。《清真集》注大石調。

正格三段，百卅三字，前兩段各六句三仄韻，後一段十六句九仄韻。

　　　　章臺路韻還見褪粉梅梢句試花桃樹韻愔愔坊陌人家句定巢燕子歸來舊處韻　黯凝佇韻因念箇人癡小句乍窺門戶韻侵晨淺約宮黃句障風映袖句盈盈笑語韻　前度韻劉郎重到句訪鄰尋里句同時歌舞韻唯有舊家秋娘句聲價如故韻吟箋賦筆句猶記燕臺句韻知誰伴讀名園露飲句東城閑步韻事與孤鴻去韻探春盡是句傷離意緒韻官柳低金縷句歸騎晚讀纖纖池塘飛雨韻斷腸院落句一簾風絮韻　題：春詞。平仄參吳文英、方千里、楊澤民、張翥、陳允平詞。　　　　　　　　　　　　　　　　　（周邦彥《瑞龍吟》）

又一體三段，百卅三字，前兩段各六句三仄韻，後一段十六句九仄韻。

下編　詞譜選錄·第二類　仄韻　　　　　　　　　　　217

鰲溪路㖡瀟灑翠壁丹崖㖿古藤高樹㖡林間猿鳥欣然㖿故人隱在㖿溪山勝處㖡　久延竚㖡渾似種桃源裏㖿白雲窗戶㖡燈前素瑟清尊㖿開懷正好㖿連床夜語㖡　應是山靈留客㖿雪飛風起㖿長松掀舞㖡誰道倦途相逢㖿傾蓋如故㖡陽春一曲㖿總是關心㖿何妨共㖿磯頭把釣㖡梅邊徐步㖡祇恐匆匆去㖡故園夢裏㖿長牽別緒㖡寂寞閑針縷㖡還念我㖿飄零江湖煙雨㖡斷腸歲晚㖿客衣誰絮㖡　序云：癸丑歲冬，訪游弘道樂安山中，席賓米仁則用《清真詞》韻賦別，和以見情。　　　　　　　　　　（張翥《瑞龍吟》）

【浪淘沙慢】宋人演浪淘沙爲慢詞。柳永《樂章集》注歇指調，《清真集》注商調。

正格雙調，百卅三字，前段九句六仄韻，後段十五句十仄韻。

　　晝陰重㖿霜凋岸草㖿霧隱城堞㖡南陌脂車待發㖿東門帳飲乍闋㖡正拂面垂楊堪縈結㖿掩紅淚㖡玉手親折㖡念漢浦離鴻去何許㖿經時信音絕㖡　情切㖡望中地遠天闊㖡向露冷風清㖿無人處㖿耿耿寒漏咽㖡嗟萬事難忘㖿惟是輕別㖡翠尊未竭㖡憑斷雲㖿留取西樓殘月㖡羅帶光銷紋衾疊㖡連環解㖡舊香頓歇㖡怨歌永㖿瓊壺敲盡缺㖡恨春去㖿不與人期㖿弄夜色㖿空餘滿地梨花雪㖡　題：恨別。文字從《全宋詞》，句讀有方千里詞可證，平仄參方千里、楊澤民、吳文英、陳允平詞。　　　　　　（周邦彦《浪淘沙慢》）

又一體雙調，百卅三字，前段九句四仄韻，後段十六句五仄韻。

　　夢覺㖿透窗風一綫㖿寒燈吹息㖡那堪初醒㖿又聞空堦㖿夜雨頻滴㖡嗟因循㖿久作天涯客㖡負佳人㖿幾許盟言㖿更忍把㖿從前歡會㖿陡頓翻成憂戚㖡　愁極㖡再三追思㖿洞房深處㖿幾度飲散歌闌㖿香暖鴛鴦被㖿豈暫時疏散㖿費伊心力㖡殢雨尤雲㖿有萬般千種相憐惜㖿到如今㖿天長漏永㖿無端自家疏隔㖡知何時㖿却擁秦雲態㖿願低幃昵枕㖿輕輕細説與㖿江鄉夜夜㖿數寒更思憶㖡　此詞平仄無別首可校。句讀從《詞譜》。　（柳永《浪淘沙慢》）

又一體雙調，百卅三字，前段九句六仄韻，後段十五句十仄韻。

素秋霽句雲橫曠野句浪拍孤堞韻柔櫓悲聲頓發韻驪歌恨曲未闋韻念一寸迴腸千縷結韻柳條在讀忍使攀折句但悵惘章臺路多少句相思拚愁絕韻淒切韻去程浩渺空闊讀奈斷梗孤蓬句西風外蕨蕨殘吹咽韻應暗爲行人句傷念離別韻淚波易竭韻凝怨懷讀羞睹當時明月句煙浪無窮青山疊韻魚封遠讀雁書漸歇韻甚時合讀金釵分處缺句謾飄蕩讀海角天涯句再見日句應憐兩鬢玲瓏雪韻

（方千里《浪淘沙慢》）

【歌頭】《尊前集》注大石調。

正格雙調，百卅六字，前段十四句八仄韻，後段十九句五仄韻。

賞芳春讀暖風飄箔韻鶯啼綠樹句輕煙籠晚閣韻杏桃紅句開繁萼韻靈和殿讀禁柳千行斜句金絲絡韻夏雲多讀奇峰如削韻紈扇動微涼句輕綃薄韻梅雨霽句火雲爍韻臨水檻讀永日逃繁暑句泛觥酌韻　露華濃句冷高梧句凋萬葉韻一霎晚風句蟬聲新雨歇韻暗惜此光陰句如流水句東籬菊殘時句歎蕭索韻繁陰積句歲時暮句景難留句不覺朱顏失却韻好容光句旦旦須呼賓友句西園長宵句讌雲謠句歌皓齒句且行樂韻　此詞無別首可校。

（李存勖《歌頭》）

【六醜】周邦彥自創中呂調曲。周密《浩然齋雅談》云，邦彥嘗報徽宗曰："此犯六調，皆聲之美者，然絕難歌。昔高陽氏有子六人，才而醜，故以比之。"例用入聲韻。

正格雙調，百四十字。前段十四句八仄韻，後段十三句九仄韻。

正單衣試酒句恨客裏讀光陰虛擲韻願春暫留句春歸如過翼韻一去無迹韻爲問家何在句夜來風雨句葬楚宮傾國韻釵鈿墮處遺香澤韻亂點桃蹊句輕翻柳陌韻多情爲誰追惜韻但蜂媒蝶使句時叩窗隔　東園岑寂韻漸朦朧暗碧韻靜繞珍叢底句成歎息韻長條故惹行客韻似牽衣待話句別情無極韻殘英小讀強簪巾幘韻終不似讀一朵釵頭顫裊句向人敧側韻漂流處讀莫趁潮汐韻恐斷紅讀尚有相思字句何由見得韻　題：薔薇謝後作。文字從吳則虞校本《清真

下編　詞譜選錄・第二類　仄韻　219

集》。平仄參陳允平、楊澤民、方千里、吳文英、彭元遜詞。

（周邦彥《六醜》）

【夜半樂】唐教坊曲名。柳永《樂章集》注中呂調，蓋借舊曲名另倚新聲也。《碧雞漫志》唐史：明皇自潞州還京師，夜半舉兵誅韋后，製《夜半樂》《還京樂》二曲。今黃鍾宮有《三臺》《夜半樂》，中呂調，有慢，有近拍，有序。全曲格局開展，調分三段，中段雍容不迫，後段則聲拍促數矣。

正格三段，百冊四字，前段十句五仄韻，中段九句四仄韻，後段七句五仄韻。

　　凍雲黯淡天氣句扁舟一葉句乘興離江渚韻渡萬壑千岩句越溪深處韻怒濤漸息句樵風乍起韻更聞商旅相呼句片帆高舉韻泛畫鷁句翩翩過南浦韻　望中酒旆閃閃句一簇煙邨句數行霜樹句殘日下讀漁人鳴榔歸去韻敗荷零落句衰楊掩映句岸邊兩兩三三句浣紗遊女韻避行客讀含羞笑相語韻　到此因念句繡閣輕拋句浪萍難駐韻歎後約讀丁寧竟何據韻慘離懷讀空恨歲晚歸期阻韻凝淚眼讀杳杳神京路句斷鴻聲遠長天暮韻　此調祇有柳詞二首，別無可校者。起韻補叶口舉切，且《詞譜》《詞綜》皆入韻。（柳永《夜半樂》）

【寶鼎現】調見《順庵樂府》。李彌遜詞名三段子，陳合詞名寶鼎兒。

正格三段，百五十七字，前一段九句四仄韻，後兩段各八句五仄韻。

　　夕陽西下句暮靄紅隒句香風羅綺韻乘麗景讀華燈爭放句濃焰燒空連錦砌韻睹皓月句浸嚴城如畫句花影寒籠絳蕊句漸掩映讀芙蕖萬頃句迤邐齊開秋水韻　太守無限行歌意韻擁麈幢讀光動珠翠韻傾萬井讀歌臺舞榭句瞻望朱輪駢鼓吹韻控寶馬讀耀貔貅千騎句銀燭交光數里句似爛簇讀寒星萬點句擁入蓬壺影裏韻　來伴宴閣多才句環豔粉讀瑤簪珠履韻恐看看讀丹詔歸春句宸遊燕侍韻便趁早讀占通宵醉韻莫放笙歌起句任畫角讀吹老寒梅句月落西樓十二韻　此為正格。平仄參趙長卿詞。（康與之《寶鼎現》）

又一體三段，百五十七字，前段九句五仄韻，後兩段各八句五仄韻。

　　囂塵盡掃句碧落輝騰句元宵三五韻更漏永讀遲遲停鼓韻天上人間當此

遇㊀正年少㊁盡香車寶馬㊂次第追隨士女㊀看往來㊁巷陌連甍㊂簇起星毬無數㊀　政簡物阜清閑處㊁聽笙歌㊁鼎沸頻擧㊂燈焰暖㊁庭幬高下㊂紅影相交知幾户㊀恣歡笑㊁道今宵景色㊂勝却前時幾度㊀細算來㊁皇都此夕㊂消得喧傳今古㊀　排備綺席成行㊂爐噴裊㊁沈檀輕縷㊂睹邀遊綵仗㊂疑是神仙伴侶㊀欲飛去㊁恨難留住㊂漸到蓬瀛步㊁願永逢㊁恁時恁節㊂且與風光爲主㊀

題：上元。鈔自《全宋詞》。　　　　　　　　　（趙長卿《寶鼎現》）

【三臺】

見唐《教坊記》。《唐音統籤》云："唐曲有三臺、急三臺、宮中三臺、上皇三臺、怨陵三臺、突厥三臺。三臺爲大曲。"馮鑑《續事始》曰："漢蔡邕三日之間，周歷三臺。樂府以邕曉音律，爲製此曲。"劉禹錫《嘉話錄》曰："鄴中有曹公銅雀、金虎、冰井三臺，北齊高洋毀之，更築金鳳、聖應、崇光三臺。宮人拍手呼上臺送酒，因名其曲爲三臺。"李氏《資暇錄》曰："三臺，三十拍促曲名。昔鄴中有三臺，石季龍常爲宴遊之所，而造此曲以促飲。"《樂苑》云："唐三臺，羽調曲。"

正格三段，百七十一字，每段各八句五仄韻。

見梨花初帶夜月㊂海棠半含朝雨㊀内苑春㊁不禁過青門㊂御溝漲㊁潛通南浦㊀東風静㊁細柳垂金縷㊂望鳳闕㊁非煙非霧㊂好時代㊁朝野多歡㊂遍九陌㊁太平簫鼓㊀　乍鶯兒百囀斷續㊂燕子飛來飛去㊂近綠水㊁臺榭映秋千㊂鬥百草㊁雙雙遊女㊀餳香更㊁酒冷踏青路㊂會暗識㊁天桃朱户㊂向晚驟㊁寶馬雕鞍㊂醉襟惹㊁亂花飛絮㊀　正輕寒輕暖漏永㊂半陰半晴雲暮㊂禁火天㊁已是試新妝㊂歲華到㊁三分佳處㊀清明看㊁漢宮傳蠟炬㊂散翠煙㊁飛入槐府㊀斂兵衛㊁閶闔門開㊂住傳宣㊁又還休務㊀　　題：清明應製。

（万俟詠《三臺》）

【鶯啼序】

又名豐樂樓，初見《夢窗詞》。

正格四段，二百四十字。第一段八句四仄韻，第二段十句四仄韻，第三段十四句四仄韻，第四段十四句五仄韻。

殘寒正欺病酒㊂掩沈香繡户㊀燕來晚㊁飛入西城㊂似說春事遲暮㊀畫

船載讀清明過却句晴煙冉冉吳宮樹韻念羈情遊蕩句隨風化爲輕絮韻 十載西湖句傍柳繫馬句趁嬌塵軟霧韻遡紅漸讀招入仙溪句錦兒偸寄幽素韻倚銀屏讀春寬夢窄句斷紅濕讀歌紈金縷韻暝堤空句輕把斜陽句總還鷗鷺韻 幽蘭旋老句杜若還生句水鄉尚寄旅韻別後訪讀六橋無信句事往花萎句瘞玉埋香句幾番風雨韻長波妒盼句遙山羞黛句漁燈分影春江宿句記當時讀短楫桃根渡韻青樓仿佛句臨分敗壁題詩句淚墨慘淡塵土韻 危亭望極句草色天涯句歎鬢侵半苧韻暗點檢讀離痕歡唾句尚染鮫綃句嚲鳳迷歸句破鸞慵舞韻殷勤待寫句書中長恨句藍霞遼海沈過雁句漫相思讀彈入哀箏柱句傷心千里江南句怨曲重招句斷魂在否韻 平仄參吳文英別首及黃公紹、趙文、汪元量詞。

（吳文英《鶯啼序》）

又一體變格。四段，二百卅六字。第一、二段各九句四仄韻，第三段十三句六仄韻，第四段十三句七仄韻。

　　金陵故都最好句有朱樓迢遞韻嗟倦客讀又此憑高句檻外已少佳致韻更落盡梨花句飛盡楊花句春也成憔悴韻問青山讀三國英雄句六朝奇偉韻 麥甸葵丘句荒臺敗壘句鹿豕銜枯薺韻正潮打孤城句寂寞斜陽影裏韻聽樓頭哀笛怨角句未把酒讀愁心先醉韻漸夜深讀月滿秦淮句煙籠寒水韻 淒淒慘慘冷冷清清韻燈火渡頭市句慨商女讀不知興廢句隔江猶唱庭花句餘音亹亹韻傷心千古句淚痕如洗韻烏衣巷口青蕪路句認依稀讀王謝舊鄰里韻臨春結綺句可憐紅粉成灰句蕭索白楊風起韻 因思疇昔句鐵索千尋句漫沈江底韻揮羽扇句障西塵句便好角巾私第韻清談到底成何事韻回首新亭句風景今如此句楚囚對泣何時已韻歎人間讀今古真兒戲句東風歲歲還來句吹入鍾山句幾重蒼翠韻 題：重過金陵。

（汪元量《鶯啼序》）

又一體四段，二百卅八字。一段八句四仄韻，二段九句五仄韻，三段十四句五仄韻，四段十四句四仄韻。

　　秋風又吹華髮句怪流光暗度韻最可恨讀木落山空句故國芳草何處韻看前古讀興亡墮淚句誰知歷歷今如古韻聽吳兒唱徹句庭花又翻新譜韻 腸斷江南句庾信最苦韻有何人共賦韻天又遠句雲海茫茫句鱗鴻似夢無據韻怨東風

讀不如人意句珠履散讀寶釵何許韻想故人讀月下沈吟句此時誰訴韻　吾生已矣句如此江山句又何懷故宇韻不恨賦歸遲句歸計大誤韻當時只合雲龍句飄飄平楚韻男兒死耳句嚶嚶昵昵句丁寧賣履分香事句又何如讀化作胥潮去韻東君豈是無能句成敗歸來句手種瓜圃韻　膏殘夜久句月落山寒句相對耿無語韻恨前此讀燕丹計早句荊慶才疏句易水衣冠句總成塵土韻鬥雞走狗句呼盧蹴鞠句平生把臂江湖舊句約何時讀共話連床雨韻王孫招不歸來句自采黃花句醉扶山路韻　題：有感。昵，昵之訛。鈔自《全宋詞》。　（趙文《鶯啼序》）

第三類　平仄韻轉換

【南鄉子】唐教坊曲名。此詞有單調、雙調。單調者始自歐陽炯詞，平韻換仄韻，《金奩集》入黃鐘宮。馮延巳、李珣俱本此添字。雙調者始自馮延巳，改作平韻體，《太和正音譜》注越調，《張子野詞》入中呂宮。歐陽修本此減字，王之道、黃機、趙長卿俱本此添字。雙調，即單調重疊一段，宋以後多用平韻雙調者。

正格單調，二十七字，五句，兩平韻、三仄韻。

　　畫舸停橈韻平韻槿花籬外竹橫橋韻叶平水上遊人沙上女韻換仄迴顧韻叶仄笑指芭蕉林裏住韻叶仄　平仄參歐陽炯別首及馮延巳、李珣詞。

（歐陽炯《南鄉子》）

又一體正格。單調，三十字，六句，兩平韻、三仄韻。

　　煙漠漠句雨淒淒韻平韻岸花零落鷓鴣啼韻叶平遠客扁舟臨野渡韻換仄思鄉處韻叶仄潮退水平春色暮韻叶仄　平仄參別九首。（李珣《南鄉子》）

又一體正格。雙調，五十六字，前後段各五句四平韻。

　　細雨濕流光韻芳草年年與恨長韻煙鎖鳳樓無限事句茫茫韻鸞鏡鴛衾兩斷腸韻　魂夢任悠揚韻睡起楊花滿繡床韻薄倖不來門半掩句斜陽韻負你殘春淚幾行韻　此即細雨濕秋風再加一段，祇四、五句仍用平韻，宋人俱如此填。

（馮延巳《南鄉子》）

又一體雙調，五十六字，前後段各五句四平韻。

　　何處望神州韻滿眼風光北固樓韻千古興亡多少事句悠悠韻不盡長江滾滾流韻　年少萬兜鍪韻坐斷東南戰未休韻天下英雄誰敵手句曹劉韻生子當如孫仲謀韻　題：登京口北固亭有懷。

（辛棄疾《南鄉子》）

【蕃女怨】唐溫庭筠詞二首俱詠蕃女之怨。《金奩集》入南呂宮，仄韻換平韻。

正格單調，卅一字，七句，四仄韻，兩平韻。

萬枝香雪開已遍韻仄韻 細雨雙燕叶仄 鈿蟬箏句 金雀扇叶仄 畫梁相見韻叶仄 雁門消息不歸來韻換平 又飛回叶平　平仄參溫庭筠別首。

(溫庭筠《蕃女怨》)

【古調笑】

樂苑商調曲。又名調笑、宮中調笑、調嘯詞、轉應曲。白居易詩云："打嫌調笑易，飲訝捲波遲。"又自注曰："抛打曲有《調笑令》，飲酒曲有《捲白波》。"仄韻轉平韻，平仄韻遞轉，難在平韻再轉仄韻時，二言疊句必須用上六言之末二字倒轉爲之，以故又名轉應曲。唐詞格式全同，惟句中平仄出入頗多。以韋詞爲正格，兼采他詞，以作比較。北宋之後多用不轉韻格，祇用仄韻格，聯章以成轉踏，藉以演唱故事。

正格 單調，卅二字，八句，四仄韻、兩平韻、兩疊韻。調嘯詞。

河漢韻仄韻 河漢疊 曉掛秋城漫漫叶仄 愁人起望相思韻換平 塞北江南別離韻叶平 離別韻換仄 離別疊 河漢雖同路絕叶仄　（韋應物《古調笑》）

又一體 單調，卅二字，八句，四仄韻、兩平韻、兩疊韻。宮中調笑。

蝴蝶韻仄韻 蝴蝶疊 飛上金枝玉葉叶仄 君前對舞春風韻換平 百葉桃花樹紅韻叶平 紅樹韻換仄 紅樹疊 燕語鶯啼日暮叶仄　（王建《古調笑》）

又一體 單調，卅二字，八句，四仄韻、兩平韻、兩疊韻。轉應曲。

邊草韻仄韻 邊草疊 邊草盡來兵老叶仄 山南山北雪晴韻換平 千里萬里月明韻叶平 明月韻換仄 明月疊 胡笳一聲愁絕叶仄　（戴叔倫《古調笑》）

又一體 單調，卅二字，八句，四仄韻、兩平韻、兩疊韻。三臺令。

春色韻仄韻 春色疊 依舊青門紫陌叶仄 日斜柳暗花嫣韻換平 醉臥誰家少年韻叶平 年少韻換仄 年少疊 行樂直須及早叶仄　（馮延巳《古調笑》）

又一體 單調，卅八字，七句七仄韻。調笑轉踏。

何處韻 長安路韻 不記牆東花拂樹韻 瑤琴理罷霓裳譜韻 依舊月窗風戶韻 薄情年少如飛絮韻 夢逐玉環西去韻　題：鶯鶯。平仄參其別九首、鄭僅十二首、無名氏八首。又名調笑令。　（毛滂《古調笑》）

【醉公子】

唐教坊曲名。薛昭蘊、顧敻詞俱四換韻，又名四換頭。此調有兩體：四十字者，始自唐人；百六字者，始自宋人。

正格雙調，四十字，前後段各四句，兩仄韻、兩平韻。

　　漠漠秋雲澹韻仄韻 紅藕香侵檻韻叶仄 枕倚小山屏韻換平 金鋪向晚扃韻叶

平　睡起橫波慢韻換仄 獨坐情何限韻叶仄 衰柳數聲蟬韻換平 魂銷似去年韻叶

平　平仄參薛昭蘊、尹鶚詞及顧敻詞別首。　　　　（顧敻《醉公子》）

又一體雙調，四十字，前後段各四句，兩仄韻、兩平韻。

　　暮煙籠蘚砌韻仄韻 戟門猶未閉韻叶仄 盡日醉尋春韻換平 歸來月滿身韻叶

平　離鞍偎繡袂韻換仄 墜巾花亂綴韻叶仄 何處惱佳人韻換平 檀痕衣上新韻叶

平　此詞後段仄韻平韻，即用前段原韻。　　　　　（尹鶚《醉公子》）

【昭君怨】
又名洛妃怨、宴西園、一痕沙。該詞四換韻，平仄轉換。

正格雙調，四十字，前後段各四句，兩仄韻、兩平韻。

　　誰作桓伊三弄韻仄韻 驚破綠窗幽夢韻叶仄 新月與愁煙韻換平 滿江天韻叶

平　欲去又還不去韻換仄 明日落花飛絮韻叶仄 飛絮送行舟韻換平 水東流韻叶

平　題：送別。平仄參万俟詠、秦、劉、韓、蔡、朱、周詞。

　　　　　　　　　　　　　　　　　　　　　　　　（蘇軾《昭君怨》）

又一體雙調，四十字，前後段各四句，兩仄韻、兩平韻。

　　道是花來春未韻仄韻 道是雪來香異韻叶仄 竹外一枝斜韻換平 野人家韻叶

平　冷落竹籬茅舍韻換仄 富貴玉堂瓊榭韻叶仄 兩地不同栽韻換平 一般開韻叶

平　題：梅花。　　　　　　　　　　　　　　　　（鄭域《昭君怨》）

【菩薩蠻】
唐教坊曲名。《宋史·樂志》，女弟子舞隊名。《尊前集》《金匲集》《宋史·樂志》並入中呂宮，《正音譜》注正宮。唐蘇鶚《杜陽雜編》云："大中初，女蠻國入貢，危髻金冠，纓絡被體，號菩薩蠻隊。當時倡優遂製《菩薩蠻曲》，文士亦往往聲其詞。"孫光憲《北窗瑣言》云："唐宣宗愛唱《菩薩蠻詞》，令狐綯命溫庭筠新撰進之。"《碧雞漫志》云："今《花間集》溫詞十四首是也。"溫詞名重疊金，李煜詞名子夜歌，一名菩薩鬘，韓淲詞名花間意、花溪碧、晚雲烘日。開元時人崔令欽著《教坊記》已有此曲名，或此舞多次輸入中國。小令，前後段各兩仄韻、兩平韻，平仄遞轉，由緊促轉低沈情調。歷來名作尤多。

正格 雙調，四十字，前後段各四句，兩仄韻、兩平韻。

　　登樓遙望秦宮殿（韻仄韻）茫茫祇見雙飛燕（叶仄）渭水一條流（韻換平）千山與萬丘（韻叶平）　遠煙籠碧樹（韻換仄）陌上行人去（叶仄）安得有英雄（韻換平）迎歸大內中（韻叶平）　題：登華州城樓。平仄參諸詞。　　　　（李曄《菩薩蠻》）

又一體 雙調，四十字，前後段各四句，兩仄韻、兩平韻。

　　平林漠漠煙如織（韻仄韻）寒山一帶傷心碧（叶仄）暝色入高樓（韻換平）有人樓上愁（韻叶平）　玉階空佇立（韻換仄）宿鳥歸飛急（叶仄）何處是歸程（韻換平）長亭連短亭（韻叶平）　　　　　　　　　　　　（李白《菩薩蠻》）

又一體 雙調，四十字，前後段各四句，兩仄韻、兩平韻。

　　小山重疊金明滅（韻仄韻）鬢雲欲度香腮雪（叶仄）懶起畫蛾眉（韻換平）弄妝梳洗遲（韻叶平）　照花前後鏡（韻換仄）花面交相映（叶仄）新貼繡羅襦（韻換平）雙雙金鷓鴣（韻叶平）　　　　　　　　　　（溫庭筠《菩薩蠻》）

又一體 雙調，四十字，前後段各四句，兩仄韻、兩平韻。

　　人人盡說江南好（韻仄韻）遊人只合江南老（叶仄）春水碧於天（韻換平）畫船聽雨眠（韻叶平）　壚邊人似月（韻換仄）皓腕凝霜雪（叶仄）未老莫還鄉（韻換平）還鄉須斷腸（韻叶平）　　　　　　　　　　　（韋莊《菩薩蠻》）

又一體 雙調，四十字，前後段各四句，兩仄韻，兩平韻。

　　數家茅屋閑臨水（韻仄韻）單衫短帽垂楊裏（叶仄）今日是何朝（韻換平）看予度石橋（韻叶平）　梢梢新月偃（韻換仄）午醉醒來晚（叶仄）何物最關情（韻換平）黃鸝三兩聲（韻叶平）　此為集句為詞。　　　　　（王安石《菩薩蠻》）

又一體 雙調，四十字，前後段各四句，兩仄韻、兩平韻。

　　鬱孤臺下清江水（韻仄韻）中間多少行人淚（叶仄）西北望長安（韻換平）可憐無數山（韻叶平）　青山遮不住（韻換仄）畢竟東流去（叶仄）江晚正愁余（韻換平）山深聞鷓鴣（韻叶平）　題：書江西造口壁。　　　（辛棄疾《菩薩蠻》）

下編　詞譜選錄·第三類　平仄韻轉換

【減字木蘭花】《樂章集》注仙呂調。又名減蘭、木蘭香、天下樂令。平仄韻轉換。

正格雙調，四十四字，前後段各四句，兩仄韻、兩平韻。

伤怀离抱韻仄韻 天若有情天亦老韻叶仄 此意如何韻換平 细似轻丝渺似波韻叶平　扁舟岸側韻換仄 枫葉荻花秋索索韻叶仄 细想前欢韻換平 须著人間比夢間韻叶平　平仄參蘇軾、蔣氏女詞。　　　　（歐陽修《減字木蘭花》）

又一體雙調，卌四字，前後段各四句，兩仄韻、兩平韻。

春庭月午韻仄韻 摇盪香醪光欲舞韻叶仄 步轉迴廊韻換平 半落梅花婉娩香韻叶平　輕雲薄霧換換仄 總是少年行樂處韻叶仄 不似秋光韻換平 祇與離人照斷腸韻叶平　題：春月。　　　　　　　　　　（蘇軾《減字木蘭花》）

【清平樂】唐教坊曲名，後用爲詞牌。《花庵詞選》名清平樂令，張輯詞名憶蘿月，張翥詞名醉東風。《宋史·樂志》屬大石調。《金奩集》《樂章集》俱入越調。《尊前集》有李白詞四首，恐非唐李白之作。以李煜詞作譜爲宜。平仄韻轉換。

正格雙調，四十六字，前段四句四仄韻，後段四句三平韻。

別來春半韻仄韻 觸目愁腸斷韻叶仄 砌下落梅如雪亂韻叶仄 拂了一身還滿韻叶仄　雁來音信無憑韻換平 路遙歸夢難成韻叶平 離恨恰如春草句 更行更遠還生韻叶平　平仄參晏、黃、辛、趙詞。　　　　（李煜《清平樂》）

又一體雙調，四十六字，前段四句四仄韻，後段四句三平韻。

春歸何處韻仄韻 寂寞無行路韻叶仄 若有人知春去處韻叶仄 喚取歸來同住韻叶仄　春無踪迹誰知韻換平 除非問取黃鸝韻叶平 百囀無人能解句 因風飛過薔薇韻叶平　　　　　　　　　　　　（黄庭堅《清平樂》）

又一體雙調，四十六字，前段四句四仄韻，後段四句三平韻。

繞床饑鼠韻仄韻 蝙蝠翻燈舞韻叶仄 屋上松風吹急雨韻叶仄 破紙窗間自語韻叶仄　平生塞北江南韻換平 歸來華髮蒼顔韻叶平 布被秋宵夢覺句 眼前萬里江山韻叶平　　　　　　　　　　　　（辛棄疾《清平樂》）

【更漏子】此調有兩體，四十六字者始自溫庭筠，唐宋詞最多。《尊前集》注大石調，又入商調；《金奩集》入林鍾宮，平仄韻轉換。百四字者止杜安世詞。《張子野詞》注小令，入林鍾商。

正格雙調，四十六字，前段六句，兩仄韻、兩平韻；後段六句三仄韻、兩平韻。

玉爐香句紅蠟淚韻仄偏照畫堂秋思叶仄眉翠薄句鬢雲殘換平夜長衾枕寒韻叶平　梧桐樹韻換仄三更雨叶仄不道離情正苦叶仄一葉葉句一聲聲換平空階滴到明叶平　此調以溫庭筠、韋莊為正格，唐人多宗溫詞，宋人多宗韋詞。平仄參牛嶠、韋莊、馮延巳、歐陽炯、孫光憲、蘇軾詞。

（溫庭筠《更漏子》）

又一體雙調，四十六字，前後段各六句，兩仄韻，兩平韻。

鐘鼓寒句樓閣暝仄韻月照古桐金井叶仄深院閉句小庭空換平落花香露紅叶平　煙柳重句春霧薄換仄燈背水窗高閣叶仄閑倚戶句暗沾衣韻換平待郎郎不歸叶平　此詞換頭句不用韻，與溫庭筠詞異。宋人詞多如此，且第三字用平聲，與唐人異。

（韋莊《更漏子》）

又一體雙調，卌六字，前後段各六句，兩仄韻、兩平韻。

水涵空句山照市仄韻西漢二疏鄉里叶仄新白髮句舊黃金換平故人恩義深叶平　海東頭句山盡處換仄自古空槎來去叶仄槎有信句赴秋期韻換平使君行不歸叶平　題：送孫巨源。

（蘇軾《更漏子》）

【喜遷鶯】又名鶴沖天、萬年枝、春光好、喜遷鶯令、燕歸梁、早梅芳近。此調有小令、長調兩體。小令起於唐人，《金奩集》入黃鍾宮，平仄韻轉換。又有押平韻者，如張元幹令詞之一。長調起於宋人，《梅溪集》注黃鍾宮，《白石集》注太簇宮，俗名中管高宮。《江漢詞》一名烘春桃李。

正格雙調，四十七字，前段五句四平韻，後段五句兩仄韻、兩平韻。

街鼓動句禁城開平韻天上探人回叶平鳳銜金榜出雲來叶平平地一聲雷叶平　鶯已遷句龍已化換仄一夜滿城車馬叶仄家家樓上簇神仙換平爭看鶴沖天叶平　平仄參和凝、夏竦、晏殊、周邦彥詞。

（韋莊《喜遷鶯》）

下編　詞譜選錄・第三類　平仄韻轉換　　229

又一體雙調，卅七字，前段五句四平韻，後段五句三仄韻、兩平韻。

　　　花不盡句柳無窮韻平韻應與我情同韻叶平艒船一棹百分空韻叶平何處不相逢韻叶平　朱弦悄韻換仄知音少韻叶仄天若有情應老韻叶仄勸君看取利名塲韻換平今古夢茫茫韻叶平
（晏殊《喜遷鶯》）

又一體正格。雙調，百三字，前後段各十一句五仄韻。

　　　秋寒初勁韻看雲路雁來句碧天如鏡句湘浦煙深句衡陽沙遠句風外幾行斜陣韻回首塞門何處句故國關河重省句漢使老句認上林欲下句徘徊清影韻　江南煙水暝韻聲過小樓句燭暗金猊冷句送目鳴琴句裁詩挑錦句此恨此情無盡韻夢想洞庭飛下句散入雲濤千頃韻過盡也句奈杜陵人遠句玉關無信

題：秋夜聞雁。平仄參王千秋、程垓、黃機、何夢桂、曹冠、吳禮之、蔣捷、吳文英、趙長卿、史達祖、姜夔、江漢、蔡伸及無名氏詞。
（康與之《喜遷鶯》）

【憶餘杭】見《逍遙詞》，宋初潘閬自度曲。因憶西湖諸勝，故名憶餘杭，共十首。詞律入酒泉子。《全宋詞》亦名酒泉子，唐教坊曲。唐五代詞人之酒泉子，自四十字至四十五字，多見於《花間集》。《詞譜》入卷三，並云，憶餘杭，《詞律》編入酒泉子者誤，故立於卷七。今從《詞譜》。

正格雙調，四十九字，前段四句兩平韻，後段四句兩仄韻、兩平韻。

　　　長憶西湖句湖上春來無限景句吳姬箇箇是神仙韻平韻競泛木蘭船韻叶平　樓臺簇簇疑蓬島韻換仄野人只合其中老韻叶仄別來已是二十年韻換平東望眼將穿韻叶平　錄自《全宋詞》，平仄參潘閬別九首。
（潘閬《憶餘杭》其三）

又一體雙調，卅九字，前段四句兩平韻，後段四句兩仄韻、兩平韻。

　　　長憶觀潮句滿郭人爭江上望句來疑滄海盡成空韻平韻萬面鼓聲中韻叶平　弄濤兒向濤頭立韻換仄手把紅旗旗不濕韻叶仄別來幾向夢中看韻換平夢覺尚心寒韻叶平
（潘閬《憶餘杭》其十）

【河瀆神】唐教坊曲名。《花庵詞選》云："唐詞多緣題所賦，河瀆神之詠祠廟，亦其一也。"兹以溫庭筠詞爲格。

正格雙調，四十九字，前段四句四平韻，後段四句四仄韻。

河上望叢祠韻平韻 廟前春雨來時叶平 楚山無限鳥飛遲叶平 蘭棹空傷別離叶平　何處杜鵑啼不歇換仄 豔紅開盡如血叶仄 蟬鬢美人愁絶叶仄 百花芳草佳節韻叶仄　平仄參孫光憲、辛棄疾詞、溫詞別二首及張泌詞。

（溫庭筠《河瀆神》其一）

又一體雙調，卌九字，前段四句四平韻，後段四句四仄韻。

汾水碧依依韻平韻 黃雲落葉初飛韻叶平 翠娥一去不言歸叶平 廟門空掩斜暉叶平　四壁陰森排古畫換仄 依舊瓊輪羽駕叶仄 小殿沈沈清夜韻叶仄 銀燈飄落香炧韻叶仄

（孫光憲《河瀆神》其一）

【偷聲木蘭花】

此調亦本於木蘭花令，前後段第三句減去三字，另偷平聲，故云偷聲。若減字木蘭花，前後起句四字，則又從此調減去三字耳。

正格雙調，五十字，前後段各四句兩仄韻、兩平韻。

落梅著雨消殘粉韻仄韻 雲重煙深寒食近韻叶仄 羅幕遮香換平 柳外秋千出畫牆叶平　春山顛倒釵橫鳳換仄 飛絮入簾春睡重叶仄 夢裏佳期換平 祇許庭花與月知叶平　平仄參張先詞二首。張先詞入仙呂調。馮延巳詞創調，作正格。

（馮延巳《偷聲木蘭花》）

又一體雙調，五十字，前後段各四句兩仄韻、兩平韻。

畫橋淺映橫塘路韻仄韻 流水滔滔春共去叶仄 目送殘暉換平 燕子雙高蝶對飛叶平　風花將盡持杯送換仄 往事祇成清夜夢叶仄 莫更登樓換平 坐想行思已是愁叶平

（張先《偷聲木蘭花》其二）

【思越人】

調見《花間集》。張泌詞、孫光憲詞俱詠西子事，故名思越人。與鷓鴣天詞別名思越人者不同。

正格雙調，五十一字，前段五句兩平韻，後段四句四仄韻。

古臺平句 芳草遠句 館娃宮外春深韻平韻 翠黛空留千載恨句 教人何處相

下編　詞譜選錄・第三類　平仄韻轉換　　　　231

尋叶平　綺羅無復當時事韻換仄　露花點滴香淚韻叶仄　惆悵遥天橫渌水韻叶仄　鴛鴦對對飛起韻叶仄　平仄参張泌、鹿虔扆詞及孫詞別首。

（孫光憲《思越人》）

又一體雙調，五十一字，前段五句兩平韻，後段四句四仄韻。

翠屏欹句　銀燭背句　漏殘清夜迢迢韻平韻　雙帶繡窠盤錦薦句　淚侵花暗香銷韻叶平　珊瑚枕膩鴉鬟亂韻換仄　玉纖慵整雲散韻叶仄　若是適來新夢見韻叶仄　離腸爭不千斷韻叶仄

（鹿虔扆《思越人》）

【河傳】

王灼《碧雞漫志》云：《河傳》唐曲，今存者二：其一屬南呂宫，前段仄韻，後段平韻；其一屬無射宫，即怨王孫曲。又有越調、仙呂調兩曲。按河傳之名，始於隋，不傳已久。今所見詞，創自溫庭筠。《花間集》所載唐詞，句讀韻叶，頗極參差，約計有三體。有前後段先仄後平四换韻者，如溫庭筠"湖上"詞、顧敻"棹舉"詞、辛棄疾"春水"詞等。其中韋莊詞名怨王孫，宋人多宗之。歐陽修詞注越調，張先詞更名慶同天，李清照詞更名月照梨花，此其一也。又有前段仄韻，後段仄韻換平韻者，如孫光憲"風颭"詞、"太平天子"詞，顧敻"曲檻"詞等，宋人無填者，此其二也。又有前後段皆仄韻者，如張泌"渺莽"詞等，宋人亦宗之。《樂章集》注仙呂調，徐昌圖詞更名秋光滿目，此其三也。如此類列，不致混淆。

正格雙調，五十五字，前段七句兩仄韻、五平韻，後段七句三仄韻、四平韻。

湖上韻仄韻　閑望韻叶仄　雨蕭蕭韻換平　煙浦花橋路遥韻叶平　謝娘翠蛾愁不銷韻叶平　終朝韻叶平　夢魂迷晚潮韻叶平　蕩子天涯歸棹遠韻換仄　春已晚仄　鶯語空腸斷韻叶仄　若耶溪韻換平　溪水西韻叶平　柳堤韻叶平　不聞郎馬嘶韻叶平　平仄参別二首，與孫、顧、辛三詞爲一類。　　　（溫庭筠《河傳》其二）

又一體雙調，五十四字，前段七句四仄韻、三平韻，後段七句三仄韻、四平韻。

春水韻仄韻　千里韻叶仄　孤舟浪起韻叶仄　夢攜西子韻叶仄　覺來村巷夕陽斜韻换平　幾家韻叶平　短牆紅杏花韻叶平　晚雲做造些兒雨韻換仄　折花去韻叶仄　岸上誰家女韻叶仄　太狂顛韻換平　笑那邊韻叶平　柳綿韻叶平　被風吹上天韻叶平

題：傚《花間集》。
（辛棄疾《河傳》）

【虞美人】唐教坊曲名。《碧雞漫志》云：虞美人，舊曲三，其一屬中呂調，其一屬中呂宮，近世又轉入黃鍾宮。元高拭詞注南呂調。《樂府雅詞》名虞美人令，周紫芝詞名玉壺冰，張炎詞名憶柳曲，王行詞名一江春水。

正格雙調，五十六字，前後段各四句，兩仄韻、兩平韻。

春花秋月何時了韻仄韻 往事知多少韻叶仄 小樓昨夜又東風韻換平 故國不堪回首月明中韻叶平 雕闌玉砌應猶在韻換仄 祗是朱顏改韻叶仄 問君能有幾多愁韻換平 恰似一江春水向東流韻叶平　平仄參蘇軾、馮延巳、張炎詞。
（李煜《虞美人》）

又一體雙調，五十六字，前後段各四句，兩仄韻、兩平韻。

湖山信是東南美韻仄韻 一望彌千里韻叶仄 使君能得幾回來韻換平 便使尊前醉倒且徘徊韻叶平 沙河塘裏燈初上韻換仄 水調誰家唱韻叶仄 夜闌風靜欲歸時韻換平 惟有一江明月碧琉璃韻叶平　題：有美堂贈述古。
（蘇軾《虞美人》）

【梅花引】此調有兩體：五十七字者，《中原音韻》注越調，高憲詞名貧也樂；百十四字者，即五十七字體再加一疊，賀鑄詞名小梅花。別有八十七字，雙調押平韻者，如蔣捷、趙汝茪詞也。

正格雙調，五十七字，前段七句三仄韻、三平韻，後段六句兩仄韻、兩平韻、一疊韻。

城下路韻仄韻 淒風露韻叶仄 今人犁田古人墓韻叶仄 岸頭沙韻換平 帶蒹葭韻叶平 漫漫昔時句 流水今人家韻叶平 黃埃赤日長安道韻換仄 倦客無漿馬無草韻叶仄 開函關韻換平 掩函關疊 千古如何句 不見一人閑韻叶平　平仄參王特起、高憲、趙秉文詞。此調作者類填古人成語，故平仄往往不同。
（賀鑄《梅花引》）

又一體雙調，五十七字，前段七句，三仄韻、三平韻，後段六句，兩仄韻、三平韻。

山之麓韻仄韻 河之曲韻叶仄 一灣秀色盤虛谷韻叶仄 水溶溶韻換平 雨濛濛

韻叶平有人行李句蕭蕭落葉中韻叶平　人家籬落炊煙濕韻換仄天外雲峰迷淡碧韻叶仄野雲昏韻換平失前村韻叶平溪橋路滑句平沙没舊痕韻叶平　　錄自《詞綜》。

（王特起《梅花引》）

【玉堂春】調見《珠玉詞》。

正格雙調，六十一字，前段七句兩仄韻、兩平韻，後段五句兩平韻。

斗城池館韻仄韻二月風和煙暖韻叶仄繡户珠簾句日影初長韻換平玉轡金鞍句繚繞沙堤路句幾處行人映綠楊韻叶平　小檻朱闌回倚句千花濃露香韻叶平脆管清弦句欲奏新翻曲句依約林間坐夕陽韻叶平　平仄參別二首。

（晏殊《玉堂春》）

【甘露歌】調見《樂府雅詞》，一名古祝英臺。

正格三段，七十二字，每段各四句，兩平韻、兩仄韻。

折得一枝香在手韻仄韻人間應未有韻叶仄疑是經春雪未消韻換平今日是何朝韻叶平　盡日含毫難比興韻換仄都無色可並韻叶仄萬里晴天何處來韻換平真是屑瓊瑰韻叶平　天寒日暮山谷裏韻換仄的皪愁成水韻叶仄池上漸多枝上稀韻換平唯有故人知韻叶平　《花草粹編》分爲三首，從《樂府雅詞》訂正，此集詩句爲詞者也。

（王安石《甘露歌》）

第四類　平仄韻通叶

【梧葉兒】《太平樂府》注商調。《唐書‧禮樂志》入商調，乃夷則之商聲也。

正格單調，二十六字，七句，四平韻、一叶韻。

韶華過句春色休韻紅瘦綠陰稠韻花凝恨句柳帶愁韻泛蘭舟韻明日尋芳載酒韻叶　此在元人爲小令，其實則曲也。平仄參張可久"鴛鴦浦"詞。

（吳西逸《梧葉兒》）

又一體單調，三十七字，七句，四平韻、一叶韻。

乘興詩人棹句新烹學士茶韻風味屬誰家瓦甖懸冰筯句天風起玉沙韻海樹放銀花韻愁壓擁讀藍關去馬韻叶　上二詞錄自《詞譜》。

（張可久《梧葉兒》）

【壽陽曲】《太平樂府》注雙調，一名落梅風。

正格單調，二十七字，五句，一平韻、三叶韻。

東風景句西子湖韻濕冥冥讀柳煙花霧韻叶黃鶯亂啼蝴蝶舞韻叶幾秋千讀打將春去韻叶　此亦元人小令，平仄參張可久別二首。

（張可久《壽陽曲》）

又一體單調，三十二字，五句，一平韻、三叶韻。

載酒人何處句倚蘭花又開韻憶秦娥讀遠山眉黛韻叶錦雲香讀鑑湖寬似海韻叶還不了讀五年詩債韻叶

（張可久《壽陽曲》）

【天净沙】又名塞上秋。《太平樂府》注越調。

正格單調，二十八字，五句，四平韻、一叶韻。

一從鞍馬西東韻幾番衾枕朦朧韻薄倖雖來夢中爭如無夢韻叶那時真個相逢韻　平仄參無名氏詞。

（喬吉《天净沙》）

又一體單調，二十八字，五句，四平韻、一叶韻。

平沙細草斑斑韻 曲溪流水潺潺韻 塞上清秋早寒韻 一聲新雁叶 黃雲紅葉青山韻　　　　　　　　　　　　　　　（無名氏《天净沙》）

又一體單調，二十八字，五句，三平韻、兩叶韻。

枯藤老樹昏鴉韻 小橋流水人家韻 古道淒風瘦馬叶 夕陽西下叶 斷腸人在天涯韻　平仄參馬昉詞。　　　　　　　　（馬致遠《天净沙》）

【乾荷葉】

元劉秉忠自度曲，入南呂宮，取起句爲調名。

正格單調，二十九字，七句，四平韻、兩叶韻。

乾荷葉句 色蒼蒼韻 老柄風摇蕩叶 減清香 越添黄 都因昨夜一番霜韻 寂寞秋江上韻叶　　　　　　　　　　　　（劉秉忠《乾荷葉》）

【喜春來】

《太平樂府》注中呂宮，《太和正音譜》注正宮。一名陽春曲。

正格單調，二十九字，五句，一叶韻、四平韻。

江梅的的依茅舍韻叶 石瀨濺濺漱玉沙韻 瓦甌篷底送年華韻 問暮鴉韻 何處阿戎家韻　平仄參元好問、司馬九皋詞。　　　（張雨《喜春來》）

【金字經】

《太平樂府》注南呂宮。《元史·樂志》説法舞隊有金字經曲，一名閱金經。

正格單調，三十一字，七句，五平韻、一叶韻。

水冷溪魚貴句 酒香霜蟹肥韻 環緑亭深掩翠微韻 梅叶 落花浮玉杯韻 山翁醉韻叶 笑隨明月歸韻　此亦元人小令，《元史》采入舞曲，各有宮調，可平可仄，參後詞。　　　　　　　　　　　　　　（張可久《金字經》）

又一體單調，三十四字，七句，四平韻、兩叶韻。

紫燕尋舊壘句 翠鴛棲暖沙韻 一處處韻 緑楊堪繫馬韻叶 他叶 問前村韻 沽酒家韻 秋千下叶 粉牆邊韻 紅杏花韻　　　（《太平樂府》徐失名《金字經》）

【平湖樂】

《太平樂府》注越調，《金詞》名平湖樂，取王惲詞"人在平湖醉"句也。《元詞》名小桃紅，取無名氏詞"宜插小桃紅"句也。

亦名采蓮詞，取《太平樂府》"采蓮湖上采蓮嬌"句也。

正格雙調，四十二字，前段四句兩平韻、兩叶韻，後段四句一叶韻、一平韻。

　　　　安仁雙鬢已驚秋韻更甚眉頭皺叶一笑相逢且開口叶玉爲舟韻　新詞淡似鵝黃酒叶醉扶歸路句竹西歌吹句人道是揚州韻　此金人小令猶遵古韻，《元詞》則依《中原音韻》矣。詞曲之分，於此辨之。平仄參王惲詞別首及張可久詞。
　　　　　　　　　　　　　　　　　　　　　　　　　（王惲《平湖樂》）

又一體雙調，四十二字，前段四句兩平韻、兩叶韻，後段四句三叶韻、一平韻。

　　　　飛梅和雪灑林梢韻花落春顛倒叶驢背敲詩暮寒峭叶路迢迢韻　相逢不滿疏翁笑叶寒郊瘦島叶塵衣風帽叶詩在灞陵橋韻
　　　　　　　　　　　　　　　　　　　　　　　　　（張可久《平湖樂》）

【殿前歡】《太平樂府》注雙調，一名鳳將雛。

正格雙調，四十二字，前段四句三平韻、一叶韻，後段五句兩平韻、兩叶韻。

　　　　水晶宮韻四圍添上玉屏風韻姮娥碎翦銀河凍叶攪盡春紅韻　梅花紙帳中韻香浮動叶一片梨雲夢叶曉來詩句句畫出漁翁　平仄參張可久別二首。
　　　　　　　　　　　　　　　　　　　　　　　　　（張可久《殿前歡》）

【西江月】唐教坊曲名。《樂章集》《張子野詞》並入中呂宮。歐陽炯詞名白蘋香，程珌詞名步虛詞，王行詞名江月令。清末敦煌發現之唐琵琶譜尚存此調，而虛譜無詞。今以柳永詞爲正格。沈氏《樂府指迷》云："西江月起頭押平聲韻，第二、第四（句），就平聲切去，押側聲韻。如平聲押'東'字，側聲須押'董'字、'凍'字韻方可。有人隨意押入他韻，尤可笑。"

正格雙調，五十字，前後段各四句，兩平韻、一叶韻。

　　　　鳳額繡簾高卷句獸鐶朱戶頻搖韻兩竿紅日上花梢韻春睡懨懨難覺叶　好夢枉隨飛絮句閑愁濃勝香醪韻不成雨暮與雲朝韻又是韶光過了叶　平仄參晏幾道、司馬光、蘇軾、毛滂、張孝祥、辛棄疾詞。
　　　　　　　　　　　　　　　　　　　　　　　　　（柳永《西江月》）

又一體雙調，五十字，前後段各四句，兩平韻、兩叶韻。

下編　詞譜選錄·第四類　平仄韻通叶

　　　　點點樓頭細雨_韻叶 重重江外平湖_韻 當年戲馬會東徐_韻 今日淒涼南浦_韻
叶 莫恨黃花未吐_韻叶 且教紅粉相扶_韻 酒闌不必看茱萸_韻 俯仰人間今古_韻
叶
　　　　　　　　　　　　　　　　　　　　　　　　（蘇軾《西江月》）

又一體雙調，五十字，前段四句兩平韻、一叶韻，後段四句兩平韻、兩叶韻。

　　　　問訊湖邊春色_句 重來又是三年_韻 東風吹我過湖船_韻 楊柳絲絲拂面_韻叶

　　　　世路如今已慣_韻叶 此心到處悠然_韻 寒光亭下水連天_韻 飛起沙鷗一片_韻叶
題：題溧陽三塔寺。
　　　　　　　　　　　　　　　　　　　　　　　（張孝祥《西江月》）

又一體雙調，五十字，前後段各四句，兩平韻、一叶韻。

　　　　明月別枝驚鵲_句 清風半夜鳴蟬_韻 稻花香裏說豐年_韻 聽取蛙聲一片_韻叶

　　　　七八箇星天外_句 兩三點雨山前_韻 舊時茅店社林邊_韻 路轉溪橋忽見_韻叶
題：夜行黃沙道中。
　　　　　　　　　　　　　　　　　　　　　　　（辛棄疾《西江月》）

【折桂令】《中原音韻》注雙調。一名秋風第一枝，又名天香引、蟾宮曲。

正格雙調，五十三字，前段六句三平韻，後段五句一叶韻、三平韻。

　　　　片帆輕_讀 水遠山長_韻 鴻雁將來_句 菊蕊初黃_韻 碧海鯨鯢_句 蘭苕翡翠_句 風露
鴛鴦_韻　問音信_讀 何人諦當_韻叶 想情懷_讀 舊日風光_韻 楊柳池塘_韻 隨處彫零_句
無限思量_韻　此元人小令，平仄參張可久三詞。　　　（倪瓚《折桂令》）

【江城梅花引】万俟詠梅花引，句讀與江城子相近，故可合爲一調。
程垓詞，換頭藏短韻者，名攤破江城子。洪皓詞，三聲叶韻者四首，每
首有一笑字，名四笑江梅引；全押平韻者，名明月引。陳允平詞名西湖
明月引。該調又名江梅引。

正格雙調，八十七字，前段八句五平韻，後段十句三叶韻、三平韻。

　　　　年年江上見寒梅_韻 幾枝開_韻 暗香來_韻 疑是月宮_句 仙子下瑤臺_韻 冷豔一
枝春在手_句 故人遠_讀 相思切_讀 寄與誰_韻　怨極恨極嗅玉蕊_韻叶 念此情_讀 家萬
里_韻叶 暮霞散綺_韻叶 楚天碧_讀 幾片斜飛_韻 爲我多情_句 特地點征衣_韻 花易飄零
人易老_句 正心碎_句 那堪聞_讀 塞管吹_韻　平仄韻通叶者，以此詞爲正格。平

仄参洪皓、周密词。　　　　　　　　（王观《江城梅花引》）

又一体雙調，八十七字，前段八句五平韻，後段十句三叶韻、三平韻。

春還消息訪寒梅韻賞初開韻夢吟來韻映雪銜霜句清絕繞風臺韻可怕長洲桃李妒句度香遠句驚愁眼讀欲媚誰韻　曾動詩興笑冷蕊韻叶效少陵句憖下里韻叶萬株連綺韻叶歎金谷讀人墜鴛飛韻引領羅浮句翠羽幻青衣韻月下花神言極麗句且同醉句休先愁讀玉笛吹韻　題：訪寒梅。其四首俱和王觀詞原韻，此四首之二。　　　　　（洪皓《江城梅花引》）

【采桑子慢】一名醜奴兒慢。潘元質詞名愁春未醒，辛棄疾詞名醜奴兒近，《花草粹編》無名氏詞名疊青錢。宋人並用平仄通押，惟吳禮之全押平韻者不錄。

正格雙調，九十字，前段九句一叶韻、三平韻，後段十句四平韻。

愁春未醒句還是清和天氣韻叶對濃綠陰中庭院句燕語鶯啼韻數點新荷句翠鈿輕泛水平池韻一簾風絮讀纔晴又雨句梅子黃時韻　忍記那回句玉人嬌困句初試單衣讀共攜手讀紅窗描繡句畫扇題詩韻怎有而今句半床明月兩天涯韻章臺何處句多應為我句蹙損雙眉韻　平仄參吳文英二詞。

　　　　　　　　　　　　　（潘汾《采桑子慢》）

又一體雙調，九十字，前段九句三叶韻、一平韻，後段十句一叶韻、四平韻。

明眸秀色句別是天真瀟灑韻叶更鬢髮堆雲句玉臉淡拂輕霞韻醉裏精神句眾中標格誰能畫韻叶當時攜手句花籠淡月句重門深亞韻　巫峽夢回句已成陳事句豈堪重話韻叶謾贏得讀羅襟清淚句鬢邊霜華韻懷念傷嗟句憑闌煙水渺無涯韻秦源目斷句碧雲暮合句難認仙家韻　此詞平、上、去通押，平與上、去各半，自成一格。

　　　　　　　　　　　　　（蔡伸《采桑子慢》）

又一體雙調，九十字，前段八句三仄韻、一叶韻，後段十句四仄韻。

千峰雲起句驟雨一霎時價韻更遠樹斜陽句風景怎生圖畫韻青旗賣酒句山那畔讀別有人家韻叶祇消山水光中句無事過這一夏韻　午睡醒時句松窗竹戶句萬千瀟灑韻看野鳥飛來句又是一般閒暇韻却怪白鷗句覷著人讀欲下未

下編　詞譜選錄・第四類　平仄韻通叶　239

下韻舊盟都在句新來莫是句別有說話韻　題：博山道中效李易安體。

（辛棄疾《采桑子慢》）

【醉翁操】琴曲，入正宮。蘇軾序云："琅琊幽谷，山川奇麗，泉鳴空澗，若中音會。醉翁喜之，把酒臨聽，輒欣然忘歸。既去十餘年，而好奇之士沈遵聞之往遊，以琴寫其聲，曰《醉翁操》，節奏疏宕，而音指華暢，知琴者以爲絕倫。然有其聲而無其辭。翁雖爲作歌，而與琴聲不合。又依《楚辭》作《醉翁引》，好事者亦倚其辭以製曲。雖粗合韻度，而琴聲爲詞所繩約，非天成也。後三十餘年，翁既捐館舍，遵亦沒久矣。有廬山玉澗道人崔閑，特妙於琴。恨此曲之無詞，乃譜其聲，而請東坡居士以補之云。"

正格雙調，九十一字，前段十句十平韻，後段十句七平韻、一叶韻。

琅然韻清圓韻誰彈韻響空山韻無言惟翁醉中知其天韻月明風露娟娟韻人未眠韻荷蕢過山前韻曰有心也哉此賢韻　醉翁嘯詠句聲和流泉韻醉翁去後句空有朝吟夜怨叶山有時而童巔句水有時而回川韻思翁無歲年韻翁今爲飛仙韻此意在人間韻試聽徽外三兩弦韻　平仄參辛棄疾詞。

（蘇軾《醉翁操》）

【熙州慢】《唐書・禮樂志》：天寶樂曲皆以邊地名，若伊州、甘州、涼州之類。宋改鎮洮軍爲熙州，本秦漢時隴西郡，亦邊地也。調名熙州，義或取此。

正格雙調，九十六字，前段十句三仄韻、一叶韻，後段八句六仄韻。

武林鄉讀占第一湖山句詠盡爭巧韻鷟石飛來句倚翠樓煙靄句清猿啼曉韻況值禁垣師帥句惠政流入歌謠韻叶朝暮萬景句寒潮弄月句亂峰迴照　天使尋春不早韻並行樂讀免有花愁花笑韻持酒更聽句紅兒肉聲長調句瀟湘故人未歸句但目送讀遊雲孤鳥句際天杪句離情盡寄芳草韻　題：贈述古。此調無可校者。

（張先《熙州慢》）

【渡江雲】周密詞名三犯渡江雲。《清真集》入小石調。此詞後段第四句必用同部仄韻，亦爲平仄韻通押之格。宋元人俱如此填，惟陳允平有全押平韻、全押仄韻二格。

正格_{雙調}，百字，前段十句四平韻，後段十句一叶韻、四平韻。

晴嵐低楚甸_句暖回雁翼_句陣勢起平沙_韻驟驚春在眼_句借問何時_句委曲到山家_韻塗香暈色_句盛粉飾_讀爭作妍華_韻千萬絲_讀陌頭楊柳_句漸漸可藏鴉_韻堪嗟_韻清江東注_句畫舸西流_句指長安日下_韻叶愁宴闌_讀風翻旗尾_句潮濺烏紗_韻今宵正對初弦月_句傍水驛_讀深艤兼葭_韻沉恨處_句時時自剔燈花_韻　宋楊澤民、陳允平、方千里、吳文英、盧祖皋、張炎，元吳澄、詹正諸詞，皆如此填。陳允平之全押平韻、全押仄韻者，爲變格。平仄參張炎、吳文英、詹正及陳允平之全平韻詞。（周邦彥《渡江雲》）

又一體_{雙調}，百字，前段十句四平韻，後段十句一叶韻、四平韻。

山空天入海_句倚樓望極_句風急暮潮初_韻一簾鳩外雨_句幾處閑田_句隔水動春鋤_韻新煙禁柳_句想如今_讀綠到西湖_韻猶記得_讀當年深隱_句門掩兩三株_韻愁余_韻荒洲古漵_句斷梗疏萍_句更漂流何處_韻叶空自覺_讀圍羞帶減_句影怯燈孤_韻長疑即見桃花面_句甚近來_讀翻笑無書_句書縱遠_句如何夢也都無_韻　序：山陰久客，一再逢春，回憶西杭，渺然愁思。（張炎《渡江雲》）

【采綠吟】_{宋周密自度曲，取詞中起句二字爲調名。}

正格_{雙調}，百字，前段九句三平韻、一叶韻，後段九句一叶韻、三平韻。

采綠鴛鴦浦_句放畫舸_讀水北雲西_句槐薰入扇_句柳陰浮槳_句花露侵詩_韻點塵飛不到_句冰壺裏_讀紺霞淺壓玻璃_句想明璫_讀凌波遠_句依依心事誰寄_韻叶移棹艤空明_句蘋風度_讀瓊絲霜管清脆_韻叶咫尺挹幽香_句悵隔岸紅衣_韻對滄洲_讀心與鷗閑_句吟情渺_讀蓮葉共分題_韻停杯久_句涼月漸生_句煙合翠微_韻　有長序，略之不錄。此調無可校者。文字、句讀從《全宋詞》，而前段叶韻從《詞譜》。（周密《采綠吟》）

【長壽仙】_{調見《松雪集》。}

正格_{雙調}，百字，前段十句四平韻、兩叶韻，後段九句三平韻、三叶韻。

瑞日當天_韻對絳闕蓬萊_句非霧非煙_韻翠光飛禁苑_句正淑景芳妍_韻綵仗

下編　詞譜選錄·第四類　平仄韻通叶　241

和風細轉韻叶御香飄滿黃金殿韻叶萬國會朝句喜千官拜舞句億兆同歡韻福祉如山如川韻應玉渚流虹句璇樞飛電韻叶八音奏舜韶句度玉燭調元韻歲歲龍輿鳳輦韻叶九重春醉蟠桃宴韻叶天下太平句祝吾皇讀壽與天地齊年韻

此元詞平仄韻通叶者，尚依古韻，與《元曲》《中原音韻》異。此調無別首可校。

(趙孟頫《長壽仙》)

【曲玉管】唐教坊曲名。《樂章集》注大石調。

正格三段，百五字，第一、二段各六句一叶韻、兩平韻，第三段十句三平韻。

隴首雲飛句江邊日晚句煙波滿目憑闌久韻叶立望關河蕭索句千里清秋韻忍凝眸韻　杳杳神京句盈盈仙子句別來錦字終難偶韻叶斷雁無憑句冉冉飛下汀洲韻思悠悠韻　暗想當初句有多少讀幽歡佳會句豈知聚散難期句翻成雨恨雲愁韻阻追遊韻每登山臨水句惹起平生心事句一場銷黯句永日無言句却下層樓韻　《全宋詞》案："此詞原分二段。《詞譜》卷三十三云：'此詞前段，截然兩對，即瑞龍吟調中所謂雙拽頭也。'今從其說。"

(柳永《曲玉管》)

【六州歌頭】程大昌《演繁露》："六州歌頭，本鼓吹曲也。近世好事者倚其聲為弔古詞，音調悲壯；又以古興亡事實文之。聞其歌，使人慷慨，良不與豔詞同科，誠可喜也。"該詞以賀鑄詞同部平仄互叶奠定格局，宜入此類。其全押平韻者、平韻外錯叶仄韻者，各以類列，舉例為證。

正格雙調，百四十三字，前段十九句八平韻、八叶韻，後段二十句八平韻、十叶韻。

少年俠氣句交結五都雄韻肝膽洞韻叶毛髮聳韻叶立談中韻死生同韻一諾千金重韻叶推翹勇韻叶矜豪縱韻叶輕蓋擁韻叶聯飛鞚韻叶斗城東韻轟飲酒壚句春色浮寒甕韻叶吸海垂虹韻間呼鷹嗾犬句白羽摘雕弓韻狡穴俄空韻樂匆匆韻　似黃粱夢韻叶辭丹鳳叶明月共韻叶漾孤篷韻官冗從韻懷倥傯韻叶落塵籠韻簿書叢韻鶡弁如雲眾韻叶供麤用韻叶忽奇功韻笳鼓動韻叶漁陽弄韻叶思

悲翁㖉不請長纓句繫取天驕種㖉叶劍吼西風㖉恨登山臨水句手寄七弦桐㖉目送歸鴻㖉　此調平仄互叶，當以此詞爲定格。平用東冬，叶用董腫宋送，不雜他韻，當日倚聲，必有所本。其後汪元量詞遵之而格又異，故不校注平仄。
（賀鑄《六州歌頭》）

又一體雙調，百卅三字，前段十七句七平韻、八叶韻，後段十九句八平韻、八叶韻、一疊韻。

綠蕪城上句懷古恨依依㖉淮山碎叶江波逝叶昔人非㖉今人悲㖉惆悵隋天子叶錦帆裏叶環朱履叶叢香綺叶展旌旗㖉蕩漣漪㖉擊鼓摑金句擁瓊璈玉吹叶恣意遊嬉叶斜日暉暉句亂鶯啼　銷魂此際叶君臣醉叶貔貅弊叶事如飛句山河墜叶煙塵起叶風淒淒㖉雨霏霏㖉草木皆垂淚叶家國棄叶竟忘歸叶笙歌地叶歡娛地疊盡荒畦㖉惟有當時皓月句依然掛讀楊柳青枝㖉聽堤邊漁叟句一笛醉中吹叶興廢誰知㖉　題：江都。此調亦同部平仄韻互叶者，能增強激壯聲情，有急管繁弦、五音頻會之妙。
（汪元量《六州歌頭》）

又一體雙調，百卅三字，前後段各十九句八平韻。

長淮望斷句關塞莽然平㖉征塵暗句霜風勁㖉悄邊聲㖉黯銷凝㖉追想當年事句殆天數句非人力句洙泗上句弦歌地句亦羶腥㖉隔水氈鄉㖉落日牛羊下句區脫縱橫㖉看名王宵獵句騎火一川明㖉笳鼓悲鳴㖉遣人驚㖉　念腰間箭句匣中劍句空埃蠹句竟何成句時易失句心徒壯句歲將零㖉渺神京㖉干羽方懷遠句靜烽燧句且休兵㖉冠蓋使句紛馳騖句若爲情㖉聞道中原遺老句常南望讀翠葆霓旌㖉使行人到此句忠憤氣填膺㖉有淚如傾㖉　題：建康留守席上作。
（張孝祥《六州歌頭》）

【解紅慢】調見《鳴鶴餘音》。

正格雙調，百六十字，前段十七句八仄韻、一叶韻，後段十八句五仄韻、四叶韻。

杖藜徐步㖉過小橋句逍遙遊南浦句韶華暗改句俄然又讀翠密紅疏㖉叶東郊雨霽句何處綿蠻黃鸝語句見雲山掩映句煙溪外句斜陽暮㖉晚涼趁句竹風清

下編　詞譜選錄·第四類　平仄韻通叶　　　243

句荷香度韻這閑裏讀光陰向誰訴韻塵寰百歲能幾許似浮漚出沒句迷者難悟韻　歸去來句恐田園荒蕪叶東籬畔句坦蕩笑傲琴書叶青松影裏句茅檐下句保養殘軀韻叶一任世間句物態翻騰催今古韻爭如我讀懶散生涯句貧與素韻興時歌句困時眠句狂時舞韻把萬事讀紛紛總不顧從他人笑真愚魯韻伴清風皓月句幽隱蓬壺韻叶　此元詞，用魚、虞、語、麌、御、遇本部互叶，與《中原音韻》北曲不同。此調無別首可校者。

（無名氏《解紅慢》）

【穆護砂】唐人張祜有五言絕句一首，題曰穆護砂，調名本此。蓋因舊曲名另倚新聲也。

正格雙調，百六十九字，前段十五句七仄韻、兩叶韻，後段十四句六仄韻、兩叶韻。

底事蘭心苦韻便淒然讀泣下如雨韻倚金臺獨立句搵香無主韻斷腸封家相妒韻亂撲簌讀驪珠愁有許向午夜讀銅盤傾注韻便不似讀紅冰綴頰句也濕透讀仙人煙樹句羅綺筵前句海棠花下句淫淫常怕鳳脂枯叶比洛陽年少句江州司馬句多少定誰如韻叶　照破別離心緒韻學人生讀有情酸楚韻想洞房佳會句而今寥落句誰能暗收玉筯韻算祇有讀金釵曾巧補韻輕拭盡粉痕如故韻愁思減讀舞腰纖細句清血盡讀媚臉敷腴韻叶又恐嬌羞句絳紗籠却句綠窗伴我檢詩書韻叶更休教讀鄰壁偷窺句幽蘭啼曉露韻　題：燭淚。此詞於語麌韻中，間入枯、如、腴、書四平韻，亦本部平仄韻互叶也。此為與《中原音韻》北曲不同之元詞。《詞譜》錯誤較多，以《詞綜》所收該詞校改。此調無別首可校。

（宋聚《穆護砂》）

【哨遍】又作稍遍，始見東坡詞。其序云："陶淵明賦《歸去來》，有其詞而無其聲。余既治東坡，築雪堂於上，人俱笑其陋，獨鄱陽董毅夫過而悅之，有卜鄰之意。乃取《歸去來辭》，稍加櫽括，使就聲律，以遺毅夫。使家僮歌之，時相從於東坡，釋耒而和之，扣牛角而為之節，不亦樂乎？"汲古閣本《東坡詞》於稍遍後附注云："其詞蓋世所謂'般瞻'之稍遍也。'般瞻'，龜茲語也，華言為五聲，蓋羽聲也，於五音之次爲第五。今世作'般涉'，誤矣。稍遍三疊，每疊加促字，當爲'稍'，讀去聲。世作'哨'，或作'涉'，皆非是。"明曼山館本《東坡先生詩餘》注同。元刊《東坡樂府》及《稼軒長短句》則皆作哨遍。各家句讀、平仄頗有出入，殆由'每疊加促字'較有伸縮餘地耳。《詞譜》云："其體頗近散文，平仄往往不拘。"

正格雙調，二百三字，前段十七句五仄韻、四叶韻，後段二十句五叶韻、八仄韻。

爲米折腰句因酒棄家句口體交相累韻歸去來句誰不遣君歸叶覺從前皆非今是句露未晞韻叶征夫指予歸路句門前笑語喧童稚韻嗟舊菊都荒句新松暗老句吾年今已如此韻但小窗讀容膝閉柴扉叶策杖看讀孤雲暮鴻飛叶雲出無心句鳥倦知還句本非有意韻噫韻叶歸去來兮叶我今忘我兼忘世韻親戚無浪語句琴書中讀有真味韻步翠麓崎嶇句泛溪窈窕句涓涓暗谷流春水韻觀草木欣榮句幽人自感句吾生行且休矣韻念寓形讀宇內復幾時叶不自覺讀皇皇欲何之韻叶委吾心讀去留誰計句神仙知在何處句富貴非吾志句但知臨水登山嘯詠句自引壺觴自醉句此生天命复何疑韻叶且乘流讀遇坎還止韻

平仄參方岳、吳潛、王安中、曹冠、劉克莊及其別首。　　（蘇軾《哨遍》）

又一體雙調，二百三字，前段十七句六仄韻、五叶韻，後段二十一句九仄韻、五叶韻。

一壑自專句五柳笑人句晚乃歸田里韻問誰知讀幾者動之微韻叶望飛鴻句冥冥天際韻論妙理韻濁醪正堪長醉韻從今自釀躬耕米句嗟美惡難齊韻叶盈虛如代句天邪何必人知韻叶試回頭讀五十九年非叶似夢裏讀歡娛覺來悲叶夔乃憐蚿句穀亦亡羊句算來何異　噫韻叶物諱窮時韻叶豐狐文豹罪因皮韻叶富貴非吾願句遑遑乎讀欲何之韻叶正萬籟都沈句月明中夜句心彌萬里清如水韻却自覺神遊句歸來坐對句依稀淮岸江涘韻看一時讀魚鳥忘情喜韻會我已讀忘機更忘己韻又何曾讀物我相視韻非魚濠上遺意韻要是吾非子韻但教河伯句休慚海若句大小均爲水耳韻世間喜慍更何其韻叶笑先生讀三仕三已韻

平仄參其別首"蝸角鬥爭"詞。　　　　　　　（辛棄疾《哨遍》）

下編　詞譜選錄・第四類　平仄韻通叶

【戚氏】 柳永《樂章集》注中呂調，丘處機詞名夢遊仙。

正格三段，二百十二字，前段十六句九平韻、一叶韻，中段十二句六平韻、三叶韻，後段十五句六平韻、三叶韻。

　　晚秋天韻一霎微雨灑庭軒韻檻菊蕭疏句井梧零亂叶惹殘煙韻淒然韻望江關韻飛雲黯淡夕陽間韻當時宋玉悲感句向此臨水與登山韻遠道迢遞句行人淒楚句倦聽隴水潺湲韻正蟬吟敗葉句蛩響衰草句相應喧喧韻　孤館叶度日如年韻風露漸變韻叶悄悄至更闌韻長天靜讀絳河清淺叶皓月嬋娟韻思綿綿韻夜永對景句那堪屈指句暗想從前韻未名未祿句綺陌紅樓句往往經歲遷延韻　帝里風光好句當年少日句暮宴朝歡韻況有狂朋怪侶句遇當歌讀對酒競留連韻別來迅景如梭句舊遊似夢句煙水程何限韻叶念利名讀憔悴長縈絆韻叶追往事讀空慘愁顏句漏箭移讀稍覺輕寒韻漸嗚咽讀畫角數聲殘韻對閒窗畔韻叶停燈向曉句抱影無眠韻　前段正字，後段遇、念、聽、對等字，皆領格，宜用去聲。又"當年少日""對閒窗畔"，皆上一下三句式，於長調中尤宜注意，細加玩味，方有所悟。此類甚多，推尋自得。

（柳永《戚氏》）

又一體三段，二百十字，前段十五句九平韻、一叶韻，中段十二句六平韻，後段十六句七平韻、兩叶韻。

　　夢遊仙韻分明曾過九重天韻浩氣清英句素雲縹渺貫無邊韻森然韻似朝元韻金童玉女下傳宣韻當時萬聖齊會句大光明罩紫金蓮韻群仙謠唱句諸天歡樂句盡皆得意忘言韻流霞泛飲句蟠桃賜宴句叶次第留連韻　皆秉道德威權韻神通自在句劫劫未能遷韻沖虛妙句昊天罔極句象地之先韻透重元命駕恍惚神遊句擲火萬里迴旋韻四維上下句八表縱橫句鸞鶴不用揮鞭韻　應念隨時到句了無障礙句自有根源韻看盡清都絳闕句邁瀛洲句紫府筆難傳韻瑤臺閬苑花前韻瑞雲掩映句百和香風散韻叶四時不夜長春暖韻叶處處覺讀閒想因緣韻是一點讀程滿功圓韻混太虛讀浩劫永綿綿韻任閻浮地句山摧洞府句海變桑田韻

（丘處機《戚氏》）

第五類　平仄韻錯叶

【荷葉杯】唐教坊曲名。《金奩集》入雙調。單調小令，惟溫詞以兩平韻爲主，四仄韻轉換錯叶爲此類。顧敻詞、雙調之韋莊詞均爲第三類，不錄。

正格小令，二十三字，六句，兩平韻爲主，四仄韻兩部錯叶。

一點露珠凝冷﹝韻仄韻﹞波影﹝韻叶仄﹞滿池塘﹝韻平韻﹞綠莖紅豔兩相亂﹝韻換仄﹞腸斷﹝韻叶二仄﹞水風涼﹝韻叶平﹞　　　　　　（溫庭筠《荷葉杯》）

【訴衷情】唐教坊曲名。又名桃花水。《金奩集》入越調。單調者或錯入一、二仄韻，雙調者全押平韻，各錄一體。

正格單調，三十三字，十一句，六平韻爲主，五仄韻兩部錯叶。

鶯語﹝韻仄韻﹞花舞﹝韻叶仄﹞春晝午﹝韻叶仄﹞雨霏微﹝韻平韻﹞金帶枕﹝韻換二仄﹞宮錦﹝韻叶二仄﹞鳳凰帷﹝韻叶平﹞柳弱燕交飛﹝韻叶平﹞依依﹝韻叶平﹞遼陽音信稀﹝韻叶平﹞夢中歸﹝韻叶平﹞　平仄參韋莊詞。　　　（溫庭筠《訴衷情》）

又一體雙調，四十一字，前段五句四平韻，後段四句四平韻。

桃花流水漾縱橫﹝韻﹞春晝彩霞明﹝韻﹞劉郎去﹝句﹞阮郎行﹝韻﹞惆悵恨難平﹝韻﹞　愁坐對雲屏﹝韻﹞算歸程﹝韻﹞何時攜手洞邊迎﹝韻﹞訴衷情﹝韻﹞　平仄參毛文錫別首及魏承班詞。　　　　　　　　　　　　　　　（毛文錫《訴衷情》）

【定西番】唐教坊曲名。《金奩集》入高平調，前後段四平韻爲主，三仄韻錯叶。

正格雙調，三十五字，前段四句一仄韻、兩平韻，後段四句兩仄韻、兩平韻。

漢使昔年離別﹝韻仄韻﹞攀弱柳﹝句﹞折寒梅﹝韻平韻﹞上高臺﹝韻叶平﹞　千里玉關春雪﹝韻叶仄﹞雁來人不來﹝韻叶平﹞羌笛一聲愁絕﹝韻叶仄﹞月徘徊﹝韻叶平﹞　此三首之一、之二'海燕欲飛'詞，與此同。　　　　　　　　　（溫庭筠《定西番》）

又一體雙調，三十五字，前段四句兩平韻，後段四句兩仄韻、兩平韻。

挑盡金燈紅爐句人灼灼漏遲遲韻平韻未眠時韻叶平　斜倚銀屏無語韻仄韻閑愁上翠眉韻叶平悶煞梧桐殘雨韻叶仄滴相思韻叶平　平仄參牛嶠詞。

(韋莊《定西番》)

【相見歡】

又名烏夜啼、秋夜月、上西樓、西樓子、憶真妃、月上瓜州。唐教坊曲名。薛昭蘊始用作詞牌。以李煜詞最負盛名。

正格 雙調，三十六字，前段三句三平韻，後段四句兩仄韻、兩平韻。

羅襦繡袂香紅韻平韻畫堂中韻叶平細草平沙蕃馬讀小屏風韻叶平　卷羅幕韻仄韻凭妝閣韻叶仄思無窮韻叶平暮雨輕煙魂斷讀隔簾櫳韻叶平

(薛昭蘊《相見歡》)

又一體 雙調，三十六字，前段三句三平韻，後段四句兩仄韻、兩平韻。

林花謝了春紅韻平韻太怱怱韻叶平無奈朝來寒雨讀晚來風韻叶平　胭脂淚韻仄韻相留醉韻叶仄幾時重韻叶平自是人生長恨讀水長東韻叶平　句讀依《南唐李後主詩詞全集》所錄該詞及後詞。

(李煜《相見歡》)

又一體 雙調，三十六字，前段三句三平韻，後段四句兩仄韻、兩平韻。

無言獨上西樓韻平韻月如鉤韻叶平寂寞梧桐深院鎖清秋韻叶平　剪不斷韻仄韻理還亂韻叶仄是離愁韻叶平別是一般滋味在心頭韻叶平

(李煜《相見歡》)

又一體 雙調，三十六字，前段三句三平韻，後段四句兩仄韻、兩平韻。

金陵城上西樓韻平韻倚清秋韻叶平萬里夕陽垂地讀大江流韻叶平　中原亂韻仄韻簪纓散韻叶仄幾時收韻叶平試倩悲風吹淚讀過揚州韻叶平

(朱敦儒《相見歡》)

【風光好】

調見《本事曲》，陶穀作。又見《天機餘錦》。

正格 雙調，三十六字，前段四句四平韻，後段四句兩仄韻、兩平韻。

柳陰陰韻平韻水沈沈韻叶平風約雙鳧立不禁韻叶平碧波心韻叶平　孤邨橋斷人迷路韻仄韻舟橫渡韻叶仄旋買邨醪淺淺斟韻叶平更微吟韻叶平　平仄參陶穀詞。

(歐良《風光好》)

【上行杯】唐教坊曲。《金奩集》入歇指調，依孫詞，以兩平韻爲主，五仄韻兩部錯叶。

正格單調，三十八字，九句，兩平韻爲主，五仄韻兩部錯叶。

草草離亭鞍馬句從遠道讀此地分襟韻平韻燕宋秦吳千萬里韻仄韻無辭一醉韻叶仄野棠開句江草濕韻換二仄佇立韻叶二仄沾泣韻叶二仄征騎駸駸韻叶平　此詞無別首可校。　　　　　　　　　（孫光憲《上行杯》）

【酒泉子】唐教坊曲名。《金奩集》入高平調。有數格，略舉爲例。

正格雙調，四十字，前段五句兩平韻、兩仄韻，後段五句三仄韻、一平韻。

花映柳條韻平韻閑向綠萍池上韻仄韻憑闌干句窺細浪韻叶仄雨瀟瀟韻叶平　近來音信兩疏索韻換二仄洞房空寂寞韻叶二仄掩銀屏句垂翠箔韻叶二仄度春宵韻叶平　　　　　　　　　　（溫庭筠《酒泉子》）

又一體雙調，卅五字，前段四句一仄韻、兩平韻，後段四句一仄韻、三平韻。

買得杏花句十載歸來方始坼韻仄韻假山西畔藥闌東韻平韻滿枝紅韻叶平　旋開旋落旋成空韻叶平白髮多情人更惜韻叶仄黃昏把酒祝東風韻叶平且從容韻叶平　　　　　　　　　　（司空圖《酒泉子》）

【添聲楊柳枝】《碧雞漫志》云：黃鍾商有《楊柳枝》曲，仍是七言四句詩，與劉、白及五代諸子所製並同。但每字下，各添三字一句，乃唐時和聲。如竹枝、漁父，今皆有和聲也。舊詞多側字起頭，第三句亦復側字起，聲差穩耳。今名添聲楊柳枝。歐陽修詞名賀聖朝影，賀鑄詞名太平時。《宋史·樂志》名太平時，注小石調。

正格雙調，四十字，前段四句四平韻，後段四句兩仄韻、兩平韻。

秋夜香閨思寂寥韻平韻漏迢迢韻叶平鴛帷羅幌麝香銷韻叶平燭光搖韻叶平　正憶玉郎遊蕩去韻仄韻無尋處韻叶仄更聞簾外雨瀟瀟韻叶平滴芭蕉韻叶平　平仄參張泌、許棐詞。　　　　　　（顧敻《添聲楊柳枝》）

又一體雙調，四十字，前段四句四平韻，後段四句三平韻。

白雪梨花紅粉桃韻平韻露華高韻叶平垂楊慢舞綠絲縧韻叶平草如袍韻叶

下編　詞譜選錄・第五類　平仄韻錯叶　249

平　風過小池輕浪起㈠似江皋韻叶平千金莫惜買香醪叶平且陶陶叶平
宋人大多如此填。　　　　　　　　　　　　（歐陽修《添聲楊柳枝》）

【中興樂】見《花間集》。牛希濟詞有"淚濕羅衣"句，因又名濕羅衣。
正格雙調，四十一字，前段五句三平韻、一仄韻，後段五句三仄韻、一平韻。
　　　　豆蔻花繁煙豔深韻平韻丁香軟結同心叶平翠鬟女仄韻相與共淘金
叶平　紅蕉葉裏猩猩語叶仄鴛鴦浦叶仄鏡中鸞舞叶仄絲雨隔㈠荔枝陰
韻叶平　句讀從《花間集》《詞律》。　　　　　　（毛文錫《中興樂》）

【醉垂鞭】詞見《張先集》，自注正宮。
正格雙調，四十二字，前後段各五句三平韻、兩仄韻。
　　　　酒面灩金魚韻平韻吳娃唱韻仄韻吳潮上叶仄玉殿白麻書叶平待君歸
後除叶平　勾留風月好韻換二仄平湖曉叶二仄翠峰孤叶平此景出關無
韻叶平西州空畫圖韻叶平　題：錢塘送祖擇之。平仄參其別首。
　　　　　　　　　　　　　　　　　　　　　（張先《醉垂鞭》其三）

【柳含煙】唐教坊曲名。《花間集》毛文錫詞有"河橋柳，占芳春，映
水含煙拂路"句，取為調名。
正格雙調，四十五字，前段五句三平韻，後段四句兩仄韻、兩平韻。
　　　　河橋柳㈠占芳春韻平韻映水含煙拂路㈠幾回攀折贈行人叶平暗傷神韻
叶平　樂府吹為橫笛曲韻仄韻能使離腸斷續叶仄不如移植在金門韻叶平
近天恩叶平　此詞共四首，此為之二。餘三首，前段平韻均同部，換
頭二句，例用仄韻。後段平韻俱各換韻，與此類異。平仄參毛文錫《柳
含煙》其三、其四兩首。　　　　　　　　　　（毛文錫《柳含煙》）

【芳草渡】此調有令詞、慢詞。令詞始自馮延巳，慢詞始自周邦彥，
不錄。
正格雙調，五十五字，前段八句四平韻，後段八句五仄韻、兩平韻。
　　　　梧桐落㈠蓼花秋韻平韻煙初冷㈠雨纔收韻叶平蕭條風物正堪愁韻叶平人

去後_句多少恨_句在心頭_{韻叶平} 燕鴻遠_韻仄韻 羌笛怨_{韻叶仄}渺渺澄波一片_韻叶仄山如黛_句月如鈎_{韻叶平}笙歌散_{韻叶仄}夢魂斷_{韻叶仄}倚高樓_{韻叶平}

（馮延巳《芳草渡》）

【定風波】

唐教坊曲名。李珣詞名定風流，張先詞名定風波令，入雙調。《樂章集》演爲慢詞，一入雙調，一入林鍾商，並全用仄韻，不録。

正格雙調，六十二字，前段五句三平韻、兩仄韻，後段六句四仄韻、兩平韻。

暖日閑窗映碧紗_{韻平韻}小池春水浸明霞_{韻叶平}數樹海棠紅欲盡_{韻仄韻}争忍_{韻叶仄}玉閨深掩過年華_{韻叶平} 獨憑繡床方寸亂_{韻換二仄}腸斷_{韻叶二仄}淚珠穿破臉邊花_{韻叶平}鄰舍女郎相借問_{韻叶一仄}音信_{韻叶一仄}教人羞道未還家_{韻叶平}

（歐陽炯《定風波》）

又一體雙調，六十二字，前段五句三平韻、兩仄韻，後段六句四仄韻、兩平韻。

莫聽穿林打葉聲_{韻平韻}何妨吟嘯且徐行_{韻叶平}竹杖芒鞋輕勝馬_{韻仄韻}誰怕_{韻叶仄}一蓑烟雨任平生_{韻叶平} 料峭春風吹酒醒_{韻換二仄}微冷_{韻叶二仄}山頭斜照却相迎_{韻叶平}回首向來蕭瑟處_{韻換三仄}歸去_{韻叶三仄}也無風雨也無晴_{韻叶平}　序云："三月七日，沙湖道中遇雨，雨具先去，同行皆狼狽，余獨不覺，已而遂晴，故作此詞。"

（蘇軾《定風波》）

又一體雙調，六十字，前段五句三平韻、兩仄韻，後段五句兩平韻、兩仄韻。

點點行人趁落暉_{韻平韻}搖搖烟艇出漁磯_{韻叶平}一路水香流不斷_{韻仄韻}零亂_{韻叶仄}春潮緑浸野薔薇_{韻叶平} 南去北來愁幾許_句登臨懷古欲沾衣_{叶平}試問越王歌舞地_{韻換二仄}佳麗_{韻叶二仄}只今惟有鷓鴣飛_{韻叶平}　題：感舊。

（李泳《定風波》）

【最高樓】

又名最高春。雙調，八十一字，亦有七十八字至八十五字多體。平韻間叶仄韻，但亦有全用平韻或全用仄韻者。兹以《稼軒長短句》爲正格，漸開元人散曲先河。

正格雙調，八十一字。前段八句四平韻，後段八句兩仄韻、三平韻。

吾衰矣句須富貴何時韻平韻富貴是危機韻叶平暫忘設醴抽身去句未曾得米棄官歸韻叶平穆先生讀陶縣令句是吾師韻叶平　待葺箇園兒名佚老韻仄韻更作箇讀亭兒名亦好叶仄閑飲酒句醉吟詩韻叶平千年田換八百主句一人口插幾張匙韻叶平便休休句更說甚句是和非叶平　題：吾擬乞歸，犬子以田產未置止我，賦此罵之。平仄參其別首及方岳、元好問、司馬昂父詞。

（辛棄疾《最高樓》）

又一體雙調，八十一字，前段八句四平韻，後段八句兩仄韻、三平韻。

溪南北句本自一漁舟韻平韻煙雨幾盟鷗韻叶平白魚不負鸕鷀杓句青蓑不減鷫鸘裘韻叶平怎無端讀貪射策句覓封侯韻叶平　既不似讀古人能識字韻仄韻又不似讀今人能識事韻叶仄空老去句自宜休韻叶平帝鄉五十六朝暮句人間四十四春秋韻叶平問何如句茅一把句橘千頭韻叶平　題：壬寅生日。

（方岳《最高樓》）

又一體雙調，八十一字，前段八句四平韻，後段八句兩仄韻三平韻。

商於路句山遠客來稀韻平韻雞犬靜柴扉韻叶平東家歡飲薑芽脆句西家留宿芋魁肥韻叶平覺重來句猿與鶴句總忘機韻叶平　問華屋高貲讀誰不戀韻仄韻問美食大官讀誰不羨叶仄風浪裏讀竟安歸韻叶平雲山既不求吾是句林泉又不責吾非韻叶平任年年句藜藿飯句芰荷衣韻叶平　題：商於魯縣北山。

（元好問《最高樓》）

注：以上五類外，尚有平韻換平韻、平韻雜平韻、仄韻換仄韻、仄韻雜仄韻、仄韻換仄韻再換平韻、三類換四類、四類換三類等多類。祇因每類例證殊少，故不再類列，茲各舉一、二例，以見一斑。

平韻換平韻類

【長相思】唐教坊曲名。林逋詞名吳山青，張輯詞名山漸青，王行詞名青山相送迎，《樂府雅詞》名長相思令，又名相思令，已見第一類。

正格雙調，三十六字，前段四句三平韻、一疊韻，後段四句換三平韻。

玉尊涼韻 平韻玉人涼疊 若聽離歌須斷腸韻 休教成鬢霜韻　畫橋西句 畫橋東韻 換平有淚分明清漲同韻 如何留醉翁韻　題：別意。此詞後段平韻另換，與此調各家異。

（劉光祖《長相思》）

【于飛樂】張先詞名于飛樂令。《金詞》注高平調。史達祖詞名鴛鴦怨曲。毛滂"水邊山"詞，平韻換平韻，與諸詞異。惟平仄可與其別二首可校。

正格雙調，七十六字，前段九句四平韻，後段九句換四平韻。

水邊山句 雲畔水句 新出煙林韻 平韻送秋來讀 雙檜寒陰句 檜堂寒香霧碧句 簾箔清深韻 放衙隱几句 誰知共讀 雲水無心韻　望西園句 飛蓋夜句 月到清尊韻 換平爲詩翁讀 露冷風清句 襪紅裙句 雲碧袖句 花草爭春韻 勸翁強飲句 莫孤負讀 風月留人韻　題：和太守曹子方。"清"字出韻，平仄參毛滂別二首及晏幾道詞句讀同者。

（毛滂《于飛樂》）

平韻雜平韻類

【玉蝴蝶】小令始於溫庭筠，長調始於柳永，《樂章集》注仙呂調，一名玉蝴蝶慢。

正格雙調，九十九字，前段十句四平韻雜一平韻，後段十一句四平韻雜二平韻。

古道行人來去句 香紅滿樹句 風雨殘花韻 平望斷青山句 高處都被雲遮韻 客重來讀 風流觴詠句 春已去讀 光景桑麻韻 苦無多韻 雜一平 一條垂柳句 兩箇啼

鴉韻　人家韻疏疏翠竹句陰陰緑樹句淺淺寒沙韻醉兀籃輿句夜來豪飲太狂些韻到如今讀都齊醒却句祇依舊讀無奈愁何韻雜二平試聽呵韻雜三平寒食近也句且住爲佳韻　題：追别杜叔高。此與柳永“望处雨收”詞句讀全同，惟前後段雜三平韻異。其“貴賤偶然”詞句讀小異，用韻全同該詞，参見《詞譜》及《全宋詞》所收録者。平仄参辛棄疾别首。

（辛棄疾《玉蝴蝶》）

仄韻換仄韻類

【擷芳詞】《古今詞話》云：“政和間，京師妓之姥，曾嫁伶官。常入内教舞，傳禁中擷芳詞以教其妓。人皆愛其聲，又愛其詞，類唐人所作。張尚書帥成都，蜀中傳此詞，競唱之。卻於前段下添憶、憶、憶三字，後段下添得、得、得三字。又名摘紅英，殊失其義。不知禁中有擷芳園，故名擷芳詞也。”程垓詞名折紅英，曾覿詞名清商怨，吕渭老詞名惜分釵。陸游因無名氏詞中有“可憐孤似釵頭鳳”句，改名釵頭鳳。《能改齋漫録》無名氏詞名玉瓏璁。

正格雙調，五十四字，前後段各七句三仄韻換三仄韻。

風揺動韻仄韻雨濛茸韻叶一仄翠條柔弱花頭重韻叶一仄春衫窄韻換二仄香肌濕韻叶二仄　記得年時句共伊曾摘韻叶二仄　都如夢韻換一仄何曾共韻叶一仄可憐孤似釵頭鳳韻叶一仄關山隔韻換二仄晚雲碧韻叶二仄燕兒來也句又無消息韻叶二仄

（無名氏《擷芳詞》）

又一體雙調，六十字，前後段各十句三仄韻換四仄韻兩疊韻。

紅酥手韻仄韻黄縢酒韻叶一仄滿城春色宮牆柳韻叶一仄東風惡韻換二仄歡情薄韻叶二仄一懷愁緒句幾年離索韻叶錯韻叶二仄錯疊錯疊　春如舊韻換一仄韻人空瘦韻叶一仄淚痕紅浥鮫綃透韻叶一仄桃花落韻換二仄閑池閣韻叶二仄山盟雖在句錦書難託韻叶二仄莫韻叶二仄莫疊莫疊

（陸游《擷芳詞》）

又一體雙調，六十字，前後段各十句三仄韻、四平韻、兩疊韻。

世情薄韻仄韻人情惡韻叶仄雨送黄昏花易落韻叶仄曉風乾韻平韻淚痕殘

欲箋心事㏄叶平獨語斜闌㏄叶平難㏄叶平難疊難疊　人成各㏄叶仄今非昨㏄叶仄病魂曾似秋千索㏄叶仄角聲寒㏄叶平夜闌珊㏄叶平怕人尋問㏄咽淚裝歡㏄叶平瞞㏄叶平瞞疊瞞疊　該詞入第五類。　　　　　　　（唐婉《攟芳詞》）

仄韻雜仄韻類

【木笡】唐《教坊記》，有木笡大曲，宋修內司所刊《樂府渾成集》亦有木笡曲名。周密《齊東野語》以爲此音世人罕知。今《太平樂府》有白樸喬木笡詞一套，疑其遺製。因《太和正音譜》采其首作，亦錄以備一體。或名喬木查者，誤也。

正格雙調，五十一字，前段二仄韻雜二仄韻，後段三仄韻雜一仄韻。

海棠初雨歇㏄叶仄楊柳輕煙惹㏄雜一仄碧草茸茸鋪四野㏄雜二仄俄然回首處㏄亂紅堆雪㏄叶仄　恰春光也㏄雜三仄梅子黃時節㏄叶仄映日榴華紅似血㏄叶仄胡葵開滿院㏄碎翦宮纈㏄叶仄　此詞所雜三仄韻字皆上聲馬部韻字。
　　　　　　　　　　　　　　　　　　（白樸《木笡》）

仄韻換仄韻再換平韻類

【西溪子】唐教坊曲。

正格單調，三十五字，八句，兩仄韻換三仄韻再換兩平韻。

昨夜西溪遊賞㏄仄韻芳樹奇花千樣㏄叶仄鎖春光㏄金尊滿㏄換仄聽弦管㏄叶嬌妓舞衫香暖㏄叶不覺到斜暉㏄換平馬駄歸㏄叶平　平仄參李珣二首。　　　　　　　　　　（毛文錫《西溪子》）

又一體單調，三十五字，八句，兩仄韻換三仄韻再換兩平韻。

馬上見時如夢㏄仄韻認得臉波相送㏄叶仄柳堤長㏄無限意㏄換仄夕陽裏㏄叶醉把金鞭欲墜㏄叶歸去想嬌嬈㏄換平暗魂銷㏄叶平　二首之二。
　　　　　　　　　　　　　　　　　　（李珣《西溪子》）

三類換四類類

【夢仙郎】調見張先詞集，入雙調。《全宋詞》名夢仙鄉，《詞律拾遺》《詞譜》俱名夢仙郎。

正格雙調，五十二字，前段五句三仄韻轉兩平韻，後段五句三仄韻通叶兩平韻。

江東蘇小_韻 仄韻 夭斜窈窕_{叶仄} 都不勝_讀 彩鸞嬌妙_{叶仄} 春豔上新妝_韻 換平 肌肉過人香_{韻叶平} 佳樹陰陰池院_{換仄} 華燈繡幔_{叶仄} 花月好_讀 豈能長見_{韻叶仄} 離聚此生緣_{叶平} 何計問高天_{韻叶平} 字詞從《詞譜》。此調前段轉換格入三類，後段通叶格入四類。

（張先《夢仙郎》）

四類換三類類

【樓上曲】調見《蘆川詞》，因詞中有"樓外""樓中"二句，故名。

正格雙調，五十六字，前段四句兩仄韻通叶兩平韻，後段四句兩仄韻轉換兩平韻。

樓外夕陽明遠水_{韻 仄韻} 樓中人倚東風裏_{韻叶仄} 何事有情怨別離_{韻叶平} 低鬟背立君應知_{韻叶平} 東望雲山君去路_{換仄} 腸斷迢迢盡愁處_{叶仄} 明朝不忍見雲山_{換平} 從今休傍曲闌干_{叶平} 平仄參其別首。此調《詞譜》以爲是玉樓春偷聲變體。

（張元幹《樓上曲》）

歲次辛丑余月十二小滿後二日初稿

跋

　　余幼承母教，少拜名師。無奈滄海橫流，命途多舛。十年動亂，地老天荒。無意仕途，遂入另册。考取大學，爲人頂替。歲月推遷，諸師後先殂化；光陰荏苒，親友過半彫亡。悲愴之餘，掩埋老親遺骸，校注先師殘稿。春秋廿易，託鉢八方。次第梓行者，計四種六册，爲九牧之書館庋藏，與四海之友朋珍視。以期傳流異代，爲後來之有緣人探究焉。其間辛苦，惟有天知。忽忽歷經卅稔，回首旅途，荊棘叢生。

　　余知命之年，發願撰爲《詩詞格律述要》。使一册在掌，瞭然於心：明白詩律之綱要，與夫詞律之規則。一救近現代之偏廢，繼承國學；一正三百年之瑕疵，傳流後世。倩當代之專家，權衡得失；俟後來之俊彦，有所遵行。其中《詩律述要》，已於丁丑余月寫竟定稿，約三萬言打印成册。爾來二十有四年矣。

　　自斯以後，塵世滄桑，遭罹刦難。所在企業，惡性破產。當初考取中級職稱，未入其中任職。曩者杏壇講學廿年，祇按工人處理。性命無所依托，精神如何安頓。適逢陳君激勵，天所見憐。因以戊寅歲杪，懸壺雒邑。救人自救，衣食少安。聿以卅年之前，所學無用。苦厄之際，先後拜海内三大名醫爲師，探究岐黃之術。救死扶危，三十餘年。分文不取，活人無數。余懸壺杏林，主管部門，頒發證照，合理合法。診治内、婦、兒科，兼及疑難雜病。求醫者漸多，致絡繹於途。余考取行醫雙證，杏林中名正言順。

　　余漸趨老境，尚居異地。老妻作伴，婿女擔心。己丑陽月，移居郫邑，安靖小鎮，錦江之濱，錦里咫尺，遂定居焉。數日之後，門診於鎮衛生院。未及半年，門庭若市，詎堪重負。三年之後，壬辰午日前夕，移診該鎮雍渡，社區衛生站。該站創建於癸未年。中、西醫，内、外、牙科俱備，聲譽尤佳。余來門診，祇看中醫，内、婦、兒科。輕鬆於前，心情漸好。時有遠道疑難重癥，及蜀都醫治無奈者，前來診脈，多能滿意而歸。倏忽又越九春矣。

　　懸壺以來，余上午門診坐堂，下午讀書，或撰述，或吟詠，偶作書。

周末，或會友茗談，或終日伏案。春秋佳日，偶約知交，出訪港、臺，作民間學術交流。或訪友北京，或旅遊江浙，觀賞錦繡山河。如是者，已經廿餘載。

丙丁之際，諸事少安。余便擬撰《詞律述要》。先是，窮蒐藏籍，遍覽詞書。舊籍古書，後先入目。寒暑無間，兀兀窮年。然後搦管，於戊戌且月，撰爲《詞律述要》，約三萬言。而《詞譜選錄》，頗費功夫。先撰凡例，然後選目。初欲收錄唐、宋、金、元、明、清，及近現代詞。躊躇再三，決定祗錄唐、宋、金、元詞。明人詞作，惟收楊慎《臨江仙》（滾滾長江東逝水）一闋。以該詞爲電視劇《三國演義》之名曲，傳流甚廣，婦孺皆知。選目則仿龍榆生先賢，分爲五類。既顧及原創性，廣博性；又要有思想性，代表性；尤須具藝術性，民族性。既要高雅，又要通俗。既莫太多，又莫太少。必須通盤考慮，反復推敲。幾經易稿，方擬出目錄，涵三百四十又六詞調。而龍先賢之五類，却未能包容全部。以五類之外，詞調殊少，略分七類，各舉一至二例，以窺一斑。

然後依類，逐調選詞。每調先説明來歷、所屬宮調，及應交代者。無考者闕如。選定之詞，置諸其後。若選取一詞，當參閱、比較諸家收錄該詞之異同。審定字詞，確定句讀，考定韻律，點定平仄。字詞、句讀，多有出入。宜仔細考量，終於敲定。韻字有出韻者，基本不收。平仄各家，小有出入。當以某詞爲典式，作爲定格或正格者，置於其首，或某體之前，又各有説明。其餘選詞，依次羅列。而作典式詞，與列於其後之詞，平仄異同處，均一一標注。如有領格字，尤宜用去聲。某詞某處，宜用去上聲組合；某句節拍，宜有特別之規定。若此之類，不勝枚舉。以詞宜歌唱，理應遵從。歷經千年，惟姜夔詞之曲譜（工尺譜）尚存，宜爲國寶。朝代更替，兵燹頻仍。曲譜已失，詞調猶存。大家名作，格律宜遵。諸如唐、五代之温庭筠、馮延巳、李煜，宋代柳永、蘇軾、周邦彦、辛棄疾、姜夔、吴文英之名作，尤當視同詞作之圭臬。選詞之難，難於登險峰。每一詞調，歷來作者，或多或少。名家之作，尚且如是；千百作家，更不待言。選詞不易，選定格、正格詞尤難。三易寒暑，選錄告竣。如釋重負，遍體清凉。

余原蒐詩韻，如《佩文詩韻撮要》《增廣詩韻合璧》，及詞韻諸書，以再三移徙，已不知所之。若重新集錄於覆宋本《廣韻》，亦不易也。可覓王力先賢之《詩韻常用字表》（見《古代漢語》下册第二分册），與龍榆生先賢《唐宋詞格律》所附張珍懷輯《詞韻簡編》。令當代諸君，與後之來者，過目瞭然。竊以爲諸先賢，亦當含笑於九天之上。

　　余撰爲《詩詞格律述要》，以其中間斷廿稔。時至今日，已經歷二十又五年矣。其中之艱難困苦，祇有自知。余今已七秩晉六，鬢眉盡白，垂垂老矣。仰天長嘯，淒然淚落。而張海、李鐳二君，特別是黃政先生，爲該書之付梓，勞心勞力；胡曉明學兄，百忙中自上海馳寄精美序文；何崝先生，於百忙中賜精妙序文，並爲該書題簽；以及所有關心該書付梓之故交新知，並致謝忱。期待該書之刊行，能裨補當世，利益將來，則余之千辛萬苦，又何足道哉！

　　余自知學殖譾陋，藏書不富。其中舛謬，在所難免。方家其正之。

辛丑午日張學淵謹跋於蜀都北郊郫都區
安靖鎮錦江之濱府河御景無爲書屋之南窗
壬寅三伏校訂

參考書要目

1. ［南宋］姜夔：《白石道人歌曲》，清乾隆二十一年（1756）刻印本。
2. ［清］孫洙編，［清］章燮注疏：《唐詩三百首注疏》，清道光十四年（1834）同文堂刊刻本。
3. ［南宋］周密編：《絶妙好詞箋》，清同治十一年（1872）會稽章氏重刊本。
4. ［南朝梁］蕭統編：《文選》，清光緒元年（1875）成都尊經書院藏版刻本。
5. ［清］萬樹撰，［清］杜文瀾校刊：《新校正詞律全書》，清光緒二年（1876）杜文瀾校刊本。
6. ［南宋］岳珂原刻：《相臺詩經》，清光緒十年（1884）柚香閣藏版刻本。
7. ［明］王相注：《千家詩》，清光緒十五年（1889）墨耕堂刊刻本。
8. ［北宋］陳彭年、［北宋］丘雍撰，《廣韻》，清黎庶昌借涵芬樓藏本影印覆宋本。
9. ［清］張玉書、陳廷敬等編：《康熙字典》，清宣統商務印書館石印本。
10. ［南宋］王沂孫：《花外集》，清末四川官印書局本。
11. ［清］馮浩注：《李義山詩集》，民國三年（1914）崇古山房石印本。
12. 王闓運編：《八代詩選》，民國初年掃葉山房石印本。
13. ［清］沈德潛選編：《古詩源》，民國初年掃葉山房石印本。
14. ［南宋］武陵逸史編：《草堂詩餘》，民國上海中華書局聚珍仿宋版印本。
15. ［南宋］吳文英：《夢窗詞》，民國九年（1920）惜陰堂影四印齋校刻本。
16. ［南宋］陸游：《劍南詩稿》，民國十二年（1923）萬有文庫初版本。
17. ［民國］黃節編：《詩學》，民國十四年（1925）國立北京大學出版部鉛印本。
18. ［北宋］賀鑄著，［清］林大椿編校：《東山樂府》，民國十七年

（1928）商務印書館初版本。

19. ［北宋］周邦彥著，［清］林大椿編校：《清真集》，民國十七年（1928）商務印書館初版本。

20. ［南宋］楊澤民上卷、［宋］方千里下卷：《和清真詞》，民國十七年（1928）商務印書館初版本。

21. ［北宋］歐陽修：《歐陽文忠公集》，民國十九年（1929）商務印書館初版本。

22. ［南宋］陸游：《陸放翁集》，民國二十年（1930）商務印書館初版本。

23. ［明］毛晉編：《宋六十名家詞》，民國二十二年（1933）商務印書館初版本。

24. ［南宋］辛棄疾：《稼軒長短句》，民國十七年（1928）商務印書館以元刻本爲主，參以毛氏汲古閣本校印初版，民國二十二年（1933）商務印書館初版本。

25. 張世祿：《中國古音學》，民國二十二年（1933）商務印書館本。

26. 張世祿：《中國聲韻學概要》，民國二十二年（1933）商務印書館本。

27. ［南宋］張孝祥：《于湖居士文集》，民國二十五年（1936）商務印書館《四部叢刊初編》影宋縮印本。

28. ［民國］吳梅：《詞學通論》，民國二十年（1931）成都師範大學宣紙印本。

29. 夏敬觀：《詞調溯源》，民國二十二年（1933）商務印書館印行本。

30. ［後蜀］趙崇祚編：《花間集》，民國二十五年（1936）上海中央書店再版本。

31. 許文雨：《人間詞話講疏》，民國二十六年（1937）正中書局初版本。

32. 龍沐勛：《唐宋名家詞選》，民國三十年（1941）開明書店重印本。

33. ［清］吳翌鳳箋注：《吳梅村詩集箋注》，民國上海中華圖書館影印九思齋藏本。

34. 郭紹虞：《中國文學批評史》，新文藝出版社，1955 年。

35. 王力：《漢語音韻》，中華書局本，1963 年。

36. 鄧廣銘箋注：《稼軒詞編年箋注》，中華書局上海編輯所 1963 年初版本，上海古籍出版社 1978 年重印本。

37. 王仲聞校注：《李清照集校注》，上海古籍出版社，1978年重印本。
38. ［清］朱彝尊、［清］汪森編，李慶甲校點：《詞綜》，上海古籍出版社，1978年。
39. 顧學頡校點：《白居易集》，中華書局，1979年。
40. ［北宋］郭茂倩：《樂府詩集》，中華書局，1979年。
41. 林庚、馮沅君主編：《中國歷代詩歌選》，人民文學出版社，1979年。
42. ［明］胡應麟撰：《詩藪》，上海古籍出版社，1979年。
43. ［清］仇兆鰲注：《杜詩詳注》，中華書局，1979年。
44. ［清］沈德潛选注，富壽蓀点校：《唐詩別裁集》，上海古籍出版社，1979年。
45. 王力主編：《古代漢語》，中華書局，1979年重印本。
46. 夏征農主編：《辭海》，上海辭書出版社，1979年縮印本。
47. 龍榆生：《詞曲概論》，上海古籍出版社，1980年初版本。
48. 龍榆生：《唐宋詞格律》，上海古籍出版社，1980年初版本。
49. 沈祖棻：《宋詞賞析》，上海古籍出版社，1980年。
50. 夏承燾：《唐宋詞欣賞》，百花文藝出版社，1980年。
51. 葉嘉瑩：《迦陵論詞叢稿》，上海古籍出版社，1980年初版本。
52. ［南朝梁］鍾嶸著，陳廷傑注：《詩品注》，人民文學出版社，1980年。
53. ［南宋］朱熹集注：《詩集傳》，上海古籍出版社，1980年影印本。
54. ［清］何文焕輯：《歷代詩話》，中華書局，1981年。
55. ［清］舒夢蘭撰，陳栩、陳小蝶考正：《考正白香詞譜》，上海古籍書店，1981年據振始堂版（1918）覆印本。
56. 夏承燾、吳熊和箋注：《放翁詞編年箋注》，上海古籍出版社，1981年初版本。
57. ［東漢］許慎撰，［清］段玉裁注：《說文解字注》，上海古籍出版社，1981年。
58. ［南宋］張炎、［南宋］沈义父著，夏承燾校注，蔡嵩雲箋釋：《詞源注 樂府指迷箋釋》，人民文學出版社，1981年。
59. ［南宋］蔡正孫撰，常振國、降雲點校：《詩林廣記》，中華書局，1982年。

60. ［南宋］陳亮著，夏承燾校箋，牟家寬注：《龍川詞校箋》，上海古籍出版社，1982 年初版本。
61. ［清］郝懿行撰：《爾雅義疏》，中國書店，1982 年影印本。
62. 林序達：《反切概說》，四川人民出版社，1982 年。
63. 逯欽立校注：《陶淵明集》，中華書局，1982 年重印本。
64. ［清］舒夢蘭輯，［清］謝朝徵箋：《白香詞譜箋》，中華書局，1982 年初版本。
65. 詹安泰：《宋詞散論》，廣東人民出版社，1982 年。
66. 詹安泰編注：《李璟李煜詞》，人民文學出版社，1982 年重印本。
67. ［清］張宗橚輯：《詞林紀事》，成都古籍書店，1982 年初版本。
68. ［清］陳廷敬、［清］王奕清等編：《欽定詞譜》，中國書店，1983 年據清康熙五十四年（1715）內府刻本影印本。
69. 《詞學》編輯委員會編：《詞學》第二輯，華東師範大學出版社，1983 年初版本。
70. ［南宋］洪興祖撰：《楚辭補注》，中華書局，1983 年。
71. 施蟄存、馬祖熙標校：《陳子龍詩集》，上海古籍出版社，1983 年。
72. 蕭滌非等主編：《唐詩鑒賞辭典》，上海辭書出版社，1983 年。
73. ［南宋］張炎撰，吳則虞校輯：《山中白雲詞》，中華書局，1983 年初版本。
74. ［清］曹寅等編：《全唐詩》，上海古籍出版社，1986 年剪貼縮印本。
75. ［北宋］計有功撰：《唐詩紀事》，上海古籍出版社，1987 年。
76. 唐圭璋等撰寫：《唐宋詞鑒賞辭典》（唐·五代·北宋卷、南宋·遼·金卷），上海辭書出版社，1988 年初版本。
77. ［南宋］王沂孫撰，吳則虞箋注：《花外集》，上海古籍出版社，1988 年初版本。
78. ［南朝陳］徐陵編：《玉臺新詠》，上海書店，1988 年影印本。
79. 吳澤炎等編：《辭源》，商務印書館，1989 年合訂本。
80. 俞紹初輯校：《建安七子集》，中華書局，1989 年。
81. 許宗元：《中國詞史》，黃山書社，1990 年初版。
82. 吳世昌著，吳令華輯注，施議對校：《詞林新話》，北京出版社，1991 年初版本。

83. 唐圭璋編：《全宋詞》，中華書局，1992 年。
84. ［明］張溥輯評：《三曹集》，嶽麓書社，1992 年。
85. 張國光审定：《南唐李後主詞詩全集》，山西高校聯合出版社，1995 年初版本。
86. ［清］上彊村民編：《宋詞三百首》，廣西民族出版社，1996 年重印本。
87. 夏承燾校輯：《白石詩詞集》，人民文學出版社，1998 年初版本。